新潮文庫

鉄の楽園

楡周平著

版

鉄の楽園

四葉商事

相川翔平	相川千里の五歳違いの兄。四葉商事・海外インフラ事業部のＲ国駐在員。
青柳秀悦	海外インフラ事業部・アジア開発部次長。
中上	海外インフラ事業部で課長になったばかり。
越野	Ｒ国四葉の社長。長年、エネルギー畑を歩む。

Ｒ国

キャサリン・チャン	Ｒ国の王族の血を引くチャン財閥の総帥・ジェームズ・チャンの長女。
アンドリュー・チャン	ジェームズ・チャンの孫。Ｒ国エネルギー最大手企業のＣＣＯ。

主な登場人物

海東学園

相川隆明	千里との結婚を機に、相川家へ婿入り。海東学園の理事長を務める。
相川千里	ニューヨーク留学中に隆明と知り合う。祖父は海東学園の創業者・相川兵衛。父は二代目・誠二郎。

経済産業省

竹内美絵子	入省三年目の新米官僚で、筋金入りの「鉄子」。
橋爪智博	貿易経済協力局通商金融課・課長。美絵子や矢野の直属の上司。
矢野慎二	課長代理。四葉商事の中上は大学の同窓生。

プロローグ

「お疲れっ。結果はどうあれ、まずは乾杯だ」

祇園の一角にある小さなバーで、橋爪智博がビールで満たされたグラスを掲げた。

間もなく日付が変わろうという時刻である。カウンター席だけの店内に、他の客の姿はない。

矢野慎二は、ビールで満たされた小さなグラスを目の高さに掲げた。

飲み干すのに、たった二口。物足りないこと甚だしいが、ところは祇園である。厚い一枚板のカウンターの向こうには、四十前後と思われる、和服に身を包んだママがいる。

「どうぞ……」

すかさず優雅な手つきで瓶を差し出すママの酌を受けながら、

「なんか、虚しいですよね。どーせ、出来レースなんでしょうからね。慎重かつ総合的に選考を重ねました結果、誠に遺憾に存じますが、今回については採用を見送らさせて頂くことになりました。これまでの努力も水の泡ってことになるんでしょうからね」

矢野は、典型的なお祈りメールの文言を口にすると、薄く小さなグラスをカウンターの上に置いた。

「だろうな……」

橋爪は、ほっと息を漏らす。「なんでもありだからなあ、中国は……。抱かせ、飲ませ、食わせ、そして袖の下だ。数字の上では超大国でも、ビジネスに関しちゃ、やったもん勝ちの途上国のままだし、相手も途上国。さぞやケミストリーも合うことだろうしな」

京都には出張で来た。

目的は、高速鉄道導入を計画している東南アジアの途上国、R国視察団の同行案内である。

市場開放から、およそ四十年。十四億人という途方もない市場、安い労働力に魅せられて、生産拠点を設け、あるいは合弁事業を立ち上げと、西側先進国の企業の多くが中国に進出し、活発な経済活動を続けてきた。

しかし、経済が発展することは国民の生活が豊かになるということを意味する。中国の人件費が高騰するにつれ、さらに安い労働力を求め、東南アジアの途上国に生産拠点を移す動きが顕著に見られるようになった。

当然、移転先の国の経済は活性化するわけで、当事国の為政者は、四十年にも満たない間に、ＧＤＰ世界第二位の経済大国の地位を手にした中国が辿って来た道程の再現を夢見るようになる。

そして、途上国の経済が成長するにつれ、必ず持ち上がるのがインフラ整備構想である。電力、道路、鉄道、空港、ありとあらゆる社会インフラが整わずして、先進国の企業はやってこないからだ。

Ｒ国もその例外ではなく、ここ数年、先進諸国企業の進出が相次ぎ、経済が急激に成長しはじめると、高速鉄道導入計画が持ち上がった。

高速鉄道とは、もちろん新幹線のことである。日本独自の技術を用い、安全性、正確性はもちろん、鉄道としてはあらゆる面で他の追随を許さない、最高峰の存在。それが新幹線だ。しかし、国際入札となると、必ずそこに立ち塞がるのが中国である。

「いっそ、新幹線の売り込みなんて止めちゃったらいいんですよ」

矢野は一息にグラスを空けた。「だってそうじゃないですか。毎回毎回、相手の国の視察団が来るたびに、新幹線に乗せて、京都に来てのご接待。それで、台湾以降、売り込みに成功したのはインドの一件だけですよ。税金使ってこのざまじゃ、国民に顔向けできませんよ。民間企業だったらとっくの昔に首です」

　矢野は今年、四十一歳。経済産業省貿易経済協力局通商金融課の課長代理で、課長の橋爪は直属上司だ。視察団が訪日するたびに新幹線に乗せ、快適さと運行の正確性をアピールし、京都で会食の後宿泊というのが定番のコースで、つい三十分前に今日のスケジュールを全て終え、ご一行をホテルに送り届けたばかりだ。

「まっ、それが公務員の特権ってやつでな」

　そうこたえる橋爪の顔には自虐めいた薄笑いが浮んでいる。

「あの、何かお作りしましょか？」

　ママが、京都特有の柔らかなアクセントで訊ねてくる。

「そうだね」

　橋爪はどうするとばかりに視線を向けてきた。

　祇園のバーである。ビールだけで済ませるのは無粋というものだ。

「食事が終わったばっかりで……何か、軽いものを少し――」

　矢野が答えると、

「それと、ビールもう一本」

　橋爪がいった。

「へえ、おおきに」

ママは笑みを浮かべながら、軽く頭を下げると支度に取りかかる。

橋爪は一転して真顔になると、

「まあ、そうはいっても、このまま受注なしじゃ、日本の鉄道産業は大変なことになる。これから先、日本の人口減には加速度が増す。当然、鉄道の利用者も減少する。実際、ＪＲ北海道なんてすでに火の車だし、いずれ他の鉄道会社も同じような状況を迎えることになるだろう。そんなことになろうものなら、世界に冠たる日本の鉄道技術が消滅してしまいかねないからな」

憂（うれ）えるような口ぶりでいった。

「東京だって分かりませんからね。人口が増加しているっていったって都心に近いエリアだけだし、郊外は人口こそ減っちゃいませんけど、少子化と高齢化が進むにつれ、利用客が減少するのは避けられないんですから」

「だよなあ……」

橋爪は、汗が浮かび始めたグラスを沈鬱（ちんうつ）な表情で見つめる。

矢野がいわんとしていることに説明はいらないからだ。

団塊の世代が生産年齢に入ってほどなくして、国内には一大住宅ブームが起きた。

特に大都市周辺の私鉄沿線では大規模な宅地開発が相次ぎ、かつて原野だった土地が新興住宅地へと変わっていった。関東を例にとれば、東京を中心に千葉、埼玉、神奈川、果ては茨城にまで広がり、片道一時間半は当たり前、二時間以上もかかるエリアですら通勤圏内になったのだ。そして、団塊ジュニアが生産年齢に入ると通勤圏はさらに拡大。新幹線通勤者が激増し、栃木、長野も首都圏のベッドタウンとなった。しかし、団塊の世代はもうすぐ後期高齢者。団塊ジュニアも四十代後半だ。十数年後には順次定年を迎えることになるのだから、かつての新興住宅地も高齢者の街と化し、通勤客も減少に向かう。それが鉄道経営にどんな影響を及ぼすことになるかは明らかだ。

果たして橋爪はいう。

「運賃収入が減少しても、保線管理にまつわるコストに変わりはない。ならばどうやって収益を確保するかとなりゃ、運行本数を減らすしかないもんな」

「運行本数が減れば不便になる。結果、住宅地としての魅力が失せ、ますます利用者は少なくなる。最終的には廃線ってことにもなりかねないわけです」

「……ったく、リニアどころの話じゃねえぞ――」

橋爪は、軽いため息と共に忌々(いまいま)しげに漏らした。「総工費九兆円っていってるけどさ、この手の事業が予算内で収まったためしはない。そして、一旦始めた以上は止まらない、止められないんだ」

「いったい、どんな収益見通しを立てたんだか……」

矢野もまた、思わずため息をついた。「在来線に新幹線、それにリニアが東京・大阪間を走るんですよ。既存路線の維持費が減るわけじゃあるまいし、輸送力が向上した分だけ、利用者が増えるなら分かりますけど、絶対にそんなことにはなりませんからね」

「だから、作って終わりにしたら駄目なんだ。新幹線もリニアも、日本の鉄道技術の粋を結集した極めて優れた鉄道インフラの最高峰なのは確かなんだ。その素晴らしさを世界に認識させ、パッケージ化して海外に輸出することで、日本の鉄道産業を支える。それができるかどうかに、日本の鉄道産業の将来がかかってるんだ」

熱く語る橋爪だったが、どうやら酔いが回りはじめているらしい。

それも無理のない話である。なにしろ今夜の接待相手は、途上国とはいえ、一国を代表する視察団だ。元々酒は強くはないから、緊張から解放され酔いが急速に回り出したのだろう。

「その通りだとは思うんですが、インフラ輸出は政治案件ですからね。相手国にも思惑がありますから、そう簡単には——」

「俺はなあ、悔しいんだよ」

橋爪は矢野の言葉を途中で遮ると、「日本の鉄道技術は世界一だ。高速鉄道にせよ、普通の電車にせよ、中国なんかに負けるところは一つもないんだ。それをあいつらときたら……」

心底悔しそうに、ビールを一気に飲み干した。

まあ、あいつら呼ばわりしたくなる気持ちは分からないではない。

在来線はともかく、中国の高速鉄道は、ほぼ日本の新幹線のコピーといっていい代物だ。なのに、自国の技術といって恥じないどころか、どこぞの国で高速鉄道の導入計画が持ち上がると、あの手この手で受注獲得に執念を燃やす。しかも、目的は高速鉄道の導入支援をきっかけに、相手国が債務不履行になるのを見越して、自国の影響下に置くことにあるのだから、始末が悪いことこの上ない。

「お待たせしました」

雲行きが怪しくなった頃合いを見計らったかのようなタイミングで、ママが料理を出してきた。

小鉢の中には、ほうれん草だろうか。緑鮮やかなおひたしらしきものと白身の魚の糸造りが入っている。

「これは？」

救われた思いがした矢野は、すかさず問うた。

「グジどす」

「ぐじ？」

「関東ではアマダイいわはりますなあ」

ママは柔らかな都言葉で答える。「年中出回ってはいるんどすけど、秋が近うなってくると、一段と味がようなりまして。京都では、ほうれん草と三杯酢で食べるのが一般的なんどす。美味しおすえ」

勧められるままに、矢野は箸を伸ばした。

眉がぴくりと動いた。小鼻が膨らむ。

なるほど美味い。

とろけるようなグジの柔らかな身の中から染み出してくる上品な甘み。それにほうれん草の歯ごたえと独特の香り。それに三杯酢が交わると、絶妙なハーモニーを醸しだす。

「さすが京都だねえ。初めて食べた。いやあ、実に美味い！」

矢野は、素直な感想を口にした。

「おおきに。気に入っていただいて、よろしゅうおました」

ママが顔をほころばせる。

「ねえ課長——」

同意の言葉が返ってくるものと思っていたのだが、橋爪はグラスに手を添えた姿勢で、うたた寝をしている。

「お疲れになってはるようで」

ママが、橋爪に目を向ける。

「今夜は、大事な接待があったもので……」

「聞こえてしもうたんどすけど、なんや大変なお仕事をなさってはるようで……」

「世間でいうところの役人です。海外からのお客さんは、日本に来たからには、やっぱり京都に行きたがるんですよねえ」

矢野は、ビールを口にすると、「京都も大都市ですけど、近代的な街の中に、古都の面影も残っているし、神社仏閣もたくさんある。他の都市とは雰囲気が全然違いますからね。実際、みなさん、大変な喜びようで」

「京都の人は、自分の職業にもそうですが、街に誇りをもってはりますよって」

半ば空いたグラスに、すかさずビールを注ぎながら、ママは柔らかな笑みを浮かべた。

「ご出身は京都ですか？」

そう問うた矢野に、

「いいえ」

ママは首を振る。「うちは三重の出で、舞妓に憧れて十五の時に京都に出て来たんどす」

和服の着こなし具合、髪の結い方、言葉遣い。一目見た時から、花街に身を置いた女性ではないかと思ったが、やっぱりだ。

「じゃあ、芸妓さんを経てこの店を始められたわけですね」

「へえ」

ママは頷くと続けた。「昔は芸妓も舞妓も、京都出身に限られていたんどすけど、だんだんなり手が少のうなりまして。今では、地方の女性がほとんどで」

「外国人には、京都といえば舞妓、芸妓。貴重な観光資源ですからね。写真を撮ろうとする観光客に追いかけ回されて大変だと聞きますが」

「ありがたいことで」

ママは軽く頭を下げると、「でも、舞妓、芸妓あっての京都ではおへん思うんどす。京都あっての舞妓、芸妓。わては、そのように思います」

目元に優しげな笑みをたたえながら、相変わらずの口調でいう。

「まあ、他の街で舞妓、芸妓を歩かせても、様になりませんからね。京都の街並み、街全体が醸し出す雰囲気があってこそのものですよね」

さしたる考えがあっていったわけではない。思いついたままを口にしただけだったが、

「うちも祇園に来てかれこれ二十年以上になります。京都の人が街に誇りをもっているいうのは、何も世界の人から、日本といえば京都言われることにあるのと違うと思うんどす。舞妓、芸妓の世界にしたかて、着物を作る人もいはれば、髪結い、着付け、昔からの仕事を守ってはる方がぎょうさんいてはります。古い街並みを守ることに、熱心に取り組んでいはる方もいてはれば、新しいビルやホテルを建てるにしても、景観を守ろうと、厳しい規制を設けてもいはります。伝統行事にしたかて同じどす。何か一つ欠けても、京都ではのうなってしまう。京都の人はそのことをよう分かっているんどす。よく京都人はよそ者に冷たいいわれますが、それは他から来た人には、知識だけでは分からへん、長いこと住まな分からへんことが、ぎょうさんあるからと

違いますやろか」

そう聞かされると、「京都あっての舞妓、芸妓」という言葉に、深い意味があることに気がついた。

「なるほどねえ」

矢野は唸った。「東京の人間だって、休みのたびに京都を訪れるって人は多いけど、何度来ても飽きないのは、京都って街には他にはないものがたくさんあるからだ。つまり、街全体がパッケージとして完成しているからなんだよね」

「でも、それは京都だけではないのと違いますやろか」

ママはいう。「確かに外国人のお客さんは、ぎょうさん京都を訪ねてくれはりますけど、今ではどこへ行っても日本はええ国やと、ネットではえらい評判どすえ」

「ネットって……ママさん、ネットやるの？」

矢野は思わず問うた。

芸妓という伝統芸の世界で生きてきた女性の口から、ネットという言葉が出ると、やはり違和感を覚えたからだ。

「そら、やりますえ」

ママは、口元に手を当てて、おかしそうに笑う。「うちらも、お客さん商売。日本人の方も、外国人の方も、大事なお客さんどす。皆さんが何に関心を持って、何に惹かれて京都にくるのか知っておかな、商売にならしません」

「確かに……」

矢野は、苦笑いを浮かべると、グジとほうれん草の和え物に箸を伸ばした。

「外国人の方が日本にきて驚くことは、ぎょうさんありますけど、うちらにとってはどれも当たり前のことばかりどす。治安がええ、接客がええ、電車は分単位で運行されているのに、まず遅れへん。食べ物も美味しいし、街にはゴミ一つ落ちてへん。当たり前のことが、そうでない国の方が、世界にはぎょうさんあるのに改めて気づかされるんどす。お客さんの言葉を借りれば、日本自体が魅力に溢れたパッケージとして完成してるからと違いますやろか」

「日本自体が魅力あるパッケージとして完成しているか――」

その言葉が妙に心に響く。

脳裏に何か閃く気配があるのだが、それがすぐには形となって現れない。

矢野は箸を置くと、ビールを一気に飲み干し、「もう一本ください」

ママに向かって告げた。

第一章

1

「ですから、それじゃあ困るんですよ。こちらも、海東学園さんとは、長いおつきあいをさせてもらっているからこそ、時間の猶予を差し上げてるんです。しかしですね、こちらにも限度というものがありましてね。早急にご決断いただかないことには、まことに不本意ながら、しかるべき手段を取らざるを得ないということになりますよ」

正面の席に座る姫田吾郎が、苛立った声を上げた。

九月に入ると、北海道には、早くも秋の気配が漂いはじめる。

高台にある海東学園の応接室の窓越しに、眼下に広がる初秋の太平洋は碧く凪ぎ、微かに揺れる薄く色づきはじめたポプラの葉が太陽の光を反射し煌めく様がことの外美しい。

しかし今、理事長室の雰囲気は険悪そのもの。決断を迫る側、それを頑として拒む側の激しいせめぎ合いの場と化していた。

「そういわれてもですねえ。同窓会や地元の商工会からも、学園の存続を強く望む声が出ておりまして……」

相川隆明は、手垢のついたいい訳をした。

「そんなの理由になりませんよ」

果たして、姫田は眉間に深い皺を刻むと、あからさまに顔を顰める。「同窓会が寄付してくれるんですか？　商工会が資金を調達してくれるとでも？　カネは出さないが口を出す。それじゃあ、どっかの大学のOB会みたいなもんじゃないですか」

北海銀行は、海東学園のメインバンクで、姫田は本店法人管理部門の次長の職にある。年齢は分からないが、たぶん五十前後。今年三十八歳になる隆明は、年齢では大分下だが、まがりなりにも海東学園の理事長だ。第一、銀行にとって借り手は客である。言葉に気をつけろといいたいのは山々なれど、それも借りたカネを返し続ける目処があればこそ。返済が危ういと見れば、手のひらを返して、取り立てにくるのがカネ貸しだ。

「ですがね、姫田さん。定員割れが続いて久しいのは事実ですが、入学志願者はそれなりにいるんです。在校生だっているわけですから、売却してただちに学校を閉鎖するってわけには行きません。教育機関である以上、最後の一人を送り出すまでは――」

「来年の募集を中止すればいいじゃないですか」

姫田は、隆明の言葉が終わらぬうちにいう。「そうすりゃ、一年経てば在学生はゼロ。それでけりがつくじゃありませんか」

「すでに、来年度の募集要項は公表しておりますので」

「定員に届かないんじゃ、赤字が膨れ上がるだけだ。それじゃ意味ないでしょう」

傍から口を挟んだのは、地元の北海銀行江原町支店長の泉沢哲夫だ。ダークスーツに白のワイシャツ、地味なネクタイは銀行員の定番だが、長身瘦軀、面長で鋭い目つきの姫田とは違って、こちらは小柄、小太りで、どこか魚を思わせる顔立に見えるのは、丸く大きな目と、ぽっちゃりとした分厚い唇のせいだ。

泉沢は続ける。

「第一、今時専門学校、それも北海道の鉄道専門なんかに興味を示す学生なんかいるもんですか。道内の鉄道は青息吐息。廃線が検討されている路線はざらにあるんです。これまで海東学園さんが、道内の鉄道会社に人材を供給してきたのは事実だとしても、肝心の就職先がないんじゃ話にならんでしょう。もう先は見えてますよ」

「まして、これから先は少子化が進んで、学齢期の子供の数はどんどん減っていくんです」

姫田がたたみかけるように言葉を継ぐ。「鉄道だって、ローカル線はワンマン運行が当たり前。会社だって、従業員を削減するか、収益率を高めるかしか生き残る術はないんです。それでも、お先真っ暗なんだ。はっきり言って、この学校の存在意義なんて、とっくの昔に無くなってしまってるんですよ」

歯に衣着せぬ物いいとは、まさにこのことだ。

さすがにカチンときたが、現実はその通りなのだから反論のしようがない。

「ですがねえ、どうも今回の買収話には、乗り気になれないんですよ」

隆明は、胸にこみ上げる不快感を堪えて、ふたりの顔を交互に見た。「学校を潰してホテルを併設したリゾート施設を建設するって、そりゃあ確かにここは、温泉も出れば、近くにスキー場もある。眺望だってこの通り、リゾート建設には絶好のロケーションには違いありません。だけど、中国資本ってのはどうなんでしょう」

「中国資本の何が悪いんです？　どこの国の資本であろうと、できるものは同じじゃないですか」

泉沢は声を尖らせる。

「日本各地で外国人、特に中国人に土地が買い漁られているのはご存知ですよね」

「それが？」

「いいんですかね。北海道にしたって、原野、山林、何に使うのかと首を傾げるような土地を、二束三文で買い漁る。あの利に敏い中国人がですよ。何か、狙いがあってのこととしか、私には思えないんですよ」

「あのね、相川さん」

姫田は呆れたように首を振りながら目を閉じると、薄ら笑いを浮かべる。「そういうのは、政治家や行政機関が考えることであって、あなたが考えることじゃありません。日本では、外国人にも土地の所有が許されてるんです。法を犯しているわけじゃなし、買いたいという人がいて、売りたいという人がいる。単なる商行為。売買なんです。何に使うかは、買った人間が考えることで、他人がとやかくいう問題じゃないんですよ、これは」

「そうはおっしゃいますが、商工会の人たちが売却に反対しているのは、リゾートを経営するのが中国資本っていうのが大きな理由なんですよ」

隆明は反論に出た。「リゾート施設ができれば、やってくるのは誰ですか。中国人がメインになるんじゃありませんか？」

「客が押し寄せるようになれば、当然地元にもおカネが落ちます。雇用だって生まれる。いいことずくめじゃありませんか。寂れた温泉街だって、活気を取り戻すかもしれないのに、なんで反対するのか、私にはさっぱり分かりません」

　海東学園は、北海道南東部、太平洋に面した人口一万五千人の江原町にある。主要産業は漁業だが、温泉が出ることもあって町には十軒ほどの個人経営の旅館がある。近くにあった炭鉱が活況を呈していた時代には大層賑（にぎ）わったものだというが、それも今は昔。石炭産業の衰退とともに、炭鉱の閉鎖が相次ぐようになると、客足は激減し、今や地方の例にもれず、過疎（かそ）高齢化が進む一方だ。

「外国人が押し寄せても、町におカネが落ちるようになるとは思えないから反対してるんです」

　隆明はいった。「旅館は老朽化してるし、経営者だって高齢者がほとんどです。商店街だって状況は同じなら、子供たちはとうの昔に町を離れて、他所（よそ）の土地で生活しているのもまた同じ。客が増えたからといっていまさら旅館を新築し、従業員を雇用して、新たに旅館をはじめるなんて無理です。それに、リゾートを経営する会社にしたって、施設内にどう客を止（とど）めるか。食事はもちろん、商業施設だって施設内に設けるでしょう。雇用が増えるっていったって、外国人が多くなれば、語学ができるのが大前提だ。そんな人間が簡単に集まると思いますか？　結局従業員だって——」

外国人じゃないか。

そう続けようとしたのを、

「それ、チャンスでしょう」

泉沢が遮った。「商売は人の集まるところでなければ成立しません。リゾートができて観光客が集まるようになれば、旅館やホテル、商店を経営しようって人間も現れる。後継がいないから廃業するしかないというのであれば、そうした人たちにさっさと売っぱらえばいいんですよ。老後の資金はいくらあったって邪魔にならないどころか、国は年金だけじゃやってけない。二千万円の貯蓄が必要だって公言してるんですよ。それこそ願ったり叶ったりってもんじゃないですか」

『地域に根差した北海銀行』を謳い文句にしているくせに、こいつ地元住民の気持ちってもんを理解してんのか。気がつけば、住人は外国人だらけ。地域に伝わってきた伝統や文化も廃れ去り、かつての面影を偲ぶものはなにもない。もちろん、それがグローバリゼイションといえばそれまでだ。民族主義者のようなことをいうな、差別主義者だ、ともいわれるかもしれない。だが、故郷を残したいと願うのは、万人に共通した感情ではないのか。

「それは、相川さんにとっても同じなはずです」

しかし、隆明が反論するより早く姫田が言葉を継いだ。「こんな土地をといったらなんですが、相手は三十億でこの土地を売って欲しいといってるんです。海東学園さんの融資残高を全額お支払いいただき、税金を支払っても、五億の現金が手元に残る。相川さんにとっても、決して小さな金額ではないと思いますが？」

よくいうよと思った。

確かに五億円は大金だ。そこから教員や職員に退職金を支払っても、相当額が残ることは確かだが、問題はその先だ。隠居生活を決め込むには若すぎるし、第一、生徒が集まらなくなったのは今に始まったことじゃない。その間、北海銀行も学園の経営をいかにして立て直すか、「地域のためにも」といって、知恵を絞り、融資し続けてきたのだ。それが、法外の価格での買い手が現れた途端に、この豹変ぶりだ。

「五億も残るっていうなら、もう少し支援を続けてくれてもいいじゃないですか。買い手の当てはあるんだし、いよいよ駄目なら、担保にしている土地を没収。それこそ中国資本に売っぱらえば融資は全額回収できるじゃないですか」

「ご冗談を……」

姫田は薄い唇を歪め、冷笑を浮かべる。「中国の経済成長だって、いつまで続くか分かりませんからね。それに指導者の号令一下、ある日突然ルールが変わるのが中国です。買いたいという時が売り時なんですよ。なんせ、機を見るに敏なのが中国人なら、自分が損をするとなれば、見事なほどに手のひらを返して退散するのも中国人ですからね」

今度は、隆明が冷笑する番だった。

「あっという間に退散するというなら、リゾートホテルが思い通りに繁盛しなきゃ、さっさと撤退するんじゃないですか？　好景気がいつまで続くかわからないとおっしゃるなら、一転して不況に陥れば、観光客だって来なくなるんじゃないですか？」

姫田もむっとした表情になって、もごりと口を動かすと、押し黙った。

「むしろ、そうなる可能性は高いんじゃありませんか？」

隆明は続けた。「ＧＤＰ世界第二位とはいいますが、元になる数字は、地方の役人が鉛筆なめなめ算出した全くの出鱈目(でたらめ)だ。本当の数字なんか誰にも分からないってのは有名な話じゃないですか。爆買いに釣られて、大規模免税店を開設したデパートがどうなりました？　一過性の現象に飛びついた挙句の閑古鳥。ブームなんてそんなもんですよ。その再現になった時、取り残された町の住民は、どうなるんですか」

姫田の顔が険しくなる。泉沢もまた、面白かろうはずがないのだが、なんせ顔が魚である。分厚い唇を尖らせる様は、まるで釣り上げられたフグだ。

三人の間に気まずい沈黙が流れた。

「まあ、売る売らないは、相川さんがお決めになることです」

口を開いたのは姫田だった。「しかしですね、本行も、他の地銀の例に漏れず、経営状態は決していいとはいえません。特に、長くお付き合いをいただいている大口融資先の業績見通しについては、厳しい目が注がれるようになっておりまして、このままだと海東学園さんは、危険融資先となってしまいますが？」

それが何を意味するかは、訊ねるまでもない。

「貸し剝がしですか？」

声を押し殺し、隆明は姫田の顔を睨みつけた。

「そんな……貸し剝がしだなんて、人聞きが悪い……」

姫田は、薄く笑うと、「それなら、どうでしょう。一度、融資金額の半分をご返済いただけませんか」

今度は一転して、気味が悪いほど柔らかな口調でいう。

「半額って、そんなカネがあったら、融資なんか受けませんよ」

「融資に応ずる金融機関は、本行が責任を持ってご紹介いたします」

「何のために？」

「監査を乗り切るためです」

姫田は答えた。「危険融資先の対象になるのは、一定金額を超える大口融資先に限られます。現在の融資残高が半分になれば対象外。もちろん、監査が終わった時点で、またうちが融資を行いますので……」

どうしたら、こんな話を持ちかけられるのか。

監査を乗り切るためと称して再融資を確約し、カネを回収したが最後、約束が実行されず倒産というのは、自己資本率を高めるために、バブル崩壊直後に銀行が使った手口である。少しでも経済知識がある人間ならば、誰もが知っていることなのに、臆面もなく口にするところに腹が立つ。

まさに、カネ貸しの正体見たりとはこのことだ。

そうか、そこまでして、うちを閉学に追い込みたいのか。それなら、こっちにだって考えがある。

「姫田さん」

隆明は言った。「この学園は、鉄道を愛した創業者が、道内の鉄道のため、地域のために設立したものです。確かに経営は苦しい。それは認めます。ですが、私、もう少し頑張ってみたいんです」

「頑張ってどうなるんですか。この機を逃せば、借金の返済もできなくなるどころか、私財を全て失った上に、多額の借金を背負うことにもなりかねないんですよ」

「それは覚悟の上です」

「それじゃあ、困るんですよ」

「あなた方は困るでしょうが、私は構いませんが？」

「えっ？」

姫田は、眉をぴくりと吊り上げたまま固まった。

「万歳する時は、学園も私財も一切合財あなた方のものになるんだ。煮るなり焼くなり、お好きなようになさればいいじゃないですか」

「だからあ、その時まで買い手が待ってくれるとは限らないからいってるんです。第一、この辺の土地の価格からすれば、こんな法外な高値がつくわけないんです。ここにリゾートを建てれば大成功は間違いない。是が非でも手に入れたいからこそ、プレミアムをつけているんです。うちが担保の処分で売却するとなれば、相手も当然足元を見てくるわけで、提示された買取価格が融資残高を下回ろうものなら――」

隆明は無言のまま、意図的に口元に笑みを湛えてみせた。

それが、何を意味するかに、説明はいらないはずだ。

腹を括りさえすれば、借金というのは貸し手より借り手の側が断然強い。当たり前の話だ。ない袖は振れないし、借り手には奥の手がある。

「ま、まさか、相川さん――」

果たして、姫田は顔を引きつらせる。泉沢もまた、大きな目を更に見開き、まるで酸素不足の魚のように、分厚い唇をぽかりと開ける。

「そ、それは卑怯ですよ。そんなことしたら――」

泉沢は顔面を蒼白にして、動揺をあらわにする。

「返せなきゃ仕方ないじゃないですか。自己破産は、借金を背負った人間が、再起を期すために認められた制度でしょ？」

我が身を守るためなら、悪逆無道な手段を取ることも辞さないというなら、こっちだって考えがある。相手が一番困る状況に直面することを示してやることだ。

銀行マンはサラリーマンだ。まして、一つの汚点が命取りになる減点主義組織の典型的な職場である。融資したカネが一部であろうと回収不能になろうものなら、出世の道は断たれたも同然だ。

凍りつく二人に向かって、隆明はいった。

「もちろん、私だってそんなことはしたくありません。だから、あと三年、いや二年でいい。時間をいただきたいのです。それまでに再建の道が見つからなければ、その時は閉学を決心いたしますので、どうか猶予をいただきたい。お願いします」

2

話を聞き終えた千里(ちさと)は、湯飲みを食卓の上に静かに置くと、ほっとため息をついた。

「ごめんね、こんな苦労をさせちゃって――」

結婚してから八年。もう何度となく聞かされた言葉を千里は口にした。

千里が詫(わ)びるのには理由がある。

隆明は婿(むこ)養子だ。

千里と出会ったのはちょうど十年前、九月のニューヨークでのことだった。

当時、相川は大学を卒業すると同時に就職した会計監査法人を辞め、ニューヨークの会計事務所で働きながら、アメリカの会計士資格の取得を目指していた。

アメリカの会計士試験は弁護士資格同様、日本に比べれば難易度は低い。とはいえ法律も違えば会計手法も異なる上に、全てにおいて用いられる言語は英語だから、当然高い語学力が必要になる。昼は事務所で働き、夜は大学付属の語学学校で英語を学ぶ日々が一年ほど続いた頃、新学期を控えた夕暮れ時のキャンパスで千里に出会ったのだ。

「エクスキューズ・ミー」

学生の間で『ビーチ』と呼ばれる大理石の緩やかな階段と、緑の芝生で覆(おお)われた中庭で、緊張した面持ちで声をかけてきた千里の姿は今でもはっきりと覚えている。

「アドミッション・オフィスはどこですか？」

流暢(りゅうちょう)な英語だったが、なぜか日本人はすぐ分かる。

「あの建物の地下一階ですが、今日はもう窓口は開いてないと思いますよ」

日本語で答えた隆明に千里は驚き、

「日本人の方ですか？」

と声を弾ませた。

「どうしてまた、こんな時間に？」

「私、ビジネススクールに合格しまして、明日入学手続きがあるんです。今日の昼にニューヨークに着いたばかりなんですけど、提出書類のことで確認したいことがあって」

千里は屈託のない笑顔を浮かべながらこたえた。

それが、知り合ったきっかけなら、これも縁というものだろう。お互い、学業に追われる身ではあったが、そこは忙中閑あり。週末の夜に食事を共にし、たまにミュージカルやコンサートに出かけるうちに、二人の仲は急速に近づきやがて恋に落ちた。

お互い勉強は大変だったが、いま思えば楽しい時間だった。それゆえに、二年の歳月はあっという間に過ぎ去る。

その間に隆明はニューヨーク州の会計士試験に合格し、マンハッタンの高層ビルにオフィスを構える会計事務所に職を得た。そして、ほどなくして千里も無事ビジネススクールを修了し、ＭＢＡ（経営学修士号）の学位を取得した。

千里はニューヨークで職に就くのか、あるいは日本に戻り、外資系の企業で働くことになるのだろうと考えていたのだが、今後の身の振り方を聞かされたのは学位取得が決まった直後のことだった。

なんと、千里は日本に戻り、家業を継ぐことが留学以前から決まっていたというのだ。

もちろん、千里の実家が北海道で海東学園という鉄道の専門学校を経営していることは聞かされていたが、なぜそのことをそれまで黙っていたのか。

その理由はこうだ。

現理事長は創業者の跡を継いだ父親の誠二郎で、本来ならば五歳違いの兄、翔平が代を継ぐものと思われていた。ところが、翔平は東京の大学を卒業すると、大手総合商社のひとつ、四葉商事に入社し、後継者になることを断固拒否したのだと言う。兄妹はふたり。翔平の決意が固く、翻意させるのは無理だとなると、千里しかいない。

もちろん、千里も将来に夢を持っていたには違いないのだが、彼女には父親の意にこたえなければならない理由があった。

千里は小学校の三年生の時に母親を亡くした。以来、二人の子供を育てながら、学園の経営に取り組む父親の背中を見て育ってきた。

海東学園を開校したのは、祖父の兵衛が、大学にせよ、専門学校にせよ、教育機関は大都市に集中している。当然、学費も嵩むので、地方在住者は高度な教育を受けることができない。そんな環境をなんとか改善したいと考えたのがきっかけだった。

兵衛は筋金入りの鉄道マニア。今で言うところの『鉄』であったという。相川家は、かつて小さいながらも、炭鉱関連の会社を経営しており、その時代に風光明媚な江原町に広大な土地を購入していた。兵衛は先見の明に長けた人物であったらしく、炭鉱業が隆盛を極めていた時代であったにもかかわらず、採れるうちが花、今が潮時だといって、会社を売り払った資金で、鉄道の専門学校を開学したのだ。

大学を卒業した後は、アメリカに留学し、世界を舞台にした仕事に就きたい。それが千里の夢であることは、誠二郎もかねてより承知していた。留学を認めてくれたのは夢を絶ち、家業を継がせざるを得なくなってしまったことを申し訳なく思い、せめて愛娘(まなむすめ)のささやかな夢の一端を叶えてやりたいという、誠二郎の親心の現れであったに違いないと千里はいった。

事情は理解できた。創業家の家業への思い入れが、殊(こと)の外強いものだということも良く分かった。

となると、問題は千里との関係をどうするかだ。

隆明は千里との結婚を真剣に考えていたし、かといってニューヨークで働くことは、長年抱き続けてきた夢である。その夢が実現し、いよいよこれからだという時に来て、千里との結婚か、それともニューヨークを離れるかという究極の選択を迫られることになったのだ。

悩んだ。二人で何度も相談を重ねた。その過程でもう一つ、厄介な問題が持ち上がった。

翔平が代替りを拒んだ際に、誠二郎が激怒し、もはや家の敷居は跨(また)がせない、と事実上の絶縁を告げたことだ。その結果、千里の結婚相手は婿養子が条件になるというのだ。

当時の隆明の姓は角永(かどなが)。上に二人の兄がいたから、自身は養子に入るのは構わなかったが、問題は両親である。

案の定、両親は養子に出ることに難色を示し、すったもんだの末に結婚と相成ったわけだが、誠二郎も申し訳なく思ったのだろう、「すぐに帰国しなくともいい。暫(しばら)く二人でニューヨークで暮らしたらどうだ」と勧めてきた。

それから帰国するまで四年。

ニューヨークを離れることになったのは、誠二郎が病の床に伏したからだ。

病名はガンである。しかも、進行性が極めて高いスキルスガンで、発見された時にはすでに手遅れ。慌(あわ)てて病院に駆けつけた二人を前にして、誠二郎はこういった。

「実は、学園には借金がある」

公立はともかく、私立の教育機関にはビジネスという側面がある。

運転資金も必要なら、設備投資にだっておカネがかかる。借金があるのは不思議ではないのだが、その額を聞いて隆明は腰を抜かさんばかりに驚いた。

何と二十億円である。

聞けば、学生が思うように集まらなくなったことに危機感を抱き、起死回生を賭けて学生寮と校舎の一部を一新。それも十億円もの資金を投下して豪華なものを建設したのだという。

驚いたのは隆明ばかりではない。千里に至っては驚愕、いや激怒し、病床に伏している父親に向かって、

「なんでそれを早く言わないの！　それなら、隆明さんに養子になんか入ってもらわなかったのに！」

泣きじゃくりながら、非難の声を上げる始末。

誠二郎は、二カ月の闘病の後に世を去った。そして、隆明はその跡を継ぐ形で理事長に就任。千里が、事あるごとに詫びの言葉を口にするのは、そんな経緯があったからだ。

「まあ、仕方ないよ。お義父さんだって、借金を押し付けようなんて気持ちはこれっぽっちもなかったさ。自分の代で何とかできる。そう思っていたからこそ勝負を賭けたんだ」

「こんなことになるなら、遺産放棄すれば良かった。そうしてたら、借金を背負うこ

ともなかったし、あのままニューヨークで暮らせてたのに」

「それじゃあ、学生が困るよ」

隆明はいった。「教員や職員だって職を失うことになるし、学園が道内の鉄道会社に人材を供給して貢献してきたことは事実なんだ。だから、お義父さんだって、先代の遺志を継いで、学園の経営に情熱を傾けてきたんじゃないか。町にしたって、寮の食堂に食材を供給することで生計を立てている人もいれば、施設の維持、管理、その他諸々、大きな収入にはならないけど、うちがあればこそって人たちも少なからずいるしね。学園は、僕らだけのものじゃない。地域の人たちにも、なくてはならないものなんだ。そう簡単に廃校にするわけにはいかないよ」

「情熱ねえ……」

千里は、切れ長の目の中の瞳を落とすと、はあっとため息を吐き、「お祖父ちゃんも、お父さんも、筋金入りの『鉄』だったからねえ……。そりゃあ、楽しくて仕方なかったろうけどさ……」

脱力するかのように肩を落とした。

「それに、閉学するにしたって、リゾート建設を目的にする会社に売っぱらうってのが、なんかひっかかるんだよな。確かに学園の土地は広大だ。敷地の中には、大きな沼もあるし手つかずの自然も残ってる。眺望だって素晴らしいし、掘れば温泉だって出るのは分かってる。ここを何としても手に入れたいって気持ちになるのは分かるんだけど、俺……代を継いでから何もしてないし――」

千里にだからこそいえる言葉である。

今回の買収話は借金を返済するという観点からいえば、とてつもなく魅力的な話ではある。しかし、理事長に就任して四年。経営の立て直しと、学生集めに奔走する日々に追われるだけで、再建ということに関しては、策らしい策を何一つ打ち出せずにいたからだ。

実のところをいえば、北海銀行の再三の勧めに応じない理由はそこにある。要は、プライドの問題なのだ。

「でも、このままじゃ、いつまで続けられるか――」

千里は学園の経営に直接携わってはいない。

役職に就くのは簡単だが、それでは給与が発生する。学園の台所事情が厳しい折、まずは自分たちの生活よりも、教員、職員のことを優先すべきだと考えたのだ。あえて子供を儲(もう)けないのもそのせいなのだが、千里だって帳簿も読めれば、経営に関しての知識もある。表にこそ出ないものの、学園の再建に奔走し、日々思案に暮れていることに変わりはない。

「発想の転換が必要なのかもしれないな」

隆明は、湯飲みを手に取りながらいった。

「発想の転換？」

「鉄道関係の専門学校は、日本に何校かあるけど、うちの卒業生の就職先は、道内がほとんどだ。結果、道内出身者が大半ってことになっているわけだけど、道外の高校生から見れば、それじゃ就職先が限られるように思うだろうからね。まして、道内の鉄道は、ほとんどが赤字。先を考えれば不安も抱くさ。就職先が、全国に広がれば——」

「それは、一つの手かもしれないけれど、そもそも、専門学校ってところが、今の時代では魅力に乏しいものになっているんじゃないかしら」

「それ、どういうこと？」

「だって、二年間鉄道の専門教育を受けたとしてもよ、公的な学位が取得できるわけじゃなし、就職に当たっては高卒以上、大卒未満。面接で多少有利に働くとしても、初任給は高卒扱いがほとんどだもの。人材が不足していた時代ならともかく、今はそうじゃないからね」

「そうか……それもあるかもな」

　隆明は、口元に運んだ湯飲みを置いた。「まして、首尾よく就職できたとしても、会社での職種は限られてるしな。それでも鉄道会社に就職したい。大好きでたまらない鉄道に携わっていたい——生徒にしたって、そこに喜びを見出(みいだ)している『鉄ちゃん』が大半だもんな」

「そう考えるとよ、日本の大学に鉄道を専門にしている大学はおろか、学部すらないって不思議だと思わない？」

　なるほど、いわれてみればその通りである。

　自他共に認める世界最高水準の鉄道技術を誇りながらも、鉄道大学はおろか、鉄道学部すら日本には存在しない。

「戦後、自前で作った旅客機はＹＳ11とＭＲＪだけなのに、航空工学科を設けてる大学はいくつかあるし、航空関係の専門学校はたくさんある。日本を訪れた外国人がまず驚くのは、日本の鉄道の快適さ、正確な運行システム、洗練された電車のデザイン……って山ほどあるのに、それを教える専門高等教育の場がないってのは確かに不思議だよな」

「そういう大学作れないかしら」

千里が、ふと思いついたように漏らした。

「大学？」

その言葉を繰り返した隆明に、千里は視線を上げた。

「専門職大学、短大の創設が認められようって時代によ、鉄道専門の大学を作れば、学生も興味を示すだろうし、何よりも国益に叶う高等教育機関になると思うの」

「なるほどなあ」

隆明は唸った。

専門職大学が、いかなる狙いをもって設立を許可されるようになったのか、一連の経緯はもちろん頭の中にある。

役人の書いた文章は小難しいが、とどのつまりは、従来の大学がユニバーサル化されすぎて、即戦力になり得る人材が乏しいこと、技術の進歩にともなう産業構造の変化が著しく、学び直しの場を設けることが必要だとされたのだ。

「車両開発、保線管理、運行システム、考えてみりゃどれも専門的知識を必要とされる仕事だもんな。大学で学んだことが就職先で生かせる。それもほぼ間違いなく望む部署に回されるとなれば、そりゃあ鉄道業界で働きたいって学生にはたまらんかもな」

「それに、文科省の設立意図を読むと、学び直しの場を設ける必要があるってあったわよね。それって、大学と会社を行ったり来たりしながら、学生だけじゃなく現場の人も最新の知識を大学で学んで、職場に戻るってことになるわけじゃない。そうなれば、大学に入ってくるのは、高校新卒者だけじゃない。これって、社会人大学を併設するのと同じことじゃない」

「ギムナジウムだ」

隆明は瞬間、脳裏に浮かんだ言葉を口にした。「大学と現場を行き来しながら、学問としての知識と実践的知識の双方を身につける。学生は卒業と同時に立派な即戦力となれば、マイスターも先端技術を身につけることができる。ドイツじゃ古くから、そうした教育が当たり前になってるんだ。学園がそういう教育機関に生まれ変われば――」

「でもねえ……」

千里は、小さなため息を漏らすと、視線を落とした。「それ、やろうとしたら、設備を整えるだけでも大変な資金が必要になるし、教員だって新たに採用しなければならないじゃない。まして、現場と学校を往復しながらなんてことをやるためには、提携してくれる企業を探さなければならないのよ。おカネもさることながら、いったいどれだけの時間がかかるか分かったもんじゃないし、そもそもそんな企業が見つかるかどうかも分からないじゃない……」

夢を語り、コンセプトを語るのは簡単だ。

決定的な打開策を見出したとしても、先立つものと、時間がなければ話にならない。今の学園には、そのいずれもないのだから、所詮は絵に描いた餅というものだ。

ちくしょう。何か手はないのか。この案が実現できれば、起死回生の一発になるのは間違いないのに。

隆明は、捨てるにはあまりにも惜しい策を前にして、何もできない自分に苛立ちを覚えながら天を仰いだ。

3

仁保地峠は山口駅から北東におよそ七キロのところにある。

新山口駅から島根県の益田駅を結ぶ山口線は、週末や祝日に運行されるＳＬ「やまぐち号」を目当てに、沿線には『撮り鉄』たちが群れをなして押しかけてくる。

木々に覆われた山々、田畑、そして古い家屋と、沿線にはまだ昭和を彷彿とさせる光景が数多くある。それがまた、煙を棚引かせながら驀進する蒸気機関車の姿とよく似合うのだ。

竹内美絵子は、急峻な山の斜面を登る足を止め、腕時計を見た。

時刻は午前十時五十二分。すでに、やまぐち号は始発駅を出ているが、ここに差し掛かるまでには四十分ほどの余裕がある。

鉄たちの鉄道に注ぐ愛情、情熱、情報収集能力は凄まじい。いい絵が撮れる場所はもれなく知れ渡っているだけに、撮り鉄の場所取り争いは熾烈を極める。実際、この雑木が密生する山中にも道がついており、真新しい足跡が残っている。

急がなくちゃ――。

美絵子は肩で息つくと、足を速めた。

やがて植林された杉の大木と、雑木に遮られていた先に光が差し込んでいるのが見えた。

山中を貫く線路に辿り着いたのだ。

――やっぱりねえ……。

美絵子は、胸の中で思わず呟いた。

線路沿いには、すでに十人ばかりの撮り鉄たちの姿がある。

山肌を削って線路を通したせいで反対側は急峻な斜面となっており、撮影場所を確保する余裕はない。

ＳＬの姿に人が写り込んだのでは台無しだ。それは他の撮り鉄たちにとっても同じこと。後から来た人間は、自分の姿が写り込まないところにポジションを構えるのが暗黙のルールだ。うっかりしようものなら、大トラブルとなりかねない。鉄にも『撮り鉄』、『乗り鉄』、『録り鉄』等々、様々あるが、目当ての列車を前にすると人柄が豹変するのは同じである。

線路際に立った美絵子は、峠の坂を下り始めた。

どれくらい移動したか。やがて緩やかなカーブの先に絶好とは言えぬまでも、納得のいく場所を見つけた。他にカメラの設置を行っている撮影者も一人だけしかいない。美絵子はバラストから十分な距離を取り、三脚を設置しその上にカメラをセットした。

列車が到着するまで、まだ三十分ほどある。

雲一つない、高い秋の空から、眩いばかりの日差しが降り注ぐ。時折吹く、たおやかな風が、火照った体に心地よい。

静謐な空間に、野鳥の囀りが聞こえる。ただ一つ残念なのは、紅葉の時期にはまだ早く、風景に色味が欠けることとだが、それもよしとせねばなるまい。普段東京で暮らしている美絵子が山口に来れたのは、夏休みをこの時期までずらしたからだし、紅葉の時期ともなれば、撮り鉄の数はこんなものではない。沿線のめぼしいポイントは、全国から集まってきた撮り鉄で埋めつくされ、殺気すら感ずる狂騒の場と化すからだ。

支度を整え終えると、喉の渇きを覚えた。

ナップサックの中からミネラルウオーターのボトルを取り出し、人心地ついたところで、先に来ていた同好者と目が合った。

浅黒い肌。彫りの深い顔立ちから、外国人であることが一目で分かった。

美絵子は反射的に、口元に笑みを浮かべ軽く頭を下げた。

「ハァイ……」

男は、唇の間から白い歯を覗かせると、軽く手を挙げる。

三十代半ばといったところか、中々のイケメンだ。身長も高いし、理知的な顔立ちからは、ある一定の階層に属する人間が醸し出す、特有の雰囲気が感じられる。

「どちらから？」

美絵子は英語で訊ねた。

「英語喋れるの？」

男は驚いた様子で目を見開く。

美絵子は、こくりと頷いた。

経済産業省貿易経済協力局通商金融課。それが美絵子の勤務先だ。キャリア官僚として入省してまだ三年目だが、いずれ留学試験を受け、海外の大学院で学ぶのが当面の目標だから、語学の勉強にはぬかりがない。

「R国から……アンドリュー・チャンだ」

アンドリューは、嬉しそうに名乗ると手を差し出してきた。

「ミエコ・タケウチ」

握手を交わしながら、美絵子が名乗ると、

「もしかして、プロのカメラマン？」

アンドリューが訊ねてきた。

「いいえ。ただの鉄道好き」

「女性なのに？」

「日本には『鉄子』って言葉があるくらい、鉄道好きな女性は多いのよ」

美絵子はくすりと笑いながら答えると、「珍しいっていえば、外国人の方がこんなところにまで写真を撮りにくる方がもっと珍しいわ。あなたこそプロカメラマン？」

すかさず問い返した。

「日本に初めてきた時に目にした新幹線に魅せられてね。以来日本の鉄道マニアになったってわけ。ここに来たのはインスタグラムで見た、蒸気機関車の姿に恋しちゃってさ。どうしても自分で撮りたくなったんだよ」

アンドリューは早くも声を弾ませる。「アジアには蒸気機関車が走ってる国が、まだいくつかあるけど、メンテナンスは全然だし、仕方なく使ってるって感じがプンプンするんだよね。だけど、日本の蒸気機関車は違うんだなあ。そりゃあ、観光列車として走らせてんだから、綺麗なのは当たり前なんだけど、なんていうか、そう、車に例えると、ビンテージ物のロールスロイスが今の時代に蘇ったって感じかな。却って斬新なものに思えてくるんだよねえ」

「日本の鉄子としては、嬉しい言葉だわ」

「いやあ、しかし日本の鉄道は凄いよ」

アンドリューは唸る。「実は、ここには瑞風に乗ってきたんだけどね」

「瑞風？　あなた瑞風に乗ったの？」

「新婚旅行でね」

アンドリューは、少し誇らしげに左手を翳す。

その薬指には、真新しい金色の指輪が輝いている。

「大阪から下関まで、一泊二日の旅がどれほど短く感じたことか。居住空間、設備は五つ星のホテル以上。食事やサービスに至っては、これ以上なにを望むかってレベルの高さだ。スイートがあの値段になるのも納得だよ」

「スイートって……」

美絵子は絶句した。

瑞風のスイートは、この時期、一名七十八万円にもなる。二人なら百五十六万円。発展途上国のR国の平均年収は、確か四十万円だから、一泊二日の旅だけでも、ほぼ四年分に相当する金額を費やしたことになる。

どうりで、体から滲み出る雰囲気がどっか違うわけだわ。

貧しい国民が圧倒的多数を占める一方で、ほんの一握りの上流階級が、途方もない富を持つのは途上国の常だ。どうやら、アンドリューもその部類、それも年齢からするとどこぞの御曹司に違いあるまい。

改めてアンドリューの姿を見直すと、時計はスイス製の金無垢だし、衣類のブランドはイタリアの高級品。カメラもまた、日本メーカーの一眼レフ。それもプロ仕様ときている。

「でも、いいの？　新婚旅行なのに奥様を一人ぼっちにして――」

美絵子は問うた。

「ははは」

アンドリューは明るく笑い、「これから先、どちらかが死ぬまで、ずっと一緒なんだし、彼女は僕の趣味に実に理解があるんだよ。実際、鉄道の話をしている時や、写真に見入っている時は、僕は常にご機嫌だからね。それに、彼女にはクレジットカードを渡してあるし。僕がいない方が、自由に買い物ができるから、彼女にとっても好都合だと思うよ」

軽くウインクをする。

R国には高速鉄道の導入計画があり、日本、中国、韓国、欧州の鉄道会社の間で激しい受注獲得競争が繰り広げられている最中である。もっとも、莫大な資金を必要とするにもかかわらず、途上国のR国に財源はないから、導入国の資金援助が必要になる。つまり、どこの国の高速鉄道を採用するかは、事実上政府間交渉で決まるわけなのだが、この案件を担当しているのが経済産業省貿易経済協力局通商金融課、つまり美絵子の所属している部署である。

実際、美絵子も上司と一緒に、二度ばかりR国を訪ねたことがあるのだが、著しい経済成長の最中にあるとはいえ、貧富の格差は一目瞭然。圧倒的多数の国民が、貧困に喘いでいるのは紛れもない事実である。そうした実情を知っているだけに、アンドリューの金満ぶりを見せつけられると複雑な思いに駆られてしまう。

「しかし、日本って凄いよね」

そんな美絵子の内心を知るよしもないアンドリューは、無邪気に感嘆する。「クルーズトレインだって、瑞風だけじゃない。次から次に出て来るし、観光列車だってたくさん走ってるんだろ？　駅には身障者向けのエレベーターとか、転落防止用の自動開閉柵とか、どんどん進化してるんだもの。果ては、駅のトイレにさえ、温水洗浄便座が当たり前にある。それに比べりゃ、うちの国なんて、百年間、時が止まったままだもの」

R国と日本を比べれば、アンドリューがそうした感慨を抱くのも無理はない。

駅一つを取ってみても、第二次世界大戦中に建てられたものがほとんどで、老朽化が著しい上に、切符一つ買うのも対面式だ。いや、それ以前に駅舎に入らずとも、線路自体が市民生活と隔離されていないので、どこからでもホームに侵入可能だから、無賃乗車は当たり前。当然、客車は常に超満員。乗り切れない客が、屋根や連結器にしがみつくという混乱ぶりだ。

「日本だって、そんな時代を経て今の姿になったんです」

美絵子はいった。「私は映像や写真でしか見たことがありませんけど、戦後しばらくは、同じようなものだったんですよ」

「うちの国だってそれは同じだったんだ。つまり、僕がいいたいのは、スタートは同じであったはずなのに、この差はいったいなんなんだってこと」

ごもっとも。

しかし、それを美絵子が肯定するのは傲慢に過ぎる。

「R国はこれからですよ。事実、外国企業が続々と進出しているじゃないですか。雇用が生まれれば、国民の収入も上がる。生活が向上すれば、消費も生まれる。まして、R国の人口は日本のほぼ倍。しかも、増え続けているんです。それは市場が大きくなるってことじゃないですか。その点、日本は少子化が進み、今後人口が減っていくんです。どちらの国に明るい未来が待ち受けているかは明らかってもんでしょう？」

アンドリューは、おやっという顔をして、美絵子を見る。

「R国に来たことがあるの？」

「ええ……」

「じゃあ、分かると思うけど、結局は民度の違いだと僕は思うんだよね」

残念そうというか、悲しそうというか、アンドリューの顔に複雑な感情が滲み出る。
「今に比べれば、戦前の日本は遥かに貧しかったかもしれないけど、最低限の教育は受けられたし、社会のルールは守って当然っていう意識があったと思うんだ。だけど、うちの国は違うんだよ。多民族国家だし、宗教も複数ある。教育だって充実しているとはいい難いし、家が貧しけりゃ最低限の教育すら満足に受けられない。いわゆる貧困の連鎖ってやつが続いてる層が大半を占めているんだ。それで、どうして民度が上がる？　だって、そうじゃないか。親のやることを子供が真似するだけで、それを正すチャンスがないんだよ。実際、日本の援助を受けて、首都には地下鉄ができたけど、平気でゴミを捨てるわ、落書きするわ、電車に乗るにしたって順番を待つなんて概念がないんだもの。立派な器はできても、中身は変わらない。まさに、ブロークンウインドウズ理論ってやつさ」

一枚割れた窓を放置しておくと、その地域の犯罪率が高くなる。それがブロークンウインドウズ理論なのだが、どうやらアンドリューは経済が発展しても、民度が向上しない限り、現在の状態が続くといいたいらしい。

しかし、先進国と言われる国でも、ゴミが散乱し、落書きだらけという街は当たり前にある。順番を守らないのもまたしかり。それゆえに、日本を訪れた外国人の多くが、街の清潔さ、秩序ある社会、そして群を抜いて低い犯罪発生率に驚き、賞賛するのだ。しかし経済が成長するに従って、アンドリューのいう『民度』が向上した国が存在するのもまた事実である。

「ブロークンウインドウズ理論というなら、逆もありなんじゃないでしょうか」

美絵子はいった。

「それ、どういうこと？」

「壊れた窓を、一つ一つ直していけば、街も市民のモラルも自然に高まるものだってことです。例えば上海（シャンハイ）なんて、ひと昔前とは随分様変わりして、今じゃ綺麗な街になったっていわれますよね。国民の暮らしが向上すれば、海外に出かける人も多くなる。そこで目にした光景や体験がきっかけになって、自分の国もこうなったらいいなと思う人が増えて行けば、自然と社会の有りようも変わっていくものじゃないでしょうか」

「まあ、そう期待したいところだが、いったいいつになることやら……」

アンドリューは苦笑を浮かべると、「少なくとも、僕が生きているうちには、そんな時代がやって来るとは思えないね」

目を閉じながら首を振った。

その時、鳥の囀りに混じって、遠くから汽笛が聞こえた。

「あっ！　来た！」

話に耽っている場合ではない。

どちらからともなく会話を終わらせた二人は、カメラに飛びついた。

やがて蒸気機関車の駆動音が聞こえはじめる。

仁保地峠の勾配はきつい。喘ぐようでありながら、それでいて力強い蒸気機関車特有の音が徐々に近づいて来る。

美絵子はファインダーを覗いた。

フレームの下部から伸びる二本のレールと風景とのバランスを考え、カメラの位置を調節する。そしてズーム——。

音は爆音へと変わり始める。

線路がカーブしているせいで、周囲の木々に遮られた先にもうもうと立ち上る黒煙が見える。

レールが鳴り始める。

車輪が空転する音が聞こえる。砂を撒いているのだろう、激しい吹き出し音が巨大な生物の息吹のようにそれに混じる。

短く汽笛が鳴った次の瞬間、ファインダーの中に黒い蒸気機関車が現れた。美絵子は、夢中でシャッターを押した。フルオートでマシンガンをぶっ放したかのような連続音。しかしそれも瞬く間に機関車の爆音の中に溶けていく。巨大な物体が大気を切り裂く圧を感じた次の瞬間、轟音がピークに達し、猛烈な風が巻き起こった。客車が軽やかな音を立てて目の前を通り抜けていく。

その姿を目で追った美絵子に向かって、

「ワーオ……！」

アンドリューが感嘆の声を上げた。

その顔は興奮のあまり、上気している。

「すんごい！　いやあああ、素晴らしい！」

アンドリューが叫ぶ。

「撮れた？」

「バッチリ！　少なくとも、今回撮った写真の中ではベストショットだ。わざわざ、こんな山の中まで来た甲斐があったよ」

アンドリューは喜色満面、ガッツポーズを取る。

「で、どうするの？　もう一度あの列車戻って来るけど？」

「残念だけど、それじゃ山口に戻るのが遅くなってしまう。さすがに、それまでワイフを放っておくわけにはいかないよ。それに、来月のクレジットカードの請求が大変なことになるかもしれないし……」

アンドリューは、肩を揺らしながら笑い声をあげ、「君は？」と訊ねてきた。

「東京からわざわざここまで来たんだもの、もちろん粘るわよ」

「本当に鉄道が好きで堪らないんだね」

「それが私の唯一の趣味だから」

美絵子は、ニコリと微笑んだ。

「お陰で楽しい時間を過ごせたよ。どうもありがとう」

「こちらこそ」

その会話を機に、アンドリューは機材を片付けにかかった。

「そうだ」

三脚をケースの中に仕舞い終えたアンドリューがふと思いついたようにいった。

「今日の写真、交換しない？　もし差し支えなかったら、あの列車の復路の写真も送ってもらえると嬉しいな。もちろん、僕の個人的なコレクションにするだけで、ＳＮ

Sにアップしたりはしないから」

アンドリューも筋金入りの鉄であることは間違いない。その気持ちは十分理解できるし、金満ぶりは鼻につくが、悪い人間ではないようだ。

「もちろん」

「じゃあ、ここに……」

アンドリューはポシェットの中から名刺を取り出すと、差し出してきた。

「ごめんなさい。私、名刺を持ってきてなくて」

そんなことは気にするなとばかりに、アンドリューは顔の前で手を振ると、

「じゃあ、楽しみにしているよ」

そう言うなり、機材を手にその場を立ち去って行く。

「必ず送るから。ボンボヤージュ」

後ろ姿に向かっていった美絵子の言葉に、アンドリューは歩きながら片手を上げて応(こた)える。

美絵子は貰(もら)ったばかりの名刺に目をやった。

『ペトロキング・チーフ・カスタマー・オフィサー』

その肩書きを見て、美絵子は仰天した。

ペトロキングはオイルメジャーには遠く及ばないものの、原油、天然ガスの生産と供給、及び石油化学工業製品の製造販売を行うR国最大規模の会社だ。ＣＣＯは顧客満足について責任を負う最高職である。

なるほど、おカネ持ってるはずだわ。

美絵子は改めて納得すると同時に、

「凄い人に会っちゃった――」

小さくなっていくアンドリューの後ろ姿に目をやりながら、胸の中で呟いた。

4

「町長、これは町の財政を立て直す、最初にして最後のチャンスなんです」

テーブルを挟んで座る姫田が、ここぞとばかりに声に力を込める。「町の財政赤字は、七十億にも達しているんです。住民の高齢化は今後どんどん進んでいく。買い物難民も増えれば、雪かきもできない、ゴミも出せない、行政の支援なしでは生きていけない高齢者だらけになるんですよ。どーすんですかいったい。このままじゃ、財政破綻(はたん)一直線だ。そんなことになろうものなら、再建に追われるのは誰でもない。町長、あなたってことになるんですよ」

個室の座敷に置かれたテーブルの上には、数品の刺身と、小皿に入った突き出しが置かれている。寿司どころとして全国に名を馳せる小樽の寿司屋としては、実に質素なものだが、地方経済が低迷する一方の今の時代、経営に余裕のある地銀があるわけがない。それは北海銀行にしても同じこと。これでも、奮発した部類なのだろう。

「海東学園にそんな話が持ち上がっていることは、泉沢さんから聞いていますがね……」

設楽勲は肩で息をつくと、姫田と並んで座る泉沢をちらりと見、グラスに入ったビールに手を伸ばした。

設楽は江原町の町長だ。北海銀行江原町支店長の泉沢とは、公私に亘る付き合いがあるが、本店の上位職責者が同席すると、日頃とは打って変わって傲慢ないい方をするのが実に不愉快でならない。

「おっしゃることは分かりますけど、海東学園をどうするかなんて、私がどうこういえる問題じゃありませんよ。それこそ、相川さんがお決めになることです」

設楽はグラスを傾け、込み上げる不快感を胸に流し込んだ。

「もちろん、お話ししましたよ」

すかさず泉沢がこたえる。「ですがねえ。相川さんは、ここに至ってもなお、学園の経営を続けたいとおっしゃいましてね。頑として、私どもの提案を受け入れないのです。相川さんが挙げる理由は幾つかあるんですが、その中の一つに、同窓会や町の商工会がリゾート施設の建設には反対しているということがありましてね」

「商工会が反対しているのは知ってますよ。そんなものが来たところで、潤うのはリゾートだけで、町にはそれほどカネは落ちない。それどころか、採算が取れないとなれば、さっさと見切りをつけて撤退するのが外国企業だ。そんなことになろうものなら、町に巨大な廃墟が残るだけ。実際、中国では建設ラッシュに沸いた当時、大規模な巨大ショッピングモールがたくさんできましたが、あっという間に閉鎖という事例が山ほどあると聞いています。誰も住んでいないゴーストタウンだっていくつもあるし、第一――」

　用途制限があるために、何を目的として購入したのか理解に苦しむ山林原野が北海道にはたくさんある。その購入者はことごとく中国資本だ。学園の土地だって、買収したはいいが、本当にリゾートが建つかどうか分かったもんじゃない。

　そう続けようとした設楽を遮って、

「そんなことにはなりません」

姫田は断言する。「今回の話は、全額即金払い。リゾートができることは間違いありませんし、着工となれば整地、建設と地元にも雇用が生まれます。作業員が来れば、町に長期滞在することになるんです。老朽化しているとはいえ、温泉宿は絶好の宿泊場所となるでしょうし、開業した暁には、定住者も増える。住民税に事業税。町に多額の固定財源を齎すことになるんです。それだけじゃない。施設のメンテナンス、消耗材の納品、漁協には魚介類の安定供給先が生まれることにもなる。何もかもいいことずくめじゃありませんか」

そのなにもかもがいいことずくめという点が気になるのだ。

江原町の過疎高齢化は、いまに始まったことではない。周辺の自治体もまた、この問題に長く頭を痛めてきたのだ。

設楽は今年六十五歳。町職員から助役を経て、町長に就任して三期十年目を迎える。職員であった時代には、企業の誘致に奔走もしたし、誘致に成功した周辺自治体が活況を呈した様子も、そして、より安価な労働力を求め、海外に工場が移転した途端、一気に廃れていく様も目の当たりにしてきた。

日本企業でさえ、利益のためならば平然と撤退していくのに、ビジネスとなれば、遥かにドライなのが外国企業だ。まして相手が利に敏い中国資本と聞けば、商工会の人たちが警戒する気持ちはよく分かる。

「しかしねえ、姫田さん。最近じゃ、企業よりも教育機関を誘致すれば、若い人たちもやってくる。定住人口も生まれる。大学誘致を過疎高齢化の解消策にと考えている自治体が数多くあるんですよ。江原町には、海東学園という立派な専門学校がある。わけの分からない企業を誘致するより、学園をどうやって活性化させるかに知恵を絞った方が、現実的なんじゃないでしょうか」

「それ断言しますけど、海東学園が再び活況を呈するなんて、あり得ませんから」

姫田は冷笑を浮かべ、けんもほろろに否定する。

「大学誘致っていいますけど、いったいどれだけの数の大学があると思ってんですか。八百に迫ろうって数になるんですよ。少子化は進む一方だってのに、いまさら大学を作ったところで、生徒が集まるわけないでしょう。まして海東学園は、学位も資格も取れない、鉄道の専門学校ですよ」

「しかし、海東学園が、これまで町に貢献してきたことは事実なわけで……」

設楽は江原町に生まれ育ったネイティブだ。海東学園が町にあって当たり前という中で暮らしてきたし、創業者はもちろん、先代の人となりも知っていれば、学園が活況を呈していた時代も知っている。卒業生たちが、北海道の鉄道を支えてきたこともだ。それだけに、海東学園が閉校となる、しかも、そこに外資のリゾート施設が建つとなると、どうしても複雑な思いに駆られる。

「貢献してきたのは事実かもしれませんが、じゃあ、今はどうなんです？」

泉沢が訊ねてきた。「先代の頃から赤字続きだし、それも学校法人は収益事業以外の税金は免除されているにもかかわらずですよ。次長が今時大学なんか誘致したって、町の活性化策になんかなり得ないっておっしゃるのは、その点も含めてのことなんですよ」

なんだその、思い切り上から目線の物いいは。

上司と一緒だと、こうも態度を変えんのか。

そう返したくなるのをぐっと堪え、設楽はビールをがぶりと飲んだ。

「ちょう、ちょ〜お〜」

姫田は薄気味悪いほどの猫撫で声を出す。「前回の選挙では、対立候補が出ませんでしたよね」

姫田が、何をいわんとしているかは明らかだ。

設楽は、苦々しい思いを抱きながら、半分ほどが空になったグラスを見詰めた。

果たして姫田は、自ら瓶を手にすると、そこにビールを注ぎ入れながらいった。

「そりゃそうですよ。町の支援を受けなければ、日常生活もままならない高齢者が増えていくばかり。かといって財源はない。町唯一の安定収入が見込める役場の職員だって、減らさなければならなくなり、給料だって下げなきゃならなくなるのが目に見えてんですからね。十分なケアが受けられなくなれば、高齢者の不満は爆発する。役場の給料に手をつければ、職員が黙っちゃいない。その時、矢面に立たされるのは町長ですからね」

確かに、今の江原町の財政状態を考えれば、そうなる可能性もなきにしもあらずだ。北海道の冬は厳しい。先に姫田がいったように、温暖な地とは違い、冬になれば除雪費用も発生すれば、ゴミの回収、さらには中心部はともかく、町内には下水が未整備の地域もあるから、便所はいまだポットンという地域も存在する。し尿処理施設も町営だし、自力では病院に行けぬ高齢者の送迎、さらにはデイケアと、削減不可能な固定費は数多くある。

前回の選挙で対立候補が出なかったのは、町の財政悪化が危険水域に達しつつあるのに、これといった打開策を誰も見出すことができないでいたからだ。今後ますます悪化していくのは明らかなのだから、成り手が現れるわけがない。

「かといって、設楽さんがここで町政を投げ出すわけにはいきませんよねえ。それじゃあ、あまりにも無責任というものですからね」

姫田は、また痛いところを突いてくる。

「まあ……やるという人が現れれば別ですが……」

だから、答える設楽の口調は、どうしても歯切れが悪くなる。

「でしょう？」

初めて肯定的な言葉を聞いた泉沢が、身を乗り出しながら口を挟んだ。「もちろん町の財政がここまで悪化したのは、設楽さんのせいではありません。高齢化が進む一方の町は、誰が町政を担ったところでそうなるんです。国だって同じですよ。医療にせよ年金にせよ、社会保障制度が機能しているように見えるのは、現役世代が積み立てているおカネを先食いしてるからなんですよ」

「国の財政以前に、江原町の財政は、そう遠からぬうちに間違いなく破綻します。このまま町長をお続けになる限り、絶対的に不足する財源をどうやってやりくりするか、町民や職員を泣かせても、町を維持する任を担うのは誰でもない。町長、あなたなんですよ」

口調が冷静なだけに、姫田の言葉は圧倒的な説得力をもって、設楽の胸に突き刺さる。

設楽は視線を落とした。

三人の会話が途切れた。

重苦しい沈黙に耐えかね、ふと上げた設楽の視線を捉えた姫田が再び口を開いた。

「リゾートができれば、町には多額の法人税が入ります。土地の値段も上がるでしょうから、町に入る固定資産税も海東学園の比ではありません。それら全てが町の恒久的財源になるんですよ。加えて、従業員が転入してくれれば、住民税だって増えるし、観光客が町におカネを落とすでしょうから、商店街だって潤う。それもまた、税収アップにつながるわけです。そうなれば、町の財政問題なんて、一気に解決するじゃないですか」

「そりゃあその通りですが、最初にいったように、海東学園を手放すかどうかは、相川さんが決めることで、町の都合でどうこういえる問題じゃありませんよ」

「それは違うと思いますね」

姫田は静かに首を振る。「ビジネスは生き物です。日本には同じような状況に陥っている自治体は山ほどあるし、風光明媚な土地もたくさんあります。その中で海東学園に目をつけた資本が現れた。これは幸運以外の何物でもありません。そして運というのが、摑み損ねればするりと逃げていくものなら、長くは待たないのが外資です。

ぐずぐずしていたら、この話もなかったことになってしまう。それは江原町が、またとない再建のチャンスをみすみす逃すってことです。事は海東学園だけの問題ではないんです。町の存亡がかかった問題なんです」

「というと、なんですか。町を挙げて相川さんを説得にかかれ。私にその旗振り役をやれと、いうわけですか？」

「その通りです」

姫田は、何をいまさらといわんばかりの顔で頷いた。「このご時世に、鉄道の専門学校なんかに学生が集まるわけがない。相川さんは、もう少し頑張ってみたいの一点張りですが、どう考えたって先は見えてますよ。だから、誰かが目を覚ましてやらなければならないんです。町の命運が懸かっている。町民を救うためには、あそこにリゾートを建てるしかないのだと町長が訴えれば、相川さんだって、きっと考えを改めると思うんです」

設楽の心が揺らぎ始める。

企業誘致が地方経済活性化の起爆剤になったのは、とうの昔の話だ。その一方で、日本を訪れる観光客は増加の一途を辿るばかり。二度、三度と訪れるリピーターも増えているというし、政府も観光立国を目指すと公言してはばからない。

中でも、突出して多いのが中国人観光客だ。それも買い物目的は過去の話で、個人旅行が主流になりつつあり、訪問先も多様化し、豊富な食と自然に恵まれた北海道は人気の的である。

そして、北海道を訪れる外国人観光客には長期滞在者が多いという特徴がある。冬は上質な雪目当てのスキーヤー。夏の快適な気候は避暑にはもってこいだ。ニセコはその典型的な町で、別荘の所有者はほとんど外国人だし、外資系ホテルの開業が相次ぐわ、レストランや居酒屋が軒を連ねるわで大盛況だ。

もし、江原町にリゾートが建てば……。観光客が押し寄せ、町にカネを落とすようになれば……。ニセコの再現となるのも、あながち夢物語とはいえないのではないか……。

そこに思いが至ると、もはや江原町の再生には、この事業を実現させる以外にないのではないかという気がしてきた。いや、それ以外の策が、設楽には思い浮かばない。もはや、唯一無二の策としか思えなくなってきた。

「じゃあ、これでお願いします」

泉沢が窓越しに運転手にタクシーチケットを渡した。

「お疲れ様でございました」

タクシーの窓越しに、後部座席に座る設楽に向かって、二人は深々と頭を下げた。

夜の帳の中に、急速に小さくなって行くテールランプの赤い光を見ながら、泉沢がいった。

「町長がその気になってくれて一安心ですね。商工会、町民を挙げてリゾートの誘致を望むとなれば、相川さんだって、考えを改めますよ。なんせ町の将来がかかってるんですからね」

「学校経営だってビジネスだ。大火傷しないうちに、手を引いちまった方がいいと割り切りゃいいのに、二人ともアメリカ暮らしが長い割には、損得勘定よりも情が優ってビジネスライクに割り切れねえっていうなら、情に訴えて考えを改めさせるしかねえだろ」

5

「情には情か……。いやあ、さすがは次長。勉強になります」

泉沢はわざとらしく感嘆の声を上げ、媚を売ってきた。

それも道理というものだ。

新卒者の採用人数からも明らかなように、銀行員の出世競争は激烈を極める。昇進が止まれば、余剰人員とみなされたも同然なら、取引先への出向、あるいは転籍も過去の話である。肩書きを外され、給料も下がり、かつての部下に仕えるという屈辱に耐えるか、さもなくば辞めることになるのだ。

つまり出世の階段を登り続ける以外に生存の道はないということになるのだが、それを可能ならしめるには、ミスを犯すことなく、他に抜きん出た実績を上げること以外にない。

北海銀行の支店は全道にあるが、過疎高齢化に直面している町が圧倒的多数を占める。当然、多くの支店の業績は低迷状態にあるのだが、だからといって「しょうがない」では許されないのが企業社会だ。

海東学園は、江原町支店の最大の取引先であるだけでなく、融資額は北海銀行の中でも上位に入る。それが、不良債権となろうものなら、泉沢の銀行マンとしての将来は完全に終わる。もちろん、それは姫田も同じだ。

「なにがさすがだよ」

姫田は泉沢を横目で睨んだ。「お前、仮にも支店長だろ。小さいながらも、一国一城の主じゃねえか。本店の人間がわざわざ出向かなけりゃ、策の一つも浮かばねえのか」

笑みを浮かべていた泉沢の顔が凍りつき、すっと血の気が引いていく。

「も……申し訳ございません……」

泉沢は慌てて頭を下げると、そのまま項垂れた。

「お前には、進歩ってもんがねえのかよ」

頭越しに、姫田はいった。「何かといやあ、俺を頼ってばかりでよ。こんなザマじゃ、基幹支店への栄転どころか、支店長を解任されるぞ」

泉沢はバネで弾かれたように、顔を上げると、

「いや、それはですね、この一件がうまくまとまれば、大手柄になるからですよ」

必死の形相で訴えてきた。「リゾートが開業すれば、町で商売を始めようって人間が、道の内外から押し寄せるじゃないですか。当然、資金需要が発生しますし、定住人口が増えるに従って、住宅需要も増すわけです。不動産や建設業者も資金が必要になりますから、うちには住宅ローン、事業資金と融資の申し込みが殺到するわけで

「……」

「それが分かってんなら、なんで手柄を独り占めにしねえんだ？　お前には野心ってものがねえのかよ」

「大きな手柄を立てられたのも、次長のお力添えがあればこそ。この件は、次長の実績にもなるじゃありませんか」

「俺の出世が約束されるってか？」

姫田は泉沢の評価、性格を重々承知している。

なぜなら、大卒総合職として泉沢が入行してきた当時、札幌大通支店に配属された泉沢の指導役となったのが姫田だったからだ。

いわれたことはそつなくこなすが、それ以上でもなければ、それ以下でもない。可もなく不可もなしで、まあミスさえ犯さなければ、弱小支店の支店長になれるかどうかと見たが、泉沢には一つだけ、いい訳という特技があった。それも、自分の能力の足りなさを指摘されると、上司の功績に結びつけるような話にすり替えていい繕おうとするのだ。

「新人の頃に、仕事のいろはを教えてくださったのは次長です。以来、ずっと尊敬してるんです。一生ついていこうと決めたんです」

まるで積年の想いを告白する少女のように、泉沢はまん丸の目をぱちくりさせながら、上目遣いで姫田を見る。

でたよ……。

人の性格なんて、そう変わるものじゃない。多分、この特技にまんまとやられた上司がいたからこそ、弱小支店とはいえ支店長になれたのだろうが、ここから先は実績勝負だ。かといって、泉沢は自分にその能力がないのは重々承知。となれば、残る手段はただ一つ。将来有望な上司についていく。つまりコバンザメになることだ。

「気持ち悪い目で見んじゃねえよ」

姫田は本心からいった。しかし、その一方で、待てよ……と思った。

「まあ、そこまで俺を買ってくれるのは嬉しいよ。だったら、ひとつお前に話しておかなければならないことがある」

姫田は、改まった口調でいった。

「それは、どんな？」

「実はな、この話が成立して江原町にリゾートが建った暁には、その会社の経理担当役員に就任しないかって内々に打診を受けてんだよ」

「えっ……それって、次長が会社を辞めるってことですか？」

「外資、それも中国資本だからな。日本の財務に通じた人間が必要だし、北海道の事情に長けた人間も必要だ。今回の話をうちに持ち込んできた、日本のコンサルタント会社を通じて是非にっていわれてんだ」

もちろん嘘（うそ）である。

咄嗟（とっさ）に思いついたのだろうが、泉沢のいい訳は姫田の秘めた狙いを突いていた。

姫田は五十一歳。この年齢で本店次長は、決して早い出世ではない。同期の中には、役員になった者もいることを考えれば、良くて部長止まり。下手をすれば、次長で終わる可能性も捨てきれない。

しかし、この案件の結果次第では、一発大逆転もあり得ない話ではない。こうして、自ら相川との交渉の場に出向いたのもそのせいなのだが、問題は失敗した時のことだ。

この年齢になって、評価にバッテンがつけば、出世は望めない。それすなわち、余剰人員と見なされるということだ。それだけは何としても避けなければならない。

となると、方法は一つしかない。泉沢を交渉の前面に立たせ、自分は黒子に徹することだ。成功すれば自分の手柄。失敗したなら泉沢のせい。なにしろ、海東学園は江原町支店の顧客だし、泉沢は支店長である。もちろん、姫田も責めを負わされることになるだろうが、罪一等を減ぜられる可能性は十分にある。

つまり、姫田は保険をかけにかかったのだ。

「でも、この話がまとまれば、次長は——」

「お前、この先、地銀が生き残れると思ってんのか」

姫田は泉沢の言葉を遮り、鼻を鳴らした。「そりゃあ、リゾートが建ちゃ、莫大な資金需要が生まれるだろうさ。江原町支店はたちまち超優良店、一躍うちの支店の中の稼ぎ頭だ」

泉沢は目を輝かせながら、こくりと頷く。

姫田は続けた。

「だがな、江原町支店一つが活況を呈したところで、他の支店の業績がさっぱりじゃどうなるよ。不採算店は閉鎖、統合。そうなりゃ始まるのはリストラだ。つまり、偉くなったところで、前向きの仕事なんかありゃしないんだよ。後ろ向き、かつ辛い仕事を背負わされることになるんだ」

泉沢の瞳に灯っていた光は消え失せ、まるで死んだ魚の目のように、暗く沈む。

「確かに……いわれてみればその通りですよね……」

「もちろん、俺たちが定年を迎えるまでに、その時がやってくるかどうかは分からない。だがな、俺はもう銀行の仕事にうんざりしてるんだ。このリゾートは間違いなく成功する。その事業の経営の一翼を担える仕事の方が、俺には遥かに魅力的なんだよ」

「分かります。分かります！」

泉沢は、がくがくと小刻みに頷く。

「だから泉沢。手柄を立てろ」

姫田はいった。「この際はっきりいうが、これまでのお前の評価じゃ、本部に戻るのは絶対に無理だ。せいぜい江原町と同規模の支店をもう一箇所任されて、それでお役御免。その時、どんなポジションが与えられるかは分からんが、いずれにしても辛い立場に立たされることになる」

泉沢は目を伏せ、悄然と肩を落とす。

「しかしだ」

姫田は声に力を込めた。「この案件をものにしたとなれば話は違う。俺はお前を本部に引き上げてやるし、江原町に発生する莫大な融資案件をうちが引き受けられれば、お前は勲章持ちだ。黙っていても、出世の階段を登り続けることになる」

泉沢の視線が上がった。

丸い目を大きく見開き、ぽかんと口を丸くする。

「次長……」

　感極まったように、それだけいうと瞳を炯々と光らせる。

「そのまま行内で出世するもよし、転職するにしたって勲章があるかないかで大違いだ。役員になろうものなら迎え入れる側にしたって、それなりの役職と報酬をもって遇することになる。もし、お前が望むなら、江原町リゾートの俺の後釜に推薦してやってもいいんだぞ」

　姫田は止めの言葉を吐いた。

「ほ、本当ですか？」

「俺が、嘘をついたことがあるか？」

　新人のお前の指導役になった時、躊躇することなく『並』の評価をつけたのは俺だぞ。

　姫田は、胸の中で嘲笑いながら問い返した。

「次長……私、全力を尽くしてこの案件、纏めてみせます。私、次長に一生ついていきます」

　深々と頭をさげる泉沢を見下ろしながら、姫田は薄く笑った。

6

総合商社、四葉商事の本社は、品川の港南口にある。

その日、広大な操車場を見渡せる十階の会議室では、海外インフラ事業部・アジア開発部の戦略会議が行われていた。

「やっぱりな。視察後のR国のお偉いさんたちの反応に変化なしか……。まっ、結論は端(はな)から決まってんだろうが、日本は中国に継いで二番目の援助国だ。形だけは整えとこうってわけだ」

相川翔平の報告を聞き終えた次長の青柳秀悦(あおやぎしゅうえつ)が、苦々しい顔をして吐き捨てた。

「こと、この件に関しては、相変わらずR国政府側から情報が一切漏れて来ないんです」

翔平はこたえた。「むしろ政府の動きは、四葉チャイナと本社からもたらされる情報に頼っているのが現状なんです。ただ、それらを総合して考えると、中国側は、まず間違いなく合弁企業を設立し、建設資金を貸し付ける。インドネシア同様、R国政府に財政負担も債務保証も求めないという形になる公算が高いのではないかと思われます」

四十歳になる翔平は、四葉商事のインフラ事業部のR国駐在員として、現地に赴任して三年になる。

大手町にあった本社が、ここ品川に移転したのは、社屋が老朽化したのが最大の理由だが、高度に進化した情報社会に対応するためには、設備を一新する必要性に迫られたからでもある。

入社してから十八年。この間に総合商社のビジネスは、大きく変貌を遂げた。『ラーメンからミサイルまで』という、実際に物を動かし、口銭を稼ぐビジネスは未だ健在だが、新たな柱として『投資』が加わるようになったのだ。もちろん、投資といっても、資金を貸し付け、金利で儲ける銀行のモデルとは違う。有望な事業に資本参加し、あるいは企業を買収して四葉から人員を送り込む。経営に積極的に関与し、事業を軌道に乗せ、継続的に収益を上げるのが狙いである。

飯のタネを鵜の目鷹の目で探し、事業が軌道に乗った時点で会社化して出向、転籍というのは、今も変わりはないが、規模がより大型化、かつ多様化しているのだ。

もっとも、プラントや鉄道建設のような大型事業にオルガナイザーとして加わる、旧来のビジネスは今でも総合商社のメインの仕事の一つであり、総合商社が最も得意とするところだ。

特に、ポストチャイナと目される東南アジアの発展途上国は、大きなビジネスチャンスの宝庫である、中でもR国が計画している高速鉄道の導入は、四葉のインフラ事業部の最重要案件で、事実上、受注を巡って日中双方の一騎打ちという展開になりつつあった。

「対する日本政府の提案も、インドネシア同様、総事業費は金利〇・一パーセントの円借款ってことになるだろうからな。それに対して、中国が提示している条件は金利なしだ。どっちの条件に魅力を感じるかは明白だよ」

青柳は、手にしていたボールペンを忌々しげに、広げたノートの上に放り投げた。

「だいたい債務保証なしでいいなんて条件を提示したら、採算性なんて誰も考えませんよ。運行が始まっても赤字で債務の返済どころの話じゃなくなれば、待ってましたとばかりに、借金の形に高速鉄道を召し上げ自国の影響下に置くのが中国の狙いなんですから、ほんと酷いもんです」

中上は、課長になったばかりの三十五歳。ビジネスの酸いも甘いも嚙み分けた猛者だが、なかなかの熱血漢だ。そんな彼らしく、顔いっぱいに悔しさを滲ませる。

「高速鉄道の建設は、現首相の公約ですからね。袖の下もたっぷり摑まされているでしょうし……」

「マッ、賄賂は中国のお家芸だからな」

青柳は達観した口ぶりでいう。「それに首相はもちろん、閣僚だって、開業した頃には、お役御免になってんだろうし、赤字が積み重なってにっちもさっちも行かなくなった頃には、この世にいなくなってたって不思議じゃないからな。自分の時代さえよけりゃ、それでいい。後は野となれ山となれ。中国の属国になろうと知ったこっちゃないってわけさ」

「しかし、次長。高速鉄道だけでも、九千五百億円ですよ」

中上は語気を強める。「資材調達、輸送、うちが絡めるビジネスは、たくさんありますし、日本の円借款で建設した地下鉄の延伸、新設計画に、発電所の建設計画もある。現時点で分かっているだけでも、一兆五千億円にもなろうってインフラ整備事業計画がR国にはあるんです。今回の高速鉄道建設に絡めなかったら――」

「分かってる」

青柳は少し苛ついた声で、中上の言葉を途中で遮った。「だがな、日中どちらの案を採用するかは、R国が決めることだし、現時点では日本側の交渉窓口は政府。我々民間企業が本格的に動き出せるのは、新幹線の採用が決まってからだ」

「だからって、手をこまねいていていいんですかね。ここのところ、アジア、アフリカ、どこもかしこも、ずっと中国にやられっぱなしじゃないですか。しかもあちらは事実上の国営企業。バックに政府がついてるんです。カネで勝敗が決まるなら、中国の独壇場ってことになってしまいますよ。これじゃあ、うちの事業部はいつまで経っても、大型案件なんか受注できません。いずれ人員縮小か、下手すりゃお取り潰しだ」

中上のいうことはもっともである。

日本の総合商社は、基本給には大きな違いはないものの、ボーナスには所属する事業部の業績が大きく反映される。稼いだ人間には手厚く。稼がぬ人間にはそれなりに。信賞必罰というより、会社の暖簾を借りた、中小企業の集団というのが総合商社だ。収入は己の稼ぎ次第なら、事業部を跨いだ人事異動は基本的にない。つまり、稼ぎがない部署は穀潰し以外の何物でもなく、すぐに首にならずとも、冷や飯を食うことを余儀なくされることになる。

熱帯のR国で暮らしていると、冬に備える衣類が手薄になる。

なにしろ、普段は現地のビジネスマンに倣い、オフィスでも開襟シャツにスラックスというい でたちだ。今、着用しているスーツも夏物で、暖房の効いた室内では十分なのに、それでも背筋に冷たいものが走るのを翔平は覚えた。

「ただ、望みがないわけではないのです」

翔平はいった。「実は、R国の有力財閥の中に、国の近代化を図るべきだと強く考えている方々がおりまして」

一国に根づいた体制や習慣というものは、そう簡単に変わるわけがないのだが、ビッグビジネスを前にして、勝ち目がありませんの一言で済ませれば、たちまち能無しの烙印が押される。第一、日中どちらの高速鉄道を導入するかの結論が出るのはまだ先だ。策の一つも出してみせねばならない。

「有力財閥？」

青柳は、興味を惹かれた様子で、片眉をぴくりと動かし、翔平に目を向けた。

「チャン財閥です」

「チャン財閥って、R国の資源ビジネスの大半を握っている、あのチャンか？」

「そのチャンです」

翔平は頷いた。「うちのエネルギー部門は、ペトロキングの天然ガス事業に出資していますので、先方の経営陣とは頻繁に会う機会があるんです。それで私、うちのトップの越野さんにお願いしたんですよ。ペトロキングはR国政府とも密接な関係がありますからね。政府が日中どちらの高速鉄道を採用する意向なのか、探ってもらえないかと」

「それで？」

「そしたら越野さん、だったらペトロキングのトップと会食の予定がある。お前が同席して、直接訊けばいいじゃないかって」

「で、会ったのか」

「会いました。ジェームズ・チャンに」

「よく会ってくれたもんだな。ジェームズ・チャンっていったら、チャン財閥の総帥で、R国の王族の血を引く大物中の大物じゃないか」

青柳は目を丸くして驚き、感嘆の声を上げる。

「城南緑風会ですよ」

翔平はいった。「ジェームズさんは、日本が高度成長期にあった頃、城南大学に留学してたんです。現地にも『R国緑風会』がありまして、ジェームズさんは会長、越野さんは副会長をやっておりますので」

「そうか、君、城南だったな」

緑風会とは、城南大学の同窓会組織の名称で、国内では都道府県、地域によっては市単位で、果ては企業内にも○○緑風会という組織が存在する。城南出身者は、『二人集まれば緑風会ができる』と揶揄されるほど母校愛が強いことで有名なのだが、それは海外でも全く同じで、後輩のためなら先輩が一肌も二肌も脱ぐのを厭わないというのが伝統だ。

「お忙しい方ですからね。会長とはいっても、年次総会には欠席することが多いのですが、ちょうど来年は、R国緑風会創立七十周年の節目の年に当たりましてね。記念総会となれば、会長であるジェームズさんにも事前にご相談申し上げなければならないことも多々あるわけです。そこで記念総会の幹事を私が務める。その打ち合わせということで、三人で会食の場を設けたわけです」

「いいねえ、ジョーナンは、寄ると触ると緑風会で磁石のようにくっつき合うが、このネットワークだけは、ほんと役に立つよな」

国立最高峰の大学の出身者である青柳は、瞳に羨望の色をあからさまに浮かべる。

「で、何気に高速鉄道の話を振ってみたんです。ところがジェームズさん、政府の方針以前に体制批判を始めるじゃありませんか」

「体制批判って……その体制のおかげでチャン財閥は、栄華を貪ってきたんじゃないか」

「それがですね、ジェームズさんがおっしゃるには、R国の貧富の差が一向に改善されないのは、政治家、官僚、とにかく権力者層の中に汚職がはびこっているからだ。R国が一流国家を目指すなら、まず汚職を一掃することから始めなければならない。そうでなければ、いくら立派な鉄道や道路を作っても、国民の生活は一向に改善されないし、民度も上がるわけがないと……」

「そりゃ、ごもっともだけどさ、一掃するったって簡単な話じゃないだろ。首相をはじめ閣僚、議員、官僚に至るまで、まるでシャンパンタワーのように、上から下まで賄賂まみれになってんのがR国だ。いくらチャン財閥だって、がっちり固まった利権構造を、崩壊させるなんてことはできないだろうさ」

「それが、本気で考えてるんですよ」

「どうやって」

「ヒントは、賄賂の本場中国です」

翔平はいった。「習近平が中国で核心的存在としての地位を手にしたのは、腐敗撲滅を大義に掲げ、それが国民から支持されたからです。もちろん、抵抗勢力を排除するのが最大の狙いですし、そもそも共産主義なんて、権力層が甘い汁を吸うためにあるようなものですからね。利権構造が劇的に変化したわけではありませんが、習近平が再任以前の段階から汚職を摘発し、高級官僚を何人も獄に送ったのは事実です。R国の首相は公選制です。腐敗撲滅を公約に掲げた有力候補者を立てれば、必ずや国民の支持が集まるだろうと」

「有力候補者って、誰を立てるんだ？　まさかジェームズさんが立候補するとでも？」

「いや、ジェームズさんは高齢ですから。立候補するのは、お嬢さんのキャサリンです」

「ジェームズさんに、政治家のお嬢さんなんていましたっけ」

中上が記憶を探るかのように、首を捻る。

「いや、政治家じゃありません。ジェームズさんにお嬢さんがいることは、私もはじめて知ったんですが、話を聞くと、これが当選する可能性はなきにしもあらず……」

翔平は、即座に返した。「彼女はスタンフォードを卒業したといいますから、かなりの才媛なんですが、帰国してすぐに貧困層の子供を対象にした学校を開設しましてね。R国の義務教育は中学まで。もちろん授業料は無料なんですが、日々の生活費を稼ぐのにも苦労している最貧困層ともなると、小学校の高学年あたりから働きに出る子供も少なくないんです。中学になると、その割合が増えて、就学率は七十五パーセントに過ぎません。それで彼女、そうした子供たちを対象に、夜間の小中学校を開設したそうなんです。まあ、学校とはいっても、それこそ屋根しかない寺子屋のようなものらしいんですが」

「ふ〜ん。大財閥のお嬢さまがねえ」

　青柳は感心した様子で唸った。

「その寺子屋が二つ、三つと増えて、今では全国に五十カ所……」

「ご・じゅ・う？」

「いや、ですから屋根しかないような施設ですから。それに、教師の給料だって、R国の平均賃金からすれば知れたもんです。チャン財閥の総帥のお嬢様からすれば、どうってことはない額なんでしょうが、彼女が凄いのは、貧困層の子供への支援が、これに止まらなかったことなんです」

　二人は興味を惹かれた様子で、話に聞き入っている。

　翔平は、さらに続けた。

「彼女、そこでこれはと見込んだ子供に、奨学金を与えて高校、大学への進学支援を始めたんだそうです。そのおかげで、大学を卒業し貧困から抜け出し、一般企業の会社員はもちろん、弁護士、官僚、果ては地方自治体の政治家になった人間がかなりの数になっているそうなんです」

「それを全部私財で？」

「公立の高校なら入学金五千円、授業料は月額五百円ですからね。年間五十人やそこら支援したって、大した負担にはなりませんよ」

「しかし、年を経るに従って、奨学生は増える一方になったわけですよね？」

中上は信じられないとばかりに目を丸くする。

「彼女がこの事業を始めてから二十七年。仮に年間五十人だとしても、常に三百五十人からの学生を支援していることになるわけですが、彼女のおかげで高収入を得られる職に就いた人間が増えてくると、今度はかつての自分と同じような境遇にある子供たちにチャンスを与えようと、資金の提供を申し出るようになった。そのお陰もあって、上の学校に進む子供の数が年を追うごとに増加する一方で……」

「そんな話、初めて聞いた」

青柳の言葉に、翔平はすかさず返した。

「国の内外を問わず、メディアの取材依頼は少なからずあるそうなんですが、彼女がこんな事業を始めた動機は貧困の解消です。貧困問題が一向に解消されないでいる原因は歴代の政権、特権階級が、目を向けてこなかったことにあるわけです。取材に応じれば、その点に触れないわけにはいきませんし、第一、チャン一族だって立派な特権階級そのものですからね。それに、すべての貧困層に救済の手を差し伸べられたわけでもないといって、表に出ることを頑なに拒んできたんですが、彼女の活動はR国の国民には広く知られた話ですから、絶大な人気があるんですよ。まして彼女、この活動に生涯を捧げるために、独身を貫いてきたというんですから」

「えっ……彼女独身なの？」

青柳は目を剝いて驚く。

「御歳五十一歳。ジェームズさんがおっしゃるには、外国資本がR国に目を向けるようになったのは喜ばしい限りだが、何をやるにしても国が関与するんじゃ、特権階級の懐が潤うだけで、R国の何が変わるというわけじゃない。ここで、社会を変えなければ、R国の貧富の格差は永遠に改善されないといって、キャサリンは、首相選に立候補することを決意したそうなんです」

「悪しき習慣を断つには頭から。国民に絶大な人気がある彼女が、腐敗撲滅を掲げれば、当選する可能性は大。流れは一気に、日本側が有利になるってわけか」

「そううまく行きますかねえ」

本社で高速鉄道案件を担当しているのは中上だ。R国にも何度も足を運んでいるだけに、政治情勢には精通している。「キャサリンさんの事業のことは初めて知りましたが、現体制を維持しようってのは政府だけじゃありませんからね。軍だって利権まみれなんですから、改革なんてやろうものなら、それこそクーデターが起きるんじゃないですかねえ」

「その可能性は、まずないと思います」

翔平はいった。「R国では、国王は絶対的存在です。王が窘めれば、軍も動きがとれません。もし、国王の意向に逆らおうものなら、それこそ国民が許しません。大暴動どころか内戦に発展し、収拾がつかなくなりますよ」

「しかし、王室は政治に関与しないってのが、R国の不文律じゃないですか。だから、いままで――」

「不文律はあくまで慣習ですよ。慣習を守ってたんじゃ、何も変わらない。だから、彼女は決意したんです」

翔平は中上の言葉をぴしゃりと遮った。

中上は、釈然としない表情を浮かべながらも口を噤んだ。

短い沈黙があった。

「で、そこでうちはどう動くんだ。何か考えがあるんだろ？」

口を開いたのは青柳だった。

「もちろんです」

翔平はこたえると、ニヤリと笑った。

第二章

1

「どうにもこうにもなりませんな。現時点で、高校を通じて知らされた応募予定者数は定員の半数ちょっと。来春卒業を迎える高校生の進路は、そろそろ決定している頃ですからね。このままだと、過去最低記録を更新することになりそうですね」

　事務長の若槻光一が、理事長室に入って来るなり、暗澹たる表情を浮かべ、ため息を漏らした。

「まだ、望みはありますよ。大学受験に失敗した学生が、全部浪人するってわけじゃありません。進路を変えてということだって――」

　そこで、隆明は言葉が続かなくなった。

　本気かといわんばかりの、若槻の冷たい視線に気がついたからだ。

　果たして若槻はいう。

「就職率百パーセントといったって、採用者数が減少するのと比例するように卒業生の数も減っているからじゃないですか。道内の鉄道会社の業績は、どこも酷いもんなんですよ。この先、どうなるか分かったもんじゃないんですから、そりゃあ学生だって考えますよ」

「そんなこといい始めたら、定年まで安心して働ける会社なんて、どこにもありませんよ」

経営状態を熟知している事務長ならではの見解だし、的を射ていることも事実だが、それゆえに隆明はムカッときた。「大会社だって、あっという間に潰れてしまう時代なんです。その点、鉄道は違います。人がいる限り、利用者がいる限り、絶対になくならない。最後まで残るのが鉄道なんです」

つい思ったままを口にしてしまったが、屁理屈以外の何物でもない。

「その人がいなくなっているから、道内の鉄道会社は経営不振に喘いでいるんじゃないですか」

若槻は、呆れたようにいい、「あの光景を思い出してください。いったい、学校説明会に何人集まったか」

今度は険しい視線で隆明を見据えた。

若槻がいう説明会とは、先月東京で開催した学校説明会のことだ。

来年度はもちろん、再来年卒業予定の高校生に対象を広げ、説明会の場を設けたのだったが、集まったのは僅か十名余。百名を超える人員を収容できる会場は、ほとんど空席という惨憺たる有様であったのだ。あれでは、入学を検討していた生徒だって、考えを改めるだろうから、むしろ逆効果に終わる可能性が大だ。

痛いところを突かれて、黙った隆明に向かって、若槻は続ける。

「学園を存続させるつもりなら、打つ手は一つ。授業料の値上げしかありません」

「そんなことしたら、ますます学生が集まらなくなりますよ」

「じゃあ、値下げしてみますか。ほら、消費税と同じですよ。税率を上げれば、消費が冷え込む。下げれば消費が活性化するから、経済の活性化には効果的だって論が根強くありますよね」

下げたところで、学生が集まらないのは明らかだ。

なのに、若槻がこんなことをいうのは、もはやお手上げ、学園を廃校にするしかないと、彼なりの結論を見出しているからだ。

「廃校にするのは簡単ですよ」

隆明は大きなため息を漏らした。「だけど、そうなれば、教職員全員が職をなくすことになるじゃないですか。再就職先が簡単に見つかるのならまだしも、江原町に、教職員合わせて六十名からの人員を吸収できる雇用機会はありません。かといって、自宅を持っている人が大半ですから、職を求めて他所の街に転ずるというわけにも行きません。それこそ、皆さんの人生そのものが、変わってしまうことにもなるわけです」

必死の思いで学園の存続に取り組んでいるのは、それも大きな理由の一つである。自宅を売却して再出発の資金に充てようにも、江原は過疎の町だ。買い手はまず現れやしないだろうし、売れたとしても二束三文、再出発の資金には心許ない価格になるに決まっている。まして、教員のほとんどは鉄道分野の専門家だ。再就職先を見つけるのは、困難どころか、不可能といってもいいだろう。

「理事長が教職員の行く末を案じておられるのは、私自身は良く分かっております。でもね、理事長がそうでも、肝心の教職員はどうかと言えば、その辺りのことを、ドライに考えているようでしてね」

「えっ？」

隆明はぎくりとして、小さな声を上げた。

「退職を真剣に考えている人間が、いるようでしてね」

「それ、本当のことですか?」

隆明は、思わず身を乗り出した。

教職員が確保できなければ、教育機関としての機能を失う。十分な教育を施せないことを承知で学生を集めれば、詐欺行為を働くのも同然だ。今ここで教員に欠員が出ようものなら、その時点で学園は閉鎖するしかなくなってしまう。

「そりゃあ、年を追うごとに生徒が減り続けているんですから、誰だってヤバイんじゃないかって不安になるでしょう。ひょっとして、退職金が貰えないかもと考えれば、貰えるうちにってなるじゃないですか」

「給料はちゃんと払ってるし、ボーナスだって……」

しかし、そんな理屈が意味を持たないものであることに気がつき、隆明は言葉を呑んだ。

「理事長……じゃあ、ひとつお訊きしますがね」

果たして、若槻はいう。「仮に教職員の半分が、同時期に辞めたらどうなります? 大量退職なんて想定していませんよね」

「廃校以前に辞めるというなら、自己都合じゃないですか。退職金は規定通りの額で済みますから、退職準備金で——」

十分賄(まかな)えるはずだ。

そう続けようとした隆明を、若槻は遮った。

「授業を円滑に行うことができなくなれば、教育機関としての体をなさなくなります。そうなりゃ廃校。今度は学園側の都合での解雇になるわけですから、割増退職金を支払う必要に迫られる。そんな原資は学園のどこにもありませんが」

「教員にだって責任てものがあるでしょう。突然辞めたら生徒はどうなるんです。学業半ばで放り出されたら、ここで学んだ時間が全く無駄なものになってしまうじゃありませんか。そんなの無責任に過ぎますよ」

「そうですよね。理事長も困るし、学生も困る。となれば、足下を見てくるかもしれませんね」

「足下を見る？」

不穏な言葉に、胸の中にさざ波が立つ。しかし、それが何を意味するのか、俄(にわ)かには思いつかない。

問い返した隆明に、

「退職はするが、そこから先は嘱託で。つまり非常勤講師としての再雇用を要求してくるかもしれませんね」

どんな会社や組織にも、鼻の利く人間が必ずいるものだ。行く末に危機の匂いを嗅ぎつけると、そうした人間はいち早く見切りをつけ、逃げ出していく。

実際、ニューヨークで会計士をしていた頃は、何度かそうした光景を目の当たりにしたものだったが、自分が当事者になってみると、従業員に見切りをつけられた経営者の心情が、今更ながらに分かるような気がした。

隆明は返す言葉が見つからず、悄然と肩を落とした。

「理事長……」

若槻はいう。「私だって、こんなこといいたくはありませんけどね。でも、この辺りが潮時なんじゃないでしょうか。ただでさえ少子化で就学人口そのものがますます減って行くんです。その一方で、大学の数は、全国で八百近く。そりゃあ、大学といってもピンキリですけど、就職にあたっては、大卒と専門学校では初任給からして違いますからね。親にしてみたら、どうせ上の学校にやるのなら、有名じゃなくとも大学に。そう思うもんじゃないでしょうか」

若槻は、先代の時代に高卒で採用されて以来、一貫して学園の事務職として働いてきた人間だ。年齢は五十六歳。学園が活況を呈していた時代も知っていれば、学園を想う気持ちも強い。そんな人間から、潮時だと言われると、さすがに隆明の胸中に弱気の虫が頭を擡げてくる。

「でもねえ、事務長。私はまだ何か手があるんじゃないかと思うんだよねえ」

隆明は苦しい言葉を口にした。「廃校が一番楽なのは分かっているけど、本当に手は尽くしたのか、知恵を出し切ったのかって考えると――」

ドアがノックされたのは、その時だった。

隆明は、机の上に置かれた時計に目をやった。

時刻は、二時五分前である。

同時にドアが開き、「理事長、町長さんがお見えです」と、女性事務員が告げた。

「もう、こんな時間か――」

隆明は、すぐに通すよう答えると、

「事務長、二時から来客があったんだ。悪いけどこの話は、改めてまた……」

若槻に向かっていった。

「町長が、どうしてまた？」

「さあ……」

隆明は首を傾げた。「ちょっと相談したいことがある。時間をくれないかって言うもんで……。別に断ることでもないし……」

再び、ノックの音とともに、ドアが開いた。

設楽は一人ではなかった。後ろに続く男の顔を見て、隆明は怪訝な思いを抱いた。

江原町商工会会長の氷川雅人である。

町長と商工会会長が一緒にって、何の用事だろう。

思い当たる節は、一つしかない。

学園の売却話に決まってる。

応じろ。応じるな。どちらの話であるにせよ、たった今、身内の事務長から、厳しい現実を突きつけられたばかりだ。

またその話題について、議論しなければならないのかと思うと、げんなりする。

「では、私は……」

すれ違いざまに二人に向かって頭を下げ、若槻は部屋を出て行く。

隆明は、

「どうぞそちらに」

部屋の一角にある応接コーナーに誘った。

「お忙しいところ申し訳ありませんね」

設楽はそういいながら氷川を促し、ソファーに腰を下ろした。

「お二人揃(そろ)って、何事ですか」

隆明は早々に用件を問うた。

「実は、学園の売却話について、是非お話ししたいことがありましてね」

設楽の顔に笑みはない。硬い表情のどこかに、決意の色が浮かんでいるように感じるのは気のせいではあるまい。

やっぱりな……。

内心でため息をつきながら、

「その件については、既に来年度の学生募集も始まっておりますし、学園はこれまで通り経営を続けるつもりでおりますので、どうぞご安心ください」

売却話をどこから聞きつけたものかは分からぬが、真っ先に反対を唱えたのが商工会だ。会長の氷川が一緒に現れたところからして、江原町も反対することを伝えにきたに違いない。

ところがである。

「理事長。学園が町に多大な貢献をしてこられたのを承知の上で申し上げますが……」

その前置きを聞いただけでも、真逆の話だと察しがつく。

「このところ、ずっと定員割れが続いていること、学園が多額の負債を抱えていることは、町民の誰もが知っています」

やはり、設楽の口調はどこか歯切れが悪い。

「それで？」

隆明は先を促した。

「町の財政が厳しいのはご存知ですね」

「もちろん」

「このままでは、そう遠からずして町の財政は破綻。財政再建団体となってしまうのは避けられません。町長として、こんなことをいうのは情けない限りなんですが、どう考えても打開策が見つからないのです……」

設楽は忸怩たる思いを表情に滲ませると、語尾を濁した。

そこまで聞けば、何をいわんとしているかは明らかだ。

「リゾートが来れば税収は増える。雇用も生まれるし、若い世代の人口も増加する。学園を廃校にして、土地を手放せとおっしゃるわけですね」

「手放せだなんて、そんな……」

設楽は慌てて首を振ると、「ご検討していただけないかと――」

すっと視線を落とした。

同じことじゃないか。

そう返したくなるのをこらえて、

「じゃあ、商工会も考えを改めたわけですか」

隆明は、氷川に向かって問いかけた。「学園を存続して欲しい。まして、売却先が中国資本だなんてとんでもない。それが、商工会の総意だと、氷川さんおっしゃいましたよね」

隆明の自宅を訪ねてまで反対を明言しただけに、氷川は返す言葉がないとばかりに目を伏せる。

ドアがノックされると、事務員が茶を持ってきた。

氷川は軽く頭を下げ、テーブルの上に置かれた緑茶を口にし、ほっと肩で息をすると、事務員が退室したのを機に口を開いた。

「本音を言えば、学園の閉校なんか、これっぽっちも望んでいませんよ。だけど、このまんまじゃ町が終わってしまうんですよね……。理事長だって、ご存知でしょう。駅前にできた江原横丁がどんなことになってるか。利用者が少なくなるにつれ、電車の運行本数は減る一方。今じゃ終電も午後七時半です。それじゃあ、商売になんかなりませんよね。故郷の町をなんとかしなきゃって、数少ない若い人たちが始めた商売も、いつまで続くか……。まして、借金抱えて始めた商売です。返済のために職を見つけようにも、町に働き口なんかありませんし……」

氷川が言う『江原横丁』とは、江原駅前にできた、飲み屋街のことである。居酒屋、焼肉、ジンギスカン、スナックにバルと、五軒の店が集まった長屋のようなものだが、開業当初こそそれなりに賑わいはしたものの、八年を経た今となっては、客の姿はほとんどない。

後継者がいないせいもあって、経営者の高齢化が進むにつれ、温泉街の宿は老朽化するばかり。客足がぱったりと途絶えたせいもあるが、最大の要因は、やはり町民の高齢化である。

八年の間には、列車を通勤に使っていた町民の中でも現役を退く者が少なくなかった。それが利用客の減少に直結した上に、老後の定収は年金だ。外食も控えるようになれば、高齢化が進むにつれて、外出そのものがままならない人も出てくる。巷間、人通りと客の入りは別物と言われるが、最も人が集まるはずの駅でさえ、人気がぱたりと絶えてしまったのだ。かくして、運行本数は上下四本ずつにまで減った上に、ここにきて廃線さえ囁かれる始末とあっては、お先真っ暗という思いに駆られるのも無理はない。

今度は、隆明が黙る番だった。

「商工会の会員も、年寄りばっかりですからねえ……」

氷川は申し訳なさそうに続ける。「このままだと、いずれ商売を止めて、年金頼りの暮らしになるわけですが、この町では車がないと生活ができません。維持費も馬鹿にならないし、雪かきや、ゴミ収集だって、今は町がやってくれてますが、財政が破綻したら、自分たちでやるか、カネを払ってやってもらうかしかないってことになるんです。それを考えたら、怖くなって……。それに――」

気が滅入るような現実を突きつけられて、

「それに……なんです？」

先を促す隆明の声も、トーンが落ちる。

「中国資本に売却だなんてとんでもないというのは簡単です。でも、じゃあ、私たちが学園の経営再建に何か協力できることがあるのかといえば、何もないんです。商工会の意向が、理事長の決断を鈍らせているのだとしたら、なんだか身勝手なことをいっているように思えてきて……」

それは、売却を拒んでいる理由のひとつに過ぎない、といおうとした。

しかし、他の理由を問われれば、うまく説明できないような気がして、隆明は喉まで出かかった言葉を飲み込んだ。

「北海道は外国人観光客に、絶大な人気があります」

設楽が言葉を継いだ。「中でも中国人観光客が落とすカネは、やっぱり大きいんですよねえ。中国資本が経営するリゾートとなれば、客のメインは中国人になるでしょう。当然、あちらの旅行社と組んで、ツアーを企画するはずです。千歳からここまで、約一時間半。リゾートというからには、滞在型の施設ですから、町にも出かけるようになるでしょう。人通りも増えれば、商売しようって人も現れる。となれば、町だって活気づく――」

どこかで、聞いた話だ。

さては――。

「おっしゃることは、よく分かります」

隆明は、なおも続けようとする設楽を遮った。「でもね、町長。現段階では、そうなる保証は何一つとしてありません。構想がある。ここを買いたいという中国資本があるというだけで、本当に長期滞在型のリゾートができるのか。中国人であろうと、他の外国人であろうと、江原町に観光客が押しかけてくるようになるかどうかも分かりません。この話を持ちかけてきている北海銀行の人たちも、同じことをいってましたが、おそらく銀行だって売買が成立した後のことについては、何一つ保証はできないと思いますよ」

「いや、それはないでしょう。三十億もの大金を払おうってのに、事業を始めないわけがないじゃないですか」

ほら、やっぱりそうだ。

買い手の提示金額を知るものは、銀行と当事者たる自分と千里だけだ。

姫田か泉沢かは知らないが、説得されやがったな。

「いや、本当に分かりませんよ」

隆明はいった。「第一、私は買いたいと言っている相手は中国資本だというだけで、どんな事業を行っているのか、会社名も含めて、それ以上のことを聞かされてはいないんです。仮にリゾートが建ったとしても、転売して利鞘を稼ぐことが狙いなのかもしれませんしね。実際、そういうビジネスを生業にしている企業は、世界にはたくさんあります。土地を細切れにして別荘地として売り出す、あるいは、建て売りにすれば、三十億の投資金額が早期のうちに回収できるどころか、多額の利益を手にすることができるかもしれません。分譲、即完売なら何の問題もありませんが、買い手がなかなか現れないとなれば、その間は廃墟と化していく学園施設が残ったまま、あるいは雑草に覆われた荒れ地が広がるだけってことにもなりかねないわけです」

「そんな馬鹿な」

反論しかけた設楽に向かって、

「そんな例は、ごまんとありますよ」

隆明はいった。「リゾートホテルにゴルフ場、原野、山林。買っても何一つ事業を始めるわけでもない、気がつけば転売されて所有者がいつの間にか変わってる。そんな物件が、北海道だけじゃなく、日本にはたくさんありますからね」

外国人が江原町を訪れることはまずない。まして、江原町に生まれ育った二人である。中国人の商魂の逞しさ、いや貪欲さなど知るわけがない。

「投機と言えば聞こえはいいですが、彼らはギャンブルが好きですからねえ」

相川は続けた。「中国で住宅バブルが始まって久しいわけですが、いまだに価格が崩れないのは、それが理由の一つです。借金してでも住宅を手に入れるのに血眼になっているのは、ローンの支払い額より、住宅価格が上昇を続けているからです。銀行に預けて利子を貰うより、効率よく資産を増やせるからです」

「しかし、何事にも天井があるわけで――」

「だから、ギャンブル好きだと申し上げたんです」

隆明は氷川の言葉が終わらぬうちに返した。「要は誰が最後にババを摑むかのギャンブルなんですよ。不動産投資なんてのは、その最たるものです。買った本人が、実際にビジネスしなくたっていいんです。こういう事業に適した土地を持っている。興味を示しそうな人間に持ちかける。そして、買った人間もまた、同じことを繰り返す」

「土地転がしじゃないですか」

「その通りです」

隆明はすかさず返した。「本国での住宅投資も、そもそもの目的は、転売利益を狙ってのことですが、年を経るごとに住宅は老朽化していきます。まして、中国の建築物は粗雑ですから、短期決戦になるわけです。その点、土地は劣化しませんからね。それに、中国では土地の個人所有が認められていませんから、土地の所有に対する思い入れは、殊の外強いものがあるんです」

国情も文化も異なる外国人とのビジネスは難しい。それを如実に示すのが契約書だ。日本の契約書が、諸外国のものと比べて内容が大雑把に過ぎるのは、必ず記載される最後の条文に象徴される。

『甲乙双方は、本契約を尊重し、解釈を異にした時、または本契約に定めない事項については、誠意をもって協議し、その解決にあたる』
揉めた場合は『誠意』をもって話し合えば、解決できる。だから細かいことはいいじゃないか。謂わば『性善説』に立つのが日本人なら、諸外国の契約書が起こり得るあらゆる事態を想定し事細かに、合意事項を記したものになるのは、一旦揉めれば誠意なんてものでは解決できない、お互いの利害が激突する不毛な争いになるのを避けるためだ。つまり、『性悪説』に立って交されるのが、契約書なのである。

日本人同士と同じようにはいかない厳しい現実を口にしたつもりだが、
「でも、その中国資本は、本気でリゾートをやるつもりかもしれないじゃないですか」

設楽はそれでも食い下がる。「町が必要としているのは、安定財源の確保、地域経済の活性化策なんです。過疎高齢化に直面している自治体が、企業誘致、果ては大学誘致に至るまで、様々な策を講じているのは、人を集めない限り地元経済は活性化しないってことを分かっているからです。そのチャンスが、転がり込んできたんです。外国人であろうと誰であろうと、人が集まる町になれば、カネが落ちる。ニセコを見てください。定住人口が増えれば、税収も上がる。高齢者にも手厚いケアをしてあげられる町になるんです。私たちは、この話に賭けるしかないんですよ」

　勝手に賭けないでくれ。

　そう返したいところだが、町長の立場になってみれば、窮地を脱する起死回生の一手と思いたくなる気持ちもよく分かる。

「私らは、どこにも行き場がないんですよ……」

　氷川が、ぽつりといった。「歳も歳だし、いまさら勤めに出ようにも働き口なんかありませんからね。この町にしがみついて、細々と今の商売を続けるしかないんです……。それだって、いつまで続くか……。町には迷惑をかけたくありませんが、これっかりはどうなるか分かりませんから……。商工会の会員も、そこに思いが至ると、みんな不安になってしまって……」

　目を伏せ、悄然と肩を落とす氷川の姿を目にすると、言葉よりも先に出るのはため息だ。

　行き場がないというのは、何も氷川に限った話ではない。

　町の高齢者の大半は子供が仕事を求め、都会に出たせいで、夫婦二人、あるいは一人暮らしだ。仮に息子や娘に老いた親の面倒を見る余裕があっても、こんな歳になるまで町を離れないのは、婿にせよ嫁にせよ、所詮赤の他人だからだ。離れていれば、波風もたつことはないだろうが、四六時中生活空間を共にしていれば、口を挟みたくなることもある。いわずともいいことを、ついいってしまうこともあるだろう。まして、町を離れれば、話し相手もいなくなる。いまさら、新しい人間関係を構築するのは困難だ。やることもない。話し相手は家族だけ。その結果、どんなことが起きるのかを知っているからだ。

その点、自分たち夫婦は違う。

隆明は、公認会計士の資格を持っている。千里だってＭＢＡの学位を持っている。学園を売却して、借金を返済した挙句、無一文になっても、夫婦二人でやり直すことができるのだ。

「事は学園を存続させるか、廃校するかの問題です。今、この場で結論を出すことはできませんが、町、商工会のご意向は、よくわかりました」

暫し(しば)の沈黙の後、隆明はいった。「ですが、来年度の募集はすでに始まっていますし、入学希望者も集まってきていますので、少なくともあと三年は、学園は存続することになります」

「三年……ですか……」

設楽の瞳(ひとみ)に失望の色が宿る。

「最低でもです」

念を押した隆明だったが、「正直いって、学園の経営が厳しい状況にあるのは事実です。運転資金が尽きれば倒産するわけですから、決断するならそれ以前。私にも雇用者としての責任がありますからね。教職員に迷惑をかけるわけにはいきませんので……」

言葉に含みを持たせ、面談を終わらせにかかった。

2

「そっか……辛い一日だったわね……」

事の次第を聞き終えた千里が、視線を落とす。

とろ火が点るコンロの上に置かれた鍋から仄かな湯気が立ち上り、コトコトと何かが煮える音が静かに聞こえてくる。

「そりゃあ、町長のいうことも理解できなくはないさ。本当にリゾートができるなら、外国人がどっと押し寄せてくる可能性はなきにしもあらず。外国人観光客の目的も多様化してるし、リピーターだって増えているわけだし、ニセコなんてスキー目当てで別荘まで買っちゃうんだ。長期滞在するようになれば、町に出る人だっているだろうから、商店も賑わう。過疎対策としては、これ以上何があるってくらいの話だもんな」

千里の前では、素直になれる。

隆明は、本音を口にした。

「でもねえ……。本当に学園は必要とされなくなったのかなあ……」

「人口がどんどん減って行くんだ。鉄道だって赤字で苦しんでいるのは、北海道だけじゃない。地方の鉄道は、どうやって客を呼ぶか、経営を維持するかで必死なんだ。それに、経営が苦しくなれば、真っ先に目がいくのが人件費だ。かといって、交通産業は安全確保が第一だ。保守、整備の人員はそう簡単に削減できないけど、機械に任せた方が安上がりっていう仕事はたくさんあるからね」

「確かにそうなんだけど……」

千里は釈然としない様子で首を捻る。「地方の鉄道から廃れていくっていうなら、車両製造、運行システム、果ては線路、素材産業への需要だって減っていくことになるじゃない。それって鉄道会社だけじゃなく、関連産業にとっても深刻な問題のはずよ」

「だから、日本の鉄道技術を海外に輸出しようとしてるんじゃないか」

「そりゃあ、受注に成功すれば、大きなビジネスになるでしょうけど、恩恵に与る車両メーカーは一案件一社だけじゃない。その一方で、国内市場が小さくなっていけば、車両メーカーだって経営がもたなくなるわよ」

千里のいうことはもっともである。

経営が不振となっても、維持管理費を減らすことはできない。人員削減にも限度がある。新型車両の導入なんて、後回しにされる最たるものになるだろう。

「それじゃあ、日本の鉄道技術も廃れてしまうわよ」

千里は続ける。「もちろん、それ以前に業界再編ってことになるんでしょうけど、海外に日本の鉄道を売るにしたって、作って終わりってことにはならないと思うのね。日本の鉄道の何が優れているかっていえば、時間の正確性、快適さ、清潔さと色々あるけど、駅ビルの機能とか、車内清掃のノウハウとか、運行面だけじゃなく、鉄道産業全体のあり方が他所の国では考えられないほど、高度に進化しているからでしょう？」

「確かに……」

千里の言には一理ある。

交通インフラの一つとして捉えるならば、線路を敷き、車両を納入し、システムを構築するだけで終わりだ。しかし、仮に日本製の新幹線が海外で走るようになったとしても、管理はもちろん、駅の機能やサービスをいかにして充実させるかを考え、教育し、実践させる人材がいなければ、単にメイド・イン・ジャパンの列車が走るだけ。仏作って魂入れずということになってしまう。

「そういえば、アメリカにいた頃、アムトラックに乗ってボストンに行ったことがあったよな」

隆明は、ふと思い出していった。「車内はお世辞にも綺麗とは言えなかったし、駅だって、西部劇の時代から、あんまり変わっていないんじゃないかってほどにみすぼらしいし、あれじゃよほどの物好きでもない限り、列車で旅しようなんて気にならないと思ったもんな」

「車窓を流れる景色が素晴らしかった分だけ、なおさら残念だったわねえ……」

千里もまた、懐かしい旅の様子を思い出したのだろう、遠い目をしながら口元を緩ませる。「秋のニューイングランドは、御伽の国そのもの。紅葉の中に点在する沼や池。そのほとりに建つ白い家……。ボストンまで直行するつもりが、プロビデンスで途中下車しちゃったのは、街があまりにも綺麗に見えたせいもあったけど、乗り続けるのが苦痛になったこともあったのよね」

「駅弁なんてもんはないし、ニューヨークのグランドセントラルだって、レストランは数えるほどしかないしね。ボストンにしたって、ただ駅舎があるだけだったもんな。日本ほどではないにせよ、空港はそれなりに商業施設が充実しているのに、鉄道に関しては人が集まる場所をビジネスに活用するって考えがないんだよな」

「車内清掃だっていい加減……っていうか、そもそもやってるのかどうか怪しいわよ。ホームにだって駅員一人いないしね。アメリカでさえそうなんだから、他の国の鉄道だって似たり寄ったりなんじゃない」

「日本の鉄道では当たり前のものが、当たり前じゃない国の方が、世界では圧倒的に多いんだよな。いや、日本の鉄道を取り巻く環境が突出して洗練されているんだ」

「それって、日本は鉄道に関してのハードだけじゃなくソフト……ノウハウも持ってるってことよね。それを教えられるような学園にすれば……」

千里は、閃(ひらめ)いたとばかりに目を輝かせる。

「それ……留学生を集めるってこと？」

いくらなんでも、無理筋だ。問題点は、幾らでもあげられる。

隆明は、千里の返事を待つまでもなく続けた。

「そういう教育を始めるにしたって、何を教えるのかという点を明確にすることから始めなければならないし、それが決まれば、教員の確保だ。新たに教員を採用するとなりゃ、人件費以前に引っ越しの手当て、その他諸々大変なおカネがかかるし、留学生となりゃ言葉の問題もある。第一、海外の鉄道や駅の機能が日本に比べて貧弱なのは、利用者が鉄道や駅なんてそんなもんだって考えているからだよ。日本流のサービス、オペレーション、駅のあり方には、多くの外国人が驚くし、自分の国もこうなればともいってくれるけど、それをやるかどうかは、鉄道会社、あるいは国やデベロッパーが決めることだ。留学生に教育を施したところで、ニーズが生まれない限り、就職できないってことになるじゃないか」

「そんなこと分かってるわよ」

千里は、馬鹿にするなとばかりに、きっと隆明を睨みつける。「私がいいたいのは、海外に高速鉄道を売る際のパッケージとして、こうした提案を取り入れれば、日本の鉄道を海外に売り込む際の大きな武器になるんじゃないかってことよ」

千里がいわんとすることが、俄かには理解できない。

「武器？」

隆明は問い返した。

「日本は海外に新幹線を導入させようと必死だけど、世界には競合他社もいくつかある。中でも、最大のライバルは中国なわけ。ベースは日本の新幹線だから、開発費はゼロ。技術をパクったわけだから、性能に大差はないどころか、価格は圧倒的に安いし、建設資材や労働者を中国から持ち込むのが常だから、建設コストという点でも、日本は太刀打ちできないわけ」

そういわれると千里の狙いが読めてくる。

「ハードはパクれても、ソフトはそうはいかない。仏は作れても、魂が入っていないんじゃありがたみも半減する。そこに日本の強みがあるってわけだ」

隆明は結論を先回りした。

「そうした教育を行う機能を学園に設ける。そして、新幹線導入国の鉄道事業従事者のトレーニングセンターとして――」

悪いが千里、それは無理だ……。

隆明は、ゆっくりと首を振ると、小さくため息をついた。

「発想としては面白いけど、鉄道の海外輸出って、ほとんどが国家間交渉だぜ。プランをどこにもって行くんだ？　政治家にも、役人にも知り合いはいないし、第一、新幹線の海外輸出なんて、そう滅多にあるもんじゃない。仮にプランが理解されたとしても、実現する前に学園は倒産しちゃうよ」

　夢を語るのは簡単だ。

　しかし、今考えなければならないのは、明日、明後日の飯をいかにして確保するかだ。学園の経営は、そこまで切迫した状態にある。

「……そうよね……」

　悄然と肩を落とす千里を見るのが忍びない。

　それに、千里は迂闊に現実性に乏しい話を口にするような人間ではない。その彼女が、こんな希望的に過ぎる案を口にするのは、藁にも縋りたい気持ちの現れだ。

　やっぱり、潮時なのかもしれないな――。

　喉まで出かかった言葉を、隆明はすんでのところで飲み込み、千里から視線を逸らし、コトコトと音がする鍋に目をやった。

　先ほどまで仄かに立ち上っていた湯気に勢いがついている。

「おい、鍋！」

　隆明はいった。

「いけない。話に夢中になって、忘れてたわ」

　慌てて駆け寄る千里の後ろ姿を見ながら、

「俺……風呂入ってくるわ」

隆明は、そう告げると席を立った。

3

「ご冗談を。五千万もの追加融資だなんて、本気でいってるんですか？　無理に決まってるじゃないですか」

北海銀行江原町支店は、町の商店街の中心にある。

シャッター通りと化した通りに、人の姿を見ることはまずない。厳冬期を迎えた一月半ばともなると尚更で、軒下に積もった雪は放置されたままで、路面にうっすらと浮かぶ轍の跡が、車の行き来さえ減ってしまったことを物語る。

江原町支店は、泉沢を入れても男性行員二名、女性行員二名の小所帯だ。支店長室はなく、泉沢も他の行員と机を並べた中で仕事を行う。だから接客も、同じ部屋の中で行われ、衝立で仕切られているとはいえ、会話の一部始終が他の行員に筒抜けになる。

拒否されるのは承知の上だ。無理を通してもらおうというからには、手ぶらで来たわけじゃない。

「もちろん、担保は用意します。これは、学園として融資をお願いしているのではありません。私個人に融資をお願いしたいんです」

「担保？　何を担保にするとおっしゃるんですか？」

「私の自宅と学園内に点在する相川家の私有地です」

隆明は、即座に答えた。「自宅は二千坪ほどありますし、構内に三カ所ある湖沼、及びその周辺は、相川家の私有地です。今のままじゃ、学園を売却することになったとしても、リゾートの中に私有地が飛び地となって、残ってしまいます。湖沼の周りを柵で囲んで、立ち入り禁止の看板でも建てられたら、リゾートの価値は台無しになってしまうじゃないですか」

学園構内に、相川家の私有地が飛び地となって残っているのは理由がある。

鉄道好きが高じて海東学園を創立した兵衛は、同時に釣りをこよなく愛したからである。海に船を出しては釣り糸を垂れ、黒煙を吐きながら爆走する機関車を眺め、湖畔から海を背景に走る姿もまた格別と、悦に入ったと聞く。

その血は、先代の誠二郎にも引き継がれ、彼もまた鉄道と釣りに熱中したのだが、こちらは海釣りは道具の手入れが大変だと言って、鱒釣りが専門であった。

構内の湖沼に生息しているのは、主にニジマス、オショロコマ、ブラウントラウトだが、江原町は海に面しているし、原野の中を流れる河川はいくつもある。学園内の湖沼を訪れずとも、釣りはどこでも楽しむことができるから、特に立ち入りを禁じていたわけではなかったが、そうもいっていられなくなったのは、ルアー釣りが広まるにつれ、ブラックバスの密放流が盛んに行われるようになったからだ。

生態系への影響を懸念(けねん)した誠二郎が、学園から湖沼を買い取り、相川家の私有地にしたのだ。

「それ、脅しじゃないですか」

泉沢は、まん丸な目に不快感を露(あら)わにする。「公共事業に反対する市民活動家がよく使う、一坪運動のようなもんですよ。嫌がらせそのものだ」

「そんな一坪運動だなんて、人聞きが悪いことといわないでくださいよ」

隆明は薄く笑った。「いよいよ行き詰まったら、湖沼も含めて学園の土地、一切合財を融資の形(かた)に差し出す覚悟を固めたからこそのお願いじゃありませんか」

少し安心したようで、泉沢の目が本来の大きさに戻ると、

「その五千万、何にお使いになるんですか？」

と問うてきた。

「もちろん、学園の運転資金です」

隆明は答えた。「来年度の入学志願者が、思うように集まりませんでねえ……。昨年並みにまでは、なんとか漕ぎ着けましたが、それでも経営が苦しいことに変わりはありません。もし、再来年度の募集が不調に終わるようなら、いよいよ学園を閉じようかと……」

「再来年度の募集なんていわずに、すぐに廃校にするべきですよ」

初めて隆明が漏らす弱気な言葉を聞いた泉沢の口調が傲慢になる。「下げ止まったっていっても、黒字化するわけじゃなし。焼け石に水ってヤツですよ。傷口を広げるだけですって」

そんなことは百も承知だ。

しかし、定員に満たないとはいえ、四月には新入生が入学してくる。今の時点で、廃校なんて口にしようものなら、教職員が動揺し新学期の授業どころの話ではなくなる恐れがある。そんなことになろうものなら、最大の迷惑を被るのは、学生たちだ。

「経費の削減を行えば、なんとかやれるのではないかと考えておりまして……」

「削れる経費なんてありましたっけ？」

「教員の皆さんには、一度学園を辞めていただこうと考えておりまして……」

「じゃあ、閉校までの授業はどうするんですか？」

「その間は、教員は講師、職員はパートという形で、仕事を継続していただくことをお願いしたいと考えています」

学園を訪ねてきた設楽と氷川に、学園の売却を懇願されてから二カ月近く。

この間、千里とは学園の再建策を毎晩話し合ってきた。しかし、隆明が案を出せば、千里が疑問を呈する。千里が案を出せば、隆明が首を傾げる。どれもこれも、実現性に乏しいものばかりとなれば、夢物語を語っているような空しさに襲われる。

もはやこれまで……。

気がつけば、二人の話題は再建策から撤退プランに変わり、ついには若槻を交えて、閉校までのロードマップ作りに着手するに至った。

「だったら、なおさら一刻も早く、閉校すべきですよ」

『閉校』という言葉を隆明本人が口にしたのが、よほど嬉しいと見えて、泉沢は目元を緩ませる。「理事長が学生のことをお考えになるのは理解できますよ。でもね、教職員はどうなんでしょう。だって、そうじゃありませんか。三年後には閉校になるかもしれないとなればですよ。外に職を求めるなら、少しでも歳が若い方が有利じゃないですか。学生のことなんか、知ったこっちゃない。さっさと貰うものを貰って、次の仕事を探すに限る。誰だって、そう考えるんじゃないですか」

「最後まで、残ってくださった教職員には、別途協力金としてまとまったおカネを支払うつもりです」

「あの……理事長」

泉沢は、大袈裟(おおげさ)にため息をつくと、「雇用者側の都合で辞めてもらうからには、退職金を割り増しするのが慣例です。その上、さらに協力金をお支払いになるとおっしゃる。じゃあ、その原資はどうやって捻出(ねんしゅつ)するおつもりなんですか？」

押し殺した声で問うてきた。

「学園の売却金を充てるつもりです」

隆明は答えた。「三十億で売却すれば、そこから借入金を支払っても、学園には四億五千万円のおカネが——」

「それ、違いますから」

泉沢は隆明の言葉を途中で遮った。「三年後の一括返済とおっしゃるのなら、その間の金利もあれば、土地を売却すれば税金がかかります。協力金をいかほど払うつもりなのか分かりませんが、幾らも残らないんじゃないですか、それじゃ、理事長が困るでしょう。その後のこともあるんだし」

誰に向かっていってんだ。

俺は、ＣＰＡ（公認会計士）の資格を持ってんだぞ。

そういってやりたいのは山々だが、泉沢ごときを相手に、喧嘩をしても仕方が無い。

それに、ここはまず運転資金の確保だ。

「構いません」

隆明は、きっぱりと返した。「まずは、学生を無事卒業させることが最優先ですので……」

その言葉に嘘偽りはない。

幸い、夫婦二人だけの家族だし、隆明はＣＰＡ、千里はＭＢＡという資格と学位を持っている。もちろん、江原町周辺には、いずれの資格や学位を必要とする仕事もないが、生活拠点は国内でも海外でもかまわない。職はいくらでもあるという自信があった。

それに、町を離れるとなれば、自宅も処分することになる。学園の土地を三十億円という法外な値段で買おうというのだ。新たに二千坪、しかも飛び地もそっくり手に入るとなれば、一億や二億の上乗せなら、誤差の範囲というものだ。

「それでも全員が、最後まで残ってくれるとは思えませんねえ。教職員の皆さんは、この話、まだご存知ないんでしょう？」

「ええ……」

「まあ、このままだと倒産は時間の問題ですから、手ぶらで放り出されるよりははるかにマシだ。イロがつくとなりゃ、貰えるものは貰っとこうって人もいるでしょうが、それでも最後まで全員が残るとは思えませんね」

「欠員が出た場合は、その分野の適任者を探して――」

「探す？」

泉沢は、眉を吊り上げまん丸の目を見開き、わざとらしく驚く。「探すってどうやって？　この近辺にそんな人材がいるんですか？　いたとしても、通勤圏外だったら、住宅を用意しなきゃなりませんよね。大学だと、週一度の講義のために、遠くから通ってくる講師がいますが、電車代、場所によっては飛行機代。それ、全部学校持ちですよ」

反論する余地はない。

隆明は、視線を落とし沈黙した。

「それに、仮に残ってくれたとしても、二年がいいところじゃないですかねえ」

「二年？」

視線を上げながら、問い返した隆明に向かって、

「健康保険ですよ」

泉沢は、痛いところを突いてやったとばかりに小鼻を膨らませる。「退職すれば、国保に加入するか、学園の健康保険組合を任意継続するかしかないわけです。どちらが得かは、個人の状況によりますから一概にはいえませんが、扶養者がいる場合は、任意継続の方が安くつくことが多いんです。ところが、任意継続は最長二年。その時点で職がなければ、国保となるわけです。事実上のバイトになって、年収が落ちたところに、国保の保険料となると、大変な負担になりますからね」

まさにいわれてみればというやつだ。

学生、教職員の双方への迷惑を軽減すべく考えた策だが、万事を丸く収めることは不可能だ。

隆明は、再び視線を落とした。

「理事長……」

泉沢の声が頭上から聞こえた。「学校経営もビジネスです。ビジネスで最も難しいのはクロージングなんですよ」

「クロージング？」

「要は手仕舞いです」

視線を上げた隆明に向かって、泉沢はいう。「店を広げるのは簡単なんですよ。ですが、成功すればしたで、次にどうやって繋げるか。失敗したら、もっと大変です。損害をいかに最小限に食い止めるかに、それこそ知恵を絞らなければなりません。判断を誤れば、決断が遅れれば、チャンスを逸する。どんどん損害は大きくなるんです。そう考えればですよ、理事長が取るべき道は明らかじゃありませんか」

何だ、その上から目線は。こいつ、調子に乗りやがって。

しかし、これもまた、泉沢のいっていることは、絶対的に正しいだけに返す言葉がない。それがまた、隆明の忸怩たる思いに拍車を掛ける。

「三年は長過ぎますよ」

泉沢はいった。「今回の売却話は、天から降ってきた幸運以外の何物でもありません。運ってのはね、摑み損なうとスルッと逃げていくものなんです。先方さんだって、いつまでも待ってはくれませんよ。今年だろうが、三年後だろうが、閉校するとなれば、解決しなきゃならない問題は、山と出てくるんです。だったら、決断は早いに越したことがないと思いますがねえ」

奥歯を嚙みしめるしかない、隆明の顔を見据えながら、泉沢は勝ち誇ったように目元を緩ませた。

4

実に興味深い話だと思いながら、矢野は手にしていた生中のジョッキをカウンターの上に置いた。

「ふ〜ん……キャサリン・チャンがねえ……」

「矢野さん、キャサリンのこと知っていたんですか？」

中上は小鉢に入った酢モツを箸で摘み上げ、口に入れる。

矢野は法学部、中上は経済学部と専攻は違うが、体育会陸上部の先輩、後輩の仲でもある。矢野は官僚、中上は商社マンと、卒業後に進んだ道は違えども、体育会出身者の絆は生涯続く。まして、二人の種目は長距離で、叶わぬ夢とは知りつつも、学業の傍らに箱根駅伝出場を目指し、激しい練習に明け暮れたのだから尚更のことだ。

矢野の勤務先は霞が関、中上は品川と、少しばかり離れてはいるが、仕事が早く終わった金曜日の夜は、二人で皇居一周のジョギングを終えた後、酒を酌み交わすのも、その現れである。

「キャサリン・チャンのことは、今の部署に来てR国の国情を調べている過程で、外務省に入った同期から、聞かされたことがあるよ」

矢野は、汗が浮き始めたジョッキに手を伸ばした。「R国有数の大財閥の娘でありながら、貧困層の救済事業、特に教育環境の改善に熱心に取り組んでいるってな」

「国民の間では、凄い人気なんですってね」

「そうらしいな」

矢野は、ビールを一口飲むとジョッキをカウンターの上に戻した。「表、裏の違いはあるが、東南アジア諸国の経済には、華僑が深く食い込んでいるのはどこも同じだ。R国にしたって、エネルギー資源はチャン財閥、鉱物資源はワン財閥。他の産業分野にしたって、頂点に君臨するのは財閥系で、そのことごとくが華僑系だ。しかも汚職まみれの政界、官界とがっちり手を取り合って、お互いが甘い汁を吸い合ってるんだ。その大財閥のお嬢様が、私財を投じて貧困層の救済に取り組んでるっていうんだろ？そりゃあ人気があるだろうさ」

「そんなキャサリンが、首相選に出馬したら、どうなると思います？」

矢野が置いたばかりのジョッキに手を伸ばす間に、中上は問うた。「R国の首相は、直接選挙で選ばれる。しかも、R国は貧困層が絶対的多数を占める。となればですよ

――」

「そう簡単な話じゃないと思うがね」

矢野は、ジョッキを持ち上げた手を止めた。「もちろん首相選だけを考えれば、彼女が当選する可能性はなきにしもあらずだ。しかし、問題はそれからだよ」

「といいますと？」

「これまで政治の世界とは無縁だった彼女には、政党基盤がない。改革に乗り出しても、議会で法案が否決されれば、何もできないよ」

「そこに気がつかないような人物とは思えませんがね」

中上がそういった時、店員が金属製の鍋を運んできた。

今夜の会食の場は、大手町にある博多水炊き（みずた）の店だ。

店員がコンロに火を点す間に、一気にビールを飲み干した中上は、いつも通り「芋焼酎（じょうちゅう）のボトルと、ロックのセットを」と告げ、続けていった。

「閣僚は首相が指名できるんです。彼女が掲げる政策に賛同する人間で、閣僚を固めれば――」

やれやれ、政治の素人（しろうと）はこれだから困る。

「政治家になったからには、せめて大臣になりたい。あわよくば首相になりたい。そう思ってるのは、日本の政治家ばかりじゃないんだぜ」

矢野は思わず失笑した。

「アメリカは、それでうまくやってるじゃないですか。大統領が代われば、閣僚どころか各省庁の高官に至るまで——」

「あのな、それがずっと当たり前で来た国と、そうじゃない国とは違うんだよ」

矢野は中上の言葉を遮り、ぴしゃりといった。「それに、大臣を任命するに当たっては、議会の承認を得なければならないのがR国のルールだ。仮にキャサリンが、どこの政党に所属したとしても、その政党が議会を掌握していなければ、思い通りの組閣なんてできやしないんだぞ」

その先は、改めていわずとも分かるはずだ。

R国の改革に着手すると言うことは、既得権益層の利権構造に手を付けることを意味する。キャサリンの組閣案は、ことごとく否決され、仮に首相選で勝利を収めたとしても、就任早々にっちもさっちも行かない状況に直面するのは目に見えている。

「知ってますよ」

ところが、中上は何か考えがある様子である。「彼女が私財を投じて設立した学校からは、官界、法曹界、医学界、民間企業と、今やR国各界の中枢で活躍している人材が数多くいると聞きます。もし、彼らがキャサリンの下に結集し、新政党を立ち上げたら。R国の国民は、既存政党と新政党のどちらに票を投じますかね」

どうやら、R国の国情を相当詳しく勉強してきたようだが、ワンイシューで勝てるほど、選挙は甘い物ではない。

しかし、そう思う一方で、時として選挙の勝敗を決するのが「勢い」であるのもまた事実だ。R国の国情を考えれば、中上のいうこともあり得ないことではないような気がしてくる。

「キャサリンが、首相選でどれほどの票を集めるかが、その後の展開を占う鍵(かぎ)になるんじゃないでしょうか」

考え込んだ矢野に向かって、中上は続ける。「R国の首相には、議会の解散権が与えられています。組閣案に反対するというのなら、新党を設立した上で、総選挙に持ち込む。それくらいのことは、考えているんじゃないかと思うんですけど」

「で、そのキャサリン出馬の情報を入手した四葉はどうするんだ？　その時が来るまで、黙って見守るってわけじゃないんだろ？」

「もちろんです」

中上は炯々(けいけい)と目を光らせ、にやりと不敵な笑みを浮かべた。「キャサリンが行っている教育事業を支援しようと考えておりまして……」

「支援？」

「彼女が設立した学校の数は、増加し続けているとはいえ、まだ全国に五十ほどしかありません。手が回っていない地域が大半ですし、奨学金の財源だって多いに越したことはないでしょうからね。四葉が彼女の事業に資金援助を行う、あるいは日本への留学を望む学生がいるのなら、四葉が面倒を見るってのもありかと……」

「四葉が面倒みるって、具体的には？」

「受け入れ校の授業料と、日本での生活の全てです」

矢野が興味を惹かれた様子に気をよくしたのか、中上の小鼻が膨らむ。「うちの独身寮はちょっとしたもんでしてね。冷暖房完備、朝夕二食の賄い付き。部屋は個室の八畳。留学生は部屋探しに苦労するのが常ですし、決まれば寝具、家具となにかと出費が嵩みますからね。食事にしたって自炊は大変ですし、外食はおカネがかかりますので」

「なるほどなあ、そりゃあいいかもな」

矢野は思わず唸った。

キャサリンが貧困層の救済と同時に、R国にはびこる腐敗撲滅を首相選の公約に掲げるのは間違いあるまい。いかに貧困層のための教育資金援助とはいえ、特定の民間企業からの資金提供には、抵抗を示すかもしれない。

しかし、留学生の受け入れとなれば話は別だ。

「実は、これには前例がありましてね」

中上はいう。「私が入社する遥か以前の話ですが、うちが日本総代理店をやってるアメリカの化学品メーカーから、日本に研究所を設けたい、ついては用地を確保して欲しいって依頼を受けたことがあったそうなんです。ところが、時代はバブルの真っ只中。アメリカ人からすれば、土地の値段が一桁、いや二桁違う。そこで、民間の土地を諦めて、地方自治体が企業誘致のために造成している工業団地に目をつけた」

「バブルの時代か……そりゃあ、そうなるだろうな」

もちろん、矢野もバブルを知る由もない世代である。しかし、生まれてこの方、ほとんどの年月を、バブル崩壊後の『失われた〇〇年』と称される時代の中で過ごしてきたのだ。まして、その影響を未だ引きずる中で、日本経済を立て直す任務を課せられているのが経産省である。山の高さも、谷の深さも熟知している。

「相場からすれば、格安の土地です。当然、企業が殺到したわけですが、しかし、自治体の狙いは、工場や物流施設を誘致することによって生ずる雇用にある。しかし、研究所となると、地元にはほとんど雇用が発生しない。当たり前に考えれば、書類選考の段階で落とされるところなんですが、審査は役所でも、最終的に承認するのは議会です。それが、四葉にとっては幸運だったんです」

「何をやったんだ」

「国際交流センターの設置と、夏休みに市在住の中学生をアメリカ企業の従業員の家庭に、無料でホームステイさせるプログラムを継続的に行うことを提案したんです」

「それを考えた人は、相当の切れ者だな」

矢野は、その目の覚めるようなアイデアに舌を巻いた。「ホームステイを主催する業者はいくつもあるが、なにが不安って、受け入れ先の家庭状況が実際に行ってみなきゃ分からないってことだ。それが、市に研究所がある会社の従業員の家庭となりゃ、親も安心して送り出せるからな。しかも無料となりゃ、願ったり叶ったりってもんだ」

「その通りなんです」

中上は、目の前に人差し指を突き立てる。「中学生の段階で、一夏とはいえ海外での生活を体験するのは、その後の進路を考える上でも大いに役立つ。地元の雇用はさほど期待できなくとも、売却先の中にそんな企業があってもいいんじゃないか。市役所も考えを改め、市議会も満場一致で可決した……」

「さすがは、四葉だな」

矢野はすっかり感心して、感嘆の声を上げた。「そういう発想は、我々の世界じゃ、まず出てこないよ」

「大変お待たせいたしました」

店員が、焼酎のボトルとアイスペールの中に山と盛られた氷とグラスを盆の上に乗せてやってきた。

鍋も沸騰し始め、野菜も食べ頃になっている。

店員が、お猪口にスープを入れ、二人の前に置く。

「とにかく、キャサリンが首相になれば、風向きが変わる。そこから先は、矢野さんのところが、どういうパッケージを用意できるかが鍵になる。他国には到底真似できないインセンティブを提案書の中に加えることができれば、あるいは――」

店員が傍にいるとあっては、迂闊に『中国』とは口にはできない。

中上は、『他国』という言葉を使って、巧みに濁す。

「なるほど、他国には真似のできないインセンティブか……」

矢野が中上の言葉を繰り返す間に、スープを啜った中上の眉が開いた。

「これ……抜群に美味(うま)いスね。体に染(し)み渡りますよ」

矢野もまた、お猪口を口元に運びかけたが、その手を止め、

「まあ、仮に受注できたとしても、お前のところがこのプロジェクトに噛めるかどうかは、別の話だがな」

と返すと、スープを啜った。

5

東南アジアに四季はない。

今年の冬は例年になく厳しく、東日本は大雪に見舞われているらしいが、ここは相変わらず連日の猛暑続きだ。

しかし、翔平が猛暑の外気に身を晒(さら)すことは、ほとんどないといっていい。オフィスも住居も、空調設備は完璧(かんぺき)に整っているし、移動手段は会社から与えられた運転手付きの専用車だからだ。

R国の人件費の安さにかこつけて、贅沢(ぜいたく)をしているわけではない。公共交通機関は未整備で、幹線道路は常に大渋滞。しかも地下鉄でさえ、時刻表などあって無きがも

の。いつになったら来るか、分かったものではないからだ。

第一、治安が悪すぎるのだ。タクシーを使おうにも、ボラれるのはまだいい方で、どこに連れて行かれるか分かったものではない。窃盗などは可愛いもので、凶悪犯罪もこの国では日常茶飯事。獲物を待っている悪人が、どこに潜んでいるとも限らない。そして、外国人はそんな輩にとっては、最高の獲物である。

だから、アポイントメントの時刻に遅れてしまうこともしばしばなのだが、そこはお互い様である。『R国時間』という言葉があるのだが、国民は遅れて当然と考えているし、先進国企業とのアポでも、二十分や三十分の遅れなら、文句の一つも出やしない。

しかし、今日はキャサリンとの初めての会合である。絶対に遅れるわけにはいかないので、三十分ほど余裕を見てオフィスを出たにもかかわらず、約束の時刻まで五分しかない。

さすがに、焦りを覚えた翔平が、「あと、どれくらいかかる？」と訊ねようとしたその時、

「サー、着きました」

車を止めた運転手が、振り向きざまに告げてきた。

「着きましたって……」

後部座席のシートに身を預けていた翔平は、体を浮かし外の様子を窺った。「本当に？　間違いじゃないのか？　こんなところに彼女のオフィスがあるのか？」

「ええ、ここです」

運転手は断言する。

「いや、しかし……」

言葉が続かなかったのには理由がある。

住所から、首都の中でも最貧困層が暮らす地区と分かっていたが、想像を絶する凄まじさだ。

アスファルトの道路は、まるで無数の地雷が炸裂したかのように穴だらけ。おそらくは路肩で洗濯物や食器を洗った排水か、あるいは日に何度かやってくるスコールの雨水でもあるのか、穴の中には汚水が溜まり、舗装の体をなしてはいない。通りの両側に並ぶビルは、築後何年経ってるのか見当もつかない代物で、ピンクや青といった毒々しい色で塗られている上に、壁面にある無数の剝落の跡は、ここで激しい銃撃戦があったかのようだ。

電気は、どうやら盗電のようで、複雑に絡み合い、束となった無数の電線がボロボロのトタンや、廃材で建てられて崩壊しかかった家屋に引き込まれている。R国で暮らして三年になるが、間違っても入り込まない地域だけに、ここまで酷い光景を目の当たりにするのは初めてだ。まさにスラムとしかいいようがない惨状に、翔平は怯んだ。

路上にたむろする住人の視線が、一斉にこちらに向く。おいおい……まずいんじゃねえか……。

そんな気配を察したのか、運転手がいった。

「サー。心配はいりません。キャサリン・チャンは、ここの住人にとっては女神です。オフィスの前に止まった車は、彼女の客だってことを皆知っていますから」

どうやら、その言葉に嘘はないようだ。

危害を加えるつもりなら、止まった瞬間に何かが起こるはずなのだが、その気配は微塵もない。

「じゃあ、行ってくる……」

翔平は、内心の動揺を収めるべく息を整え、「終わったら電話するよ」といい、ドアレバーに手をかけた。

「サー、それではお子様のお迎えに間に合わなくなります。降ろしたらすぐに自宅に向かってくれって、出がけにおっしゃったじゃないですか」

そうだった……。

R国へは二歳年下の妻と、小学生の二人の子供を連れて赴任した。子供はどちらもインターナショナルスクールに通学させており、スクールバスで通学しているので送迎の必要はない。しかし、いずれ帰国した時のことを考えると、受験のことが気になり、週末と平日のそれぞれ一日、オフィスの近くにある在留邦人の子弟を対象にした塾に通わせていたのだが、今日はちょうどその日に当たる。

「じゃあ、帰りは……」

「お子様を、ご自宅に送り届けたら、すぐにこちらに参ります。とにかく、終わったらお電話を……」

どうやら、そうするしかなさそうだ。

「分かった……」

翔平は、そういいながらドアを開けた。

瞬間、熱気と湿気、そしてなんともいいようのない酷い臭(にお)いに包まれて、翔平は思わず息を止めた。

溝（どぶ）というか、尿というか、食べ物の腐敗臭というか……、まあ東南アジアではこの手の臭いは、何かの拍子に嗅ぐことはあるのだが、ここは特に酷い。

三階建てのビルの入り口のドアは開け放たれたままだ。中に入ると、階段の傍に、守衛か管理人か、机を前にして座る一人の中年男性の姿があった。

「四葉商事の相川といいます。ミス・チャンに約束がありまして……」

翔平が告げると、

「聞いています。三階に……理事長室とドアに書いてありますので」

人差し指で、階段を指し示す。

どうやら、空調は設備されてはいないようだ。常に空調が行き届いた環境に身を置いているせいで、三階まで昇る間に早くも汗が噴き出してくる。

理事長室はすぐに見つかった。男が言った通り、ドアにプレートが貼（は）り付けられていたからだ。

翔平は額に噴き出した汗を拭（ぬぐ）うと、ドアをノックした。間髪を容（い）れず部屋の中から「どうぞ」と、英語で答える女性の声が聞こえた。翔平はドアを開けた。

大気の流れを感じた。部屋は日本流で言えば二十畳はあるか。片隅に応接コーナーがあり、キャビネットの上に幾つものファイルが整然と並んでいる。

木製の執務机、その背後に立つ女性の姿があった。キャサリンだ。

「ハァイ」

漆黒の頭髪を後ろに束ね、白のカッターシャツにジーンズ。薄いピンクのルージュで口元を整えただけで、化粧気はほとんどない。輝きに満ちた瞳は知性に満ち溢れ、翔平は優しい笑顔に彼女の人柄を見た思いがした。

それだけではない。オーラを放っているというか、輝いているというか、見る者を一瞬にして惹きつけて止まぬ、独特の雰囲気がある。第一、紛れもない美人である。

「はじめまして。四葉商事の相川です」

翔平は、歩み寄ると手を差し出した。

「キャサリン・チャンです」

名刺の交換を終えると、「どうぞ、そこにお掛けになって」

キャサリンはソファーを勧める。

「飲み物は何を？　といっても、ダイエットコークかアイスティー、それもシュガーレスしかありませんけど」

「アイスティーを……」

「ＯＫ」

キャサリンは、執務席の傍に置かれた小さな冷蔵庫に歩み寄る。

また風を感じた。窓が開け放たれているのだ。そういえば、天井や壁にエアコンらしきものは見当たらない。

「さあ、どうぞ……」

キャサリンは、缶入りのアイスティーを差し出してきた。「ごめんなさいね。飲み物は買い置きでというのがここでの決まりなもので」

R国の所得水準からすれば、それでも贅沢品だ。スラムでは、冷蔵庫すら持っていない住人も数多くいる。R国では低所得者層が住む地域に、スーパーのような店はない。肉、野菜といった食材は一食ごと、調味料もその都度小分けされたものを購入する。おそらくは、貧困層の救済を志しているからには、職場の環境も、ここで暮らす人々と同じにしなければならない。エアコンが設置されていないのは、その決意の現れであり、冷えた飲み物を客に供するのは、最高のもてなしなのだろう。

「頂戴(ちょうだい)します」

翔平はプルタブを開け、アイスティーを三口ほど喉に流し込んだ。

「父から、用件は聞きました」

キャサリンは、早々に本題に入る。「四葉商事が、私の事業を支援なさりたいと申し出てくださったそうですね」

「ミス・キャサリンがなさっている事業のことを、お父様からお聞きしまして、大変感銘を受けました。是非ご協力させていただきたいと思いまして」

「私の名前の前に、ミスはつけなくても結構ですわ。キャスと呼んでください」

目元を緩ませるキャサリンだったが、瞳は笑ってはいない。「四葉の申し出は、大変ありがたく思います。特に、日本への留学生の世話を四葉が全面的にサポートしてくださるのは、願ってもない話です。ただ、それがビジネス絡みということになるとちょっと……」

キャサリンとの面会が実現したのは、ジェームズが仲介の労を取ってくれたからだ。R国緑風会創立七十周年記念会の最終打ち合わせが終わったところで、越野が場を変えて飲みませんかとジェームズを誘ったのだ。

キャサリンが行っている事業への支援は、東京本社の会議の場で、翔平が提案してからさほどの時を置かず、本社の決裁が下りた。話を聞いたジェームズも、大変喜び、ふたつ返事で仲介の労を引き受けたのだったが、やはりキャサリンには考えるところがあるようだ。

「とおっしゃいますと？」

翔平は、テーブルの上に缶を置き、居住まいを正した。

「実は以前、同じような提案を中国企業から受けたことがあったのですが、お断りしたんです」

「中国企業から？」

驚く一方で、さすがだ、と翔平は思った。

敵は、とっくにキャサリンが行っている事業のことを知っていたのだ。

「メセナに熱心な企業が数多く存在するのは事実です。でも、純粋な気持ちでおカネを出してくださる企業は、それほど多くないのもまた事実。事実、私がこの事業を始めて二十七年になりますが、その間、支援を申し出てきた企業は、ただの一つとしてありませんでした。中国企業にしても、高速鉄道計画が持ち上がった途端に支援を申し出てきたんですよ。そりゃあ、警戒するでしょう」

実に、率直な物いいである。

そこまで、お見通しなら、隠し立てしてもしょうがない。腹も括れるというものだ。

「では、申し上げます」

翔平は姿勢を正すと切り出した。「四葉はR国の高速鉄道事業に是が非でも参加したいのです」

「正直なお答えに感謝します」

相変わらずの笑みを湛えながら、キャサリンはいうと、「父は、私が次期首相選に立候補することを話したそうですけど、どの候補者に票を投じるかは有権者が決めることです。仮に私が首相になっても、高速鉄道の建設は国家事業ですから、選考は公明正大。真の意味でR国国民のためになる提案を採用するのが、首相たるものの義務だと考えております。そこに私情を挟むつもりは毛頭ありません」

凜とした声でいった。

「私どもが望んでいるのは、公明正大な選考なのです。新幹線は、技術、安全性の両面において、間違いなく世界最高の高速鉄道だと確信しております。選んでいただける自信はありますし、最高の新幹線をR国に建設するにあたっては、我々四葉が持つオルガナイザーとしての機能は、必ずやお役に立てるという自負の念を抱いております」

「確かに、そうかも知れません。でもね、相川さん。日本、中国のいずれを採用しても、ただで建設してくれるわけではありません。R国が採用国からおカネを借りて建設するものなのです。つまり、高速鉄道の売り込みに、日本や中国が必死になっているのは、自国の鉄道産業の利益のため。ひいては国の経済の活性化のためではありませんか。目的がそこにあるのだとしたら、作って終わり。実際に運行が始まった後、高速鉄道をR国の発展のために、どうやって最大限に活用するのか。そのプランが一切提示されていないように私には思えるのです」

表情とは裏腹に、キャサリンは胸に突き刺さるような言葉を投げかけてくる。

「R国の首都と第二の都市、五百キロの区間が二時間で行けるようになれば、移動時間は現在の四分の一以下になります。人の行き来が激増すれば、R国に進出しようという外国資本にとっても大きな決断材料になるはずです。次は港湾整備、高速道路と、インフラ整備にも弾みがつくでしょうから、R国の経済発展の起爆剤になると、私自身は考えていますが？」

「二時間で、二つの都市を結べるのは新幹線だけではありませんよね。中国はもっと短い時間でできるといっていると聞きましたが？」

それは安全性を無視すればの話だし、中国の高速鉄道は新幹線そのものだ。やろうと思えば、新幹線だってできますよ。

そう返したいところだが、露骨に競合相手を腐すのも憚られる。

一瞬、翔平が返す言葉に詰まる間に、キャサリンは続けた。

「もちろん、中国の真の狙いが他にあることは承知しています。迂闊に採用しようものなら、取り返しのつかないことになることも……」

それが何かは、改めて論ずるまでもない。

「おっしゃる通りです」

まさに我が意を得たりというやつだ。翔平は大きく頷いた。

「でもね、相川さん」

「ショウで結構です。そう呼んでください」

「では、ショウ。だからといって、私は新幹線だとはならないと思うんです」

「それは、なぜです？　差し支えなければ、理由をお聞かせいただけますか？」

「理由は、今し方申し上げたと思いますが？」

キャサリンは、どこか冷ややかな声でいった。

「いや……高速鉄道をR国の発展のために、最大限に活用するプランと申されましても、正直ピンとこなかったものですから……」

翔平は正直に答えた。

キャサリンは、すぐに言葉を発しなかった。

表情を一切消し、アイスティーに口をつけると、

「それじゃ、ショウ、目的は高速鉄道を受注することであって、その後のことなど考

えたこともないって、自ら認めてることになりますよ」

射るような目で翔平を見詰めた。

「いや……決して、そんなことは――」

続ける言葉が見つからない。キャサリンの指摘に間違いはないからだ。

「じゃあ、お訊きします」

キャサリンは小さく息を吐きながら、缶をテーブルの上に置いた。「仮に新幹線が採用されたとしましょうか。実際に営業が始まれば、そこから先は、運行もメンテナンスも、全てR国の鉄道従事者の手によって行われることになるわけです。もちろん、開業以前の段階で、運転技術、路線管理、運行に必要なあらゆるトレーニングが施されることにはなるでしょうが、今のR国国民のレベルで、日本と同等レベルのオペレーションを行うことができると思いますか？」

キャサリンが何をいわんとしているか、改めて説明を求めるまでもない。

教育レベルも違う、民度も違う。良くいえば万事において鷹揚だが、はっきりいえばルーズ、いい加減というのがR国国民の気質である。

なんだかんだいっても、日本人の教育レベルは世界的に見ても高く、仕事に対するモラルは群を抜いているといっていい。そして、鉄道界において、最精鋭が集うのが、新幹線の運行従事者である。

　運転手ひとつ取っても、駅員から始まって、在来線で運転手としての経験、技術を磨き、厳しい試験と訓練を積んだ後、十分業務を遂行できると見なされて初めて、新幹線の運転手になれるのだ。

　一瞬、返答に窮した翔平だったが、そこはビジネスの修羅場を経験してきた商社マンだ。

「R国には、国営の航空会社があるじゃないですか」

　咄嗟(とっさ)にいった。「機体はアメリカ製ですが、パイロットはR国人です。しかるべき人材を選び、きちんと訓練すれば、問題は起きないと思いますが？」

「なるほど、飛行機ね……」

　肯定するかのような反応を見せたキャサリンだったが、「でもね、ショウ。運転手はそうでも、他の部分はどうなんでしょう。私は何度か日本に行ったことがありますが、鉄道はもちろん、バスに至るまで、公共交通機関の正確性には驚きを禁じ得ません。駅だって素晴らしく清潔だし、秩序も保たれています。ホテル、商店、観光地、日本はどこへ行っても同じです。それは、何に起因するものなのでしょう？」

「何にと申されましても……。日本人の国民性ですかね。そうであるのが、当たり前だと、皆考えているでしょうから……」

「では、その国民性というのは、何によって形作られるものなんでしょう？」

「一番大きいのは、教育ですかね」

「そう、教育。私もそう思います」

キャサリンは我が意を得たりとばかりに、身を乗り出した。「ただ新幹線を導入しただけでは、今のR国の国民性、民度からして、ピカピカの車両も駅もたちまちのうちに汚れ果て、切符売り場もホームも、順番という概念を持たない客で、押し合いへし合い、カオスの場と化すことになるでしょう。悲しいかな、それがR国の現状なのです」

多分……いや、間違いなくそうなるだろう。しかし、それを肯定するのは、傲慢に過ぎる。

いよいよ言葉に窮した翔平に向かって、

「誤解しないでくださいね。私は何も、高速鉄道の導入を否定しているわけではありませんよ」

キャサリンは続けた。「むしろ、国民の民度を向上させるための絶好のチャンスだと思ってさえいるのです」

キャサリンは、そこで間を置いたが、話にはまだ先がありそうだ。翔平は黙って聞き入ることにした。

果たしてキャサリンは続ける。

「例えば、日本の列車の旅といえば、駅弁がつきものですよね。でも、R国には衛生管理という概念がほとんどありません。不特定多数に大量の食品を提供しようとするなら、衛生管理を学び、施設を整え、製造から販売に至るまで、全ての分野に携わる人間を教育し、管理を徹底させなければなりません。駅の管理にしても同じです。清掃、公共の場の秩序、日本から学ばなければならない、学ぶ価値のあるものはたくさんあります。新幹線自体の運行にしても、また同じです。折り返し運行までの短い時間の中で、どうやって完璧な清掃作業を行うか。些細なことですが、それを可能にするのも、また教育なのです」

確かに、R国の衛生環境は酷い。

屋台などはその典型だ。使用済みの食器を洗浄するのは、バケツに入れた使い回しの水である。洗剤も使わなければ、水を拭き取った後の布巾も、同じバケツで洗うのは当たり前。肉や魚には、常に蠅が群がっているし、店の人間もそれが当たり前なのだから、追おうともしない。

程度の差こそあれ、一流ホテルもまた同じで、要は目に見えるところでそうした行為が行われているか、見えないところで行われているかの違いでしかない。

キャサリンはいう。

「高速鉄道が開業すれば、同時に駅舎も新設されます。駅舎には駅ビルが併設され、その中には多くの商店が入居することになります。人が集まる場所には商機が生まれる。当然、オフィスビル、商業ビルの建設が始まるでしょう。もちろん、無秩序な開発、計画性なき開発は、絶対にさせてはなりません。計画的な都市開発を行うとなれば、道路、電力、ガス、つまりインフラ整備、それも大規模な事業計画が必然的に発生することになるでしょう」

キャサリンの言葉を聞くにつけ、翔平は目が覚めるような思いがした。

何もかも、彼女のいう通りなのだ。

高速鉄道は作って終わりの事業ではない。インフラ整備という大規模な事業に必然的に結びつくもので、そこに四葉が参入できれば、ビッグビジネスを手にできることに気がついたからだ。

「そのことごとくで、教育が必要になる。R国が先進国へと生まれ変わる、千載一遇のチャンスだとおっしゃるわけですね」

念を押すつもりでいった翔平だったが、どうすればキャサリンの構想が実現できるのか、策は俄かには思いつかない。

「キャス、あなたの考えは、良く理解できました」

翔平は席を立ちながらいい、「四葉は、R国と良好、かつ末永い関係を結びたいと願っております。日本政府もまた、同じ思いでいることは、間違いありません。四葉として、あなたの構想の実現に、どんな協力ができるか、考えてみます」

キャサリンに向かって手を差し出した。

「お会いできて、光栄でした」

そしてキャサリンの手を握りながら、翔平はいった。

「それから、留学生の件は、新幹線の導入計画とは関係なく、四葉がご協力させていただく意向であることに変わりはありません。是非、前向きにご検討いただければと……」

「ありがとうございます。お返事は、改めてまた……」

キャサリンは、すがすがしい笑みを浮かべ、手を離した。

まさに、女神と呼ばれるに相応しい、そしてR国の首相となるに相応しい人物だと翔平は思った。キャサリンの考えは、好条件を引き出さんとする、ビジネス社会でいうところのネゴのようにも聞こえるが、それは全くの間違いだ。俗人が必ずや抱いているであろう、名誉や金銭への欲があってのものではない。彼女が欲しているのは、この国の圧倒的多数を占める、貧困層の救済であることが、はっきりと分かったからだ。

そういえば……と翔平はふと思った。

会話を交わす間に、キャサリンが、ただの一度も自分の言葉を遮ることがなかったことに翔平は気がついた。

主張すべきは主張する。それでいて、人の話には、とことん耳を傾ける。当たり前の話なのかもしれないが、そういう人物は滅多にいるものではない。

キャサリンが首相になり、四葉と、ひいては日本と一緒に、この国の発展とともに歩むことができれば、どれほど素晴らしいことか——。それが実現した時のことに思いを馳せると、翔平は背筋に粟立つような興奮を覚えた。

6

「なに？　キャサリン・チャンが、首相選に出馬するって？」

寝落ち寸前だった橋爪が矢野の話を聞いた途端、目を見開いた。

生中二杯目半ばで、早くも寝落ちしそうになったのには理由がある。

東南アジア諸国には、高速鉄道のみならず、巨額の資金援助を必要とする大型案件がいくつもある。もちろん、受注獲得を狙っているのは日本ばかりではないから、現地に赴いては情報収集を兼ねて相手国政府の意向を探るために、海外出張も頻繁にある。しかも、課長クラスはエコノミー、羽田が二十四時間稼動するようになってからは、現地を深夜に発って、早朝羽田に到着、そこから真っ直ぐ霞が関という強行軍も当たり前である。

その例に漏れず、橋爪は東南アジア四カ国を回って早朝帰国し、午後七時まで業務に追われる一日を過ごしてきたのだ。

いつにも増して酔いの回りが早いのはそのせいなのだが、今日は部下の美絵子の誕生日だ。通商金融課、ただ一人の女性キャリアだし、それに彼女は同窓である。疲れた体に鞭打って、祝宴の場に同席したというわけだ。

「四葉が摑んだ情報ですから、まず間違いありません」

矢野は少しばかり得意になって、小鼻を膨らませた。

「四葉が摑んだ情報を、どうして君が知ってるんだ」

「四葉のインフラ事業部に、大学の陸上部の後輩がいるんです。四日前に会った時に聞かされたんですよ」

「キャサリンの話は、R国の日本大使館の人間から聞いたことがある。確か、貧困層を救済するために、私財を投じて学校をいくつも開設しているとかで、国民の間に絶大な人気があるんだよな」

眠気は完全に吹き飛んだらしく、橋爪は身を乗り出してくる。

「どうもキャサリンは、いずれ政界に進出する。それも首相になることを目指して、長年そんな活動を続けていたのかもしれませんね」

「なぜ、そう思う？」

「貧困層を救済するためには、R国の政治、いや国のあり方を根本から変えなければならないからですよ」

矢野はいった。「財閥や特権階級が富の大半を握り、政治家もまた富裕層出身者ばかり。権力者が甘い汁を吸い続ける構造が、確立されてしまっているのがR国です。そんな連中に国が牛耳られているんですから、いつまで経っても貧困なんか解消されるわけありませんよね」

「急がば回れっていうやつか」

「そう、まさにそれでしょうね」

矢野は、顔の前に人差し指を突き立てた。「実際、キャサリンが設立した学校の出身者の中には、R国の各界で活躍している優秀な人材が数多くいるそうですからね。彼らは、キャサリンと同志といっていいでしょうし、政治は数です。結集して新政党を立ち上げ、議会を牛耳ってしまえば、どんな政策を打ち出してもすんなり通る、彼女、機が熟すのをずっと待ってたんじゃないでしょうか」

「それは、いえてるかもな……」

橋爪は、腕組みをして考え込む。「彼女はチャン財閥総帥（そうすい）の娘だ。チャン財閥の力を以（もっ）てすれば、国会議員程度なら、いつでもなれる。しかし、議員一人がどう頑張ったって、何が変わるってもんじゃないからな」

「チャン財閥？」

その時、もうもうと煙が立ち昇る火鉢の上のホルモンに、箸を伸ばしかけた美絵子の手が止まった。

若い女性の誕生祝いの場所にはどうかと思うが、ホルモンが大好物だといって、自ら店を指定したのは美絵子である。

「チャン財閥のお嬢様が、そんなことをやってるんですか？」

美絵子は、信じられないとばかりに目を丸くする。

「その数、いまや五十以上。もっとも学校ったって、寺子屋に毛が生えた程度のものらしいが、大切なのは施設の良し悪しじゃない。内容だ。彼女、五十一歳の今に至るまで、独身を貫き通してこの事業に情熱を注いできたそうでね。貧困層の間では『女神』と称されているんだ」

「選挙は、どれだけ票を集めるかだからな。彼女が首相選に立候補すれば、当選する可能性はなきにしもあらずだな」

橋爪の目から完全に眠気が吹き飛び、瞳がぎらつき始める。

「可能性どころか、圧勝するんじゃないですか。なんせ、首相選に出馬するにあたっては、腐敗撲滅を公約に掲げるそうですから」

「腐敗撲滅ぅ？」

橋爪の声が裏返る。

「中国の例からもわかるように、特権階級の不正を正す公約を、大衆が支持しないわけがありませんからね。まして、彼女には、貧困層を救う活動をずっと続けてきた実績がありますす。しかも、独身を貫き通しているというんですからね」

「確かに、それはいえてるな」

橋爪は腕組みを解くと、ジョッキに手を伸ばした。

その時、網の上でホルモンが炎を上げた。

「あっ、焦げちゃう」

美絵子と矢野が箸を伸ばす間に、

「しかし、今回の出張では、駐R国の大使館の人間にも会ったが、そんなことは一言もいっていなかったぞ」

橋爪は小首を傾げた。「キャサリンの思惑通り事が運べば、R国の体制はひっくり返る。過去に遡って権力者層、富裕層の悪事が暴かれりゃ、罪に問われ獄に繋がれる人間だって湧いて出てくんだろさ。合法的な革命が起きるようなもんだ。大使館の連中の耳に入らんわけがないと思うんだが……」

「四葉のインフラ事業部の駐在員は城南の出身だそうでしてね」

矢野はホルモンを咀嚼しながらいった。「総帥のジェームズも城南出身、四葉の現法（現地法人）の社長も城南——」

「緑風会か！」

橋爪がみなまで聞かずに声を上げた。

「四葉だって、R国の高速鉄道に新幹線が採用されれば、一枚嚙めるチャンス到来。

それもビッグビジネスになるのは間違いないんですから、外務省のように、おっとり構えちゃいませんよ」

「ほんと、緑風会の結束ってのは凄いよなあ……。どこへ行っても緑風会があるし、先輩が後輩の面倒をよくみるし……。互助会みたいなもんだからなあ……。その点、うちの大学は……」

橋爪は心底羨ましげにぼやく。

その点については、矢野も同じ思いを抱く。キャリア官僚の出身校は、ほぼ同じで、学歴ヒエラルキーの頂点にある大学出身者で占められる。当然、出世レースは激烈を極めるわけで、互助会どころの話ではない。

「キャサリンの意向は、ごく限られた人間しか知らないようですよ。四葉がこの情報を摑めたのも、R国緑風会創立七十周年記念の打ち合わせの場で、ジェームズがうっかり漏らしたみたいで……」

「極秘情報でも、緑風会のメンバーなら身内同然ってわけか……」

もはや、羨望を通り越し、諦めとも取れるような口調でいった橋爪だったが、「面白いことになってきたな。もし、キャサリンが首相になれば、中国お得意の袖の下は使えなくなる。新幹線が採用される目が出て来るぞ」

一転してにやりと不敵な笑みを浮かべた。

「いや、そうとは限らないかもしれませんよ」

「どうして？」

「後輩の話では、彼女が首相を目指す最大の理由は、R国の貧困解消、格差是正にある。高速鉄道導入計画のプライオリティーは、それほど高くはない。むしろ、腐敗まみれの現政権の人間たちが、私腹を肥やすチャンスだと考えて計画した事業なら、全面的に見直すこともあり得るんじゃないかと……」

「いや、そりゃあないね」

橋爪は即座に否定する。「高速鉄道はR国の経済成長に寄与することは間違いないし、第一、導入ありきで動き出しているんだ。だから我々だって――」

「計画を白紙に戻すってことじゃありません」

矢野は橋爪の言葉を遮って続けた。「導入するからには、彼女が目指す、R国の貧困解消、格差是正を可能にするものにしようと考えるのではないか。四葉はそう考えているらしいんです」

「建設が始まりゃ、雇用も生まれるし、資材産業だって潤う。完成すれば、人の往来が活性化するわけだから、あらゆる産業が発展していく。所得も向上するし、いずれ格差だって解消されていくだろうさ」

「あのう……」

その時、美絵子が口を挟んだ。

「あっ、ごめん、主賓をそっちのけで、仕事の話に夢中になっちまった……」

慌てて謝った矢野に向かって、

「そうじゃないんです。実は、私、そのチャン財閥の御曹司に会ったことがあるんです」

美絵子は意外なことをいい出した。

「御曹司って？」

「アンドリュー・チャンです」

「アンドリュー？」

そんな名前は初めて聞く。

矢野は問い返した。

「多分、ジェームズ・チャンの孫だと思うんです。いただいた名刺には、ペトロキングのチーフ・カスタマー・オフィサーってありましたので……」

「名刺貰ったって……どこで？」

「山口です」

「やまぐちぃ？」

橋爪が怪訝な表情を浮かべる。「なんでまた、そんなところで」

「実は私、鉄子でして……」

美絵子は、少し照れながら答えた。

「てつこ？」

「鉄道女子、略して鉄子」

「竹内さんて、鉄なの？」

全くややこしい世の中になったもので、何気に発した質問でも、どう取るかは問われた相手次第。気に障（さわ）ろうものなら、たちまちハラスメント呼ばわりされる時代である。喜んで上司と酒席を共にする美絵子だが、彼女自身が話し出さない限り、プライベートにまつわる話題はタブーなだけに、そんな話ははじめて聞く。

「それも、筋金入りの」

美絵子はビールをゴクリと飲むと、どんとジョッキを置き、「で、去年の夏休みにＳＬを撮りに山口に行ったんですけど、そこに外国人がいましてね――」

アンドリューとの出会いの経緯を話しはじめた。

「へえっ、チャン財閥の御曹司が、鉄ちゃんねえ」

美絵子の話が一段落したところで、橋爪が意外そうにいった。

「その時、彼、こんなことをいってたんです。高速鉄道を導入しても、国民の民度がそのままじゃ、R国は何も変わらない。駅も車両も落書きだらけ、汚れ放題。運行も、メンテナンスもルーズなものになってしまうだろうし、それこそ器はできても、魂が入っていないってことになりかねないだろうと……」

R国に限らず、途上国社会の実態をいささかでも知っているだけに、アンドリューの指摘は一理ある。

「なんか、そういってしまうと、身も蓋もないというか……」

矢野は声を落とし、はあっと息を吐いた。

「彼、ブロークンウインドウズ理論を持ち出しましてね」

「壊れた窓を放置しておけば、やがて他の窓も壊されるってやつか」

橋爪がいった。

「汚れた落書き、運行の遅れ、ルーズなメンテナンス。いずれにしても、日本人にとってはあってはならないことだし、ミスや間違いがあるのなら、すぐに改善に乗り出す。でも、それが当たり前なんだという意識が国民性として根付いてしまっている社会では、決してそうはならない。それがR国の現状なんだと、アンドリューはいいたかったと思うんです」

「確かに、いえてるかもな……」

橋爪は、頷きながら視線を落とす。

「そして、彼、こういったんです。民度を向上させるためには、教育しかないって。つまり、アンドリューは民度向上のため、キャサリンは貧困救済、格差是正のため。言葉こそ違えど、二人ともR国を変えるための鍵は、教育にあると考えているわけです。ならば、新幹線を導入すれば、R国の教育環境が、ひいては民度が向上する。そうしたプランを提示したら――」

「そんなこと、できるわけないだろ」

矢野は、美絵子の言葉を遮った。「まさか、日本がR国の教育環境整備を支援するとでも？」

入省して間もなく四年。美絵子だって、霞が関はもちろん、永田町は夢物語とはほど遠い場所なのは承知のはずだ。それだけに、彼女のいっていることが、矢野には理解できない。

ところが美絵子は、口元に笑みを浮かべながら、橋爪に視線を向けると、

「学校を作ったらどうでしょう」

穏やかな声でいった。

「学校？　学校って……R国にか？」

橋爪も、理解に苦しむといわんばかりに、あからさまに眉を顰める。

「いいえ、日本にです」

「日本にぃ？」

「はあっ？」

橋爪に続いて、矢野の声も裏返る。

こいつ、酔っ払ったのか？

いや、生中二杯程度の酒量で、酔うような美絵子ではない。それだけに彼女の考えがますます分からなくなる。

「日本の総人口は、すでに減少に転じています。人口動態予測というのは、数ある予測の中でも、最も精度が高いものです。当たり前ですよね。日本は移民をほとんど受け入れていない国ですから、新生児の数が、ほぼ将来の人口になるわけです」

美絵子は、そこで言葉を区切ると、同意を求めるように、二人の顔を交互に見つめた。

「それで？」

橋爪が先を促した。

「人口が減少するに従って、地方の過疎化は急速に進み、その一方で大都市には人が集中するようになると予測されていますが、間違いなく、その通りになるでしょう。となればですよ、日本の鉄道産業には今後どんな変化が起きるでしょうか」

「地方の鉄道経営が維持できなくなるっていいたいんだろ」

そう返した矢野を無視して、美絵子は続ける。

「経営が困難になるのは、車両製造メーカー、レールや電線、鉄、アルミ、ジュラルミン、ガラスなどの素材企業、モーター、その他諸々の部品製造メーカー。鉄道産業に限らず、多くの関連産業が甚大な影響を被ることになります」

「だから、日本の鉄道を輸出しよう、海外に活路を見出そうとしているんじゃないか」

美絵子は、そこで矢野に視線を向けてくると、

「私も、そう考えていました。日本の鉄道技術は世界一。日本のためにもなれば、相手国のためにもなる。でも、四葉の考えを聞いているうちに、気がついたんです。輸出して終わりなら、単に導入先の国で日本の電車が走るだけ。それなら、別に日本の

鉄道でなくても事足りるって」

　己の不明を恥じるように声を落とした。

「それは違うんじゃないか。鉄道ってのは、重要な社会インフラの一つだ。航空機やバスと違って、一度導入すれば、規格もシステムも簡単には変えられない。それこそ何十年、いや未来永劫に亘って、使い続けていくことになる代物なんだ。だから、最高峰の技術を導入する必要が――」

「それなら、中国に受注競争で負けるわけがないじゃないですか」

　そこを突かれると返す言葉がない。

　黙った矢野に向かって、

「日本の鉄道が高く評価されているのは、ハードだけではありません。ソフトがハードと同等、いやそれ以上に、他国では到底真似ができないほどに優れているからなんです」

「ソフト？」

「メンテナンス、保線管理、システム、鉄道運行そのものに関わる分野はもちろんですが、接客、清掃に至るまで、鉄道の運行に携わる人たちの高い職業意識。駅の機能、商業施設、鉄道から派生するビジネスモデルの全てをパッケージとして見た場合、突出して優れているんです。それが日本の鉄道の魅力なんですよ」

鉄オタの話に興味はない。

「それと学校が、どう関係するのかなあ」

矢野は、言葉に皮肉を込めた。

「これまで、日本は数多くの国々に鉄道を建設してきました。それに当たっては、運行面に関してのトレーニングも行ってきたわけです。では、今いったソフトはどうだったんでしょう。たった十分にも満たない時間の中で、車両清掃を行う技術。衛生管理が行き届いた、美味しくて、かつバラエティ豊富な駅弁。商業施設が整った駅。駅員、店員の丁重な接客。日本の鉄道を導入しても、そこまでの変化が見られた国はありません」

「そんなの国民性の違いだよ。そもそも日本じゃやって当たり前でも、やらなくて当たり前って国だって、いっぱいあるんだ」

「自国では当たり前じゃないことが、日本では当たり前に行われているから、外国人はみんな驚くんです」

美絵子は断言する。「海外からの観光客が激増しているのは、それも大きな理由のひとつなのは事実です。リピーターだって、増える一方じゃありませんか。皆さん口々に賞賛するのは、日本社会の安全性、清潔さ、食事の美味しさ、交通機関の正確性、快適さ、そしてサービスです。自国がこうなるまでに、いったいどれほどの時間がかかるんだろう。そう羨んでくださるんです。確かに国民性の違いはあるにせよ、自分の国もこうなったらいいなと思ってくださるのなら、そうなるようにして差し上げる。それを可能にするのはやっぱり教育だと思うんですよね」

確かに、美絵子のいうことにも一理ある。

外国人観光客が激増しているのは事実だし、かつて技術大国の名をほしいままにし、世界を席巻（せっけん）した日本製品も、多くの分野で急速に競争力を失いつつある。今や海外から絶賛されるのは、美絵子が例に挙げた、日本人には当たり前のことばかりだ。

黙った矢野に向かって、美絵子は続ける。

「それに、鉄道に特化した教育を行う学校は、これからの日本の鉄道産業にも必要になると思うんです」

「なぜ、そう思う？」

どうやら、美絵子の意見に興味をもったらしい。

そう訊ねる橋爪の声のトーンが変わった。

「鉄の一人として、昔から不思議に思ってたんですけど、日本は鉄道大国なのに、鉄道学部がある大学って、ひとつもないんですよ。鉄道会社や車両製造メーカーだって、専門教育を受けた人材がいた方がいいはずなのに……」

「そういわれりゃそうだな。昔は商船大学ってのもあったし、国土交通省だって、航空保安大学校ってのを所管学校として持ってるし、航空大学校だって、かつてはそうだったしな」

「今後、鉄道産業の生き残りを海外に求めるというのであれば、鉄道に特化した高等教育機関は、絶対に必要です」

美絵子の声に確信が籠もる。「過疎化が進むに従って、地方では廃線が相次ぐようになるでしょう。鉄道産業にとって、それは市場の縮小を意味するわけですから、鉄道業界の再編だってあり得るわけです。その時、各社が創業以来培ってきた技術やノウハウは、どうなるのでしょうか。会社と共に、葬り去ってしまうのは、あまりにも惜しいと思いませんか？　ならば、技術やノウハウを集約し、次世代に継承し、さらに高めていく教育機関を設けるべきだと私は思います」

「なるほどねえ。技術力、運営ノウハウの向上に、官民一体になって取り組むべきだっていうわけか」

橋爪の言葉に、意を強くしたのか、

「新技術の研究開発に取り組んでいるのは、企業だけではありません」

美絵子の声に、ますます熱が籠もる。「そして、悩ましいのは、今の時代に現れる新技術は、画期的なものであればあるほど、スキルがあってもタスクがないという人間を社内に生むことになるのです」

「それ、どういうこと？　スキルがあれば、タスクは自然と生まれるものだろ？」

怪訝そうな顔をして訊ねる橋爪だったが、明らかに興味を覚えているようだ。

「スキルはあっても、新技術に対応できるとは限りませんし、身につけたスキルが全く通用しないのが、革新的技術だからです」

「なるほどなあ。つまり社内失業者が続々と生まれかねないってわけか……」

橋爪は複雑な顔をして考え込む。

「そうなったら、企業はどうしますか」

もはや独壇場だ。美絵子は続ける。

「リストラするにしたって、日本はそう簡単に首を切れませんからね。辞めさせるにしたって、それなりの時間もかかれば、その間の給与、割増退職金とコストもかかる。首を切られる方にしたって、もはや用済みになったスキルしかなければ、次の仕事は見つからない。企業にしたって、新技術は次々に出てくるんですから、その繰り返しってことになるわけです。それじゃあ、誰も幸せにならないじゃありませんか」

「それで？　何か考えがあるんだろ？」

橋爪は先を促した。

「教育……。それも、現場と教育機関を行き来しながら、常に最新の情報に触れ、新しい技術を学ぶことで、新しいスキルを身につける場が必要なのではないでしょうか」

「ギムナジウムか！」

橋爪がいった。

「そう、ギムナジウムです」

美絵子は顔の前に人差し指を突き立てた。「改めて考えてみると、日本には産学の場を行き来しながらスキルアップを図るって考えがほとんどないんですよね。確かに、企業派遣で大学で専門知識を深める、最近では社会人が大学院で学ぶって風潮も出てきてはいますが、ギムナジウムのような仕組みはありません。鉄道技術を維持し、さらに発展させていくためにも、安定した雇用を守るという観点からも、こうした教育機関は絶対に必要ですし、そこを日本の鉄道を導入した国の人たちに、教育を授ける場として活用すれば——」

美絵子の考えは、もっともらしく聞こえるが、実現はまず不可能。それこそ夢を語るのは簡単ということの典型例だ。

「そこで、サービスだとか、駅の機能、果ては接客、清掃のノウハウに至るまで、徹底的に教え込むってわけ？」

矢野は、美絵子の言葉を遮った。

「鉄道から派生するビジネスも含めて、相手の国が望むものの全てをです」

きっぱりと答える美絵子を見ていると、矢野はため息をつきたくなった。

「なんか、竹内さんの話を聞いていると、日本のサービスとか、接客とか、鉄道に関するものの全てが手本だ。世界の国々が両手を挙げて歓迎してくれる。日本って凄い！　って、世界中の人が思ってくれてるように聞こえるんだけど」

そのせいで、口調がどうしても皮肉めいたものになってしまうのだったが、

「そりゃあ、日本にだって問題はたくさんありますよ」

美絵子は平然とした顔で返してきた。「でも、一度でも来日して日本の社会を体験した多くの方々が魅力として挙げているのは事実です」

「確かに、リピーターは増えている。日本流のサービス、日本人の親切さ、所謂『おもてなし』ってやつの評価が高いのは知ってるけどさ、導入国の鉄道に関わる人間だ

けに教育やトレーニングを施したって、その国の何が変わるのかな。だって、そうだろ？　それ以外の国民、圧倒的多数は、日本に来たこともなければ、現在の自国の流儀ってやつが当たり前だと思っててんだぜ」

美絵子の目がすっと細まり、挑戦的な眼差しになる。

「アンドリューがブロークンウインドウズ理論を持ち出した時、私、こういったんです。ブロークンウインドウズ理論というなら、逆もありなんじゃないか。壊れた窓を一つひとつ直して、いつもピカピカにしていれば、壊す人間は現れなくなるんじゃないかって」

矢野は、はっとなった。

逆もまた真であるに違いないからだ。

「キャサリンが目指しているのは、そういうことなんじゃないでしょうか」

美絵子は続ける。「ただ高速鉄道ができるだけじゃあ、もったいない。どうせ導入するなら、それによってR国がどう変わるのか、最大限の効果を追求すべきだ。アンドリュー自身がいいましたので、敢（あ）えて民度という言葉を使いますが、駅や車内が汚されてもすぐに清潔になる。駅ビルの店員さん、乗務員、駅員が、常に笑顔で接してくれる。丁重に対応をしてくれる。列車の運行は秒単位で管理され、組織としての規律が保たれている。それが当たり前となったら、利用者のモラル、国民の民度だって自然と向上していくんじゃないでしょうか」

「傲慢な考えだよ。やっぱり、それって、日本の流儀がベストだ、日本を手本にしろっていってるんじゃないか」

再度の矢野の言葉を、

「違います」

美絵子はきっぱりと否定した。「だからギムナジウムなんですよ。日本の流儀が百パーセント正しいといってるつもりはありません。なるほどと思う部分だけを取り入れればいいんです。実際に仕事をしていれば、逆に日本で教わったやり方は、こうした方がいいんじゃないかと、日本側が気づかされる提案だって出てくるはずです。日本の鉄道を導入した国の人たちと、学び、議論し、その結果を現場に反映させていく。日本の鉄道産業のためにも、日本の鉄道を売り込むためにも、そういう場が必要なんじゃないかといっているだけです」

官僚ならば、そのハードルがどれだけ高いか、改めて説明するまでもなく、分かっているだろうに、思いつきもいいところだ。

絶対に無理。実現不可能。まさに夢物語以外の何物でもない。

お前、本気か？　と返したくなるのをすんでのところで堪(こら)え、矢野はいった。

「そりゃあ、あるに越したことはないけどさ、実際、それを作ろうと思ったら、ものすごく大変だぜ。大学にするなら、所轄(しょかつ)官庁は文科省だ。彼らが必要性を認めたとしても、今度は予算の問題が出てくる。既存の大学に鉄道学部とやらを新設するにしたって、教員、施設、その他諸々、実現するまでに、どんだけ時間がかかるか、第一、手を上げる大学なんて、ありゃしないよ」

「あるに越したことはないっておっしゃるなら、やれる方法を考えるべきじゃないでしょうか」

　ところが、美絵子は怯む様子もなく反論する。「超えなきゃならないハードルがいくつもあるのは百も承知です。でも、難しいの一言で片づけてしまったら、いつまで経っても前に進めませんよ」

　さすがに、かちんときた。

　現実は、お前が考えているほど甘くはない。

　そう返そうとしたが、それより早く橋爪が口を開いた。

「なるほど、ギムナジウムねえ……。面白いな、それ」

　皮肉ではない。本心からいっているようだった。

「考えてみりゃ、竹内さんのいっていることはもっともなんだよな」

橋爪は続ける。「ＩＴが世界を一変させるなんて言われてたけど、いまやＡＩだもんな。時代の変化には加速度がつくばかりだ。家電しかり、半導体しかり、かつて日本の独壇場だった産業だって、いまや見る影もない。そんな事態を招いた要因の一つには、日本企業の中で、人材は会社が教育し、育てるものって固定概念があったからに違いないんだ」

「そうでしょうか。企業だって、優秀な人材を国内外の大学に送り、あるいは外部の研究機関に送ったりしているじゃありませんか」

「そりゃあ、ごく一部の将来を期待された人間だけだ。そして、スキルがあってもタスクがない人間を生む側の人間たちだ」

橋爪が、矢野の言葉を遮った。「圧倒的多数の人間は、日々の仕事をこなすことに精一杯で、時代の変化、技術の進歩に気がつく暇もない。そして、変化は突然に押し寄せる。その時、そんな人間たちはどうなるよ？」

「お言葉ですが、ギムナジウムってシステムは、専門職のためにあるわけで、日本の、それも大企業の場合、大半が総合職、ゼネラリストとして採用されるんですよ」

「そんなこと知ってるよ」

橋爪はむっとした声を上げ、矢野を睨む。「でもな、鉄道産業は専門職が多数を占める。まして、竹内さんがいうように、これから先、人口減少に伴う業界再編は避けられないかもしれない。となればだ、各社が持つ技術やノウハウを集結し、新技術、新車両の開発を研究する機関が必要になるだろうし、鉄道産業に従事する人間の育成だって必要になるよ。第一、日本の鉄道技術が優れているのは確かだが、それゆえに、建設費自体がどうしても高額になりがちだ。中国や韓国に負けてしまう原因もそこにある。となれば、日本の鉄道技術の導入は、単に交通機関の整備に止まらない。社会をいい方に変える可能性を秘めたものであることを提案の中に盛り込むことができれば、他国にはまず真似のできない、日本ならではの独自性が打ち出せるよな」

「しかし、橋爪さん。教育機関となると、文科省の——」

「なるほど、やれるに越したことはないと思うなら、やれる方法を考えろ、ねえ」

橋爪は、矢野の懸念など耳にはいらぬとばかりに無視すると、「俺たち官僚は、何事も前例主義だ。固定概念に捕らわれ過ぎて、新しいことへのチャレンジ、あるべき姿の追求ってやつを忘れちまってるのかもな」

自らを戒めるかのようにいった。

そして、ジョッキに残ったビールを一気に飲み干すと、

「竹内さん。その、やれる方法ってのを考えてみろよ。もし、君の案が採用され、R国に新幹線が導入された結果、そのアンドリューの言うところの民度ってやつが向上し、社会が一変すれば、海外の国々に日本の鉄道技術を売り込むに当たっての絶好のモデルケースになる」

美絵子に向かって命じた。

「わ、私がですか？」

「当たり前だろ。言い出しっぺは君じゃないか」

橋爪は、目元を緩ませると、「ただし、これは当分の間、君が個人で取り組む案件にする。通常業務に支障をきたさない範囲でな」

念を押した。

「やらせていただきます」

果たして美絵子は破顔一笑、瞳を輝かせると、「鉄子の意地にかけても」

残ったビールを一気に飲み干した。

「よおし、じゃあ、改めて乾杯といこうじゃないか」

橋爪は、空になったジョッキを翳（かざ）すと「お〜い。生中追加、大至急！」

奥の店員に向かって大声を上げた。

第三章

1

「ただいま……」

帰宅を告げる声が沈んだ。

キッチンの方から、「お帰りなさい」とこたえる千里の声が聞こえた。

隆明は靴を脱ぎ、玄関の傍にあるドアを開けた。

「遅くなるなら、連絡くれればいいのに。お料理冷めちゃったじゃない」

ガスコンロに火を点(とも)す千里が、背中をこちらに向けたままいった。

返事をする気力もない。

隆明は食卓の椅子(いす)を引き、どさりと腰を下ろすと、「はあ〜」っとため息をつき、がっくりと肩を落とした。

「どうしたの？　何かあったの？」

ただならぬ気配を悟った千里が、振り向きざまに眉(まゆ)を曇らせる。

「もう、学園、無理かもしれない……」

隆明はぽつりと漏らした。

「無理かもしれないって……どういうこと？」

千里は顔を強張(こわば)らせながら、正面の席に座った。

「藤城(ふじしろ)先生と古田(ふるた)先生が、辞表を提出してきてさ……」

「辞表って……。そんな馬鹿(ばか)な。あと二週間もすれば、新学期がはじまるってのに……どうして？　あり得ないでしょう」

千里の顔面から、瞬(また)く間に血の気が引いていく。

「閉鎖も選択肢の一つだって情報が、漏れたんだ……」

「漏れたって、どこから？」

「北海銀行からだよ」

隆明は答えた。「閉校するかどうかは来年の学生の集まり方次第。不調に終われば早期退職って、こっちの意向を知っているのは泉沢だ。あいつ、それを漏らしやがったんだ」

若槻が血相を変えて理事長室に飛び込んできたのは、帰り支度を始めた、三時間ほど前、午後六時のことだった。

「理事長、大変なことになりました。藤城先生と古田先生が、こんなものを提出してきまして……」

若槻は、そう告げるなり、二つの封書を差し出した。

白い封筒の表面には、『辞職願』という文字が、墨痕(ぼっこん)鮮やかに書き記してあった。

「辞職って……どうしてまた」

驚愕(きょうがく)したなんてもんじゃない。

定員には満たないまでも、昨年を上回る学生を集め、新学期を目前に控えたこの時期に、二名の教員に抜けられたのでは授業に甚大な影響が出てしまう。

「来年の学生の集まり方次第では、早期退職を募るそうですねって……。理事長、あの話を誰かに話したんですか？」

泉沢だ。

考えを巡らせるまでもない。この話を知っているのは学園内には三人だけ。外部では泉沢ただ一人だ。

「実は——」

隆明が、事の経緯を話して聞かせると、

「なるほど、そういうわけでしたか……」

若槻は、ため息を吐いた。「理事長の決断を待っていたんじゃ、売却話も御破算になりかねない。教員が辞めてしまえば、授業そのものが立ち行かなくなる。それで、あの計画を耳に入れたってわけか」

「でもね、事務長。今ここで辞めれば自己都合、退職金だって規定額しかもらえないんです。閉学するとなれば、割増退職金がもらえるわけで、それまで待った方が二人にとっても、メリットがあるはずじゃないですか。お二人にそのことをお話ししたんですか？」

「もちろんです……」

「じゃあ、なぜ？」

若槻は頷きながらすっと視線を落とすと、いいにくそうに口を開いた。

「もらえるものをもらえるうちにって、考えたんじゃないですか」

二人がそういったのか、若槻の推測なのかは分からない。しかし、学園に買収話が持ち上がっているのは、教職員も以前から承知している。ならば、とっくの昔に退職を申し出ていたはずだ。そう考えると、なぜこのタイミングなのか、ますます分からなくなる。

「しかし、いよいよとなったら、学園を売却すれば、割増退職金の原資は十分確保できるわけで――」

「それは、提示された通りの金額で売れればの話です」

若槻が隆明の言葉を途中で遮った。

「どういうことです？」

「売却が、いよいよ学園の経営が立ち行かなくなったことを意味するならば、買い手だって足元を見てくるかもしれませんからね」

「値切ってくるってことですか？」

はっとして、一瞬言葉に詰まった隆明だったが、「それなら売らない。売却には応じない。断れば、終いじゃないですか」

すぐにいった。

しかし、余りにも虚しい反論であることは明らかだ。

「断ったらどうなるんですか。他に買い手が現れるとでも？」

果たして、若槻はいう。「三十億円は、売却に応じない相手をその気にさせるために、プレミアムをつけてきた金額じゃないですか。売らざるを得ないとなったら高過ぎる、必ずそういってきますって。相手は中国企業ですよ」

若槻の言に間違いはない。

どうして、そこに気がつかなかったのか……。

隆明は、途方に暮れて、机の上に置かれた二通の辞表を呆然と見つめた。

「確かに、若槻さんのいう通りかもしれないよな……」

理事長室でのやりとりを話し終えたところで、隆明は、また一つため息をついた。

「是が非でも欲しいからこその三十億。カネにものをいわせて、その気にさせるための金額なんだ。買ってくれとなったら、足元を見て値引き交渉がはじまるのは目に見えてるもんな」

「でも、想定通りの金額で売れなきゃ、北海銀行だって困るじゃない」

「だから早いうちに売却させようって、二人にチクったんだよ。新学期を目前にしたタイミングで辞められたら、教員を補充するったって、簡単にはいかないし、二人の辞職理由が広まろうものなら、退職者続出ってことになる……」

千里は悔しさのあまりか、下唇をぎゅっと嚙んで押し黙る。

隆明は続けた。

停止しちまう」

「そんなことになったら最悪だよ。授業もできなきゃ事務だって滞る。学園の機能が停止しちまう」

　自分でいっておきながら、その時の状況が脳裏に浮かぶと、とてつもない恐怖に駆られ、隆明は言葉が続かなくなった。

　授業ができなくなれば、予定期間内にカリキュラムを消化することは不可能だ。専門学校とはいえ、卒業証書は一定レベルの水準に達したと認定されて、初めて授与される。就職に際しては、人物はもちろん、成績だって重視される。それに、授業料は前払いだ。カネだけ取って、肝心の教育が施されないとなれば、大問題になるのは目に見えているし、詐欺といわれても反論できない。

　まして、学生は鉄道産業に従事することを目標に入学してきたのだ。学園側の経営上の理由で道が絶たれたとなれば、彼らの人生を狂わせかねない大問題である。無駄となった時間は取り戻すことができない。授業料を返還して済むような話ではないし、たとえ学園が三十億円で売れたとしても、割増退職金に加えて授業料となれば、とてもまかない切れるものではない。

「どうするの……。教職員に一斉に辞められたら……」

　そう問いかけてくる千里の声は震えている。

テーブルの一点を呆然とした面持ちで見つめながら、悄然と肩を落とす。

「こうなったら、早急に売却に応じるしかないな」

隆明は、力なくこたえた。

「でも、二人の先生に辞められたら……」

「藤城先生と古田先生には、あと二年、勤務してもらえるよう交渉してみるよ」

「辞表を出してるんでしょう？」

「受理したわけじゃないし、提示額通りに売却できれば、割増退職金だって支払える。それは、事務職だって同じだし、第一、辞めたところで、この町の近辺で再就職先なんかありゃしないんだ。どっちが得かは、考えるまでもないじゃないか」

「じゃあ、閉校を公表するのね」

「そうせざるを得ないだろうね」

隆明はいった。「人の口に戸は立てられないっていうだろ。それに、いい話より、悪い話ってのは、あっという間に広がるもんだし、自分たちの生活にかかわる大事な話を、他人の口から聞かされて、問い詰められた挙句の白状なんてことになったら、それこそ教職員の反発を招くだけだ」

「そうね……そうよね……」

千里は相変わらず目を伏せたままだ。

胸中にこみ上げる無念さが、ひしひしと伝わってくる。

「教職員以上に大変なのは学生への説明だよ」

隆明は、またしてもため息をついた。「閉校なんてことは、誰も考えてもいないだろうからね。今年度の新入生には、二年間の授業をつつがなく行うこと、就職の斡旋も今まで通り行うことを、確約した上で納得してもらわないと、ちょっと大変かもな——」

それも、教職員が納得し、閉校するその時まで残ってくれて初めて可能になることだから、容易なことではない。

千里は目を上げた。

瞬きを繰り返すうちに目頭から涙が溢れ出し、頰を伝わり落ちる。

無念だろう。悔しいだろう。その気持ちは自分とて同じだ。

しかし、千里の口を衝いて出たのは意外な言葉だった。

「ごめんね……。タカちゃんをこんな面倒に巻き込んで……。本当にごめんなさい！」

千里は震える声で詫びながら、深々と頭を下げた。

「なんで、君が謝るんだよ」

隆明は慌てていった。「学園を継がなきゃならないことを承知の上で結婚したんだ。僕は君と結婚したことを、ただの一度も後悔したことないし、いまだって——」

「でも、借金があることは——」

「知ってたって同じだよ。だって、そうだろ。お義父さんがこしらえた借金を誰が返すかっていったら君じゃないか。結婚するってのは、運命を共にするってことだろ。神父さんの前でも誓ったじゃないか。健やかなる時も、病める時も、喜びの時も、悲しみの時も、富める時も、貧しき時も、これを愛し、これを敬い、これを慰め、これを助け、その命ある限り、真心をつくすって」

途端に、千里の目から、滂沱と涙が溢れ出す。

隆明は笑みを浮かべると続けた。

「人生、山あり谷ありだ。これから大変な日々が始まることになるだろうけど、明けぬ夜はない。夜明け前が一番暗いとも言うじゃないか。どう転ぶかは蓋を開けてみないと分からないけど、時が経てば解決する問題なんだ。それに、人生一寸先は闇って言うけど、一寸先は光ってこともいえるんだしさ」

千里はついに両手で顔を覆い、嗚咽を漏らし始める。

「泣くなよ。大丈夫だって。この困難の先には、きっといいことがあるから。必ず道は開けるから」

千里にいったのではなかった。自分にいい聞かせたのだ。

そうとでも思わなければ、心が折れてしまう。

隆明はともすると、絶望感に打ちのめされそうになるのを、自ら発した言葉で支えた。

2

翔平が報告を終えると、四葉本社の会議室は、重苦しい沈黙に包まれた。

「クーデターか……」

青柳が、厳しい表情を浮かべながら呟く。「あり得るかもな。腐敗まみれなのは、政治家や官僚ばかりじゃない。軍だって利権をがっちり握ってんだ。キャサリンが首相になれば、これまでの悪事が明るみに出る。解任どころか刑務所行きだ。軍が蜂起したって不思議じゃないよな」

R国の首相選は、四カ月後に迫っていた。

すでに現職を始め、各政党の有力者が立候補を表明していたが、いずれも富裕層出身者ばかりとあっては、国民の関心が向くわけがない。ところが、一週間前に、突如キャサリンが『翼の党』の設立を宣言した途端、国民の関心は瞬時にして頂点に達した。

キャサリンの活動は、R国はもちろん、彼の地に駐在するマスコミ関係者の間では広く知られていたが、インタビューや取材を申し込んでも、本人が頑として受け付けない。いわば謎、いや、生きた伝説といってもいい人物である。

そのキャサリンが、初めて、それも自ら公の場に姿を現し、新政党の旗揚げを宣言したのだ。

会見の場には内外のマスコミが殺到し、首相選への出馬、新党設立の目的はもちろん、彼女のこれまでの活動についても、質問が堰を切ったように飛び交った。

首相を目指す目的が、第一にR国の貧困解消と格差是正のためであり、そのためには、教育環境を整え、R国の既得権益層に蔓延する腐敗を撲滅することだと語ると、このニュースは瞬く間に世界を駆け巡ることになった。

ただでさえ、ポストチャイナと先進国諸国の注目を浴びるR国である。キャサリンの人望、人気は国民の間に絶大なものがあるだけに、翼の党が、議会第一党の座を獲得する可能性は極めて高い。R国の議会体制が激変するかもしれないのだから、報道は日を追うごとに過熱する一方で、国民の熱狂ぶりも高まるばかりである。

そこで、現地の状況を皮膚感覚で知る翔平に、四葉本社から出張要請があり、帰国早々設けられたのがこの会議だ。

「ひょっとすると、キャサリンはこの状況を作るために、今までマスコミの取材を断り、表に出ることを頑なに拒んできたのかもしれませんね」

翔平はいった。「でなければ、これほどの注目を浴びることはなかったでしょうし、実際R国社会に与えたインパクトたるや、絶大なものがありますからね」

「かもしれないな」

青柳は翔平の推測に同意すると、「だとすれば、彼女は相当な切れ者なだけでなく、揺るぎない信念と、目的を達成するためには機が熟すまで待つという、強い忍耐力を併せ持つ人物だ。『鳴くまで待とうホトトギス』とは言うが、常人には中々できるものじゃない。それも何十年という時間をかけて、この状況を作り上げることに成功したんだ。彼女は、間違いなく本物だ」

感心というより、もはや感服といった体で唸った。

「切れ者であることは間違いありませんが、国民の熱狂ぶりを見るにつけ、政治的センスも十分だと思います。彼女が訴えているのは、一言でいえばクレプトクラシィの撲滅ですからね。国民の圧倒的多数が正そうと思ってもできなかったことを、国政の場でやってみせると公言したんですから」

クレプトクラシィとは、ギリシャ語の『Kleptes（盗む）』と『Kratos（支配）』を語源とする言葉で、『国家の資産を盗む、または強奪する政治』を意味する。

「なるほど、クレプトクラシィか。R国の特権階級を表すのに、ぴったりだな」

青柳は鼻を鳴らすと、テーブルの上に置かれたコーヒーカップに手を伸ばした。

「しかし相川さん、クーデターの可能性については、前に帰国した時、おっしゃいましたよね。R国では、国王は絶対的存在だ。国王が窘めれば、軍も動きがとれない。もし、国王の意向に逆らおうものなら、それこそ国民が許さない、と」

同席していた中上が怪訝な表情を浮かべながら訊ねてきた。

「軍が動くと言ってるんじゃない」

翔平は答えた。「兵士の圧倒的多数は、貧困層出身者で占められる。キャサリン政権の誕生は、彼らだって歓迎するさ。上官に命令されたって、動くとは思えないからね。しかし、士官の大半は中流階級以上の出身者だ。銃の扱いはお手のものだし、個人の所有は禁じられちゃいるが、簡単に手に入るのがR国の社会だ」

「まさか、暗殺？」

「暗殺だって、ある意味、立派なクーデターだからね」

ぎょっとした表情を浮かべる中上に向かって翔平は続けた。「交通違反程度なら、罰金払うより安いだろって、警官があからさまに袖の下を要求してくるくらいだからね。幹部だって推して知るべし。軍と示し合わせて、警備体制に穴を作る。そこを、ズドンってことだってあり得る話さ」

「そんなことすれば、国民が黙っちゃいないでしょう」

「犯人が、貧困層出身者だったらどうなる？　警察がグルになりゃ、簡単に犯人をでっち上げられるし、狙撃直後に射殺しちまえば、それこそ死人に口なしだ」

「状況は、そこまで切迫しているのか……」

そう訊ねる青柳の表情は硬い。

「それだけキャサリンに対する期待が、国民の間で高まっているってことです」

翔平はいった。「まさに熱狂的支持ってやつですよ。キャサリンは、まだ明言していませんが、彼女が翼の党を旗揚げしたのは、首相選を睨んでのことと、国民の誰もが確信しています。当選すれば、ただちに議会を解散。選挙の結果翼の党が議会を掌握すれば、彼女が掲げる公約は、間違いなく実現に向けて動き出す。そのための、布石だとね」

「なるほど、首相になっても、議会を掌握できなければ、どんな政策を打ち出そうと、否決されりゃそれまでだ。公約が確実に実現されることを、国民に知らしめるってわけか」

腕組みをしながら唸るようにいった青柳だが、「それだけに、既得権益層が覚える危機感も半端ないってことになるんだろうが、大丈夫なのか？」

顔を曇らせ、キャサリンの身を案じる。

「彼女が国の貧困解消、格差是正に懸ける情熱は本物ですし、本当の戦いは政権を取ってから。これから先、常に身の危険に晒されることになるわけですから、それは覚悟しているとは思いますが……」

あまりにも不吉すぎる。

言葉にしてしまうと、現実のものとなってしまいそうな気がして、翔平は言葉を濁した。

おそらくは、何をいわんとしたのか察したのだろう。

「凄い人だな……」

青柳は感嘆するように呻き、何事かを思案するようにテーブルの一点を見詰めた。

そして、短い沈黙の後、視線を上げると、

「いずれにしても、彼女が首相になったとしても、こと高速鉄道に関しては、簡単に日本が有利になるってわけじゃなさそうだな」

失望したように、小さな息を吐いた。

「袖の下が通らなくなるわけですから、本当のガチンコ勝負になる。少なくとも、その点は歓迎すべきだと思いますが？」

「しかしなあ、どんなビジネスも、まずは人間関係の構築から始まるんだ。商談相手が、石部金吉みたいな連中ばっかりってのも考えもんだぜ」

巨額のカネが動くビジネスは、綺麗事がまかり通る世界ではない。

なにしろ一つの案件を巡って、ライバル企業が鎬を削るのだ。同窓、同郷、縁にもすがれば、交渉相手を観察し、弱みを見つければそこに付け込む。程度の差こそあれ、ご接待の名の下に、交渉相手を籠絡しようと試みるのは、ビジネス界の常識である。

もっとも、どこの国の高速鉄道を採用するかは、国家間の交渉によって決まる。新幹線が採用されるか否かは、交渉にあたっている日本政府の提案が、キャサリンの意に沿うものになるかどうかにかかってくる。

「キャサリンが首相になった暁には、各国の提案を公正、かつ公平に吟味して、国の発展にどうつなげるかをとことん追求するでしょう。彼女の最大の目的は、R国の貧富格差の是正にあり、それを可能にするのが教育だと考えている。日本政府の提案にその点を盛り込めるかどうかが鍵となるでしょうね」

　翔平がそういった、その時、

「あの……」

　二人のやりとりを聞いていた中上が割って入った。「それについては、経産省が妙なことを考えているみたいですよ」

「妙なことって……どんな？」

　青柳の問いかけに、

「鉄道分野の高等教育、鉄道から派生するビジネスについて、幅広く教育を行う学校を設けられないかと……」

　中上は答えた。

「学校？　R国にか？」

「いや、日本にです」

「日本に学校作ってどうすんだ？」

「例の陸上部の先輩から聞いたんですが――」

中上が話す、経産省内で検討されている構想を聞くにつれ、「なるほど」と思う一方で、「そりゃ無理筋だ」という考えを翔平は抱いた。

確かに、構想通りの教育機関ができれば、キャサリンも大きな関心を示すだろうが、難点はいくらでも挙げられる。

国策として行うのなら、国立となるのだから、所轄（しょかつ）は文科省。縦割り行政、各省庁間の利権争いに明け暮れる霞が関で、こんな構想が通るとは思えないし、私立となれば、教育とはいえビジネスである。やる以前に、ニーズの有無から始まって、費用対効果、事業の継続性をとことん分析するだろうから、まず実現するとは思えない。

「——さすがに先輩も呆（あき）れてましたけどね」

中上は嘲笑（ちょうしょう）を浮かべる。「そんなもの、できるわけがないって」

「でもさ、考えてるっていうことは、とりあえず検討事案にはなってるってことだろ？」

中上の話が終わったところで、青柳が問うた。

「発案者は入省四年目の女性キャリアだそうですが、先輩があるに越したことはないけど、そんなの無理だって言ったら、彼女、あるに越したことがないっていうなら、やれる方法を考えるべきだって返してきたそうでしてね。そしたら、じゃあその方法ってやつを考えてみろって、課長が彼女に命じたとかで……」

「あっはっは」

突然青柳は大口を開けて笑い出すと、「なるほどねえ。あるに越したことがないっていうなら、やれる方法を考えろか。こいつぁいいや」

余韻を引きずりながらコーヒーに口をつける。

「呆れた話でしょう?」

中上もまた、目元を緩ませながら相槌（あいづち）を打つ。「昨日今日入省したばかりの新人ならともかく、四年目のキャリアがですよ。そんな構想、考えるまでもなく、実現するわけないのに——」

「官僚も捨てたもんじゃないな」

「えっ……?」

中上は、ぽかんと口を開ける。

「確かに、そんな教育機関があったらいいかもな」

青柳は真顔でいった。「それに、鉄道王国っていわれてる日本に、鉄道専門の高等教育機関がないのが不思議っていわれりゃその通りだし、人口減少が避けられないとなりゃ、いずれ鉄道産業も再編されるだろうし、それじゃあ日本の鉄道技術が廃（すた）れてしまうというのもその通りだ」

「次長……」

「実際、俺が住んでる湘南だって、周りを見渡しゃ高齢者ばっかりだからな」

上司の意外な反応に、声を上げた中上を無視して青柳は続けた。「沿線の住宅地だってそうだしな。考えてみりゃ、当たり前の話なんだよ。君の世代は知らんだろうが、昔『金曜日の妻たちへ』ってドラマがあってな」

「はあ……」

「団塊の世代が職を求め都会に出てきて、家を買う年齢になったところで盛んになったのが住宅団地の開発だ。そこを舞台にしたドラマなんだが、購入者が一定の年齢層に集中すれば、定年を迎えるのもほぼ一緒。ドラマになった当時は、プチセレブの街と羨望の眼差しで見られたところが、気がつけば住んでいるのは老人ばかり。退職すれば毎日電車は使わんし、子供はとっくの昔に独立して別に家を持ってんだ。路線を維持できなくなる鉄道会社が出てくるのも時間の問題ってもんなのかもな」

湘南なんて、まだマシだと翔平は思った。

その団塊の世代が、進学、就職年齢を迎えた頃から、地方の人口はずっと減り続けてきたのだ。故郷の江原町はその典型だ。中学時代の同級生にしたって、高校は地元でも、大学、就職となれば、近くて小樽、札幌、さらには東京へと当然のごとく町を出て行く。そして一旦、町を離れれば、まず戻っては来ないのだから、高齢化が進むにつれ人口は減る一方。これでは、鉄道路線の維持ができるわけがない。だからこそ、海東学園に未来はないと、代を継ぐことを拒んだのだ。

「しかし、それじゃあ、もったいないじゃないか」

青柳はいう。「それに、鉄道から派生するビジネスっていわれてみると、うちの事業部が嚙めそうなものがたくさんあるんだよな」

「たくさん……ですか？」

胡乱な眼差しを向ける中上に向かって青柳は問うた。

「東京でも、駅前の再開発が盛んに行われているけどさ、拡張しようにも、東京の駅周辺は、地価も高いし、商業地や住宅地が密集して中々思うようにいかない。上に伸ばすか、地下を掘るしかないんだが、何でこんなことになったと思う？」

「そりゃあ、住民にしてみりゃ公共交通機関へのアクセスがいいに越したことはないし、駅周辺には人が集まる。商売に適しているからじゃないですか」

何を当たり前の話をとばかりに、中上は不思議そうに答える。

「俺がいいたいのは、そもそも人のいるところに駅が建ったんじゃない。駅があるから人が集まって来たってことさ」

「なるほど、そうか」

翔平は、思わずいった。「人が集まるにつれ、一つの駅を利用する居住エリアも広くなる。踏切にしたって、沿線住民の人口が少なかった時代には、開かずの踏切なんて、存在しなかった。人口が増えるにつれ、運行本数も増えた結果、高架にするしかなかったわけです」

「その通りだ」

青柳は我が意を得たりとばかりに、にやりと笑う。「じゃあ、これから高速鉄道を導入する国はどうなんだって考えると、人口密集地のど真ん中に駅を新設するってわけにはいかないと思うんだよ。となると、路線、駅舎の新設が可能な広い土地が必要になるわけだが、利用者が増えれば商業施設が集まってくる。宅地の造成だって始まるだろう。となれば、将来を見据えた都市計画に基づいて、区画整理、道路建設、ガス、電気、水道とインフラも整備しなけりゃならないことになるよな」

「道路、ガス、電気、水道は、いずれも完璧（かんぺき）なオペレーション、メンテナンスが必要なものですし、商業施設にしたって、そこでどんなビジネスを展開するのか、どんな接客、サービスを行うのか。途上国が先進国に追いつくためには、その点も考えなければなりませんね」

「立派な街ができたって、それに相応しい中身が伴わなければ意味がないからね」

青柳の口調に熱が籠もる。「開業前にトレーニングを行っても、国それぞれに国民性ってもんがある。朱に交わればなんとやら。いつの間にか、その国の流儀ってやつに変質してしまうってことは、多々ある話だし、その点からいえば、ギムナジウムってのはいいアイデアだよ」

「お言葉ですが次長。やっぱり、それは夢物語だと思うんですよね」

しかし、中上は疑念を呈する。「あるに越したことはないっていうなら、やれる方法を考えろって、そんなのただの理屈ですよ。第一、前例主義、縦割り制度でがちがちに固まっている霞が関で、経産省の一部署が、どう頑張ったって――」

「だったら、民間がやればいいじゃないか」

「はあっ?」

中上は、声と両眉を同時に吊り上げる。「民間って……どこがやるんですか?」

「うちがやるのも、一つの手かもな」

「うちがあ?」

翔平と中上は、同時に声を上げ、思わず顔を見合わせた。

あり得ない。青柳ともあろうものが、なにを考えているのか。

「う、うちが、その教育機関を経営するってんですか？」

そう訊ねた翔平に、青柳はこくりと頷くと、驚くべき構想を話し始めた。

3

翔平がR国に戻ったのは、会議を終えた二日後のことである。

空港からオフィスに直行した翔平は、その足で社長室に向かった。

熱帯の観葉植物がいくつも置かれた部屋は、常に快適な温度に保たれている。

R国のビジネス街のシンボルともいえる高層ビル。その中の二フロアーが四葉の現地法人の本社だ。日本人駐在員だけでも四十名。それに現地スタッフを加えれば、総勢百二十名。東南アジア有数の大所帯だけに、社長室も豪華、かつ近代的なもので、通りに林立するビルの間に見える、バラック同然の家屋がなければ、東京にいるような感覚に陥る。

「うちが学校を経営するって？　なんだそりゃ」

本社での会議の報告半ばで、越野が素っ頓狂（とんきょう）な声を上げた。

「要は、途上国でのインフラビジネスを受注するためには、単にモノを作って終わりじゃダメだ。事業に関連するあらゆる分野で、現場と教育の場を行き来しながら、身につけたスキルのレベルを維持し、かつ向上させるための教育を施す場が必要だ。それが可能になれば、受注獲得の大きな武器になる、と青柳さんはおっしゃるんです」

「つまり、アフターケアってわけ？」

「それもありますが、でなければ、優れたインフラを導入しても、宝の持ち腐れになってしまう。新幹線を導入しても正確、かつ安全な運行は望めない。清掃やサービスも行き届かない。要は、仕事に対するモラルを向上させない限りは――」

「仕事に対するモラルっていってもさ、お国柄、国民性ってもんがあるよ」

越野は眉間に深い皺を刻み、翔平の言葉を遮った。「傲慢ないい方だが、所謂民度の差ってやつさ。この国にしたってそうだろ？　外国人や富裕者層の居住エリアこそ、清掃が行き届いちゃいるけどさ、一歩外に出りゃ、ゴミは捨て放題、散らかり放題だ。第一、肝心のゴミ処理場が、ほとんど未整備に近い状態なんだ。ここの国民の大半は、それが当たり前だと思ってんだもの、民度を向上させるなんて、簡単にできるもんか」

「発案者である、経産省の女性キャリアは、ブロークンウインドウズ理論を持ち出して、こんなことを言ったそうです。放置すれば荒廃するというなら、すぐに直せばいい。つまり、綺麗な状態であることが当たり前になれば、国民の意識も変化していくんじゃないか。結果的に民度も上がると——」

「それはないね」

越野は一刀両断に吐き捨てる。「ブロークンウインドウズ理論なんて、どこぞの学者が考察したもんじゃないか。学者はね、何か新しいことをいわないと、注目されないから、確たる根拠なしに、取って付けたようなことをいい出すもんなんだ。いちいち真に受ける馬鹿がどこにいるよ」

「実は、ブロークンウインドウズ理論を持ち出したのは、アンドリュー・チャンなんだそうです」

越野は一瞬沈黙し、

「アンドリュー・チャンって……ジェームズさんのお孫さんの？」

怪訝な表情を浮かべながら訊ねてきた。

「ええ……」

「どうしてアンドリューの名前が出てくんだ。その女性と知り合いなのか？」

「なんでも、アンドリューは鉄だそうで……」

「てつ？」

「鉄道マニアらしいんですよ。経産省の女性キャリアも、鉄道マニアで――」

翔平の説明を聞いた越野は、

「アンドリューにそんな趣味があったとは知らなかったなあ」

苦笑いを浮かべた。

「社長、アンドリューと面識があるんですか？」

「面識っていうほどのもんじゃないが、彼の結婚式に出席したからね。確かに新婚旅行は日本だっていってたけど、まさか蒸気機関車を撮りにいくとはなあ……」

「その時、彼はこういったんだそうです。R国では、貧しい家に生まれた子供は、最低限の教育すら満足に受けられない。貧困の連鎖が続くだけなら、民度だって向上するわけがない。高速鉄道という立派な器ができても、それに相応しい中身にはならないと」

「だからって、うちが学校を経営するなんてあり得んよ」

越野はすぐに話を本題に戻した。「第一、人口の減少が避けられない以上、いずれ業界再編せざるを得なくなると言うなら、何も鉄道業界に限ったことじゃない。日本の産業の全(すべ)てにいえることじゃないか。もちろん、技術を維持し、さらなる進化を可能にするためには、ギムナジウムのようなシステムが必要だってのは認めるよ。しかしねえ、いくら商社がなんでもやるっていったって、学校はないよ」

その通りかもしれないと思う一方で、青柳の考えを聞くうちに、必ずしもそうとはいえない、やる意味があるのではないかと、翔平には思えていた。

「ところが、青柳さんにいわせると、そうじゃないんです」

そこで、青柳の名前を使い、翔平は越野の反応を窺うことにした。

「というと？」

「高速鉄道の導入を計画している国は、他にもいくつかありますが、現段階で提案書を求められているのはR国だけです。現政権への中国の食い込みぶりからして、日本は圧倒的に不利だと目されていたわけですが、新党を立ち上げたキャサリンが、首相選に出馬するとなれば、話は別です。新幹線が有利になったとはいえないまでも、採用を狙う国が、横一列に並んだわけです」

「君の話じゃ、彼女は相当な堅物のようだからな」

「前にも申し上げましたが、彼女は貧富の格差をなくすのは教育だ。教育の機会均等が実現すれば、優秀な人材が育つ。経済も上向けば、民度も上がると考えています。もし、日本が提案内容に、新幹線の導入を機に、鉄道専門の高等教育、そこから派生するビジネスに関する教育を継続的に行う機関を設けることを盛り込めば、キャサリンが掲げる政策を後押しすることになる。青柳さんはそうおっしゃるんです」

「う〜ん」と唸りながら瞑目し、考え込んだ越野だったが、

「しかしなあ、高等教育っていったら大学だろ。第一、鉄道学部なんて、日本の大学にはないじゃないか」

やはり、疑念を呈してきた。

「だから、うちが新設するんだって……。駅を起点とした街づくりというなら、都市工学、ビルを建てるなら建築学科と既存の大学で対応できますが、鉄道学部もなければ、日本にはギムナジウムのような教育システムもないと——」

「そんなもの作ろうと思ったら、大変な先行投資が必要になるし、ギムナジウムのようなシステムを導入するというなら、関連各分野の企業に必要性の有無を確かめなければならない。仮に賛同する企業があったとしても、場所の選定から始まって、教師を揃え、校舎を建ててってやってたら、とんでもない時間がかかってしまう」

越野は、やっぱり駄目だとばかりに首を振る。

「それが、やれるっていうんです」

「やれる？　どうやって？」

越野は、目を開くと訊ねてきた。

「買収……あるいは資本参加です」

翔平はこたえた。「日本には八百校近くの大学があります。定員割れで経営が苦しい大学はいくつもあるし、今後少子化が避けられない以上、経営危機に直面する大学が湧いて出てくるでしょう。いやすでに、存続の危機に立たされている大学はいくらでもあるはずだと——」

青柳が会議の場で、そう言った瞬間、翔平の脳裏に浮かんだのは、妹夫婦が跡を継いだ海東学園だ。

若者が大都市に出て行くばかりとなれば、学園の将来がどうなるか、少し考えれば分かりそうなものだが、父親が行ったのは、施設の整備拡張である。意味をなさない投資なのは明らかで、いずれ学園の経営は行き詰まる。跡を継ごうものなら、いかにして学園を終わらせるか、敗戦処理に追われることになる。しかも借金の返済を行いながら、その後、新たな職を見つけなければならなくなるのだ。

そんな人生を歩むのは、まっぴらだと思ったし、何よりも自分には、世界を舞台にするビジネス界に身を置きたいという夢があった。だから、四葉商事への就職を決めたのだったが、父親は激怒したなんてもんじゃなかった。

「二度と家の敷居を跨ぐな」といわれ、事実上の勘当。

千里がアメリカ留学中に知り合った男性と結婚したこと、その男性が相川家に婿養子に入り、学園の理事長に就任したこと。父親が危篤、そして亡くなったことも、千里からの電話で知らされた。

しかし、翔平は千里の結婚式にも、父親の葬儀にも参列しなかった。

「二度と敷居を跨ぐな」といわれたこともあるが、本来自分が継ぐべき学園経営を千里夫婦に負わせてしまった、敗戦処理を押しつけてしまったという負い目があったからだ。千里にも夢があったろうに、それを絶ってしまったのは、誰でもない。この自分だからだ。

青柳から、「買収」という言葉が出た時、出かかった海東学園の存在を口にしなかったのは、そんな経緯があったからだ。

実家が鉄道の専門学校を経営しているといおうものなら、今後の展開次第では、担当者に任命されかねない。不義理を重ねてきた千里に、合わせる顔などあろうはずがないからだ。

「買収ねえ……。確かに、このご時世だ。経営危機に直面している大学があるには違いないだろうが——」

「青柳さん、この構想が実現すれば、インフラ事業部にとっても大きな武器になるとおっしゃるのです」

翔平が、続けて青柳の狙いを説明すると、

「なるほど……それはいえてるな。やるとなると、資金の捻出と、態勢作りということになるな……」

越野の小鼻が、ひくりと動いた。

その気になってきた時の越野の癖だ。

「真弓会に諮っては、どうかと――」

「真弓会？」

四葉商事は旧四葉財閥のグループ企業の一つだ。度重なる再編で、社名から四葉の名前が消えた会社もあるが、名を連ねるのは、各分野で日本を代表する企業ばかり。グループ企業の結束力は極めて強く、各社の経営トップが一堂に会する会合を定期的に開催している。『真弓会』はその名称である。

真弓会という名称は、創業者が弓道を愛したことに由来する。マユミの木は、弓を作る際に用いられるもので、初夏になると可憐な花を宿し、その花弁は四枚。それに幸運を呼ぶと言われるクローバーを合わせて、会社名を四葉と名付けた。会合の場では資金調達はもちろん、各社の経営状況、時にはトップ人事も話題になれば、共有可能なビジネスは、グループ企業に話を持ちかけるのが真弓会の暗黙の了解事項となっている。まして、R国の高速鉄道事業は、巨額のカネが動く大型案件だけに、グループ各社の関心も高いはずである。

「なるほどなあ、真弓会か。青柳君も考えたもんだなあ」

越野は感心した様子で唸った。

「四葉銀行は、鉄道会社と取引があります。四葉重工は鉄道車両の製造を行っておりますし、東洋四葉製鉄は、レールを製造していますから、こちらも鉄道会社には伝手がある。四葉電気は鉄道システム、駅舎、及び都市計画となれば、四葉地所。グループ各社が持つノウハウを結集すれば、おおよそ全ての教育を施すことができるわけです」

越野の小鼻が、ひくひくとウサギのように小さな動きを繰り返す。

「で、その話、誰が社長のところに持って行くんだ？」

そう訊ねる越野の目がギラつきはじめる。

無理もない。この構想が実現し、R国の経済、民度が目に見えて向上すれば、他の途上国も大きな関心を持つだろう。しかし、高速鉄道の導入以降、これほど手厚いケアを行う企業は他にない。新幹線受注を目指す政府にしても、最大の売りになるわけで、となれば受注獲得イコール、オルガナイザーは四葉商事。起案者は、大功労者だ。

R国四葉の社長とはいえ、本社ではエネルギー部門の副本部長だった越野は、この功績を以て、本社に本部長、常務取締役として凱旋、その後の展開次第では、さらに上を目指せることになる。

「それについては、青柳さんはなにも——」

翔平はありのままを伝えた。「そりゃそうですよ。キャサリンのことです。この構想には大きな関心を示すとは思いますが、絶対にとは言えませんからね。かといって、案を提示するには、グループ内の合意を取り付ける必要があります。真弓会に諮るとなれば、社長の同意が必要ですから、もし、キャサリンがこの案を採用しなければ——」

「社長が昇った梯子を外すことになるってわけか」

越野は、翔平の言葉を先回りした。

「その通りです」

越野の顔がぱっと輝く。満面に笑みが広がっていく。そして、ぐいと身を乗り出すと、

「相川君。早々に動いてくれ。すぐにキャサリンと会って、この話を聞かせて、反応を窺ってくれ」

誰が聞いているというわけでもないのに、声を潜め、早口で命じてきた。

「しかし、彼女は新党を旗揚げしたばかりで……」

「そんなことは分かっている。彼女に会うのは難しいって言うなら、ジェームズさんを通せばいいじゃないか。とにかく、可及的速やかに、彼女の反応を知ることだ。急いでやってくれ」

越野は、断固とした口調で、改めて命じてきた。

4

支店長会議は二カ月に一度定期的に開かれ、第二水曜日の午後一時から始まるのが北海銀行の決まりである。

それ以外にも個別の用件で、札幌の本店に出向く機会は頻繁にあるのだが、大抵は業績を問われるか、改善を迫られるか、とにかくロクなことではない場合がほとんどだ。

すれ違う人々が、人生を謳歌しているように見えるし、本店が近づくにつれ、足が重くなり、胃が重くなる。

今日は、解放されるまで、どれほどの時間を過ごさなければならないのか。ねちねちと皮肉を言われるのか。それとも罵声を浴びせられるのか……。この場から、すぐに立ち去ることができたらどんなにいいか……。そんな思いに駆られるのが常である。

しかし、今日は違う。

ついに、相川が学園の売却に同意したのだ。

報告を受けた時の姫田の喜ぶまいことか。

「でかした！　泉沢、よくやった！」

電話口で喜びを爆発させた、あの姫田の声は今でもはっきりと耳に残っている。

「しかし、どういう風の吹きまわしだ。あれほど、頑なに閉校を拒んでいたのに」

一転して不思議そうに問う姫田に、「ちょっと仕掛けたんですよ。うちの支店で住宅ローンを組んでいる教員が二人おりましたのでね。このままじゃ、学園は危ないんじゃないか。万が一閉校となったら、返済は大丈夫かって」とこたえると、「なるほどなあ。お前、なかなかやるじゃないか。見直したよ！」。そこからは、これまでの態度が嘘のような賞賛の言葉のオンパレード。最後には、「銀行の世界には必罰はあっても、信賞ってのはそう滅多にあるもんじゃないが、今回は別だ。約束は守る。相川が契約書にハンコを押した瞬間、お前は本店に栄転だ」

そう声を大にして断言したのだった。

すでに、札幌の街に雪はない。通りを行き交う人々も厚着から解放されたせいか足取りが軽い。まして、昼間ですら人の気配が感じられないのが江原町である。たまに見かけたとしても高齢者ばかりだし、なぜか彼ら、彼女らは暗い色の衣服を好む。それがまた寂寥感を増幅させる。しかし、やはり札幌は違う。街に色が溢れている。

もうすぐ、俺はこの街の住人になるのだ。しかも本店凱旋だ。

そう考えるだけで、泉沢の心は沸き立った。

「江原町支店の泉沢です。法人管理部の姫田次長と約束がありまして」

受付で来意を告げると、すでに泉沢が来ることは知らされていたらしく、七階の会議室に行くよう告げられた。

法人管理部のあるフロアーだ。会議室の場所も先刻承知である。

部屋の前に立った泉沢は、ドアをノックした。

しかし、返事がない。

ノブを回し、恐る恐るドアを引き開けた。中央のテーブルを挟み、両側にそれぞれ五つの椅子が置かれた会議室の中には誰もいない。

泉沢は腕時計を見た。時刻は午後一時五分前である。

一時って言ってたもんな。昼飯から、まだ戻っていないのかも——。泉沢は、身なりを整え椅子に座った。

なにしろ、大手柄を立てたのだ。姫田はもちろん、部長、いや常務だって同席するかもしれない。そこで、いよいよ本店勤務の内示が——。

そう考えると、どうしても頬が緩み、ニヤついてしまう。

軽く、忙しげに二度のノックがあり、ドアが開いたのはその時だ。

「あっ、次長!」

泉沢は反射的に立ち上がり、頭を下げた。

姫田の顔は喜色満面、即座にお褒めの言葉に与るものだと思っていた。

ところが、どうも様子がおかしい。

姫田の表情はいつにもまして硬く、無言のまま正面の椅子に歩み寄ると、どさりと腰を下ろす。同席者が他にいる様子もない。

ど、どうしたんだ……。なんかあったのか……。

「あのな、あの話、ナシになったから」

姫田は、憮然とした表情でいった。

「へっ？」

泉沢には、その意味が俄かには理解できない。「あの話って……」

「決まってんだろ。海東学園の買収の件だよ」

「ナシって……な、なんでそんなことになるんですか」

驚いたなんてもんじゃない。頭が混乱し、言葉が続かない。

泉沢はぽかんと口を開け、姫田の顔を見つめた。

「事情が変わったんだとよ」

姫田が苦々しげにいう。「さっき、先方から電話があってな、政府の許可が得られない。だから、この話は全部ナシにしてくれって、あっさり――」

「政府の許可って――」

「このところ、人民元が売られまくってるのは知ってんだろ？」

えっ……。そうなの？

為替相場など、ウルトラドメスティックな江原町支店の業務には、全く関係ない。

「ええ……それは、まあ……」

泉沢は、曖昧に返した。

「米中貿易戦争も激しさを増すばかり。人民元が基軸通貨の仲間入りをしたとはいっても、決済はドルが圧倒的割合を占めるんだ。まして、外資の撤退が相次いで、中国の旗色は悪くなる一方だ。今のうちに元を売って、ドルに換えようって利に敏い連中が湧いて出てんだ。このままじゃ、ため込んだドルがなくなっちまう。そうなりゃ、中国だって一巻の終わりだ」

そう聞けば、何が起きたかは想像がつく。

「確か、前の時も、ドルへの換金に制限かけましたよね。まさか、あの時と同じように——」

「そのまさかだよ」

姫田は、泉沢の言葉が終わらぬうちにいった。「ドルを海外に持ち出すことは、まかりならぬ。進行中の案件については考慮するが、新規は全てストップ。近々、政府がそういう沙汰を下すんだとよ」

全く予期しなかった展開に、泉沢は言葉も出ない。

「ったくよう、中国って国は」

姫田は歯嚙みをすると、「命令一つで何でもあり。断るにしたって、電話一つだ。この話は全部ナシ。あっさりいいやがって、それで終いだ」

忌々しげに吐き捨てる。

「じゃあ、海東学園は——」

「部長も役員も、上を下への大騒ぎだ」

姫田は、深いため息を漏らした。「本当はな、二人とも同席するつもりだったんだよ。お前の労を労い、本店勤務の内示を告げることになっていたんだが、もうそれどころじゃねえんだよ。海東学園への融資をどう回収するか、早急に対策を立てろって、そりゃあもう偉い剣幕でさ」

「対策も何も、相川さんは、閉校を決断しちゃったんですよ。契約が済んだ時点で、教職員、学生にそのことを告げる予定で……」

「買い手がいなくなっちまったんだぞ！　閉校されたらどうなるよ。あんな大金出してまで買おうって先が、簡単に現れるかよ。学園が売れなきゃ、融資が焦げついちまうんだぞ」

「そんなこと、いまさらいわれても……」

困惑する一方で、なんだか怒りが湧いてきた。

相川を売却に応じさせるよう説得しろと命じたのは、いったい誰だ。売却が閉校を意味することを分かっていたくせに、今度は困るといいやがる。

そういってやりたいのは山々だが、北海銀行に身を置く限り、生殺与奪の権を握っているのは姫田である。反抗的な態度を示そうものなら、どんな沙汰が下されるか分かったものではない。

泉沢は込み上げる感情を胸に押し込み、語尾を濁した。

「なんとかしねえと、えらいことになるぞ」

知ったことか。

俺は、命じられた任務を完璧にこなした。結果を出したんだ。

ここから先は、あんたの仕事じゃねえか。

「部長も役員も、頭を抱えちまってさ……」

姫田はいった。

「しかし次長、これは誰の責任でもありませんよ。不可抗力……、そう、不可抗力ってやつですよ、これは」

「それで片づけられるなら、苦労はしねえよ！」

語気を荒らげて一喝した姫田だったが、意外なことに次に口を衝いて出たのは、ため息だった。「まずいんだよなあ……」

「まずいって、何がです？」

思い当たる節は一つしかないが、まさか、いくら何でも……。

泉沢は、そう思いながらも、

「リゾートの経理担当役員の件がパーになったってことですか？」

と訊ねた。

「まあ、それもあるけどさ……。お前、不思議だとは思わなかったのか？」

「不思議って……何がです？」

「なんで海東学園にこんだけの金をうちが融資したのかってことだよ」

「そ、それは……」

そんなことを言われても、江原町支店長に赴任してきた時点で、すでに融資は実行されていたし、そこで命ぜられた最優先事案が、中国資本への売却に同意させることだから、経緯なんか考えたこともない。

「融資の大半は先代の時代に実行されたものだが、校舎、寮ともに老朽化が進んでいたからな。最近の学生は贅沢だ。設備の充実度が応募者数の多寡に直結するのは否めないし、学生が集まる限り、毎年確実に一定の利益が上がるのが教育事業だ」

「でも、応募者数は、先代が健在だった頃から陰りが見えていたんじゃありませんでしたっけ。それでも、十億もの追加融資をしたんじゃ――」

「ほんと、勘の悪いヤツだな」

姫田は舌打ちをすると、「早く万歳させるためだよ」

「えっ？」

「なんぼ学園の土地が広大だからって、相場からすりゃあ、十億がいいとこだ。先代は新しい寮を建て、校舎を改築すれば、また学生が集まるようになるっていったんだが、そううまくいくわけがねえ。だから、最初は融資を断ったんだ。ところが、そこに中国資本があの土地を買いたいといってきた——」

「オーバーローンってことになれば、学校を手放すしかない。そう考えたわけですか？」

「いきなり三十億までなら出すっていうんだ。なんやかんやいわれちゃいるが、中国経済が崩壊する兆(きざ)しなんか、これっぽっちもありゃしねえ。それどころか、世界中で不動産を買い漁(あさ)ってんだ。だいたい、あのままにしておいたら、海東学園はいずれ倒産だ。それまでの融資が回収できるのも、買い手が現れればこその話だったんだよ」

なるほど、そういうわけか。

姫田が慌てるのも無理はない。

当時、彼は法人管理部の課長で、部長は次長、常務は部長。つまり、この三者が海東学園を早期のうちに閉校に追い込む絵図を描き、融資の実行を決裁したわけだ。

「先代が死んだ時には、思いの外早く決着がついたと思ったよ」

姫田は続ける。「息子は、大学を出た途端、商社マンになって帰って来ない。学園が借金を抱えていることを知りゃあ、跡を継ぐどころか、即閉校。うちの丸儲けになると思ったんだが、娘婿が学園経営を引き継ぎやがった。それから五年。ようやく、売却に応じたと思ったら、今度は――」

姫田は、ドンと握り拳を机に叩きつけると絶句した。

なるほど不可抗力では済まないわけだ。二十億円もの融資が焦げつこうものなら、三人が責任を取らされて終わるような話ではない。第一、一旦断った融資を実行するには、頭取の承認なしではあり得ない。回収不能になろうものなら、頭取は退陣、役員の大幅な入れ替わりは避けられない。

次長もこれで終わりだナ。どーすんだろ、いったい――。

これまで、散々プレッシャーをかけ続けてきた姫田が絶体絶命の窮地に立たされたことに、胸が空く思いがして、

「大変ですねえ……。相川さん、自己破産するようなことといってましたけど、そんなことになったら、うちの丸被りになっちゃいますもんね」

ふと、泉沢は漏らした。

「なに、他人事みたいにいってんだよ」

姫田は低い声で唸りながら、冷たい視線を向けてきた。

「えっ？」

「お前、江原町支店長じゃねえか。海東学園は、お前の担当だろ」

「いや……しかし……私は、命じられた任務は達成したわけで……それに、融資を実行したのは――」

「最初にいったろ。本店勤務の内示どころの話じゃなくなったって。つまり、お前の江原町支店勤務は当分続くってことだ。海東学園を担当していかなきゃならねえことに変わりはないんだよ」

「そ、そんな――」

馬鹿な話があるか、と続けようとしたが、人事権を持つのは上司だ。まして、江原町支店においては、海東学園は最大の取引先だ。その融資に大きな問題が発生したとなれば、異動など望めるはずがない。

「このままだと、俺もお前も、部長も常務も、関係者は全員終わりだ。それこそ親亀コケたらってやつになっちまうんだよ」

そこで、姫田は一旦言葉を区切ると、「そんな目に遭いたくないなら、お前も知恵を絞れ。閉校させるにしても今じゃない。ここは何をおいても、学園を買いたいってやつが現れるまで、存続させるんだ。もちろん追加融資を行うことなくだ」

厳しい声で命じてきた。

第四章

1

「――それで、また日本に行くことにしたんだけどさ、今回は伊予灘(いよなだ)線の観光列車に乗ろうと思ってるんだ」

パソコンのスクリーンごしに、アンドリューが声を弾ませた。

偶然、山口で出会ったアンドリューには、約束通りあの時撮ったSLの写真を送った。以来『鉄』として、頻繁にメールを交わすようになったのだが、どうやらアンドリューは、日本の観光列車にすっかり魅せられたらしい。夏休みに単身来日するといい、さらには、R国には同好の士がいない、思う存分鉄道について語り合いたいとスカイプを使うことを提案してきた。

「大丈夫なの？　新婚なのに奥さんをほったらかしにして」

美絵子は、スクリーンに映るアンドリューに向かっていった。

「最初にいったじゃん。ワイフは、僕の趣味には寛容だって。鉄道に熱中している限り悪さはしない。安心していられるって」

アンドリューは、ウインクをしながら呵々と笑うと、「それに、僕には夢があるんだよ」

一転して真顔でいった。

「夢？」

「うちの国でも、観光列車が走る日が来るといいなって。その時、僕のアイデアが活かされれば、こんな素晴らしいことはないからね」

「あなた、いずれペトロキングを継ぐんでしょう？」

「いずれね。でも、まだ当分先の話だよ。それに、国の機関と民間企業を行き来しながらキャリアを積むのは、先進国じゃよくある話じゃないか。アメリカなんかその典型だろ？」

「まあ、それはそうだけど……」

「それに、うちの国は、もっぱらポストチャイナってことで注目を浴びているけど、売りにできるのは豊富な労働力と安い人件費だけじゃない。他にも、凄い可能性を秘めているものがあるんだよ」

はて、そんなものがあったっけ。
R国のことは、散々調べたつもりだが、なんのことか見当がつかない。
「たとえば？」
美絵子は問うた。
「豊かな自然がたくさんあってね。特に沿岸には綺麗なビーチもあれば、海だっても
のすごい透明度。日本とは違って防波堤はないし、漁港だって未整備だから、人工物
はほとんど見当たらない。熱帯だから花は年中咲き乱れているし、果物に海産物と食
材も一年を通して豊富にあるんだ」
「こういっちゃ失礼だけど、R国って観光地としては、それほど有名じゃなかったん
じゃ……」
「その通り」
アンドリューは頷きながら、顔の前に人差し指を突き立てた。「その最大の要因は
インフラだ。高速道路は大都市圏にしかないし、いつも大渋滞。大気汚染も酷いもん
だしね。それでいて都市を出れば道路はがたがた、満足な宿泊施設もない。鉄道にし
たって、車両は日本から譲り受けた中古だし、屋根まで人でいっぱいだ。おまけに運
行スケジュールは滅茶苦茶だ。その上治安が悪いときちゃ、誰も観光に行こうなんて

気にはならないよ」

そこで、アンドリューは短い間を置くと、「でもね、逆の見方をすれば、その分だけありのままの自然が残っているってことなんだ。自然を壊すのは簡単だけど、破壊された自然を元の姿に戻すのは、容易なことじゃないからね」

真顔でいった。

「じゃあ、そこに観光列車を走らせようってわけ？」

発想は理解できなくはないが、問題点はすぐに思いつく。「そりゃあ瑞風のようなクルーズトレインを走らせれば、宿泊施設の問題はなくなるけどさ、車窓から景色を見るだけで観光客が満足するかしら」

美絵子は首を捻った。

「確かに日本の観光列車は、停車駅の名所旧蹟を訪ねたり、温泉にも浸かれるとか、いろんなイベントが用意されているけど、乗客は大半の時間を列車の中で過ごすんだぜ。そう考えると、観光列車のコンセプトって船旅に近いといえると思うんだよね」

「そうか……。実際、豪華観光列車はクルーズトレインって呼ばれているしね」

「船旅って、そもそも、時間を無駄に費やす贅沢を味わうためにあるもんじゃないのかな」

肯定的な言葉を聞いたせいか、アンドリューの口調に熱が入り始める。「そう考えると、日本人には船旅は向かないかもしれないね。だってそうだろ、日本人は常に何かしていないと気が済まない。時間を無駄にする贅沢なんて概念は、そもそも持っていなさそうだからね」

「そんなことないわよ。クルージングは日本人の間でも人気あるわよ」

「でもさ、日本人は船旅に出かけても、イベントだジムだって、動き回っている人が大半じゃないか。夫婦二人でデッキチェアに寝そべって、ぼーっと水平線の彼方を眺めながら、時の流れに身を任せる。そんな船旅を送っている人がどれだけいる？」

そういえば……。

美絵子は、高校生の夏休みに、アメリカにホームステイした時に、目にした光景を思い出した。

ジョージアの田舎町でのことである。夕刻になると、ホームステイ先の家のベランダに並べられた椅子（いす）に座り、地平線の彼方（かなた）に沈んでいく夕陽を眺める初老の夫婦。会話を交わすでもない、お茶を飲みながら、ただ時の過ぎ行くままに身を任せる。

あの時は、何でこんな無駄な時間を過ごすのかと不思議に思ったものだが、『時間を無駄にする贅沢』と聞くと、腑（ふ）に落ちる。

「旅の魅力はいろいろあるけど、非日常的な環境に身を置いて、リラックスするってことにもあると思うんだよ。ならば、観光列車の旅も、日本人は無理でも、欧米人の観光客は見込めると僕は確信しているんだ。ただ、問題は、やっぱりソフトなんだよね……」

アンドリューは急に声のトーンを落とすと、「いくら内装や設備を豪華にしても、景色が素晴らしくても、接客は、料理は、サービスは、メンテナンスは、清掃は、値段相当のものを提供できるのか。ゲストに満足してもらえるのかとなると、うちの国の現状ではとてもとても……」

ほっと肩で息をついた。

「アンドリュー」

美絵子は、スクリーンに向かって呼びかけた。「多分、民度に問題があるっていいたいんでしょうけど、R国の経済力が増せば、国民の所得も上がり、民度だって上がっていくものよ。あなたは何かというと日本を賞賛するけど、日本にだって貧しい時代があったんだもの。半世紀前までは、集団就職列車っていうのがあってね。中学を卒業した少年少女が専用列車に乗って故郷を離れ、遠い大都市に働きに出てくるのが、早春の風物詩のひとつだったんだから」

「わざわざ専用列車で？」

「それも、何本も走らせなきゃならないほど、そうした子供たちがたくさんいたってこと。それに、専用列車を仕立てた理由はもう一つあってね。田舎から大都市に出てきた少年少女を、騙して連れ去ろうとする悪い人間から守るためでもあったの」

「そんな、治安が悪い時代が日本に？」

アンドリューは、信じられないとばかりに目を丸くする。

「もちろん私が生まれる遥か昔の話だけどさ」

美絵子は、ふっと笑うと続けた。「日本が経済大国って言われるようになったのは、そうした人たちが一生懸命働いたお陰なの。そして、国が豊かになるにつれて所得も上がった。進学者も増えた。それはね、能力があるにもかかわらず、家庭の事情で自分は高校や大学に進めなかったけど、子供には同じ思いをさせたくはない。多分そういう気持ちがあったからだと思うの。そう考えれば、日本が辿ってきた道を、R国はこれから歩み始めようとしているってことになるんじゃない？」

「まあ、そうなればいいけどさ……」

「なるわよ。首相選の結果次第ではね」

「どうして、知ってんの？」

美絵子は自分が経産省の官僚であることを、アンドリューには伝えていなかった。別に隠すつもりはなかったが、職業を訊かれたこともなかったし、このところ、キャサリンはメディアの注目の的だ。彼女の人物像を伝える報道に接するたびに、経産省の、それも新幹線を売り込む任務を担っている人間と甥が親しいと彼女が知れば、プラスになるどころか、むしろマイナスになるのではないかと思ったからだ。

「当たり前じゃない。ミス・キャサリンは、時の人だもの。私だって新聞も読めば、テレビも見るわよ」

美絵子は、そう答えると、「彼女、あなたの身内なんでしょ？」

続けて訊ねた。

「そう、叔母だよ」

「貧しい家庭の子供たちのために、私財で学校を運営しているんですってね。ご立派だわ。まだ、彼女自身は表明していないけど、首相選には間違いなく出馬するって、どのメディアも報じているし、出たら当選間違いなしなんでしょう？　今までの生涯を貧困の解消に捧げて来た人が国のリーダーになれば、国民の意識だって変われば、社会も変わる。先進国に追いつく時間は、ずっと短くなると思うけど」

「そう期待したいところだけど、先進国といわれる中でも、やっぱり日本はちょっと特殊だよ」

アンドリューはいう。「たとえばイギリス。ロンドンからエジンバラ行きの特急電車、それもファーストクラスに乗ったことがあるんだけど、車内清掃はやってるのかどうかってレベルだし、食事だって酷いもんだ。まあ、イギリスだからね。食べ物に関しては、そもそも期待するのが間違いだからいいとして、アテンダントのサービスの酷いこと……。やっぱり国民性ってもんはそう簡単に変わらないものなんだよ。人を喜ばせる、それも無償で当たり前なんて概念が根づいているのは日本だけだしね。いや、いわれたことさえやらないのが、R国の国民性だからね」

「じゃあ、観光列車を走らせるってあなたの夢は、夢で終わるってことじゃない。夢は叶えるためにあるんじゃないの？」

これでは観光列車に乗りに来日するのも、所詮はただの財閥の御曹司の道楽じゃないか。キャサリンの甥なら、彼女同様、高い志を抱いていると思い込んでいた私が馬鹿だった。

期待していただけに、美絵子の口調はどうしても厳しくなった。

「日本人に生まれていればなあとつくづく思うよ」

アンドリューはいった。「日本の観光列車は間違いなく世界一だ。もし、日本に生まれていたら、僕はハードとソフトをパッケージにして、世界に打って出ていたね」

「ソフトをどうやって、パッケージにするのよ」

勢いのまま訊ねた美絵子だったが、答えを聞いて驚いた。

「トレーニングセンターを作るんだよ。導入先の鉄道従事者を日本に呼んで、日本の鉄道産業が培ってきたあらゆるノウハウを叩き込む。それが実現すれば、うちの国で叔母がやろうとしている教育による民度改善だって、こと鉄道に関しては、ずっと早く日本のレベルに追いつくと思うんだ。そんなことができるのは、日本だけなのに、なぜそこに思いが至らないのか不思議でならないよ」

やっぱり、鉄が考えることは同じなんだ。私の構想は間違ってはいなかったんだ。美絵子は何だか嬉しくなって、思わず微笑んだ。

アンドリューは続ける。

「前にブロークンウインドウズ理論を口にした時、君いったよね。壊されても、すぐに直していけば、街も市民のモラルも自然に高まるものだって」

「ええ」

「あれは正論だよ。いつ乗っても車内は清潔に保たれている。落書きだって、すぐに消される。乗務員の接客態度、サービスもいいのが当たり前なのが高速鉄道となれば、誰だって今までの自分たちの振る舞いが間違っていたことに気がつくさ。当たり前だろ？　その方が、誰にとっても気持ちいいに決まってんだからね。当然、R国国民の意識も変わるだろうし、叔母が目指そうとしてる新しい国造りを加速させることになるとも思うんだ」

「それ、叔母さんに話したの？」

「いや……」

アンドリューは、苦笑いを浮かべながら首を振った。「仲はとてもいいんだけど、なんせ忙しくてね。最後に会ったのは僕らの結婚式の時。それに、叔母の信条は『フェアネス』だ。高速鉄道は、国家の命運がかかっている事業だからね。僕が口を挟む余地なんて、ありゃしないんだよ」

「そう……それは残念ね。R国の方から、そうした提案が出れば――」

「僕にいわせりゃ、残念なのは日本だよ」

アンドリューは美絵子の言葉が終わらぬうちに返してきた。「日本は新幹線の輸出に熱心だけど、クルーズトレインだって、もの凄いビジネスになるはずなのに、全然そんな気がないんだもの。アメリカ、アフリカ、ヨーロッパ。世界には観光列車が走っている路線はたくさんあるし、造ろうと思えば造れる技術もあるけど、瑞風レベルの快適さと、サービスは期待できない。発展途上国ならなおさらだよ。規格に合った列車を走らせれば、観光の目玉になるかもしれないんだよ。新幹線を導入するより、遥かにハードルは低いし、導入先の鉄道事業と密な関係が結べるじゃないか。日本政府も、鉄道事業者も、自分たちの価値に全然気がついていないんじゃないのかな」

いわれてみれば、その通りかもしれない。

もし、そうならば――。

頭の中で、点となって散らばっていたアイデアの一つ一つが、形をなしていく気配がある。しかし、それは、乗り越えなければならないハードルの高さを、改めて認識させることにもなった。

「もう少しなんだけどなあ……」

美絵子は思わず呟いた。

「えっ？　なんだって？　よく聞こえなかったんだけど」

「ううん、なんでもないの」

美絵子は慌てて答えると、「ところで、来日した時のことなんだけど――」

話題を変えた。

2
「大変なことになった……」

家に戻った隆明は、リビングのソファーにどさりと腰を下ろすと、やっとの思いで声を絞り出した。

「どうしたの？」

ただならぬ気配を悟ったのだろう。不安気な様子で千里が訊ねてきた。

「学園の売却話……あれ、白紙になったって……」

「はあ？」

千里の声が吊り上がる。「な……なんでそんなことになるの？　あれほど、売って欲しいっていってたのに、こっちが売却に応じた途端、白紙だなんて……」

「中国の外貨準備高が危機的状況になりそうだから、多額の外貨持ち出しを伴う海外での大型事業は、一切停止せよって命令が政府から出たって……」

千里はぽかんと口を開け、立ち尽くす。

焦点の定まらない目で、隆明の顔を見つめると、

「で？……うちはどうなるの？」

うわ言のように訊ねてきた。

「それが、今度は学園を閉鎖しないでくれって……」

泉沢と会ったのは、つい二時間ほど前のことだ。

売却に応ずる旨（むね）を伝えた時の泉沢の喜びようたるや大変なもので、まん丸な目を糸のように細くして、「ありがとうございます！」と頭を下げた。

その際、泉沢は、「学園の方にも、閉校までのロードマップ等、いろいろと準備がおありでしょうし、私どもの方にも書類等の準備もありますので、売却契約締結までのスケジュールは後日改めてご報告にあがります」と去り際（ぎわ）にいった。だから、てっきりその件かと思いきや、売却話が白紙になったというのだから、驚愕（きょうがく）したなんてもんじゃない。

「閉鎖しないでくれって……じゃあ、どうしろっていうのよ」

一転して、千里は怒りを爆発させる。

「学園を再建するしかないって……」

「再建？」

千里は、呆（あき）れたように眉（まゆ）を吊り上げる。「早く閉校しろっていってたくせに、今度は再建しろって、それ虫が良すぎない？　第一、私たちが代を継いでからは、どうやって学園を再建するかに全力を挙げてきたのよ。万策尽きた、そう判断したから売却に応ずることにしたんじゃない」

「学生を集めるしかないっていうんだ」

「なあにいってんのよ！　その学生が、思うように集まらないから経営不振に陥ったんじゃないの！」

「国内で定員が確保できないなら、海外からの留学生を受け入れるって手もあるって——」

隆明は、泉沢の提案をそのまま伝えると、次いで自分の見解を話し始めた。「学校経営は定員さえ確保できれば、確実に利益が見込める事業だ。計画的に融資の回収もできるし、定員を上回る学生を迎え入れれば——」

「それ、泉沢さんがいったの？」

千里がみなまで聞かずに声を上げた。

「ああ……」

「留学生の数が寮の収容キャパを超えたらどうすんの？」

「町には開店休業状態の旅館がある。そこを下宿にして——」

「それも泉沢さんがいったの？」

「そうだけど……」

「あのさ、留学生って簡単にいうけど、そもそも鉄道の専門学校に入ろうって外国人が、どれだけいると思う？　ここで学んだことが、帰国して役に立つ国ってどこにあるのかな」

そう問われると、言葉に詰まる。

千里は続けた。

「日本には、留学生を迎え入れる学校はたくさんあるけど、いまそこで何が起きてるか考えてみなさいよ。入学したものの、あっという間に姿を消して、行方知れず。日本にやって来た本当の目的は出稼ぎ。入学したのは、留学ビザ目的だったって例が掃いて捨てるほどあるじゃない」

隆明は、あっと声を上げそうになった。

買収が白紙に戻ったと聞いた瞬間、目の前が暗くなり、その一方で頭の中は真っ白になったせいもあって、なにも考えられなくなってしまったのだが、千里のいう通りだ。

そんな自分が情けない。隆明はますます絶望的な思いに駆られ、がっくりと項垂れた。

千里は続ける。

「入学金に授業料、寮費、その他諸々、初年度分のおカネを払い込んだ証明書がなけりゃビザは降りないんだから、そりゃあ学園にはおカネが入るわよ。北海銀行にしてみれば、融資の回収に目処がつく。おカネのことだけを考えれば、うちと北海銀行にとっては願ったり叶ったりってことになるけど、それじゃあ、学園が不法就労者の受け入れ先になるってことじゃない」

ごもっとも……。

忸怩たる思いのあまり、顔が上げられない。返す言葉もない。

隆明の俯く角度は深くなる一方だ。

「お父さんは、借金をこしらえたけど、それは学園を、鉄道を愛していたからよ」

千里の声が頭上から聞こえる。「新幹線しかり、リニアしかり、新技術を開発するのは研究者や技術者だけど、安全運行を支えているのは、整備、保線管理、駅員、運転手と、現場で働いている人たちが職務を立派に果たしているからなのよ。彼らの存在なくして鉄道は成り立たない。そして、鉄道に関連する仕事に就きたいと願っている若者はたくさんいる。そんな人たちの夢を叶えてやる場を造りたい。その一心でお父さんは学園をやって来たのよ。いくら学園が生き残るためだからって――」

千里はそこで声を震わせると、言葉を飲んだ。

泣きたくなるのも無理はない。

隆明は顔を上げた。

ところが、千里は涙など流していなかった。彼女の顔に浮かんでいるのは、怒りだ。泉沢の案に、その場で反論することもなく、そのまま伝えた自分の不甲斐なさに怒りを覚えているのだ。

「申し訳ない――」

隆明は詫びた。「売却話が白紙になったっていわれて、すっかり動転しちまって、なにも考えられなくなって……」

「こうなったら、手段は一つしかないわね」

千里の顔から表情が消えた。声に決意の色が籠もる。

こんな顔の千里を見るのは初めてだ。

なんだか怖くなって、「ど……どうすんだ」隆明は問うた。

「募集活動を全国に広げる。もっと綿密にやるのよ」

「その費用は？」

「北海銀行が学園を潰すなっていってんでしょ？　だったらおカネ出すしかないじゃない」

「借りるっていっても、費用対効果を考えなきゃ。もし学生が集まらなかったら、傷を深くするだけだぞ」

千里は冷たい視線を向けてくると、短い沈黙の後、短くいった。

「腹を括るしかないじゃない」

「えっ……」

「学園を存続させろってことは、閉校されたら北海銀行は困るんでしょ？　そりゃそうよ。三十億で売れるってあてが外れちゃったんだもの。うちへの融資を全額回収するためには、最低でもその値段で買うって相手を見つけてこなけりゃならなくなったわけじゃない。いくら北海道が外国人観光客の間で人気だからって、そう簡単に見つかるもんですか。つまり、この時点で優位に立ったのはどっちかっていえば、間違いなくうちじゃない」

開き直りとは違う。

学園を是が非でも存続させてみせる。

千里の目に浮かんでいるのは硬い決意の色だ。

いったい千里のどこに……。まさか、彼女にこんな一面が潜んでいたとは……。

「教職員、学生に閉校を伝える前でよかったわ。公表していたら大混乱。取り返しのつかないことになっていたところだった」

千里は、口元に笑みを浮かべると、「となれば、早々に来年度の募集計画を立てなきゃね。国内で定員を満たす学生が確保できれば、銀行だって留学生云々なんて馬鹿な話を持ちかけてくるわけないんだから」

すっと席を立った。

3

「どうだ、例のプラン、まとまりそうか？」

橋爪がそう切り出したのは、ゴールデンウイークが過ぎた五月半ば、昼食を摂りに出かけた西新橋の蕎麦屋でのことである。

キャリア官僚の日常は多忙を極める。課長ともなれば会議に追われ、議員に呼び出され、国会会期中は資料や答弁書の作成、委員会や本会議への出席と、日中席にいることの方が珍しい。昼食も摂れる時に摂ることになるのだが、忙中閑ありという日もないではない。「昼飯、一緒にどうだ」と橋爪が声をかけてきた時から、用件には察しがついていたが、やはり思ったとおりだ。

「だいぶ進んでおりまして、三日以内には提出できると思います」

美絵子は、おしぼりで手を拭きながらこたえた。「ちょっと案を膨らませたいと思いまして」

「へえっ、ということは、なんか新しいアイデアを思いついたのか？」

「観光列車です」

「観光列車？」

「『瑞風』とか『ななつ星』とかの豪華クルーズトレインや、お座敷列車、こたつ列車といった、交通手段というよりは、観光に特化した列車のことです。途上国には、有望な観光資源はあっても道路状況が悪い。鉄道はお世辞にも快適とはいえない。満足な宿泊施設もない。観光客があまり寄りつかない地域が多々あります。そこに、瑞風のような列車を走らせれば、観光産業の活性化にも繋がりますし、運行に際しては、整備、清掃、サービスと、あらゆる面で高いクオリティが求められることになるわけです。その教育を施し、レベルを維持していく上でも、今回の構想が役に立つと考えまして」

「それは面白いかもしれないね」

　橋爪は眉を開く。

「それに、新幹線よりも観光列車の方が、日本の鉄道を売り込むという点ではハードルが低くなるというメリットもあるように思うんです」

「ほう、それはなぜ？」

「新幹線の場合、提案書を作成するにも、事前調査から始まって、用地の確保、しかも、高架ですから、建設費用がどうしても高額になります。その点、観光列車は違います。すでに敷かれている路線を走らせるわけですから、導入費用は車両と現地への輸送費、既存路線再整備で済みますので――」

「なるほどねえ。動くホテルにしようってわけか。それに、観光列車ってやつは、目が飛び出るような料金だもんな。どれだけ豪華な作りにしても、ソフトのクオリティが伴わなければ乗ろうとは思わない。逆にいえば、途上国でも最高の旅が味わえるとなりゃ、世界には考えられないような金持ちがごまんといるからな」

「高速鉄道の導入を考えている国は、そう多くはありません。日本の観光列車が導入国の観光産業を活性化させた。それも、確実性、安全性、優れたサービスを提供できるのも、この教育機関があってこそとなれば、新幹線の売り込みも、格段に有利になると思うんです」

「いいね。プランを読ませてもらうのが、ますます楽しみになってきたよ」

ちょうどその時、注文の品がテーブルの上に置かれた。

美絵子は天ざる、橋爪は鴨(かも)せいろだ。

早々に箸(はし)を取り、蕎麦を持ち上げたところで、美絵子は手を止めた。

「でも、課長……。いまさらこんなことを訊くのも何ですが、プランを提出した後は、どうなさるつもりなんですか？　実は、それがずっと気になっていて……」

橋爪は、蕎麦をたっぷりとつけ汁の中に浸すと美味(うま)そうに啜(すす)り、

「そんな話を聞いた後で、こんなこたあいいたかないが、日本企業も落ちたもんでな」

橋爪は、声を落としながら蕎麦を啜った。「自動車会社じゃ、無資格者が最終検査をやってるわ、鉄鋼業界じゃ、品質データを改ざんしてるわ、新幹線でも台車に亀裂が走り、異常を察知していたにもかかわらず、それを無視して運行するわ、相次いで不祥事が発覚する始末だ。しかも、どれもこれも世界が認めるジャパンクオリティのシンボルだぜ」

「あれには、私もショックを受けました」

美絵子は声を落とした。「それも、確信的に組織ぐるみで、かかる行為を行ってきたんですからね。日本製品は値が張るけど、その分だけの価値はある。そういわれてきたのに、これからは色眼鏡で見られるようになるかもしれませんね」

「僕はね、これらの不祥事は、発覚していないだけで、多くの日本企業で行われているんじゃないかと思ってるんだ」

橋爪は憂えるようにいう。「気がつけば、日本企業もすっかり様変わりして、効率性、採算性を追求するばかりになってしまっているからね。その結果、どんな仕事にもノルマが課され、達成できればよし、さもなくば責任を取らされる。サラリーマン人生がかかってるんだもの、そりゃあ背に腹は代えられないって気にもなるだろうさ」

橋爪のいうとおりかもしれない、と美絵子は思った。

不良品を出せば、納期に間に合わない。製造原価にも影響が出る。新幹線にしたって、それは同じだ。運行を取りやめればダイヤが乱れ、乗客に多大な迷惑をかけるだけでなく、状況次第では代替輸送、あるいは料金の払い戻しと、収益に大きな影響が出る。そして、その責任は誰かが負わなければならないのだから、敢えて目を瞑ってしまいたくなる気持ちにもなるだろう。

「それでな、最近、審議官と飯を食う機会があってね」

橋爪は言う。「その時、ちょうど相次ぐ日本企業の不祥事の話になったんだが、この件については、産業界全体で何らかの対策を講じなければ、高品質、高い信頼性という日本製品の優位性が失われてしまうと、審議官も大変な危機感を口にしてね」

「そりゃそうですよね。鉄鋼のデータ改ざんなんて、基準に満たない製品を納入したんですから、それを素材にした製品は作り直すか、リコールしなけりゃならなくなりますものね。そんなことになったら、それこそ企業だって存亡の危機に直面する可能性だってあるわけです」

「そんなことになろうものなら、大量の失業者が出ることになるんだが、審議官はすでに日本企業の多くが社内に大量の失業者を抱えているっていうんだ」

それが、何を意味するのか、皆目見当がつかない。

「社内に大量の失業者？」

美絵子は問い返した。

「新しい技術は次々に、それも猛烈な勢いで登場するだろ？　それに応じて、業務形態も変わっていくわけだが、新業務で必要とされるスキルと、本人が持っているスキルが一致しない。配置転換しようにも、行き場のない社内失業者が、日本企業の全従業員の一割もいるって言うんだ」

「一割って……」

「四百万人……」

「よん・ひゃく・まん・にん？」

膨大過ぎて、美絵子の声が裏返った。

「それが、二〇二五年には、五百万人にもなるだろうって、予測されているそうなんだ」

もはや言葉も出ない。

啞然とするばかりの美絵子に向かって橋爪は続ける。

「かといって、日本では会社の都合で簡単に解雇はできない。となれば、会社はどうなる？」

「新しい業務に要求されるスキルに対応できないのは、中高年社員でしょうから、当然、人件費は高額です。社内失業者に高額な給与を支払い続けていれば、競争力を失いますよね。まかり間違えば、倒産ってこともあり得るんじゃ……」

橋爪は頷く。

「この問題はね、別に中高年に限ったことじゃない。今必要なスキルを身につけている若い世代だって、中高年になった頃には、同じようなことになるんだよ。つまり、今の企業社会は、社内失業者とその予備軍だらけなんだ」

橋爪は、そこで美絵子をしっかと見詰め、「この問題を解決するためには、どうしたらいいと思う？」と、問うてきた。

そう言われれば、橋爪が何をいわんとしているか、察しがつく。

「教育、それも現場と教育機関を行き来しながら、常に新しいスキル、それも実践的なスキルを身につけるしかありませんね」

「それしかないよな」

橋爪はニヤリと笑い、「審議官に君の構想を話したら、ものすごく興味を惹かれたようだよ。新幹線もさることながら、いまの産業界に必要なのは、そうした教育機関なのかもしれないとね」

といった。

「課長……」

美絵子は、感激のあまり、思わず漏らした。

「だから、三日とは言わない。鉄子として、考え得る最高のプランを、もっと壮大なプランを書き上げてくれよ」

政策立案は、官僚の仕事の一つだが、こんなチャンスに巡り合うことは、そうあるものではない。

胸の中で、熱い塊が大きさを増していくのを感じながら、

「鉄子の意地にかけても」

美絵子は答えた。

4

「夜分遅くに申し訳ありません。たったいま、ジェームズさんから電話をいただきまして、そのご報告をと……」

時刻は、午後十一時。自宅の書斎で、椅子に座った翔平は、スマホを耳に当てながら越野に向かって告げた。

「やっと来たか。随分日にちがかかったもんだが、この騒ぎじゃキャサリンも、選挙以外の話を聞いている余裕なんかありゃしないだろうからな」

越野の命を受けて、その日のうちにジェームズには電話を入れたのだったが、一向に返事がない。それも道理というもので、五日後にキャサリンは二度目の会見を行い、

そこで首相選への出馬を宣言したのだ。

国民の誰しもが確信していたこととはいえ、本人が宣言したとなると、インパクトは絶大だ。国民の期待と熱狂ぶりは凄まじく、メディアは連日キャサリンの特集を組み、それがまた国民の期待に拍車をかけ、もはや新政権が誕生したかのような騒ぎである。

現政権も、御用メディアを使って必死にネガティブキャンペーンを行ってはいるのだが、そもそも国民の大半が新聞を読まない。読むにしても、政権側の新聞ではないのだから、ほとんど効果はない。現職議員の中には、「翼の党」への鞍替えを目論み、なんとか彼女と接触しようと試みている動きもあると報じられているから、首相選が終わった直後に議会は解散、総選挙となると考えているのだろう。

もちろん、現体制派の不穏な動きも聞こえてこないわけではない。暗殺とは明確に書かないまでも、いかなる手段を講じてでも、キャサリンの当選を阻止すると唱える『有識者』と呼ばれる人間もいれば、素人に国の舵取りを任せるのは狂気の沙汰だ、取り返しのつかないことになってしまうと公言する人間もいる。

出馬宣言から二週間。この間、不測の事態から身を守ることもあるのだろう。キャサリンは公の場に姿を現すことはなく、貧困地域にあるオフィスに籠もり、翼の党の候補者たちと会合を重ねているのだと言う。

「ジェームズさんがおっしゃるには、彼女は大臣任命予定者をオフィスに集めて、各省庁の重要ポストの人事と、政策実現のためのロードマップ作りに取り組んでいて、早朝から深夜まで連日会議続き。ジェームズさんも、全く連絡が取れない状況だったんだそうです」

「政策実現に向けてのロードマップねえ」

越野は感嘆するようにいう。「やっぱり、本気でこの国を変えるつもりなんだ」

「そりゃそうですよ。この機を逃したら、R国が変わるチャンスは二度とこない。命を懸けてるんですから」

「で、キャサリンはなんと？」

「あくまでも各国の提案内容を詳細に比較検討した上で、もっともR国のためになる案を採用すると答えたそうです」

「実の親にもその程度の返事か……。本物の石部金吉だな」

越野は呆れと落胆、どちらとも取れるような苦々しい声を漏らす。

「ただ、うちのプランについては、こうもいったそうです。四葉は、私の考えを理解してくれているようだ。本当に実現するのなら、十分検討に値する魅力的な提案だと……」

「魅力的？　魅力的って彼女がいったのか？」

「はい、ジェームズさんははっきりと、そうおっしゃいました」

「検討に値する。そういったんだな」

越野は一転して声を弾ませ念を押す。

「社長……彼女は、本当に実現するのなら、といってるんですよ。ということはですよ、経産省がR国に提出する提案書に我々のプランを盛り込ませる必要があると思いますが？」

「そんなのいつの話になるか分からないから、うちがやろうっていってんだよ」

越野はいった。「役所が立てた案が通るまで、どんだけ時間がかかると思ってんだよ。新設にせよ、既存の教育機関を使うにせよ、役所の中でプランをいちいち説明し、ハンコもらってそれから予算だ。ただでさえ、予算削減の嵐(あらし)が吹きまくってんのに、財務省がそんな要求認めるもんか」

「それじゃあ、R国政府には我々のプランを検討する材料がないってことになりますが？」

「そんなことはないさ。彼女は、うちのプランを知ったんだろ？　だったら、新幹線を採用する条件として、うちが設立する教育機関を使うことを提案してくるさ」

「となると、うちがこの事業に加わるためには、教育機関を設立する合意をグループ各社から早急に取りつけておく必要がありますよね」

越野は、短い沈黙の後、

「何を心配してるんだ」

怪訝（けげん）な声で問うてきた。

「R国の側から経産省の提案書にない条件が出てきた。それが四葉グループ内で合意も取れていない、海外支社レベルのプランだったってことになれば、キャサリンが事前に我々と接触を持った、結果的に四葉ありきの条件だってことになりませんか？」

「それの何が悪い。そもそも、我々の狙（ねら）いはそこにあるんじゃないか」

越野が苛立（いらだ）ちはじめる気配が伝わってくる。

「ビジネスをものにするためには、相手が何を望んでいるかをいち早く摑（つか）み、望みを叶える具体的な提案をすることじゃないか」

「しかし、社長。キャサリンの性格からして――」

「俺は、キャサリンに会ったことはないが、君の話を聞く限り、我々の提案はR国の発展にプラスになることはあっても、絶対にマイナスにはならない」

越野は翔平を遮ると、「政治家、それも首相になろうって人間が、こんなチャンスを見逃すもんか。むしろ、四葉はこんな構想を持っている、新幹線の採用を望むなら四葉の構想が実現されることが不可欠だ。それくらいのことを日本政府に、いって当たり前ってもんじゃないか」

激しい口調で断じた。

その可能性は否定できないが、確証も持てない。

四葉のような大企業で、本社役員は大変な出世だが、人の欲には限りがない。もう一段高みに登るチャンス到来となれば、是が非でもものにしたい気持ちになるのは理解できるが、越野は前のめりになりすぎている。

「じゃあ、こうしようじゃないか」

越野は気を落ち着かせるように、短い息を吐く。「まず、俺はこの構想を真弓会に諮ってもらうよう、社長に持ちかける。日本政府が提案書を提出するのに間に合うかどうかは分からんが、R国がどこの国の高速鉄道を採用するか、結論が出るまでには、まだ時間がかかる。それまでに、真弓会の合意を取り付け、四葉が行う新事業として大々的に公表する。新聞やテレビが報じれば、ネットにもニュースが流れるし、うちの英文広報サイトにもアップしておけば、キャサリンだって、日本政府に持ちかけやすくなるだろう」

　なるほど、さすがは越野だが、それでも問題はある。

　そこで、翔平は問うた。

「それでは、社長には、コンティンジェンシープランがおありなんですね」

「コンティンジェンシープラン？」

「キャサリンが、乗ってこなかった場合のことです。社長は真弓会に諮るとおっしゃいましたが、承認を得た後に、そんなことになろうものなら、大変なことになりますよ。青柳さんだって、それを懸念したから、これから先のことを口にしなかったんじゃないでしょうか」

　越野は沈黙する。

　当たり前だ。グループ各社トップの合意を得た事業が、ビジネスに繋がらなかったとなろうものなら、越野は一巻の終わりだ。

　翔平は続けた。

「これは、まず教育機関ありきか、提案があって教育機関を整備するのか。ある意味、鶏が先か卵が先かの話だと思うんです。もちろん、うちが先んじて構想の実現化に目処をつければ、R国の高速鉄道事業に嚙める可能性は極めて高くなるでしょう。しかし、実現できない可能性もある。そう考えると、もはやこれは立派なギャンブルといえるのではないでしょうか」

さすがに、将来を賭けた大勝負に出るだけの覚悟はないらしい。

越野は、ふううと長い息を吐いて、沈黙を続ける。

「もちろん、R国が駄目でも、次の高速鉄道受注のための先行投資という考え方もできます。しかし、そうなると、それまでの間、この教育施設をどう維持、運営していくかという問題が生じます。グループの各社の研修の場では、維持、運営費の点から考えると真弓会の合意が得られるとは思えません。ならば、四葉グループが経営するビジネスを実践的、総合的に幅広く教える専門学校、あるいは大学として、当面の間、日本国内から学生を募るしかないことになるのですが、少子化がここまで進んでしまうと、とてもとても……」

構想自体は素晴らしいものだし、実現すればR国のみならず、途上国発展のビジネスモデルとなるという確信もある。

しかし、組織の中で生きていれば、翔平にだって出世欲はある。実現させたい気持ちは山々なのだが、あまりにもリスクが高すぎる。

「人口は市場規模そのものだからな。市場が縮小する一方じゃ、そりゃあ厳しいよな」

　さっきまでの勢いはすっかり消え失せ、越野が意気消沈している様子が伝わってくる。

　どうやら、納得したようだ。

　そこに気の緩みが生じた。

「厳しいなんてもんじゃありませんよ……。実は、私の実家は鉄道の専門学校を経営してましてね……」

「鉄道の専門学校？　君の実家が？」

「ええ……。経営は妹の婿が継いだんですけど、父親が健在だった頃に大きな借金をこしらえてしまいましてね。今後のことを考えると……」

「じゃあ、まだ学校は続いているわけだ」

「そのようですが？」

「君の出身は確か……」

「北海道です」

「敷地は？」

　翔平が問われるままに答えると、

「広大な敷地、それに寮まであるわけか……」

越野は、自らにいい聞かせるように呟くと、「それ……早くいってよぉ」

不気味なほどの猫撫で声でいった。

「えっ？」

しまった！　つい口が滑った！

そう思ったがもう遅い。

「じゃあ、受け皿になる学校はあるんじゃないか」

果たして、越野は声を弾ませると、「それならまだやりようはあるかもしれない。明日一番に詳しい話を聞かせてくれ。学校の経営状況、施設、設備の概要、とにかくできるだけ詳しく」

そう命ずるなり、回線を切った。

5

「申し訳ありません……。私の実家が海東学園を経営していることを、話しておかなかったばっかりに……」

出社途上の車中で、後部座席に座った翔平は、スマホを耳に押し当てたまま頭を下げた。

黙って話に聞き入っていた青柳が、

「そんなこと、気にするな」

苦笑混じりの声でこたえた。「越野さんはR国四葉の社長だ。当事者の一人だし、遅かれ早かれ先頭に立って働いてもらうことになるんだ。それに、受注できたとしても、開業までには時間がたっぷりある。その間に、社内の事情だって、どう変わるか分からないからね」

「社内の事情？」

「もし、このプランのおかげで、新幹線がR国に採用されたら、越野さんはどうなると思う？」

「少なくとも、取締役として本社凱旋は間違いないでしょうね」

「R国がモデルケースとなって、新幹線を導入する国が相次げば？」

「専務はおろか、副社長、社長の目だって出てくるかもしれませんよね」

「だろ？」

青柳がくすりと笑う気配が伝わってくる。「君はインフラ事業部の人間だが、同時に越野さんの部下でもある。部下が上司に、本社でこんなプランが持ち上がっていると報告するのは、間違ってはいないし、むしろ、組織人のあり方としては、絶対的に正しい。そのお陰で越野さんが出世できたとなれば、君は大きな貸しを作ったことになるじゃないか」

青柳が何をいわんとしているかは明らかだ。まして、このプランのそもそもの発案者が青柳であることを越野は知っている。つまり、自分の貸しでもあるといいたいのだ。

企業は、聖人君子の集まりではない。誰もが出世を望んでいるが、昇格なくしては生存できないのがいまの企業社会だ。特に日本企業の場合、出世は上司の匙加減、要は『使える』部下と見なされるかどうかだ。なぜなら、上司の実績は、それすなわち部下の働き次第でもあるからだ。

越野が取締役に就任すれば、翔平は功労者として、本社にしかるべきポストをもって迎え入れられるだろうし、次長である青柳は部長昇格、R国がモデルとなって、新幹線の受注が相次ぎ、そのことごとくに四葉が嚙むことになれば、越野には専務、副社長、社長の目だって出て来るだろう。それに伴って、翔平も青柳も出世の階段を昇っていくことになるというわけだ。

なるしね」

「それに、越野さんがその気になってくれたのなら、話が早いし、リスクヘッジにも
「リスクヘッジ？」

「このプランを実現するためには、真弓会の合意が必要だ。私が直接社長に話を持っていくことはできないし、部長、本部長をその気にさせなけりゃならない。それから社長、なんてことをやってたら、いつ成立するか分からないからね。その点、越野さんは社長と直に話ができるし、真弓会で承認されたとしても、なんせ、あのキャサリンが相手だ。彼女がその気にならなきゃ、R国の新幹線導入をモデルケースにして途上国の高速鉄道事業にうちが嚙むって本来の目的は、絵に描いた餅になってしまうからね」

「確かに、彼女の性格を考えれば、そうなる可能性は捨てきれませんよね」

青柳の反応が想定外であっただけに、安堵した翔平の声は自然と軽くなる。

「まして、融資の条件だけを取って見れば、中国が有利であることは間違いないんだ。他の途上国同様、R国の財政事情だって厳しいからね。本来なら、高速鉄道なんて夢のまた夢なんだが、それでも導入に踏み切ったのは、高速鉄道が完成すれば、R国の経済成長の起爆剤になる、多額の借金を抱えても、確実に返済できる──そう考えて

いるからだ」

「それは、高速鉄道を売り込もうとしている国だってみんなそう考えているんじゃないですか。間違いなく、R国の経済は、今後急速に成長する。そう見込んでいるからこそ、資金を融資するわけで――」

「私が懸念しているのは、どこの国のものであろうと、高速鉄道に変わりはない。ならば、安いに越したことはないじゃないかって意見が必ずや出てくることなんだ」

「どういうことですか？」

「君、プレーン・バニラって言葉知ってるか？」

青柳は唐突に訊ねてきた。

そんな言葉は初めて聞く。

「それ、なんです？」

翔平は訊ね返した。

「アメリカの製品開発者の間で用いられる言葉らしいんだが、どんな製品を開発するにしても、重要なのはまず、必要最低限の機能を明確にすること。それをアイスクリームにたとえると、肝心なのはベースとなるプレーン・バニラだとね。それがしっかりしていれば、あとはトッピング次第でいくらでも付加価値を高めることができるってわけだ」

「いかにもアメリカらしい考えですね。ビジネススクールあたりじゃ、当たり前に使われていそうな言葉ですね」

思わず軽口を叩いた翔平だったが、

「これがなかなか難しい」

青柳は真剣だ。「どうせ作るなら最高のものを、より多くの機能を詰め込みたくなるのが、技術者だ。テレビやパソコンのソフトにしたってそうだろ？　どれだけの人が必要とするのか分からない機能満載だ。その点から言えば、このコンセプトが徹底されている製品は、スマホだろう。購入時はプレーン・バニラ。通話、メール、ネットへの接続機能だけ。あとは、アプリで自分仕様に変えられる——」

そう聞けば、青柳が何をいわんとしているかが見えてくる。

「高速鉄道のプレーン・バニラの部分、つまり鉄道としての機能の部分は、レシピの違いはあれ、いずれの国の技術も確立されたものだし、中国に至っては、新幹線のパクリですからね。レシピは同じ。品質に多少の違いはあっても、機能自体が同じなら、価格が安い方を選ぶかもしれないってわけですね」

「いま、新幹線を売り込もうとしている日本は、そういう競争に晒（さら）されているんだよ」

果たして青柳はいう。「となれば、日本が受注を獲得するための方法は一つしかない」

「他国が絶対に真似のできないトッピングを用意することですね」

「それも、ただのトッピングじゃない。食べれば体質が変わり、どんどん健康になる。ばりばり働けるようになって家計が潤う。生活も豊かになれば、子供たちにも質の高い教育を授けてやれるようになる。家計はますます豊かになる。多少値段は張るが、それだけの価値があることを、トッピングの現物を目の前に用意して、納得させなきゃならないんだ」

「その通りだと思います」

「そう考えると、君の実家がやっている海東学園っていうのは、ものすごく魅力的な学校のように思えてくるんだが、実際どうなんだ。もちろん、そのまま使えるわけではないだろうが、我々のプランが応用できそうな学校なのか？」

「それがですね。いま、学園がどうなっているか、まったく分からないんです。ちょっと、聞くに聞けない事情がありまして……」

翔平がこれまでの経緯を話して聞かせると、

「そうか……音信不通か……」

少し落胆したように、青柳は声を落とした。

「親父は、私が学園の後継者になるものと端(はな)から思い込んでいましてね。だけど、私は学校経営になんかこれっぽっちも興味を覚えたことはなかったんです」

青柳は黙って話に聞き入っている。

「学園以前に、町が大嫌いで……。あんな感覚で商売やってたら、町がどうなるか、先は見えていましたから……」

翔平は続けた。「若者はどんどん都会に出ていく。温泉という観光資源がありながら、それを活用してビジネスを大きくしよう、町を活性化させようという気概が全くない。なぜなら、客のメインが高齢者だったからです。施設を整備すれば、宿泊料を上げなければならない。それじゃ客が離れていってしまう。黙っていても、客は来てるんだ。ならば、いまのままでいいじゃないか。みんなそう考えていたんです」

「ありがちな話だな。今日の暮らしは、明日も続く。そう考えているのは、何も地方の人間だけじゃない。企業で働いている人間の大半がそう考えているからね」

「私がいた頃の町の温泉宿なんて、賄(まかな)い付きの湯治場ですよ。確かに、それなりに賑(にぎ)わってはいましたが、当時の高齢者は戦前、戦中を生きてきた方たちですからね。温泉宿に泊まって、好きなだけお湯に浸かれるだけで幸せだし、料金は安いに越したことはない。そう考えている客ばかりだったんですから、そりゃあ、施設が古くとも、文句なんかいいませんよ」

「その点、いまの高齢者は違うもんな。戦後の経済成長の中で現役世代を過ごして、贅沢な暮らしに慣れているし、蓄財にも余裕がある。馴染み客だって寿命ってもんがあるからね。年を経るに従って減っていくわけだし、気がつけば誰も寄りつかなくなったってわけか」

「学園の行く末だって見えてましたから……」

翔平はいった。「実際、私が町にいた頃から、北海道でも都市部への人口集中がはじまっていましたから、ローカル線が多い道内の鉄道が、いずれ経営不振に陥るのは誰の目にも明らかだったわけです。当然、鉄道会社の求人だって細るわけですから、専門知識を学んだって意味ありませんよ」

「教育内容を変えようとは思わなかったのか?」

「そう簡単にはいきませんよ」

翔平は首を振った。「最大の難問は教員です。鉄道関係の専門学校ですからね。教員だって、鉄道関係の知識しかありませんから、他の教育を行おうとしたら、その分野の教員を新たに採用しなければなりません。それも、学生が集まるかどうか分からないのにですよ。もちろん、鉄道関係の教員は減らすことができないわけですから、ただ教員が増えるだけ。リスクが高すぎますよ。それこそ、伸るか反るかの大博打じゃありませんか」

「なるほどなあ……。業態転換を図ろうとする企業が陥るジレンマそのものだな」

青柳は唸った。「一つのビジネスに特化した企業が、イノベーションの波を察知して、新しい事業に乗り出そうとすると、必ず問題になるのがそれだもんな。ビジネスの世界じゃ、一番重要、かつ難しいのはクロージングだって言われるが、どこの世界にも当てはまるものなんだな」

「だから私は、家業を継がなかったんです。無責任に聞こえるかもしれませんが、敗戦処理をするために家業を継ぐなんてまっぴらです。当然、親父は激怒しましたよ。二度と家の敷居を跨ぐなといいましてね。事実上、勘当されてしまったんです。だから、親父の葬式にも出ませんでしたし、相続ももちろん放棄です」

「じゃあ、学園は誰が経営しているんだ？」

「妹……。いや、正確にいえば妹の旦那です」

「経営状況は？」

それを訊かれると、胸が疼く。

「音信不通ですから、詳しくは知りませんが、卒業生の主な就職先は、道内の鉄道会社です。北海道の鉄道会社はどこも経営が苦しいわけですから、学園の経営状況も相当難しい局面にきているでしょうね」

「でも、その厳しい最中でもなんとか経営を続けておられるわけだ」

「実は、そこが不思議なところなんですよね」

翔平はいった。「音信不通になったとはいえ、やはり家業のことは気になりましてね。たまにホームページにアクセスしてみるんですが、親父、亡くなる数年前に、大規模な施設整備をやってるんです。学園の敷地は広大なものですが、北海道の、それも過疎化が進む一方の町です。不動産を担保にして融資を受けたにしても、あれほど大規模な施設整備を行うだけの資金を、どうやって調達したのかと……」

「当たり前に考えれば、銀行から融資を受けたんだろうね」

「学園のメインバンクは北海銀行。地銀とはいえ、道内の最大手ですからね。経営状況も把握しているでしょうし、土地の価値だって十分承知のはずです。生徒が集まるのも就職先があればこそ。当然、学園の行く末を不安視するでしょうから、銀行が融資に応ずるとは思えないんです」

青柳は、何事かを考えるように沈黙すると、

「一度、調べてみるか」

ぽつりといった。

「調べるといいましても、いま申し上げた通り、私と妹は絶縁状態にあるわけでして……」

てっきり、その役が回ってくるものだと思ったが、青柳の口を衝いて出たのは、意外な言葉だった。

「いや、事情はよく分かった。君にやらせるのは酷だし、学園の経営状況を調べるだけなら信用調査会社のデータがある。それに、学園の土地を担保にしているのなら、登記簿を見れば誰が根抵当権を抑えているのか一目瞭然だしね」

「じゃあ、私は――」

「君はキャサリンと面識がある唯一の社員だ。国内の仕事で手を煩わせるわけにはいかないよ。それは、こちらでやるよ」

「ありがとうございます」

スマホを耳に押しつけたまま、頭を下げた翔平に向かって、

「別に礼をいわれるようなことじゃない。とにかく、学園の現状が分かり次第、連絡

を入れる。それから先のことは改めて相談させてもらうよ」
青柳はそうこたえると、話を終わらせた。

第五章

1

梅雨入り宣言も時間の問題だ。スーツをランニングと短パンに着替え、ジョギングを始めようとした途端に、霧雨が本降りになった。

スマホを使い天気を調べてみると、都心部にかかった雨雲は間もなく去り、その後深夜まで雨は降らないとある。

矢野と一緒に走るのは久しぶりだし、健康維持が第一の目的だが、ジョギングの後の一杯が楽しみでもある。

「さっさと上がらねえかな。喉が鳴ってしかたねえよ」

恨めしそうに夜空を見上げる矢野に向かって、

「そういえば、例の鉄道の教育機関構想ですけど、その後省内で進展はあったんですか？」

中上は訊ねた。

「ああ……あの話なあ……」

矢野は憂鬱な声を出すと、「企画書は提出されたらしいけど、あの件は課長と発案者がやり取りしててな、俺たちにはどうなってんだかさっぱり分からないんだよ。R国への最終提案書の提出期限が迫ってるってのに、ど～すんだか……。やるにしたって、うちは役所だ。号令一下ってわけにはいかないし、予算化するには、どんだけ時間がかかるか分かったもんじゃない。R国の高速鉄道事業には、到底間に合うもんじゃないってことは分かり切ってんのに、なぁに考えてんだか……」

口をへの字に結び、鼻からため息を漏らした。

「実は、うちでも同じような話が持ち上がっていましてね」

中上がいうと、

「四葉で？」

矢野は、驚いた様子で眉を吊り上げる。

「うちが、R国の留学生を支援するって話、前にしましたよね」

「ああ……」

「実はうちのR国駐在員が、キャサリンにあの件を話したんです」

「そしたら？」

「興味は示したみたいなんですが、さすがキャサリンですよ。R国の高速鉄道が新幹線に決まり、四葉がその仕事に絡むようになったら、端から新幹線、四葉ありきの審査だと疑われてもしょうがない。各国の提案を公正、かつ公平に審査して、国の発展にどうつなげていくかをとことん考えた上で結論を出す。彼女そういって、断ったというんです。そして、その駐在員がいうには、彼女の最大の目的は、R国の貧富格差の是正にあり、それを可能にするのは教育だと考えている。日本の提案にその点を盛り込めるかどうかが鍵となるんじゃないかと……」

「四葉の魂胆が早々に見抜かれたってわけか」

矢野は愉快そうにいう。「留学生の支援なんて、四葉がその気になれば、いつだってできたんだ。何をいまさらってことだし、四葉がR国の新幹線事業のオルガナイザーになって嚙むことになったら、それこそ四葉ありきの出来レースだったんじゃないかって疑われても仕方がないからな」

「それに、そもそも、うちがこのビジネスに嚙めるかどうかはR国が決めることではありませんからね。経産省と四葉の協力なくして、新幹線の受注は見込めない。つまり、R国に提出する提案書の中に、うちのプランを盛り込んでもらえるようにすることを狙っているんですから」

「お前、まさか、それを俺にやれってんじゃねえだろうな」

「まさか。話を最後まで聞いてくださいよ」

中上は、苦笑すると、「実は、経産省内で、こんな構想が持ち上がってるって話をしたんです」

「話したって……お前、あの話を会社でしたのか？」

矢野はぎょっとした様子で目を丸くする。

「だって、いってたじゃないですか。そんなものできるわけがないって」

「そりゃあ、いったけどさ……」

「私だってそう思ったから話したんです。そしたら、うちの次長が、それ面白いかもしれないっていい出しまして――」

それから、中上が会議の場での青柳の発言を話して聞かせると、

「なるほどなあ……。確かに、これから先の産業界のことを考えりゃ、人口減少は深刻な問題だよな。業界再編もあり得る話だし、技術の進歩にもますます拍車がかかる一方だ。ついていけなくなる人も大勢出てくるだろうし、ギムナジウムのような、現場とアカデミズムの間を行き来しながら、知識やスキルをアップデートする教育機関

は必要かもな。それを、新幹線を採用した途上国の鉄道従事者の訓練、教育、技量維持の場として活用しようってわけか」

矢野は一転、感心したように唸った。

「まあ、そうはいっても、実現するのは簡単な話じゃありません。そんな教育施設を新たに設けようと思えば、馬鹿にならない資金が必要だし、時間だってかかります」

「そりゃそうだよ。いくら四葉だって、新規事業を始めるようなもんだからな。それに社内どころか、グループの合意も取らなきゃならないんだろ？　それから資金をどうするかから始まって、用地の選定、施設の設計建築なんてことをやってたら――」

「ところが、やれるかもしれないんです」

中上は矢野の言葉が終わらぬうちにいった。

「やれるかもしれないって……どうやって？」

「海東学園って知ってますか？」

「海東学園？　いや、聞いたことないな」

「北海道にある鉄道の専門学校なんですが、R国で高速鉄道を担当しているうちの駐在員の実家だってことが分かったんです」

「それで？」

「彼、ちょっと事情があって、家族とは音信不通の状態にあるそうなんですが、地方の過疎（かそ）化は進むばかり。まして、日本は少子化だし、北海道はローカル線が多くて、どこも経営は厳しい。就職先がなくなれば、学生だって集まらない。学園の経営はかなり厳しいんじゃないかと——」

「だろうな。日本には鉄道会社はごまんとあるが、経営維持に四苦八苦してる会社の方が圧倒的に多いし、これから先、沿線人口が減るにつれ、先細っていくのは間違いないからな」

「で、海東学園の経営状況を調べてみようってことになりましてね。その役目を私が仰（おお）せつかったんです。そうしたら、海東学園が多額の負債を抱えていることが分かりましてね」

「多額って、幾らだ？」

「信用調査会社が把握しているだけでも二十億五千万円——」

「二十億五千万？　そんな大金、返済できんのかよ」

「それで、四日前に現地に足を運んでみたんですが、実に不可解なんです」

どうやら、矢野は興味を覚えたようで、黙って話に耳を傾けている。

中上は続けた。

「登記簿を見たら、根抵当がついているのは思った通りなんですが、権利者は北海銀行の一社のみ。つまり、北海銀行が学園の土地を担保にして二十億ものカネを全額、融資してるんです」

「それほど、価値のある土地なのか？」

「江原町ってのは、風光明媚なところだし、温泉も出る。学園は、町と海を一望できる丘の上にあって、敷地も広大。豊かな自然環境に恵まれた中にあるんですが、なんせ町は地方の例にもれず、過疎、高齢化が進んでいましてね。どう考えても、二十億もの価値があるとは思えないんです」

「じゃあ、なんでまた――」

「帰りがけに駅前のジンギスカン屋に入ったんですけど、全然客がいませんでね。店の人と話をしているうちに、いつもこんな調子なのって訊いたら、海東学園がリゾートに生まれ変わるって噂がある。だから我慢してるんだって」

「それ、本当の話か？」

「さあ……」

　中上は首を捻った。「でも、それにしては変なんですよね。実際、海東学園は今年も学生を入学させてますからね。もし、そんな計画があるのなら、学生なんか入れないと思うんです。だってそうでしょう？　新入生を抱えたら、最低でも二年間は学校続けなきゃならないんですよ」

「確かに……」

「しかも、このところ学生数は、ずっと定員割れなのにですよ」

「だよな……。担保は融資が焦げついた時の保険だ。バブルの時代じゃあるまいし、今時、過剰融資をするわけないしな」

矢野は、何事かを考えるように沈黙すると、やがて口を開いた。

「で、四葉はどうするつもりなんだ？」

「次長は、海東学園を買収するか、出資をして経営に参画することを考えてんじゃないかと思うんです。実際、経産省のプランを話した会議の場で、国じゃできないっていうなら、うちがやればいいじゃないか。経営難に直面している学校は、いまの日本にはたくさんある。買収でも経営参画でもいい、この構想に使える施設と機能を持った学校を手に入れれば、設立までの時間は劇的に短縮できるし、安上がりだって」

「まあ、そりゃその通りだが……、しかし、二十億の価値があるのか？」

「それだけの価値はありますね」

中上は頷いた。「敷地は広大だし、環境もいい。それに、施設も整っているし寮もある。グループ企業の再教育の場としてなら、そのまま使えるし、途上国向けの訓練、教育機能を持たせるためには施設を新たに設ける必要がありますが、用地の確保はまったく問題ありません。それだけ、敷地には余裕があるんですよ。あの広さ、施設、環境を目の当たりにした瞬間、私は考えを改めました。この案はいけるかもしれないって……」

「おいおい、大丈夫なのか」

矢野は疑問を呈する。「さっき言ったろ？　四葉がそうした施設を持ったとしても、R国への提案書に、それを盛り込むのは無理だって」

「分かっています」

中上は、ニヤリと笑うと、「仮に、R国の高速鉄道事業そのものにうちが噛めなくとも、我々の構想通りの学園ができれば、高速鉄道の導入によって派生するビジネスをものにできるチャンスが生まれます。高速鉄道よりも、もっと大きなビジネスをね」

視線を夜空に向けた。

「派生するビジネス？　それはどんな？」

いつの間にか、雨は小降りになっている。

「雨、止んできましたね。そろそろ行きましょうか」

中上は返事を聞くまでもなく、ビルの庇の下から一歩歩道に踏み出した。

「おい、中上。なんだよ、その派生するビジネスって。話はまだ終わっちゃいないないぞ」

矢野の声が背中越しに聞こえた。

「それは一杯やりながらゆっくりと」

中上は振り向くこともなくそういうと、皇居の周回道路に向かって走り始めた。

2

「次長、レポートが上がってきました」

二日後の昼前、次長席に歩み寄りながら中上は、数枚のペーパーを差し出した。

審査部を通じて信用調査会社に依頼しておいた、海東学園の特別調査レポートである。

「面白いことが書いてあります」

中上はいった。「海東学園がある場所に、リゾートができるかもしれないという噂があることは先日報告しましたが、あれ、本当の話みたいですね」

「江原町ってのは、風光明媚なところらしいけど、過疎、高齢化が進んで寂れた町なんだろ？　ローカル線にしたって、廃線話が持ち上がってるって言うし、そんなところにリゾート作るって、どんな会社なんだ」

青柳は、レポートの表紙をめくりながら、内容に目を走らせ始める。

「それが、中国資本らしいんです」

「中国？」

目を上げた青柳に向かって中上はいった。

「江原町は風光明媚なだけでなく、海産物が揚がる漁港があります。特に、学園は町と海が一望できる、町の中でも最高のロケーションにありますからね。しかも学園の敷地内には、湖沼もあれば原生林もある。手つかずの自然が、そのまま残っているんです。中国の大都市周辺は開発されつくして豊かな自然に接することはできませんし、千歳から江原町は車で一時間半ほどの距離です。「洗肺」なんて言葉があるくらいです。深刻な大気汚染の中で暮らす、中国人には飛切り新鮮な空気だけでも、売りになるでしょうからね。中国人のツアー客に特化しても、ビジネスとして十分に成り立つと踏んだんでしょうね」

「なるほどなあ。中国人の観光客は激増の一途を辿っているし、リピーターも多いからな。名所巡りなんて、一回やれば十分だ。滞在型のリゾートを作って、温泉に海の幸を用意し、自国の富裕層を直行便やチャーター機でどんどん送り込もうってわけか」

青柳は、目を通すのは後回しだとばかりに、レポートをデスクの上に置くと、「しかし、二十億もの価値があるのか？　君は学園の土地は広大だが、とてもそんな値段になるとは考えられないといったよね」

疑念を呈した。

「それは、調査会社のレポートにもそう書いてあります。掘れば温泉が出てくることは間違いないが、それにしても二十億という評価は法外だ。高く見積もったとしても、相場からして十三億程度だろうと……」

「じゃあ、やっぱり過剰融資か。しかし、なんだってまた銀行が……」

「これは、私の推測ですが……」

中上はそう前置きすると続けた。「中国資本が買収額を提示してきたんじゃないでしょうか」

「指し値ってことか？」

「実際、中国人は地目変更がきかない原野、山林だって買い漁っていますからね。あそこにリゾートを建てれば、大きなビジネスになると確信したのなら、考えなければならないのは投資の絶対額よりも、キャッシュフローと投資効果です。相場なんて関係ない。二十億円出しても余りある利益が上がると踏んだんじゃないでしょうか」

「それは、どうかな……」

青柳は慎重ない回しで首を傾げる。「政府の意向次第で、状況が一変する国だぞ。実際、米軍が韓国にＴＨＡＡＤを設置した途端、韓国への観光が大幅に制限されたじゃないか。いまや観光産業、それもインバウンド需要は、日本経済を支える大きな柱の一つだ。日中関係だって安定しているとはいえないし、何かあろうものなら、日本への観光を真っ先に制限してくるさ。利に敏い上に、自国の政府を信用していないのが中国人だ。そんなリスクを冒すとは思えないね」

「でも、それ以外に、土地を担保に北海銀行が二十億円もの融資を行った理由は考えられないんです」

返事はない。青柳は俯き加減になりながら指を組み、黙考している。

中上は続けた。

「北海銀行は地銀ですからね。中国で、実際に痛い目にあったこともないでしょうし、中国のビジネスの実態を知らないということだって考えられるんじゃないでしょうか」

「地銀ったって銀行だ。それも北海道の地銀の中では最大手だぞ」

いくらなんでも傲慢な物いいに過ぎないか、といわんばかりに青柳は厳しい口調でいった。

「あり得ると思いますよ。だって、そうじゃありませんか。日本のメディアは、中国経済は心配ない、これからも成長を続ける——そういった論調で報じ続けてきたんです。GDPに限らず、あらゆる統計は出鱈目。金融行政だって実態はさっぱり分からない。信頼できるデータが何一つとして存在しないことを百も承知の上で、不都合な真実にはずっと目を瞑ってきたんです。それが証拠に、中小どころか、日本を代表する大企業が、散々痛い目にあってもなお、進出し続けているじゃないですか」

「それは、事実なんだが、少なくともこれまでは、物が売れる巨大な市場であることもまた事実だったんだ。危ないと分かっていても、他社がばんばん稼ぐのを、指をくわえて見ているわけにはいかんのかもしれないな」

「北海銀行も、同じ気持ちになったんじゃないでしょうか」

中上はいった。「指をくわえて見てるしかなかったカネ儲けのチャンスが、目の前に転がり込んできたら──」

「じゃあ、過剰融資に応じたのは、早期のうちに海東学園を万歳させるのが目的だったっていうのか？」

「だとすれば、筋が通りませんか？」

青柳の目を捉えたまま頷いた中上だったが、「ただ一点、納得がいかないことがあるんです……」

視線を落とし、語尾を濁した。

「それは、どんな？」

「海東学園が学生を募集し続けているということです。経営状態がかなり厳しいのは間違いないんです。新入生を受け入れれば、最低でも二年間は経営を維持しなければならないのに、ホームページを見ると、来年度に向けての学校説明会の予定が掲載されているんです」

「多額の負債を抱えてもなお、経営を続けるつもりなのか……。運転資金は、どこから出てるんだろう……」

「ひょっとして、買収話がポシャったんじゃないでしょうか」

「ポシャった？」

「外貨準備高が危険水域に達して、中国政府が海外の大型買収案件にストップをかけましたよね。ひょっとして、それに引っかかったんじゃ……」

「いや、それはないだろう」

青柳は、疑念を呈する。「たかが、二十億だぞ」

「されど、二十億です」

中上は即座に返すと、「まあ、それはともかく、海東学園の経営状態が極めて厳しい状況にあるのは間違いありません。受けるかどうかは分かりませんが、うちが描いている構想を正面からぶつけてみてはどうでしょう」

直截(ちょくせつ)に言った。

「そうだな……」

考え込む青柳に向かって、中上はいった。

「海東学園がうちの構想に乗ってくれれば、経産省内でも同様の構想が検討されているんですから、R国の最終提案書に盛り込まれる可能性は極めて高くなります」

「うちが先に実現させてしまえば、経産省にとっては、渡りに船ってことになるだろうしな……。第一、事業費の条件面だけを取ってみれば、中国にはかなわない。となれば、新幹線は確かに高額だが、それを補って余りある波及効果があることを理解してもらうしかない。キャサリンなら、絶対に興味を覚えるだろうからな」

「それに、結果はどうあれ、我々はこの構想を是が非でも実現すべきだと思います」

「それはなぜだ？」

今まで、あれほどこの構想を疑問視してきたのに、いったいどういう風の吹き回しだといわんばかりに、青柳は問うてきた。

「他国の高速鉄道が採用されたとしても、駅員の教育、商業施設のマネージメント、その他諸々（もろもろ）……。そこで働くことになる人間たちの仕事への取り組み方がそのままじゃ、単にハードができただけで終わってしまいます。パソコンと同じですよ。どんなにハードのスペックが高くとも、優れたソフトがなければ、パソコンなんてタダの箱じゃありませんか」

「なるほど」

「それは、何も高速鉄道に限ったことではありません。在来線、地下鉄だってそうですし、高速鉄道の建設が始まれば駅舎もできる。商業ビル、果ては新しい都市作りも始まるでしょう。つまり、新しいビジネスが次々に持ち上がり、そこでも必要になるのがソフトなんです。その全（すべ）てに我々が参入するチャンスが生まれる。そして、このソフトを供給できるのは日本だけ、我々四葉しかないとなれば、もの凄（すご）い武器になりますからね」

青柳は、我が意を得たりとばかりに、大きく頷くと、

「よし、分かった！　社長の判断を仰ぐにしても、実現性の目処があるとなしでは大違いだ。早々に海東学園への提案書を作成して、先方にこの話を持ちかけてくれ」

中上の目を見据え、力の籠もった声で命じてきた。

3

「相川君、すぐに私の部屋に来てくれ」

受話器を通して、越野の緊迫した声が聞こえてきたのは、窓越しに見えるビルが茜色に染まり始め、間もなく日没を迎えようという頃のことだった。

「申し訳ありません。出張者を迎えに、空港へ向かおうとしていたところでして」

東南アジアの基幹店であるR国四葉には、周辺諸国からの出張者が頻繁に訪れる。もちろん、国境を越える出張とはいえ、商社マンにとっては国内を移動するのと変わらない。迎えに出向く必要などないのだが、今日の出張者は隣国に駐在している同期である。ホテルにチェックインしたその足で、久々に一杯やることになっていたとこ

ろへの呼び出しである。

越野は有無をいわさぬ口調で命じると、一方的に電話を切った。

ったく……。

舌打ちをしながら席を立った翔平は、スマホを取り出すと、社用車の運転手に空港へ向かうよう命じ、返す手でホテルで待つよう出張者にメールを発信すると、社長室に向かった。

「さっき、ジェームズさんから電話があってね」

入室早々、越野が口を開いた。「高速鉄道の建設予定地を、密かに買い占めている連中がいると——」

「予定地の買い占め？」

翔平の声が裏返った。

「それも、日本側が計画しているルート上の複数箇所が、ピンポイントで買われているというんだ」

「建設ルートって……どうしてそんなことが分かるんです。資金援助の方針こそ、伝えてありますが、他国の入札で、中国側に情報が漏れたことに懲りて、日本側はルートも含めて、すべては最終提案書の中に提示することにしたんじゃありませんでしたっけ？」

「そんなもの、日本側の事前調査の動きを見てりゃ見当つくさ」

越野は忌々しげに吐き捨てた。「日本人の仕事は丁寧だからな。直接現地に足を運んで、長い時間をかけて入念な調査を行ったろうし、そこにはR国の役人、通訳、技術者だって同行しているはずだ。R国の役人世界は、上から下まで袖の下が物を言うのはいまに始まったことじゃない。おそらく、その辺りから漏れたんだろうな」

まあ、そんなところだろうが、それにしても、厄介なことになった、と翔平は思った。

公共事業で、最も苦労することの一つが用地買収である。一部分でも入手できない土地が出てこようものなら、着工がいつのことになるか分かったものではなくなってしまう。そして、悩ましいことに、転売利益を手にせんと、事前に土地を買い占める輩が出て来るのが常である。

翔平は、はあっとため息をつくと、

「いったい、どんな連中がやってるんです？　ピンポイントといっても、小さなロットじゃいくらだって調整が効きますからね。転売目的というなら、ある程度まとまった土地を購入するはずです。それだけの財力がある人間、企業はR国では限られると思いますが？」

越野に向かって訊ねた。

「四つの会社が動いているそうだ。いずれも現政権の、それも閣僚の身内、親戚が経営している会社だ」

「やっぱり……」

翔平はため息をついた。「さもありなんってやつですが、あからさまに、よくもそんなことができるもんです。キャサリンが首相になったら、甘い汁が吸えなくなる。ならば、先回りして用地を押さえ、土地の値段を吊り上げようってわけですか」

「ジェームズさんも、そういって憤慨してたんだがね……」

越野はそこで、一旦言葉を飲むと、「それにしてはおかしいというんだよ」

疑念を呈した。

「おかしいとおっしゃいますと？」

「他国も現地調査を行っているし、それに際しては日本同様、R国の役人、関係者が同行しているはずだ。他の国の予定ルート上にある土地だって買い占めるはずだ。それが、狙われているのは日本の建設ルートと目されている土地に限られているというんだ」

「ジェームズさんに、その情報をもたらしたのは？」

「高速鉄道を担当している官僚でね。キャサリンの支持者だそうだ」

「キャサリンが首相になれば、新幹線が俄然有利になる。そう考えたんですかね」

「彼女がどんな人間なのか、一番良く知っているのは既得権益層の連中だぜ。ジェームズさんは親日だが、キャサリンは違う。親日でもなければ、反日でもない。無私無欲、公明正大の信条を曲げない堅物だぞ」

「確かに……」

「我々だって、彼女が新幹線を選ぶかどうか、まったく読めないでいるんだぞ。R国の人間なら、なおのことそう思うはずだ。なのに、なんで日本のルートを狙い撃ちするんだ。日本以外の国に決まったら、カネをドブに捨てることになってしまうじゃないか」

越野には察しがついているはずだ。それを承知の上で、あえて疑問を口にしているに違いない。

「日本側の調査の動きが把握できれば、どこを押さえるのが効果的か、チョークポイントは一目瞭然です。新幹線が採用されても、用地買収が終わらない限り、着工できない状態が延々と続くことになりますからね」

「それじゃあ、日本のメンツが丸潰れだ。そうなりゃ、喜ぶのはどこだよ」

いわずもがなだ。

「だろ？」

果たして越野はいう。「自国に高速鉄道を導入した際、彼らが学んだのは新幹線そのものだけじゃない。ルート決定のプロセス、それにあたっての調査の仕方、ノウハウだって学んだはずだ。チョークポイントも簡単に見つけ出すだろうし、ひょっとすると、土地の購入資金そのものを出していたって不思議じゃないよ」

「そんなところかも知れませんね」

翔平は肩を竦めた。「自国内のインフラ整備も、住宅建設もやりつくした。鉄や建設資材の国内需要は、頭打ちどころか減少の一途。生産規模を縮小すれば、国内は失業者で溢れ返る。採算度外視で他国のインフラ整備の受注に必死になっているのは、余剰在庫対策っていう一面があるのは事実ですからね」

「しかも、彼らの本当の狙いは、相手国を借金漬けにして、返済不能になるまで追い込むことだ。借金の形として、鉄道、港湾、空港を自国の支配下に置き、海外への進出拠点にすることにある。土地の購入代金なんて、目的を達成するためなら安いもんだ」

「厄介なことになりましたね……」

「すまんが、すぐにこの情報を青柳君に伝えてくれ。うちがどうこうできる問題じゃないが、一刻も早く、経産省には知らせておかねばならん。こんな手を使われて、日本が中国に負けるなんてことは、我慢できないからな」

その正体を中国と断じる越野の声には怒りが籠もっている。

もはや、同期と一杯どころの話ではない。

「分かりました」

翔平は、即座にこたえた。

4

「四葉で似たような構想が持ち上がっている？」

矢野の報告を聞いた橋爪の片眉が、ピクリと動いた。

「高速鉄道を作って終わりだけの提案じゃ、新幹線に勝ち目はない。中国に勝ち、日本が受注を獲得するためにも、四葉がR国の高速鉄道事業に、オルガナイザーとして加わるためにも、他国、他社に真似のできないプラスアルファを提示する必要があると……」

橋爪は沈黙し、矢野の目をじっと見据える。

何を考えているかは明らかだ。

「ち、違います。私がうちの構想を話したわけじゃありません」

矢野は、咄嗟に嘘をついた。「それに、四葉の狙いは、R国の高速鉄道だけじゃないんです」

「だけじゃないって、他に何を狙ってるんだ？」

「R国がどこの国の高速鉄道を導入したとしても、新駅ができれば、そこを起点とした都市整備が発生します。新しいビルやバス、地下鉄などの公共交通機関のターミナル建設、上下水道、電力、道路。電力に至っては、需要が激増することになるわけですから、発電所の建設だって必要になるでしょう。そのことごとくにビジネスチャンスが生まれるんです。そりゃあ必死で知恵を絞りますよ」

橋爪は、胡乱気な眼差しで矢野を見詰め、

「つまり、新幹線が採用されなくとも、そこから派生するビジネスをいかにしてものにするかを考えたってわけか」

「日本の主要産業を網羅している四葉グループ各社が持つノウハウ、最新の技術を、受注先の国の従業員に対して日本で教育する。しかも継続的にとなれば、キャサリンのみならず、途上国の中に高い関心を示す国は少なからずあるでしょうからね」

「さすがは四葉だな」

橋爪は唸った。

「しかも、その施設を、グループ各社社員の再教育の場にするつもりなんです」

「再教育？　それ、どういうことだ？」

「新技術が相次いで出て来る時代ですからね。従業員に求められるスキルもどんどん変わるわけです。気がつけば、身につけていたスキルは通用しない。行き場がなくなってしまう社員が続出するってことにもなりかねません。かといって、不要になった社員を片っ端からリストラするってわけにも行きませんからね」

「そこまで考えているのか……」

橋爪はすっかり感心した様子で、また唸る。「家電業界なんて、その典型だもんな。世界を席巻(せっけん)していた日本製品も、いまや見る影もないし、半導体産業に至っては壊滅状態だからな」

「自動車だってどうなるかわかりませんよ。垂直統合型のビジネスモデルを維持するために、水素自動車の普及に努めたものの、世界の潮流は、いまや完全に電気ですからね」

「まあ、系列下にある会社を守るためにはしょうがないんだが……。なんせ、下請け、孫請けまでとなると、膨大な数の人間が自動車産業に従事しているわけだからな。ビジネスモデルが崩壊すれば、大量の失業者が生まれてしまうし……」

橋爪は、苦々しい表情を浮かべ、語尾を濁した。

「自動車産業がどうなるかは、まだ分かりませんが、家電業界のように業績が振るわない事業を取り潰してその場を凌ぐなんてことをやってたら、新たに柱になる事業が生まれないのも当然ですよ。当たり前じゃないですか。そんな企業に入社しようなんて、誰も思いませんからね」

「四葉はそこに気がついたってわけか」

「後輩もそういっていました。人材を生かす態勢を整えないと、これからの企業は生き残れない。それは、社会が成り立たなくなることを意味すると……」

「それもまた、竹内さんの考えと同じだな」

矢野がプランを漏らしたのはお見通しだとばかりに、橋爪はニヤリと笑うと、

「で、このプランが承認されたら、四葉はどう動くつもりなんだ。いくら四葉とはいえ、施設を建て、教育のプログラムを考えてとやってたら、資金はともかく、時間が

かかるだろうが」

　先を促した。

「専門学校の買収、あるいは経営参画を考えているようです」

「専門学校？」

「北海道に海東学園という鉄道の専門学校がありまして――」

　矢野が海東学園の経営状況や立地を含めて、中上から聞かされた話を聞かせると、

「四葉の目論見通りに事が運べば、新幹線の売り込みの武器として使えるな」

　橋爪は意外な見解を口にしながら、目を輝かせた。

「しかし課長。それでは四葉ありきの話になってしまいますが？　それ、まずいんじゃないですか」

「この構想を、我々がR国への提案書に盛り込まなくとも、四葉が動くさ。R国の高速鉄道事業を逃してもとはいうが、彼らだって、この事業に参画できるに越したことはないんだ。キャサリンの当選はもはや確実。既に四葉は彼女とのパイプも持っている。指をくわえて見てるもんか」

「しかし、キャサリンの性格からすると――」

「我々の使命はなんだ？」

橋爪は矢野の言葉を遮り、唐突に訊ねてきた。

「はあ？」

矢野は、間の抜けた声を上げた。

「経産省は、なんのためにある？」

あれこれ考えるのは面倒だ。

「民間の経済活力の向上、及び対外経済関係の円滑な発展を中心とする、経済及び産業の発展、並びに鉱物資源、及びエネルギーの安定的かつ効率的な供給の確保を図る――」

矢野は経済産業省設置法第三条にある文言をそのままこたえた。

「これから先の人口動態を考えれば、内需に依存していたのでは、日本企業は生き残れない。生存の道はただひとつ、海外に打って出るしか道はない。ならば、いかにして、日本企業が海外案件をものにできるか、後押ししてやるのが我々の使命ってことになるだろ？」

「その通りです」

「いまのところ、R国の高速鉄道事業については、国家間交渉の段階だが、R国が日本政府の提案を採用すれば、そこから先は日本の民間企業の仕事となる。つまり、我々は道を切り開くのが任務であるわけだ」

「受注競争に敗れれば、その道が閉ざされる。だから、課長もどうしたら受注できるかを必死に考えているわけで……」

「だからいったろ？　受注が決まるまで、指をくわえて見てる連中かって」

橋爪は不敵な笑みを浮かべた。「実は竹内さんの提案書は、すでに局長が目を通していてね」

「局長が？」

矢野は思わず首を傾げそうになった。と、いうのも省庁の重職者の任期に決まりはないが、次官は一年乃至二年というのが慣例で、審議官、局長もそれに伴って替わるからだ。

そんな内心が顔に出てしまったのか、

「竹内さんの構想は、あれからだいぶ磨きがかかっていてね。仮にR国で新幹線の受注を逃しても、次に繋がるプランを出してきたんだよ」

橋爪は満足そうにいった。

「それは、どんな？」

「豪華観光列車、クルーズトレインだ」

それから橋爪が話す美絵子の構想を聞いて、矢野は心底驚いた。

なるほど、その手があったか、と感心しながらも、

「しかし、R国には治安という問題が――」

ふと、思いついたままをいいかけた。

「話は最後まで聞け。だからなおさらクルーズトレインなんだよ」

橋爪は矢野の言葉を遮ると続けた。「治安は悪い。満足な宿泊施設もない。交通機関だって、お世辞にも整備されていない。それじゃあ、優れた観光資源があっても、誰も行こうとは思わないし、行けるわけがない。しかし、在来線は走ってるんだ。そこにクルーズトレインを走らせれば、動くホテルの誕生だ」

そこまで聞けば、狙いが見えてくる。

「それが人気になれば、リゾート建設。人が集まるにつれ、商業施設も集まってくる。電気、ガス、水道、下水、道路とインフラ整備は必要になる。そこに大きなビジネスチャンスが生ずる。しかし、成功の鍵となるのが、ソフトの充実というわけですね」

「日本の『おもてなし』精神を悪くいう外国人は、まずいない。外国人観光客が激増し、二度、三度と来日を繰り返すリピーターだって増える一方だ。それは、日本人の仕事への取り組み方や、文化、習慣、社会のありように魅せられているからだろ？

クルーズトレインを走らせるのは簡単だが、ソフトが充実してなきゃ、ただの列車だ。大金払って、誰がそんなものにのるもんか」

「確かに……」

「新幹線の受注に成功するに越したことはないが、オール・オア・ナッシングじゃつまらないだろ。ダメならダメで他で成果に繋がる策を講じておく。竹内さんの考えを聞いて、私もそれに気づかされたよ。だから局長も国家の成長戦略の一環として、このプランを真剣に検討してみる価値はあるとおっしゃったんだ」

橋爪はそういうと、「四葉がやるとなれば、我々が主導するよりも、実現への道のりは遥(はる)かに短くなる。もちろん、だからといってR国の高速鉄道に四葉を優先して嚙ませるというわけじゃない。だけど、クルーズトレインは、四葉独自でR国政府に提案することは可能だからね」

橋爪の狙いが完全に読めた。

頰が緩むのを覚えながら、頷いた矢野に、

「四葉にアポを取ってくれないか。こいつがうまくいけば、他の途上国への絶好のビジネスモデルになるぞ……」

橋爪は命じてきた。

5

「へえっ、官僚の中にもそんなこと考える人間がいるんだ」

翔平の報告を聞き終えた越野が、目を丸くして驚きを露わにする。

「青柳さんもびっくりしていました」

青柳から電話が入ったのは、一時間前のことだった。

ルート上の土地の買い占めの件は、すでに報告してあったので、てっきりそのことか、あるいは海東学園のことでもあるかと思いきや、青柳の声は明るい。

それも無理からぬことで、青柳の話を聞くにつれ、翔平自身も「なるほど、その手があったか」と、背筋が粟立つような興奮を覚えた。しかも、この目の覚めるようなアイデアを思いついたのが、経産省の官僚というのだから、二度びっくりだ。

「そういえば、ペトロキングとの合弁事業を担当していた当時は、R国の国内便に使われていた飛行機は、酷い代物でね。いつ墜ちても不思議じゃないような代物だったから、プラントの建設予定地には鉄道を使って行ったんだ」

越野は、懐かしそうに遠い目をしながらいう。「車両は日本の中古だし、車内は常に超満員。掃除なんてされちゃいないから、体臭や食べ残しの腐敗臭が染みついていてね、窓を開けてもどうにもならん。トイレに至っては、汚れ放題で、酷いなんてもんじゃない。大っきい方をもよおしたらどうしようって、恐怖すら覚えたもんだが、気を紛らわせてくれたのが、車窓を流れる沿線の景色だったもんな」

「高速鉄道は都市と都市を点で結ぶだけですからね。二大都市と中間地点の移動時間は格段に短縮されますし、人の往来も増大するでしょうけど、だからといって在来線が不要になるかといえば、そんなことはありません。むしろ、利用者が高速鉄道に流れるに従って、在来線の運営コストが激増し、赤字になるでしょうから、今度はどうやって維持するかの問題に直面することになるわけです」

「実際、日本がそうだからな」

越野は大きく頷くと、「地方の在来線は赤字だらけだ。かといって廃線にすれば沿線住民が困る。在来線の赤字を新幹線の利益で支えているのが現状だ。赤字解消は、利用者増なくしてあり得ない。沿線活性化策の一つとして生まれたのがクルーズトレインなわけだもんな。まったく、うまいところに目をつけたもんだ」

心底感心したように唸った。

「これは、立派なコンティンジェンシープランになりますすね」

翔平の声にも自然と熱がこもる。「仮に、日本が新幹線の受注に失敗しても、うちがクルーズトレインの売り込みに成功すれば、沿線地域のリゾート開発というビッグビジネスのオルガナイザーとして、事業を仕切れる可能性が生じてくるわけですからね」

「しかし、なんだってまた経産省がうちにこんな話を？」

越野が疑問に思うのも当然だ。

「うちのギムナジウム構想を、知ったらしいんです」

翔平は答えた。「そもそも、この構想が持ち上がったのは、中上君が同窓だった経産官僚から聞かされた話がきっかけです。輸出振興策の一環とはいえ、こんな教育機関を国が設けるとなれば、どれだけ時間がかかるか分かりませんからね。それに、うちの構想をR国の提案書に盛り込めば、四葉ありきになってしまう。建設費用を円借款でという限りは、業者の選定も公正に行わなければなりませんから……」

「なるほど、そうか。しかし、クルーズトレインの導入を、うちが独自で提案するとなれば、話は別だ」

さすがに分かりが早い。

「おっしゃるとおりです」

翔平は頷いた。「経産省も新幹線が採用されなければ、これまでの苦労が水の泡。インドネシアでの受注競争で中国に負けたのが、よほど悔しかったんでしょうね。今回は手ぶらってわけにはいかない。クルーズトレインの提案書に、この構想が盛り込まれれば、必ずやキャサリンの興味を惹く。新幹線の提案書に欠けていれば、なぜ盛り込まれていないのかと思うにちがいない。ひょっとして、採用するに当たっての条件として、向こうから要求してくることだってあり得るわけです」

「いいねえ」

相好を崩す越野だったが、「さて、そうなると、次は海東学園とキャサリンだな」一転してビジネスマンの顔になる。

「海東学園の方は、近々青柳さんが、うちの札幌支店を介して、北海銀行に面談を申し込むそうです」

「北海銀行が一儲けを企んで過剰融資を行ったのなら、銀行にあるまじき行為だが、彼らもある意味、中国資本の被害者っていえなくもないからな」

やはり、海東学園の話題になると、胸が疼く。しかも、買収、経営参画のいずれにしても、千里夫妻が学園を手放すことを意味するのだからなおさらだ。

「問題は、キャサリンですよ」

翔平は話題を変えにかかった。「彼女が、この構想に大きな興味を示すのは間違いないとしても、高速鉄道に加えてクルーズトレインとなると、どうやって資金を捻出するか。線路再整備も必要だし、駅舎だって高速鉄道のものとは別に新築しなければならないでしょう。日本政府だって、二つの事業を同時に支援するってわけにはいかないでしょうからね」

「確かに、それはいえてんだよなあ」

越野は、はあっとため息を吐く。「車両が古いせいもあったんだろうが、揺れが酷かったからなあ。あれから、随分経っているとはいえ、保線管理なんて満足にやってるわけないし、悪くなっていることはあっても、良くなっているわけがないからなあ」

「逆にいえば、それだけビジネスチャンスが眠っているとはいえるんですが、さすがに元手がないと……」

越野は、再び深い息を吐きながら腕組みをすると、暫し思案した後、口を開いた。

「まあ、ここであれこれ考えたところで仕方がない。どっちにしたって、キャサリンが、ひいてはR国の国民が我々のプランをどう考えるかだ。一度、ジェームズさんの意見を聞いてみるか」

越野はそういうなり、テーブルの上のスマホに手を伸ばした。

6

ジェームズと会ったのは、それから三日後の夜、首都最高級のホテルにある日本食レストランでのことだ。

会食の席には、越野のたっての願いで、アンドリューが同席することになった。

翔平はアンドリューとは初対面である。名刺の交換からはじまって、ビールで喉を潤(うるお)し、料理が前菜から刺身に変わったところで、

「あの……」

それまで、先に開かれたR国緑風会創立七十周年記念行事の話題で盛り上がっていた三人の会話にアンドリューが怪訝(けげん)な表情を浮かべながら割って入った。「日本食は大好きですし、お招きいただいたのは光栄なんですが、なぜ私をこの席に？」

「えっ」というような表情を浮かべる越野に向かって、ジェームズはいった。

「いや、まだアンドリューには話していないんだよ。面白そうな話だとは思ったが、電話で聞かされただけだもの、四葉のプランが理解できたわけじゃないからね。直接

説明を受けた方がいいと思ってさ」

「そうでしたか」

越野は頷くと、翔平に視線を送ってきた。

「実はですね、R国で日本のクルーズトレインを運行させたらどうかと考えておりまして――」

翔平はそう前置きすると、構想の内容を話しはじめた。

食い入るような視線は、翔平の顔を捉えて微動だにしない。瞳どころか顔全体が輝き、興奮している様子が手に取るように伝わってくる。

「アンドリューさんは、鉄道マニアだとお聞きしましてね。ならば、是非ご意見を伺おうと思いまして、お祖父様にお願いした次第です」

越野が、翔平の説明を締めると、

「面白いですよ、それ」

アンドリューは、すっかり興奮した様子で、半分ほどグラスに残っていたビールを飲み干すと続けていった。

「私、新婚旅行で日本に行った際、妻とふたりでそのクルーズトレインに乗ったんですよ。瑞風のスイートに。あれは素晴らしい旅でしたねえ。内装、景色、サービス、食事、何もかもがベスト。間違いなく世界一の観光列車です！」

「ペトロキングとの合弁事業をはじめた当時は、移動に在来線を使ったもんですが、確かに車窓を流れる景色は素晴らしい。あれは、立派な観光資源ですよ。それに、高速鉄道が開通すれば、在来線の利用者数が激減するのは間違いありませんから、新たな収益源を創出する意味でも、一考の価値があるんじゃないかと思うんです」

　そういう越野にアンドリューはすかさず返す。

「実は、新婚旅行の最中に、山口県にＳＬの撮影に出かけましてね。そこで出会った女性鉄道ファンと、お互いの写真を交換するようになったんですよ。いまでもスカイプを通じて、鉄道の話をしてるんですが、その女性とクルーズトレインの話をしたことがあったんです。瑞風のような列車がこの国で走ればいいなって」

「知っています」

　越野は笑みを浮かべながら頷いた。

「知ってるって……どうして？」

「経産省でR国への新幹線の売り込みを担当している部署にいる女性ですよね」

「経産省？」

　アンドリューは目を丸くして驚く。

「ご存知なかったんですか？　官僚、それもキャリアです」

「いや……いつも鉄道の話題に終始していたもので……」

そこでアンドリューは、はたと気がついた様子で、「そういえば、彼女の仕事を聞いたことがなかったな……。どうりで、英語が堪能なわけだ」

「世界は広いようで狭いものでしてね」

越野は、空になったアンドリューのグラスにビールを注ぎ入れながら続ける。「私、ニューヨークに駐在していたことがあるんですが、お客様がいらっしゃいますと、休日に街を案内するのも仕事のひとつでしてね。ニューヨークははじめてと聞けば、まず誰もが知っている観光スポットにお連れするわけです。そうするとですね、頻繁に出会うんですよ。何年、時には何十年も会っていなかった友人や知人に……」

翔平も、そんな状況に何度も出くわしたことがある。

「まず名所、旧蹟。買い物や食事でも、お連れする店は大抵同じ。休日に、その地の駐在員が、お客さんと同じ行動を取るんですから、日本にいるよりも出くわす確率が高くなるんです」

「鉄道マニアにも同じことがいえるんでしょうね」

翔平の言葉を越野が継いだ。「特別列車が走るとなれば、全国から鉄道ファンが殺到し、沿線を埋め尽くす。それも、撮影目的ならベストショットが狙える場所に目星をつけてくるんでしょうから、当然そういうポイントには大勢の人が集まるわけです。つまり、アンドリューさんも彼女も、出会うべくして出会ったといえるんじゃないでしょうか」

「確かに、鉄道マニアといっても、『撮り鉄』、『乗り鉄』、『録り鉄』とか、それぞれ嗜好がありますからね。同好の士が、ひとつのイベントに集中するわけですから、彼女と出会ったのも偶然とはいえないかもしれませんね」

納得したように頷いたアンドリューだったが、「しかし、あの美絵子がねえ……」

それでも信じられないとばかりに首を振った。

「ただ、クルーズトレインを走らせるだけなら簡単な話なんですが、問題は価格に見合うクオリティをお客様に提供できるかという点です。それも料金相応では駄目なんです。価格以上の価値がある、と大満足させ続けなければならないのです」

「悪い評価は一瞬にして世界中に広がるのが、いまの時代ですからね」

今度は越野の言葉を翔平が継いだ。「反面、良い評価も一瞬にして世界に広がる時代でもあるわけです。つまり、徐々にレベルを上げて行くという考え方は通用しない。最初から最高の評価を得られる態勢を整え、いかにして最高のレベルを実現するか。

やるからには万全の態勢を整え、さらに鉄道事業従事者の意識をいかにして向上させていくかが鍵になるわけです」

「その点、我が国の国民性というか、民度を考えると、日本のようなレベルを最初から提供するのは絶望的ですからね。まして向上となると、とてもとても……」

一転してアンドリューは肩を落とす。

「アンドリューさんは、竹内さんに、クルーズトレインの話をした際、日本にトレーニングセンターを作り、そこでR国の鉄道従事者に教育を施せばいいとおっしゃったそうですね」

それからしばらくの時間をかけて、翔平が四葉の構想の概要と、海東学園の存在を話して聞かせると、

「実現したら素晴らしいですすよ。しかも定期的にトレーニングを繰り返し、ブラッシュアップしていくってのがいい。私もそこまでは考えが及ばなかった」

再びアンドリューの目に輝きが戻った。

その時、一言も発せず話を聞いていたジェームズが口を開いた。

「いま、相川さんは、そのトレーニングセンターは、四葉グループのギムナジウムのような教育機関でもあるとおっしゃいましたが、どうしてそんなものが必要なんで

す？　四葉グループで働いている従業員は、そもそも高い教育を受けているでしょうし、入社後の社員教育だってしっかり施している人たちでしょうに」

「それは従業員、というより全ての労働者に要求される技術や能力がテクノロジーの進化によって、日々変化し続けている時代に生きているからです。端的にいえば、仕事自体のライフサイクルがかつてないほど短くなってきているからです」

翔平はこたえた。「ひとつの技術の出現が、巨大な産業を消滅に追いやった事例は近年頻発しています。ステレオ、ビデオカメラ、フィルムと挙げだしたら切りがありません。社内の仕事にしても同じです。かつて、四葉のような総合商社では、海外との交信にはテレックスが用いられ、専門の部署があり多くの従業員が働いていた時代がありました。日本語の契約書や公式文書を作成するのも、文書室があったと聞きますし、英文の書類はタイピストがいて、タイプライターを使って作成していたんです。それがパソコンが現れ、インターネットが普及した途端に、仕事自体がものの見事に消滅してしまいましたからね」

「なるほど、身につけた技能が、気がつけば役に立たない。とうの昔にそんな時代になっているというわけか」

「誰かに任せなければならなかった仕事が自分でやれる。それどころか三人、四人を要していた仕事が、ひとりでやれるようになれば、当然余剰人員が生まれるわけです。じゃあ、その人たちをどうするのか。余剰人員とみなされ、整理された人たちはどうやって生きていくのか。タイピストなんて、昔は専門学校があったんですよ。つまり、立派な専門技能として通用していたわけです」

「しかし、企業はそこまでやらなければならんのかなあ。経営者の立場からすると、考え過ぎなような気がするが？」

ジェームズは小首を捻りながら、いかにも大財閥の総帥らしい見解を口にする。

「それは違うと思います」

翔平は断固とした口調で、即座に否定すると、「ジェームズさん。日本は少子化という大問題に直面していますが、それはなにが原因だと思います？」

逆にジェームズに問いかけた。

「おい、相川君」

思わぬ方向に話がいくと感じたのか、越野は翔平を制しにかかったが、

「なぜか聞かせてくれ」

ジェームズは先を促す。

「私個人の考えですが、少子化は先進国の宿命だと思うのです」

「ほう、宿命ね」

「国が豊かになれば、当然国民の所得が上がります。そしてより高い所得と安定した暮らしを求めて、一流企業への就職を目指す。そこで必要になるのが学歴です。結果激烈な受験競争がはじまる。公立より私立へ。塾に通わせもすれば、家庭教師もつける。当然、家計に占める教育費の割合は増す。首尾よく受験に合格しても、有力校は大抵が大都市にありますから、子供を都会に住まわせれば、家賃、生活費と、二重、三重の負担が家計にのしかかる。それでどうして、ふたり、三人と子供を持つことができますか」

「それは面白い見立てだね」

ジェームズは興味を覚えた様子で頷いた。「大学受験で一生が決まると言われている韓国は日本よりも少子化が進んでいるし、中国だって一人っ子政策を止めたのに、少子化が改善する兆し(きざし)はない。あの国の受験戦争もまた、激烈を極めるからね」

「そしてもう一つ、雇用環境の変化も少子化を生んだ大きな要因だと私は考えています」

「雇用環境の変化？」

訊ね返してくるジェームズに向かって、翔平はいった。

「一生懸命勉強し、一流大学で学び、一流企業に入社しても、安定した人生が送れたのは過去の話です。あって当たり前だった仕事が、なくなってしまえば人員整理、リストラの対象になってしまう。いつ会社を追われるか分からない。それじゃあ、子供を持つのはリスク以外の何物でもないでしょう」

「不要になった人間を切って捨てるのは簡単だ。それ以前に、活かす術を講じるべきだ。相川君はそういいたいんだね」

「そこに知恵を絞らなければ、企業はもちろん、社会保障制度が維持できなくなると思うんです。日本の社会保障制度は世界に類をみないほど充実していますが、それを可能にしているのは、職に就き、確たる収入を得ている現役層がいるからです。社会が失業者で溢れかえり、次の時代を支えていく若い世代は減る一方では、とてももつものではありません。雇用を守り、社会を守るためにも、この構想は是が非でも実現させねばならないのです」

ジェームズは、黙ってグラスに手を伸ばすと口を開いた。

「私は日本企業から多くのことを学んだ。その中のひとつに、『企業は人なり』という言葉がある。しかし、一旦会社という組織に身を置いてしまうと、いつの間にか目の前のことをこなすことに精一杯になって、自分を取り巻く環境の変化に注意がいかなくなってしまっていたようだ。それは社員も同じだ。仕事をこなすのに精一杯で、他のことなんか、考える余裕なんてないんだ。まあ、それも当たり前の話ではあるんだ。組織においての仕事ってもんは、与えられるものであって、選べるものではないからね」

そこで、ビールを一口飲むと、ジェームズはさらに続けた。

「気がつけば、日本の経営者も様変わりしたものだ。業績が悪くなれば簡単にリストラだ。経営者に求められるのは数字であり、しかも毎年結果を出し続けなければ自分の首が飛ぶ。それじゃあ、長期的ビジョンなんて考えられないよな。だが、そんな安易な経営をやってたら、従業員は生涯設計なんて描けるもんじゃない。人をどう生かすか、生かせる環境を整えてやるのも経営者の務めだ。君の話を聞いていて、経営者のひとりとして、私に何が欠けているかを気づかされた思いがするよ」

「ありがとうございます」

翔平は頭を下げると、「ただ、先に申し上げたとおり、このプランは現段階では実現するかどうかは分かりません。グループ内の合意を得なければなりませんし、クルーズトレインにしても、R国が果たして興味を示すかどうか、示したとしても今度は導入資金をどうやって捻出するか、乗り越えなければならないハードルはいくつもありますので……」

改めて念を押した。

「瑞風は分かりませんが、ななつ星の車両価格は、確か三十億円でしたかね」

さすがは鉄道マニアだ。アンドリューがすかさずいった。

「三十億？」

訊ね返すジェームズに向かって、

「ななつ星の場合、一年間の運行回数は二十二回、一年間満室で運行した場合、五億円の売り上げになるんじゃなかったかな」

アンドリューは、数字を諳（そら）んじてみせる。

「それに、一流の料理人、アテンダントだって同乗するんだろう？」

「もちろん」

「それで、ビジネスになるのか？」

「純粋にビジネスとして考えれば、多分赤になるかもしれませんね」

「ビジネスにならない事業をどうして？」

「鉄道会社のブランド力向上、イメージアップを狙っているんでしょうね」

「つまり、宣伝ってことか？」

「宣伝には違いないけど、効果は抜群だよ」

アンドリューはいう。「計画を公表した時点で世間は注目するし、車両が公開された途端に、テレビ、雑誌とあらゆる媒体が特集を組んで、大々的に報じるんだ。それがＳＮＳで世界に広がっていくんだから、広告費に換算すれば、大変な金額になるからね」

「そりゃ、日本だからだろう？　わが国では——」

「この列車の導入で、日本の高い技術やサービス、教育が、しかも継続的に受けられるとなったら、安い投資になるかもしれないよ」

ジェームズは、なるほどといったように、片眉を吊り上げた。

「それは、キャサリンが目指す国づくりにも役に立つと思うんだ」

アンドリューは続ける。「クルーズトレインの導入を機に、サービスやマナー、運行のノウハウ、おもてなしの心の教育を受けた鉄道従事者が、国に戻ってそれを実践するようになったら、どうなると思う。壊れた窓を放置しておけば、次の窓を壊すやつが必ず現れる。結果、街は荒れ放題になる。だけど、壊された窓をすぐに修復すれば、壊すやつはいなくなる。それと同じ効果が得られるんじゃないのかな」

「ブロークンウインドウズ理論ですね」

翔平はいった。

「ええ、山口で美絵子さんにお会いした時に、高速鉄道を導入しても、R国の民度なんかそう簡単には変わらないとして、ブロークンウインドウズ理論を持ち出した私に、だったらすぐに直せばいい、彼女はそういったんです。あれは目から鱗ってやつでしたね」

アンドリューは苦笑いを浮かべると、「だけど、どうやったらそれが実現できるのか、その手段となると、全く思いつかなかったんですが、この構想が実現すれば――」

真剣な眼差しを向けてきた。

「なるほどなあ……。窓が壊されてもすぐに直せば、壊すやつもいなくなるか……」

「彼女、経産省の会議でこのプランを提案した時、否定的な見解を述べた同僚に対してこういったそうです。できたらいいなと思うなら、できる方法を考えるべきだと」

ふたりは、はっとしたように目を丸くすると、翔平の目をじっと見つめた。

そして、しばしの沈黙の後、

「なるほどねえ……。できたらいいなと思うなら、できる方法を考えるべきだ……か……」

ジェームズが唸った。「これもまた、ぐさりとくる言葉だね。何か新しいことをはじめようとすると、斬新(ざんしん)な発想であればあるほど、問題点にばかり目がいきがちになるものだ。しかし、それは違うんだな。彼女がいう通り、どうしたらやれるか。そこに知恵をしぼるべきなんだ」

「どうでしょう。もし、このプランがR国の将来のために必要だと思われるなら、我々と一緒に、できる方法を考えていただけないでしょうか」

翔平の言葉に、ジェームズは大きく頷くと、

「是非」

力の籠もった声でこたえた。

「もちろん、私も仲間に入れてくれるんでしょうね」

アンドリューが、当然のように訊ねる。

「お前を？」

怪訝な顔をするジェームズに向かって、

「当たり前じゃない。この国にクルーズトレインを走らせる。しかも、R国の将来を変える事業になるかもしれないんだよ。鉄のひとりとして、こんな面白そうな話、指をくわえて見てるわけにはいかないよ。第一、この国には私以上に鉄道に詳しい人間

なんていやしないんだから」

炯々(けいけい)と目を輝かせた。

「となると、まずは四葉グループの同意を得ないとなりませんね」

越野がいった。「同時に、我々としてはこの教育機関を設立するにあたって、必要な資金、R国がクルーズトレインを導入する場合の費用の見積もりに取り掛かります。どんなプロジェクトでも、まず最初に取り掛かるのは、現状分析とフィージビリティスタディ（実現可能性調査）ですから」

ジェームズは満足気に頷くと、

「なんだか、ワクワクしてきたな。こんな気持ちになるのは、久しぶりだ」

心底嬉(うれ)しそうにいうと、「このプロジェクトの成功を祈って、改めて乾杯しましょう」

自らビール瓶を手に取った。

第六章

1

「なるほどねえ……。君たちの考えは、よく分かった」

社長の石尾（いしお）がスクリーンに向けていた視線を転じ、ふたりの顔を交互に見た。

四葉商事本社の社長室に、中間管理職が立ち入ることはまずない。

はじめて目にする社長室は驚くほどの広さで、窓際（まどぎわ）の執務席前に応接セットが配されれ、その他に六脚の椅子（いす）に囲まれた小会議用のコーナーが設けられている。

ジェームズとの会食から十日。この間、翔平は激務の日々を過ごしてきた。

あの日、ホテルを出た直後、越野が命じたのが石尾へのプレゼン資料の作成だ。コンセプトを明確にし、事業の必要性、実現性の高さ、今後の展望、先に開けるビジネスプランを社長へのプレゼンに価（あたい）するだけの内容にまとめあげろというのだ。

R国に駐在して以来、本社勤務の頃を思えば、楽な日々が続いてきたのだが、事は本社社長に行うプレゼン資料の作成である。しかも越野は翌日の昼にアポを取り、プレゼンを九日後と決め、翔平にプレゼンテーターを命じてきたのだ。

まさに、寝食を忘れてというのはこのことだ。改めて資料を読み込むことからはじまって、パワーポイントの内容を練りに練り、ようやく仕上がったのが二日前。日本への機中では、眠りこける越野を横目に見ながら、頭の中でプレゼンの予行演習を重ねてきたのだ。

それが、いま終わった――。

満足げな視線を送ってくる越野を見ながら、翔平は胸の中で、ほっと安堵(あんど)のため息をもらした。

「しかしねえ、四葉が途上国のインフラ事業を受注するにあたって派生するビジネスの従業員の教育機関が必要だってことは分かるが、グループ各社の従業員の再教育の場ってのはどうなんだろう。あるに越したことはないが、会社がそこまでやる必要があるのかなあ」

石尾は、早々に疑念を呈する。

「絶対に必要だと考えます」

越野はすかさず断言する。「それは、総合商社のビジネスの変遷(へんせん)からも明らかです。

我々が入社した当時は物を右から左に流し、口銭を取るのが収益源のメインでした。情報が命といわれた時代でもありました。ですが四十年を経たいま、総合商社の収益源のメインは投資です。もちろん最終的には、そこから生まれる製品や資源を独占的に販売し、口銭で利益を上げることに変わりはありませんが、仕事の内容、従業員に求められる資質も変わっているわけです」

「みんな立派に適応しているじゃないか」

「それは、うちに入社してくる人間の能力が高いからですよ」

越野はいった。「基礎学力はもちろん、語学の素養も高い。選びに選び抜いた人材を現場で鍛え上げていくんですから、変化にも対応できるでしょう。それに、常に新しいビジネスを血眼になって探し求めているのが商社マンです。時代の変化を読む目を鍛え、新しい知識や技術を貪欲に吸収しなければ、大きなビジネスをものにすることはできません。ですが、そんな社員ばかりで構成されている企業は極めて少ないと思うのです」

こんなことを公の場で口にしようものなら、傲慢、上から目線と囂々たる非難に晒されるだろうが、内輪の場である。それに、越野のいっていることは事実であることに間違いはない。

　総合商社のビジネスは多岐にわたるが、自社で製造機能を持たないのが特長だ。商材のことごとくにパートナー、あるいは子会社が存在し、アイデアや販売戦略を提案し、販路を開発して、そこに物を流すことで利鞘を稼ぐのだ。事業規模を拡大するには、新しいビジネスをものにする以外になく、だから、これぞと見込んだビジネスを育てるためには積極的な投資を惜しまない。

　当然、投資の決裁権を持つ高位役職者はもちろん、担当者にも経営者としてのセンスが求められるわけで、総合商社は会社の暖簾を借りた中小企業の集団といえるのだ。もちろん、投資の額に上限はない。肝心なのは、投資に見合うリターンを得られるか否かの一点にある。しかも、長期にわたって利益をもたらすビジネスに越したことはないのだから、時代を読む目も養わなければならないし、自己研鑽にも励まなければ商社マンとしてはやっていけないのだ。

「まあ、その通りには違いないんだが……」

　それでも石尾は、釈然としない様子で首を傾げる。

「たとえば四葉銀行です」

　越野はいった。「事務作業の自動化やデジタル化によって、約一万人の従業員を削減すると公表しましたが、対象となった従業員をどうするつもりなのか、公表から一年が経つのに、いまだ方針は発表されておりません」

「それは、公表した時点で頭取がいってたじゃないか。リストラを意味するものじゃない。これまでの銀行にはなかったサービスや事業を考え、実現していくクリエイティブな仕事だってあると」

「一万人もの従業員がクリエーターになるって……そんなことあり得ませんよ。第一、それだけの能力を持った人間ならば、そもそも銀行になんか就職しませんよ」

挑発的な言葉に、石尾はむっとした表情になり、越野に鋭い視線を向けた。

大丈夫か……。そんなこといっちゃって……。

側で見ている翔平は、口を挟むことができないだけに、気が気ではない。

しかし、越野に怯む様子はない。

「他のグループ各社だって、早晩同じ問題に直面するはずです」

越野は続ける。「ＡＩが導入されれば、事務職の仕事が激変することは、随分前から指摘されていることですし、生産の現場だって、ますます機械化が進むでしょう。自動車だってそうじゃありませんか。電気自動車の時代は、すぐそこまで来てるんです。そうなれば、四葉自動車だって、どうなるか分かりませんよ。本社組織の大幅な見直しは避けられませんし、傘下の系列企業だって業態転換を余儀なくされることになるでしょう。それだけじゃありません。電気自動車が普及していくにつれ、ガソリン需要が激減するわけですから、四葉石油はもちろん、油田開発やプラントに出資している我が社のエネルギー部門も窮地に立たされることになりますよ」

「君の考えを否定するわけじゃないが……。しかしねえ、だからってグループ会社従業員の再教育、情報共有の場だなんて、真弓会各社の社長が賛成するとは思えんね」

石尾は、冷ややかな声でいった。

「なぜです？」

「君がいっているような時代がやってくるのは間違いないさ。四葉銀行のことにしても、一万人もの人間がクリエーターになれるわけがないというのもその通りだ。第一、四葉がフィンテックの導入を決めたのは、従来のビジネスモデルでは収益の向上は見込めないから、最大のコストである人件費を削減することで、収益性の改善を図るのが目的だ。つまり、余剰となった従業員には辞めてもらうことになるのだが、困ったことに経営者の見地からすれば、これが絶対的に正しいんだ。人員の最適化、業務の効率化を図り、収益を高めるのは、経営者に課せられた義務だ。余剰人員は経営を圧迫するし、かといって雇用を守るために無駄な業務を作るわけにもいかんのだからね」

「確かに企業経営の見地からすれば、絶対的に正しいとは思います。しかし、それを端から止むなしと片づけてしまうのは、あまりにも安易にすぎませんか？」

引き下がるどころか、越野の口調はますます挑戦的になるばかりだ。

このプランに食いついたのは、R国での実績をもって役員に昇格し、本社に凱旋を果たす大チャンスと睨んだからだと考えていたが、どうも様子が違う。

巷間、四葉商事の社員は紳士的、時に公家集団と揶揄されることさえもあるのだが、それはあくまでも外から見ての話だ。社員の学歴は似たようなものだし、基礎能力だって大差はない。そんな人間たちが、入社と同時にひとつでも上のポジションを目指そうと、激烈な出世レースを繰り広げている。そして、誰を引き上げるかは、上司の匙加減ひとつであるのは、他の会社と変わらない。また、『組織の四葉』とも称されているのも事実で、四葉商事は組織の秩序を重んじる。それは、規律や不文律という暗黙の掟が存在することを意味し、上司への反抗は、秩序の崩壊につながる掟破りの最たるものだ。もちろん、確かな根拠に基づくものなら、その限りではないのだが、それにしたってものにはいい方というものがある。

「安易？」

石尾は不愉快そうに顔をしかめる。

「余剰になった従業員を整理してしまうだけなら、経営者なんて楽なもんじゃないですか」

「楽なもんか！　世の中の経営者に、まして四葉の名前を冠した企業の経営者に、好き好んでリストラなんかするやつはいないよ。会社を守るためには止むなし。泣いて馬謖を斬る思いでやるんだ！」

　石尾はついに声を荒らげた。

「そうでしょうか」

「違うというのかね」

「当たり前じゃありませんか。四葉銀行にしたって、事務作業の自動化、デジタル化といったフィンテックが導入される時代が来るのは、随分前から分かっていたはずです。じゃあ、経営者はフィンテック導入に備えて従業員になにか教育を施したんですか？　職を守る策を考えたんですか？」

　石尾は黙った。

「何もしてないじゃないですか」

　越野はここぞとばかりに言葉に勢いをつける。「それどころか、いまに至っても考えている様子すら窺えない。それはなぜだと思います？　不要になる人員をカットすれば収益は向上する。経営者として当然のことをしたまでだ。それで義務を果たした気になっているからでしょう？　だから、私は安易に過ぎると申し上げているんです」

石尾は視線を落として押し黙る。

越野は続けた。

「組織に身を置く者にとって、業務とは与えられるもので、選べるものではありません。そして、どんな業務にも達成すべき目標がある。それも、決して楽をさせてくれはしない。所定の時間内にこなせ、こなせるはずだ。限界に近い仕事量をこなすことを常に会社から求められているんです。そんな環境下に身を置いている人間が、自己啓発に努める時間が持てるでしょうか。たとえ自分の仕事、職場さえなくなるかもしれない時代がくるのを察知していても、その時に備えて知識を蓄え、技術を身につける、そんなことができるでしょうか？」

越野の一言一句が、翔平の胸を打つ。

がんばれ！　負けるな！

いつの間にか翔平は、胸の中で快哉を叫んでいた。

越野はさらに続ける。

「それを泣いて馬謖を斬る思いでっていわれても、斬られた方が納得するでしょうか。ましてや、斬った本人は責任を取るどころか役職はそのまま。会社に残るんですよ」

石尾の顔に、みるみるうちに赤みがさしていくのがはっきりと見て取れた。

駄目だ……。これじゃ、プランは通らない。この場で却下だ。

ということは――。

「このプランが実現したって、さして変わりはないと思うがね」

ようやく口を開いた石尾の声は、怒りのあまりか震えている。「そもそも作業効率が向上するってことは、いままで十人でやっていた仕事が、八人、六人でできるようになるってことだ。そして、六人でやれるようになった仕事を、今度は四人、三人でやれる技術が必ず出てくる。いくら再教育を施したところで、余剰人員は必ず発生するし、全員の雇用を守るなんてことは不可能だ」

身も蓋もないが、石尾の見解は正論である。

しかし、それでも越野は一歩も引かない。

「確かに、全員の雇用を守るのは不可能です。しかし、グループ各社の技術者、営業マン、マーケティングを担当する人間たちが一堂に会し、それぞれが持つ情報や知識を交換し合い、市場のニーズを吸い上げ、新技術、新製品の開発に結びつける。そこから生まれた製品が大きなビジネスを獲得すれば、リストラせざるを得ない人間の数は、ずっと少なくなるんじゃないでしょうか」

「どういうことだ？」

「作業効率を向上させる技術の導入は、労働人口が減少する日本において絶対に必要なものですし、それなくして企業は存続できません。しかし、人口の減少は、国内市場の縮小を意味します。それでも業績の低下は許されないのが企業経営者であるならば、どこに活路を見出(みいだ)すかといえば、海外しかありません」

「その通りだ」

「日本の技術水準は高い。製品は高品質、かつ高性能。いまだに、そう思い込んでいる日本人は沢山いますが、そんな時代はとっくに終わっています。家電製品しかり、半導体しかり、世界を席巻(せっけん)した技術や産業が、他国に抜かれ、いまや見る影もありません。なぜ、こんなことになったのか――」

「なぜだというんだね。聞かせてもらおうじゃないか」

石尾は、挑発的な口調で先を促した。

「企業の組織、そこで働く人材も、モディフィケーションは得意でも、イノベーション、特に革新的な製品開発の能力に著しく欠けているからです」

越野は断言すると続けた。「所属する部署、命じられた職務以外のことに口を挟むのは禁忌。命じられた仕事をこなすだけ。それが日本の組織であり企業です。もちろん、企業のそれぞれに、自社が保有する人的、技術的資源を結びつける部署もあれば、企画を担当する部署もありますが、その任務にあたる人間が、その業務に相応しい資質を持っているとは限りません。なぜなら、組織が大きくなればなるほど、埋もれた才を発掘するのが困難になる。それが組織であるからです」

「モディフィケーションは得意だが、イノベーションの能力に欠けるか……。確かにそれはいえてるかもな……」

石尾は、声のトーンを低くして、越野の言葉を繰り返す。

「タブレットにせよスマホにせよ、日本の家電メーカーなら、自社で開発しようと思えばやれるだけの十分な技術力もあれば、人的リソースもあったはずです。出遅れたとしてもＥＭＳ、電子機器受託製造サービスに乗り出すことだってできたはずです。なのに、あくまでも、自社の技術、自社開発にこだわった挙句、後発産業のＥＭＳ企業に身売りする始末です。しかも、それにあたっては、多くの社員がリストラされ、海外のライバル企業に移籍して、それがまた日本メーカーの競争力の低下に拍車をかけることになった——」

て、立派に業績を回復させたしな……」

「日本の家電メーカーを買収したEMS企業だって、残った技術者、従業員を活用し
て、立派に業績を回復させたしな……」

「いい加減、日本企業は学ぶべきです。従来の日本の組織のあり方では、革命的製品は生まれません。新しい発想の種は、どこに眠っているか分かりません。誰が抱えているかも分からないんです。まして、四葉グループは、企業間でビジネスを共有しあっているのに、現場レベルでの交流は案件単位。誰が画期的なアイデアを持っているとも限らないにもかかわらず、あくまでも社内、それも担当レベルで考えようとする。あまりにももったいないじゃありませんか」

そんなことまで考えていたのか。

翔平は、心底驚くと同時に、越野の指摘は確かにいまの日本企業が抱える問題点を鋭く突いているように思えた。

適材適所とは昔から耳にする言葉だが、考えてみれば人事においてこれほど難しいものはない。四葉に採用される人間は、こと学歴、基礎能力においては甲乙つけがたい人間ばかりだ。選び抜かれた精鋭ぞろいといっていい。しかし、越野がいったように、仕事は与えられるものであり、選べないのが組織である。大型案件になればなるほど、リーダーに任命されるのは、その分野を熟知し、実績のある人間になるのが常

だ。そして、その人間は、自分こそがその分野のプロだという自負の念を抱いている。しかし、岡目八目という言葉があるように、プロであればあるほど、陥りがちな罠がある。

　それは、あまりにも担当分野を知り過ぎていることだ。製品のニーズは市場が決めるもので、作る側が決めるものではない。頭ではそれを理解していても、素人考えを一笑し、無視してしまう傾向がプロと呼ばれる人間にはあるように思う。何よりも深刻なのは、組織が大きくなればなるほど、門外漢に画期的アイデアを持つ者がいても、生かす術がないことだ。アイデアを生かそうにも、その任務を命ぜられない限り、公表することもできなければ、是非を問うこともできない。それが組織であるからだ。

「このプランを考えたのは、経産省の女性キャリアだということは、先ほど相川君がプレゼンの中で申し上げた通りです。彼女が経産省の会議でこのプランを提案した時、否定的な見解を述べた同僚に対して、彼女、こういったそうです。できたらいいなと思うなら、できる方法を考えるべきだと」

　そこで越野は石尾の顔を見つめ、短い間を置いたのち、静かにいった。「いま、グループ各社でどんなビジネスが行われているか、行われようとしているか、どんな技術の開発が行われているか。他社はもちろん、社会の動向も含め、学び、情報を共有する。変化し続ける社会の中で、いまどんな知識や技術を身につけなければならないのか、どんなビジネスチャンスが生まれるのかをグループ会社の人間が一堂に集い考える。それが開発の現場やマーケティングに生かされる。そして、またここに戻り、学び、知恵を絞り合うことで、隠れた才能、人材を見出し、革新的な製品を生み出し、世界に送り出していく。そんな場ができたらいいなとは思いませんか？」

黙って話に聞き入っていた石尾は、やがて口を開くと、

「なるほど、できたらいいなと思うなら、できる方法を考えろか……」

苦笑を浮かべた。

「R国の高速鉄道にしたって同じです。受注に成功しても、鉄道を建設してそれで終わりじゃ次のビジネスに繋がりません。新幹線を導入すれば、それに付随するインフラ整備を日本に、四葉に任せれば、その国の民度が上がる。それによって教育レベルも上がれば経済も成長する。途上国が先進国への道を歩みはじめる。新幹線の導入が、単に新たな公共交通機関の設置に終わらず、国を生まれ変わらせる原動力になると認知されれば、受注を争うどころか、向こうから是非にといってくる国が相次ぐんじゃないでしょうか。内需は細る一方、活路を海外に見出すしかないのなら、我々が生き残るためには、このプランしかないんじゃないでしょうか」

越野は、声に力を込め、決断を促した。

石尾は腕組みをし、鼻から息を吐きながら瞑目する。

長い沈黙があった。

やがて石尾は目を開けると、

「確かに、新幹線を作って終わりじゃ能がないよな」

自らにいい聞かせるようにいった。「相川君はプレゼンの中で、高速鉄道の導入が決まれば、新駅も建設される。商業施設、ビジネス街、住宅地と、都市の再開発がはじまるといったが、確かに立派な器ができたって、そこで働く人間の意識が変わらないんじゃ意味がない」

「社長……。ひとつよろしいでしょうか」

自分の名前が出たところで、翔平は咄嗟にいった。「R国のみならず、途上国全般にいえることですが、いわゆる民度が向上しないのは、富裕層と貧困層が関わりを持つ機会が極端に少ないことが要因のひとつだと思うのです。富裕層が先進国の常識やマナーを身につけていても、圧倒的多数の貧困層はそれに触れる機会がないのです。そして、特権階級に身を置く人間たちも、貧困層に目を向けず、自分たちの世界の中だけで生きているからだと思うのです」

「なるほど」

石尾は頷き、先を促す。

「つまり、民度をあげようにも、圧倒的多数の国民には手本がないのです。それでは、いつまで経っても民度は向上しません。ですが、一瞬にして情報が世界の隅々にまで行きわたる時代では、国内で手本を示す人間がいなくとも、世界のどこかで行われた行動が、本来あるべき姿、手本として賞賛され、共感を呼び、続く人たちが出てきていることもまた事実なのです」

「ほう、それはどんな？」

「一例をあげれば、ロシアで行われたワールドカップでセネガルのサポーターが試合後に取った行動です。日本人サポーターが、試合後に観客席でゴミ拾いを行う姿には世界中から驚きと賞賛の声が上がりました。それでも、同様の行動をとる他国の人間はなかなか出てこなかったのですが、あの大会の初戦では、セネガルサポーターが日本人同様、ゴミ拾いを行ったのです」

「そんなことがあったのか」

どうやら、石尾は知らなかったとみえて、興味を惹かれたようだ。

「高速鉄道はもちろん、そこから派生する事業に従事する人たちが、ここで教育を受けた結果、仕事に対する意識が向上し、日常の光景となれば、それはやがて国民の意識向上へと繋がっていくという効果も期待できるのではないかと――」

「その通りだと思います」

越野が、よくいったとばかりに力強い声で相槌を打つ。「そうなってくると、既存の商店や食堂にしたって、従来の商売のやりかた、接客では、新しい商業施設と伍して戦うことはできません。どうあるべきか、何を改善しなければならないか、おのずと考えはじめるでしょう。つまり、一般国民の目が触れるところに、手本ができるわけです。もし、そうなれば、今後日本が、いや四葉が、途上国でのビジネスを展開していく上で、他国、他社には真似のできない武器を持つことになるはずです」

「それだけではありません」

翔平は続けた。「現地の人間に教育、訓練を施す過程において、その国の国民が、何を望んでいるのか、社会にどんなニーズがあるのかを、いち早く把握しビジネスに結びつけるという点でも、この場を活用できることになるのではないでしょうか」

石尾は、小鼻を膨らませると、静かに頷いた。

悪い反応であろうはずがない。

「話は分かった」

石尾は、椅子の上で上体を起こすと、「考えてみれば、真弓会はグループの最高意思決定機関であると同時に、各社の情報共有を目的とする場だが、一丸となって新たなビジネスを創出するという気運に欠けていたことは否めない。ビジネスは待つものじゃない。作るものだ。まして、これから先、海外に活路を見出すしかない以上、グループの意識改革を図るという点でも、このプランはありかもしれないね」

「では……」

「いいだろう。前に進めてくれ。より具体的に、精度の高いプロポーザルを作ってくれ。真弓会に諮るのはそれからだ」

「ありがとうございます！」

深々と頭をさげる越野に続いて、翔平も上体を折った。

2

「よくやってくれた。石尾さんがその気になったら、まず大丈夫だ」

エレベーターの扉が閉まった途端、越野は心底嬉しそうに声をかけてきた。

「いやあ、どうなることかとはらはらしましたよ。泣いて馬謖を斬った本人が、会社に居残って、斬られたほうが納得するかなんて、社長に面と向かっていうんですから。あんなことといったら、普通、その時点で終わりじゃないですか」

翔平は素直な思いを打ち明けた。

「ああ、あれな……」

越野は含み笑いをする。

「でも、あの言葉、感動しました。あれは、圧倒的多数のサラリーマンの心の声です。いいたくともいえないことを、あそこまではっきりいってくださったんですから」

「あれも計算のうちだ」

越野は歪(ゆが)んだ笑みを口の端に浮かべた。

「計算？」

「インフラ畑の君は知らんだろうが、石尾さんは、こと上司との関係においては、次長になった頃から『逆張りの石尾』っていわれててな。出世頭の本命にはつかず、常に二番手、三番手についてきた人なんだ。もちろん、仕事が抜群にできたこともあるが、先を読む目に長(た)けているんだよなあ」

そんな話ははじめて聞く。

「それ、どういうことです？」

翔平は問うた。

「課長代理までは横一線で昇格するが、それ以降は実績次第、昇格に差がついてくる」

明文化されているわけではないが、それが四葉の暗黙の決まりである。一定の勤続年数に達すれば、課長代理になれるのは、決して会社の温情ではない。課長代理は準管理職。残業手当に代わって支払われる役職手当の方が、遥かに安いからだ。

頷いた翔平に向かって、越野は続ける。

「そこから先の出世競争は、昇格するに従って激しさを増していく。実績次第である限り、上を目指す人間は、なんとしてでもでかい案件をものにしようとするもんだが、あの人は違うんだ。常に二番手、三番手の案件に加わって実績を積み上げてきたんだ」

「そんなことできるんですか？　さっき、おっしゃっていたように、仕事は選べないのが組織じゃないですか。お前、これをやれっていわれたら——」

「ネガティブなことばっかりいう部下は、使い勝手が悪いに決まってんだろ。そんな人間を、いつまでも自分の下に置いておく上司がどこにいるよ」

「しかし、そんなことをすれば、上司の評価が——」

「あの人が先を見る目に長けているっていったのはそこだよ」

越野は翔平の言葉を遮ると続けた。「石尾さんはエネルギー畑の出身だが、こんなことがあったんだ。部長だった頃、アメリカのシェールオイルの採掘技術が向上してな、俄然注目を浴びるようになったんだが、なんせうちは組織の四葉といわれているように、動きはじめたら最強だが、動きはじめるまでが大変ってのが社風だ。それでも、ようやく石油部門に専門の部隊が設けられ、石尾さんもそのチームに加わることになったわけだが——」

それから越野が語った話を聞いて、石尾の先見の明というか処世術というか、社長に上り詰めるまでの生き方に、翔平は驚きを禁じ得なかった。

部隊を指揮した副本部長が、最も有望かつ埋蔵量が多いと目した油田の開発契約に、石尾は難色を示したというのだ。本部長は本社役員だ。副本部長にしてみれば、この大型案件をものにできるかどうかで出世が決まる。エースと見込んで石尾に任せたつもりが、口を衝いて出てくるのはネガティブなことばかり。そこで、石尾と次期副本部長のポストを争っていた人間に任せたところ、なんと想定外の難地盤にぶち当たり、油田開発は頓挫。四葉は、実に二千五百億円もの損失を計上するに至ったのだという。

その一方で、石尾が手がけた油田は、規模こそ劣るものの、計画通りの実績を上げ大成功。早い話が、功を焦（あせ）った敵失のおかげで、見事副本部長の座を射止めたというのだ。

エレベーターの扉が開き、玄関ロビーに出た。

ちょうど、昼飯時である。

「せっかく、日本に来たんだ。寿司でも摘（つま）むか？」

もちろん異存はない。

頷いた翔平に向かって、越野は話を続けた。

「勘違いするなよ。だからって、石尾さんは敵失を待ってたわけじゃない。そんなことに期待していたんじゃ、社長になんかなれるわけないからな。あの人の面白いというか、ある意味凄（すご）いところは、自分の考えに反対する人間、それも部下の話に耳を傾ける。そして煙たがるどころか、むしろ重用することなんだ。どうしてだか分かるか？」

「さあ……」

「人間誰しも欲がある。欲に魅せられた人間は、不都合なデータや情報に目を瞑（つぶ）る傾向がある。そこでミスを犯す。自分の考えが正しいとは限らない。反論はその穴を埋めるものであるかもしれない。同調するばかりの部下は、自分と同じ。むしろ、反論を躊躇しない部下が自分にとって貴重な存在だと考えているんだよ」

「なるほどねえ。確かに、それって大事なことですよね」

「それも、厳しい言葉であればあるほど、耳を傾ける」

「なんか、マゾっぽくないですか」

なんだか嬉しくなって、翔平は軽口を叩いた。

「マゾなんかじゃないよ。あの人は、むしろサドだ」

ところが、越野は真面目な顔でいう。「そこまでいうなら、やってみせろ。その代わり、失敗した時は容赦はしない……」

「えっ……」

「それに、野心家でな。たぶん、この話に乗り気になったのは、このプランが理に適ったものだと判断したこともあるが、グループ各社の合意を得られれば、石尾さんは真弓会を仕切る存在になる。そこで、この構想が想定通り、四葉グループの海外ビジネスの躍進という成果を生んでみろ。真弓会の会長の先には、経団連会長、果ては旭日大綬章だって現実味を帯びてくる。それどころか、途上国の民度を向上させることに貢献したということが認められれば、相手国だって勲章の一つや二つ、是非にってことになんだろうが」

そこかぁ……。

全く、人の野心や欲には際限がないものだとつくづく思う。

考えてみれば、越野にしたってそうなのだ。社長に直接アポを取るのは可能だが、本社インフラ事業部の人間を同席させずにプレゼンを行ったのは、手柄を独占するのが目的に決まっている。もちろん、目論見通りの結果を得られる保証はないが、うまくいけば越野の功績になるのは間違いない。そして、越野の功績は石尾の功績でもある。役員に昇進して本社凱旋は確定だ。

もちろん自分にだって野心はある。いずれ次長、そして部長に……。だが、昇格と同時に競争は激化するのが組織である。なぜなら昇格するに従って、ポストはどんどん少なくなっていくからだ。

課長代理までは横一線で昇格していくが、考えてみれば、その間にも選別ははじまっているのだから、サッカーのワールドカップにたとえるならば、予選リーグの総当り戦だ。そこから先は、決勝トーナメントで、次のステージに進むことができるのは勝者のみ。そして、最後の決勝戦で勝ち残った人間に与えられるのが社長の椅子ということになるのだが、そこが戦いの終わりではないことを、翔平は思い知らされたような気がした。

「相川君」

歩を進めながら、越野がいった。「世間じゃ出世欲の強い人間を軽蔑するような風潮があるが、それは間違いだと私は思う」

まるで、自分が考えていることを見透かされたような気がして、翔平は返事に詰まった。

越野は続ける。

「むしろ、私は、こと組織において、欲のない人間は不要だと考えている。なぜなら、欲がない人間には成果を期待できないからだ。他人よりもひとつでも上のポジションに就きたい。そう願うなら、実績を上げるしかない。それすなわち、会社の業績に、組織に貢献する人材になるからだ」

確かに、その通りだ――。

頷いた翔平にちらりと視線を向けると、越野はさらに続けた。

「だから、私はリスクを取ることを厭わない。だが、リスクを取るからには、案件を入念に吟味する。この構想は、賭けるだけの価値がある。ここが勝負どころだ。そう確信したから乗ったんだ」

「しかし……我々の筋書き通りに運ぶかどうかは、まずR国が新幹線を採用するかどうかにかかっているわけで、もし受注に失敗すれば、その時点で——」

「そこだ」

越野は不敵な笑みを浮かべると、顔の前に人差し指を突き立てた。「高速鉄道の建設には莫大な費用がかかる。売り込み先が途上国となれば、他国の資金援助なくして建設は叶わない。だから、まず交渉は国家間で行われる。そして、みんなそれが当たり前だと考えている。でもね、私はそもそもそれが間違いだと思うんだ」

「と、いいますと？」

「うちが、アメリカのシェールオイルの開発で、いくら損を出したと思ってるんだ。二千五百億だぞ。逆にいえば、有望と見込んだ事案には、それだけの大金をぶち込むだけの資金力があるってことだ。ならば、ビジネスとして十分になり立つ確証があるのなら、国家間交渉なんて待たずに、うちが資金を提供して、途上国で独自にビジネスを展開するって手もあるんじゃないかと思うんだ」

「それ……うちが新幹線を途上国に売り込むってことですか？」

「まさか」

越野は首を振った。「いくらなんでも、そりゃあ荷が重すぎる。でもな、インフラ整備やリゾート開発となれば話は別だ。火力発電所、港湾事業、ガスや石油のプラントと、うちが資金を提供して行ったビジネスはごまんとある。ペトロキングだってその一つだしね。問題は投資に対するリターンであって、十分な収益が上がる事業なら、相手が国だろうが民間だろうが、どんどんやるべきなんだ」

「いまの総合商社は投資もメインの仕事ですからね。それは、ありかもしれませんね」

「ただし、相手が国であろうと民間企業であろうと、両者ウインウインのビジネスでなければならないのが大前提だ。いま現在のR国で、そうしたビジネスを行うのは無茶な話だが、我々のプランが想定通りの成果を出せば、間違いなくR国は変わる。他の途上国も関心を示すだろうし、そうなったら四葉の海外ビジネス展開が格段に楽になるだけじゃない。ビジネスは勝ち取ってくるだけのものじゃない。種を蒔き、苗を植え育て、果実を得るのもまたビジネスには大切なんだ。そのことを四葉の社員に改めて気づかせることにも繋がると思うんだ」

　感動した。熱くなった血が全身を駆け巡る。沸き立つような興奮に、翔平は鳥肌が立つのを覚えた。

「だから、失敗は許されない。なんとしても、このプランを実現させなければならないんだ」

「はい！」

越野の足が、突然止まった。そして、翔平に顔を向けると、

「君、妹さんに、このプランを説明して、意向を伺ってくれないか」

唐突にいった。

「えっ……」

翔平は、その場で固まった。「いや……しかし、妹とは……それに、青柳さんが北海銀行に出向いて――」

「北海銀行が過剰融資をしていたなら、うちが海東学園の債務を肩代わりするといえば、渡りに船ってもんだ。二つ返事で飛びついてくるさ。しかし、私はそんな形で海東学園を手に入れたくはない。妹さん夫婦だって、学園を愛しているからこそ、経営の継続に尽力してきたんだろうし、鉄道関係の教育、特に、人材育成教育のノウハウを持っていることは確かなんだしね」

「いや、しかし――」

「無理にとはいわんが、妹さんご夫妻にとっても、絶対に悪い話じゃないはずだ。まずは、私の考えを聞いてくれ。それでも、嫌だというなら、君には頼まん」

そうまでいわれれば、考えとやらを聞くしかない。

「はあ……」

気の無い返事をした翔平に向かって、

「さあ、久々の日本の寿司だ。今日の予定は全て終わったことだし、少し飲みながら話そうか」

越野は、ぽんと肩を叩くと、先に立って歩きはじめた。

3

「江原町もすっかり変わったな。面影はあるんだが、町全体がそのまま歳を重ねたっていうか……」

実家の応接室のソファーに腰をかけ、話しはじめた言葉を翔平は飲み込んだ。

千里の射るような視線がじっと見つめているからだ。

「ちょっと会って話したいことがある」

千里に電話を入れたのは、昨日の夜のことである。

「話したいこと？　兄さんが家を出てから何年経っていると思うの？　お父さんの葬

儀にも出ない。音信不通。それで、いまさら話ってなによ」

とりつく島もないというのは、このことだ。

無理もない。大学四年の時に、縁を切られてから十九年。千里の声を聞くのも、父の訃報を知らされた時以来のことだ。

詫びたところで、どうなるものでもない。家業を継がせたという負い目もある。とても、会って話したいことがあるといえた義理ではないのだが、それでも懇願したのは、越野の話が必ずや千里夫婦の助けになると思ったからだ。

いまさら兄妹間に生じた溝を埋められるとは思えないし、埋められるとしても長い時間がかかるだろう。それを待っていたのでは、学園が抱えた莫大な債務を解消する絶好のチャンスを逃してしまうことになりかねない。それでは不義理を重ねた上に、見殺しにするのも同然だ。

「お前に、許しを乞うつもりはない。乞うたところで、許されるとも思っていない。ビジネスの話だ」

「ビジネス？」

「学園を救う話だ」

千里は電話口で沈黙した。

「二十億五千万もの負債を抱えてるんだろ。それを解消できるかもしれない、学園も存続できるかもしれない、そんな話だ」

それでも、千里はすぐにこたえを返さなかった。

「突然、こんなことをいわれたら、困惑するよな。この場で返事をくれとはいわない。とにかく、明日江原町に行く。話を聞きたくなければ門前払いで結構だ。一晩、よく考えてくれ」

そういって、短い会話を終わらせたのだったが、玄関のインターフォンに返事はなかったものの、ドアが開き千里は家に上がることを許したのだった。

「で、学園を救う話ってなんなの?」

千里は棘(とげ)を含んだ口調で、早々に問うてきた。

「もし、四葉商事が学園を売却して欲しいといったら、どうする?」

「学園を四葉商事に?」

想像だにしていなかった話なのだろう。

千里は、目を丸くして驚きを露(あら)わにする。

「いま俺は、四葉のインフラ事業部の海外駐在員としてR国に赴任している。知ってはいるだろうがR国には高速鉄道の導入計画があって、日本は中国、フランス、韓国との間で激しい受注争いの最中にある。まだ政府間交渉の段階だが、日本が受注に成功した暁には、四葉は是が非でもオルガナイザーとして事業に加わることを目指している」

「それが、学園とどういう関係があるの？」

「単に高速鉄道を建設して終わりじゃ能がない。日本の新幹線を導入すれば、途上国が先進国への道を急速に歩みはじめる。国民の生活も改善され、民度も上がり、教育レベルも上がっていく。途上国の成長モデルを確立したい。それができる唯一(ゆいいつ)の国が日本であることを、世界に知らしめたいんだ」

「いったい、どうやって？」

「それはね――」

翔平は、それから長い時間をかけて、四葉の構想を千里に話して聞かせ、

「計画は二つのフェーズに分ける。フェーズワンは、まず学園本来の鉄道関係の教育、高速鉄道が導入された後の関連業務で働く導入国の従業員への教育だ。車両整備、保線管理、運行システム、駅員の教育については、いま学園が行っている教育内容をそのまま使える部分も多々あるだろうし、関連施設の従業員への教育内容は、新たにカ

リキュラムを考えなければならないが、これについては四葉が支援する。その部分の学校運営を海東学園に委託したいんだ」

と結んだ。

「でも、外国人への教育となると、日本語ってわけにはいかないわよね。そんな人材、いまの学園には——」

「それは心配しなくていい。人材は四葉が責任を持って探し出す」

「それじゃ、いま現在教鞭（きょうべん）をとっている教員が……」

「外国人への教育に特化しろといってるんじゃない。いままで通り、専門学校として日本人の学生に鉄道マンとしての教育を行ってくれてかまわない。いや、むしろ、そうして欲しいんだ。四葉グループには車両製造メーカーがある。四葉銀行は鉄道各社とも取引がある。この学園を人材の供給源にし、さらに鉄道産業従事者が、現場と教育の場を行き来しながら情報を交換し、最新の知識を学ぶ。そんな教育機関にしたいんだ」

「夢のような話だわ……」

見開いた千里の目に輝きが灯る。「実は、同じようなことを考えたことがあったの。この学園を鉄道に特化した大学にして、さらにギムナジウムのような機能を持たせられないかって。でも、時間もかかるし資金もいるから、絶対無理だって、夢物語で終わってしまってたの」

「そして、同時に進行するのがもう一つのフェーズだ」

翔平は、さらに話を進めた。「それは、四葉グループの再教育の場にすることだ。こっちの運営は全て四葉が行うが、状況次第では、学園に教育の一部を委託することも考えられる」

「それ、どういうこと？　鉄道関係とは全く関係ないのに？」

「商業施設、公共交通機関、都市開発、インフラ整備を行えば、そこで働く人たちへの教育が必要になるからね。それが途上国のインフラビジネスの受注を目指す四葉の最大のセールスポイントになるんだ。ピカピカの街ができても、立派な建物が建っても、そこで働く従業員の意識が途上国のままじゃ何も変わらないからね」

「なんだか、あまりにもいいことずくめ、夢がありすぎて、信じられない……」

「もちろん、まだ最終的にグループの同意が得られたわけじゃない。でも、少なくとも社長へのプレゼンは終わっているし、社長からも好感触を得ているのは事実だ。実現の可能性は極めて高いと思ってくれていい」

「でもこのプランは、R国の高速鉄道を日本が受注できるか、四葉がオルガナイザーになれるかどうかにかかっているわけでしょう？」

「もちろん、そうなることに越したことはないが、インフラ整備はもちろん、経済を活性化し、先進国に少しでも追いつきたいと願っている途上国は世界にはたくさんある。だけど、我々総合商社もメーカーも、そして国も、インフラ整備を受注することだけに目がいっていたんだ。でも、それじゃあ、物を作って終わりだ。まず考えなければならないのは、事業を行った結果、相手国がどう変わるのか。最大限の効果を生む手段を考えなければならなかったんだ」

「確かに、それはいえてるわよね」

千里は頷く。「インフラ整備っていえば、日本の公共事業だって作って終わりって例は山ほどあるものね。施設や道路を作ってる間は、建設業も潤（うるお）うし、雇用も生まれるかもしれないけれど、それが本当に地域の役にたっているのかっていうと、必ずしもそうとはいえないものね」

「四葉は、そこに気がついたんだよ」

翔平はいった。「単にインフラを整備しただけじゃ意味がない。次のビジネスにも繋がらない。四葉に任せれば国が変わる。国民の意識が変わり、社会が変わる。国が豊かになっていく。ひとつの国でいい。それが実証できれば、途上国の発展モデルになる。それが、四葉のビジネスに大きな追い風になるのは間違いないとね」

「そのための、先行投資ってわけね」

千里は、納得した様子ではあったが、「でも、うちの負債は、二十億五千万円もあるのよ？　大丈夫なの？」

疑わしげな視線で翔平を見る。

「そんなの、四葉にとっては大した額じゃない」

翔平はあっさりと返した。

「大した額じゃないって……」

千里は、驚いたように言葉を飲む。

「インフラビジネスは何百億、何千億ってカネが動くんだ。施設を一つ設けただけで、そこから先、巨額のビジネスをものにできるなら、先行投資としては安いもんだ」

「総合商社が大きなビジネスをやってることは知ってたけど、お兄ちゃんの口から聞くと、なんだか現実感に欠けちゃって……」

千里は、冗談めかした口ぶりで、はじめて翔平をお兄ちゃんと呼んだ。

「二十億は学園の負債を解消するために投じるカネだ。それに、四葉グループの情報共有、再教育施設を建てるとなれば、それ以上の投資が必要となる。その点からしても、海東学園の立地、環境は願ってもない条件が整っているんだ」

千里は、すっと視線を落とすと黙考する。

経営を任されるにしても、三代に亘って続いてきた学園を手放すことに変わりはない。

千里の思いは、痛いほどよく分かる。

「俺は、江原の町が嫌いだった。いや、江原町の町民が嫌いだった」

翔平はいった。「湯治客同然の爺さん、婆さんを相手にしてりゃ、老朽化していく施設に手を入れずとも食ってはいける。今日の暮らしは明日も続く。先のことなんか、これっぽっちも考えていない。そんな町の人たちを、心底軽蔑し、馬鹿にしてたんだ」

千里は視線を上げ、翔平の顔を見つめる。

「でもな、俺、今日江原町に降り立った瞬間、町の寂れ様を目にして気がついたんだ。俺も含めて、先進国の人間は、R国のことを、いや途上国、そしてそこで暮らしている国民を、同じ目線で見てたんじゃないのかって……」

「お兄ちゃん……」

「高速鉄道を導入したって、国民の民度が向上するわけがない。国の何が変わるもんか。先のことなんか考えないで、借金をこさえて金持ちの真似をしたいだけだ。借金には返済期限があることに考えも及ばない。だから貧乏人はいつまで経っても金持ちに毟(むし)られるだけなんだ。心のどこかに、そんな思いを抱いていたんじゃないかって……」

千里は黙って話に聞き入っている。

翔平は続けた。

「でもな、それは間違いなんだ。チャンスは常に万人の前をうろちょろしているもので、成否を分けるのは、それに気がつくかどうかの違いでしかない。だったらチャンスに気づいた人間が、そのチャンスってやつを与えてやるべきなんだ」

千里の刺すような視線が、和らいだような気がした。

翔平はさらに続けた。

「こんなこと、俺がいうのもおこがましい……というか、虫がよ過ぎるんだけどさ……もし、俺が学園を継いでいたら、とっくの昔に廃校になっていたと思うんだ。だって、そうだろ？　借金こそこしらえはしなかっただろうけど、どうあがいたところで、先細りなのは目に見えていたからね。親父が死んだ時点で、三十億で学園を買うって持ちかけられたら、それこそ渡りに船ってやつだ。ふたつ返事で売っていたさ。

それが、お前たち夫婦が、頑張ってくれたお陰で、こうして学園の存続が可能になった。町が復活する起爆剤になるかもしれない。そして、グループ社員の雇用を守り、途上国発展のために役立つ施設、より高い付加価値のついた学園に生まれ変わろうとしてるんだ」

「終わり良ければすべて良しっていいたいわけ？」

「大学に合格して、ここを離れる時に、親父にいわれたことがある」

翔平はいった。「人生は長いようで短いのか、短いようで長いのか、人によって様々だろうが、誰しもが困難、失敗、挫折を経験する。思い通りの道を歩めない、何で俺がこんな目にと、運命を呪うこともあるだろうが、全てのことに意味がある。あの時失敗しなければ、あの時、思い通りの道を歩んでいたなら……。親父はね、そこで訊ねてきたんだ。次に、どんな言葉が入るのが、幸せな人生だと思うって」

「お兄ちゃん、なんていったの？」

「分かんないって……」

翔平は、ふと笑うと続けた。「そしたらさ、親父、こういったんだ。いまの俺はなかったって思えるのが幸せな人生なんだよって……」

「全てのことに意味があるか……」

千里は、父親の言葉を噛みしめるように呟いた。

「あの時の言葉を思い出すと、俺が四葉に入社しなかったら、数多ある事業部の中でインフラ事業部に配属されなかったら、R国に駐在しなかったら、こんな構想が四葉の中に持ち上がることも、しかもこの学園が候補になることも、絶対になかったんだ」

千里は目を伏せたまま、何事かを考えているようだった。

短い沈黙が二人の間に流れた。

やがて、視線を上げた千里の眼差に、遠い記憶が蘇る。

「そうね……そうかもしれないわね」

そう、妹の目だ。

「R国にはそのチャンスがやってこようとしている。今度行われる首相選では、R国の現状を憂い、国を変え、先進国を目指そうという高い志を持った女性が当選する。どの国の高速鉄道が採用されるか、仮に新幹線が採用されたとしても、四葉がそこに噛めるかどうかは分からない。でも、彼女なら、このプランに絶対に関心を示すと俺は確信している。これはビジネスには違いないが、R国の現状を変え、先進国を目指して飛躍を遂げる起爆剤になることは、彼女なら絶対に分かってくれる。そう確信してるんだ」

千里の口元に笑みが浮かんだ。

優しい目で、翔平を見ると、

「お兄ちゃん……。最初にしなきゃいけないこと、忘れてるわよ」

静かにいった。

「最初にしなきゃいけないこと？」

「お父さんの仏前で、手を合わせて謝らなきゃ。葬儀にも出なかったんだから……。お父さんだって、やっと来てくれたかと思ってるわよ。しかも、家業を継がなかった長男に、学園を救ってもらえることになったんだもの」

「それじゃ、お前……」

「さあ、早く手を合わせてきなさいよ」

千里は立ち上がりざまにいった。「どんな話かと思って、隆明さんには、お兄ちゃんが来ることは伝えていなかったけど、この話を聞いたら喜ぶわ。今夜は泊まって行きなさいよ。妹の旦那に会うのははじめてだし、ゆっくり語り合いましょうよ」

「ありがとう……。なんだか、俺も肩の荷が下りたよ。こんな気分になるのは、本当に久し振りだ……」

それは紛れもない、翔平の本心だった。

「となったら、夕食のメニューは変えなきゃならないわね。お魚を取り寄せるから、お兄ちゃんは、仏間で手を合わせてきなさいよ」

「お前は？」

「どれだけ、不義理したと思ってんの？　謝りもしなけりゃなんないし、報告しなけりゃならないことだってたくさんあるでしょう。一人の方がいいんじゃない？」

「それもそうだな……」

「まさか、仏間の場所を忘れたわけじゃないわよね？」

「もちろん、覚えてるさ」

翔平は、そういいながら立ち上がると、仏間に向かって歩き始めた。

4

発車は定刻から三十分近く遅れた。

アナウンス一つなく突然動き出した列車が構内を出ようとしたその時、長い警笛が鳴り響いた。そして、次の瞬間、目に飛び込んできた光景を見た翔平は息を呑んだ。シートや朽ちた木材、段ボール、植物の葉、ありとあらゆる廃棄物を駆使して作られた家並みが現れたからだ。

バラック、掘立小屋なんてもんじゃない。まるで、ゴミの山に穴を掘って住んでいるような凄まじさなら、列車からの距離は二メートルも離れていない至近距離にある。人の密度は、驚くほど高い。在来線の運行本数は、それほど多くはないから、軌道の上は、ここに住む人々の生活空間になっているのだろう。洗面器の上に野菜や果物を乗せた商売人、あるいは玩具を手にした子供たち、昼間だというのに何をするでもなく家の中にいる大人たちが、断続的に警笛を鳴らしながら目の前を通過していく列車をぼんやりと眺めている。

キャサリンがオフィスを構える地域は、首都最大のスラムと言われるが、ここに比べれば遥かにマシだ。この国の貧困層には、さらに下の暮らしを強いられている人々が存在するのだ。

鉄道軌道を生活の場にしているのだから、当然下水はおろか、上水道でさえ未整備に決まっている。一等車にも空調はなく、開け放ったままの窓から糞便や食べ物の腐敗臭が入り交じった凄まじい悪臭が車内に流れ込んでくる。車内もまた、清掃が行き届いているはずもなく、長い間使われたシートは乗客の汗と垢が染みこんで黒光りしている。そこからも、異臭が漂ってくるのだから、たまったものではない。

「酷いもんですよね……」

隣に座るアンドリューがやるせない目を翔平に向けてくる。

「驚いたよ……。首都にこんな暮らしをしている人たちがいるなんて、知らなかった……」

翔平は正直にこたえた。

「越野さんは、この列車に乗ったことがあるっておっしゃってましたけど、あの頃は、国全体が遥かに貧しかった時代ですから、こんな光景はざらに目にしていたでしょう。外国人、ましてビジネスマンは、こんな列車には乗りませんからね。まだ、こんな暮らしをしている人たちがいるなんて、露ほども思ってはいないでしょう。実際、僕だってそうです。叔母に連れられて、この列車に乗ったのは、十年以上も前のことですから……」

「キャサリンと一緒に？」

「ええ……」

アンドリューは頷く。「たぶん、僕がどれだけ恵まれた環境に生まれたのか、自分たちの暮らしがこの国では常軌を逸したものであり、これだけ貧困に苦しみ、過酷極まりない暮らしを強いられている人たちが、マジョリティなんだ。これが、国の本当の姿なんだってことを、教えたかったんでしょうね」

多分、その通りだろう。

チャン財閥は、間違いなくR国の特権階級に属する。そして、一旦手にした特権は決して手放さず、何が何でも、守り抜こうとするのが常である。

その点からいえば、キャサリンは異質の人間であり、彼女の活動を黙認してきたジェームズもまた、そういえる。

しかし、遺志を継ぐ者がいなければ、それまでの活動も水の泡だ。いたとしても、財源がなければ、結果は同じである。

そこに考えが至ると、ひょっとしてキャサリンは、アンドリューを後継者にするつもりでこの列車に乗せたのではないか、と翔平は思った。

「この十年の間に、R国は大分変わりました。首都には近代的なビルもいっぱい建ったし、かつてに比べれば、人々の暮らしもそれなりに改善されていたように思ってました。でも、それは日頃、僕が目にしている範囲でのことだったんですね。貧困に苦しむ人たち、圧倒的多数の人たちの暮らしは何も変わっちゃいなかったんです」

アンドリューは忸怩たる思いを嚙みしめるかのように、唇を嚙んだ。

「それに気づいただけでも、旅に出た意味があったじゃないか」

翔平はいった。「四葉の構想が実現すれば、クルーズトレインがこの路線を走るようになれば、君の構想が、R国の発展の起爆剤になるかもしれないんだ」

「この沿線に、数多くの観光資源が眠ったままになっていることについては、自信があります。それに……」

アンドリューは、そこで言葉を区切ると、感慨深げにいった。「それに、あの時、叔母が僕をこの列車に乗せなかったら、沿線にあんな素晴らしい光景があることを知らないままでいたと思うんです。考えてみれば、クルーズトレインの構想だって、叔母が授けてくれたようなものかもしれませんね」

照れくさそうに、目元を緩ませた。

首都郊外の駅に何度か停車するうちに、車窓の光景は農業地帯に、そして小一時間ほどすると、密林に変わり、長いトンネルを抜けた途端、息を吞むような光景が目前に広がった。

亜熱帯の太陽の下、煌めきを放つ大海原。延々と続く白い砂浜。赤、黄、ピンク、白と咲き乱れる花々。白浜は沖まで続いているらしく、碧のグラデーションが見事である。奇岩がそびえ立つ岬があり、それが絶景にアクセントをつける。そしてまた砂浜。

漁村がある。点在する集落の建物はいずれも粗末なものだが、椰子(やし)だろうか、植物の葉で葺(ふ)かれた屋根が異国情緒を醸(かも)し出し、なんとものどかな光景である。

隣に座るアンドリューが目を細める。

「まったく……」

翔平はこたえた。「聞くと見るとでは大違いだ。いや、素晴らしいとしかいいようがないね……」

「沿線住人には日常の光景ですし、かつては移動手段が鉄道だけでしたから利用者も多かったんですが、長距離移動は飛行機に客を奪われるようになりましてね。いまでは首都圏を離れた途端に乗客は激減するし、連結器や天井に乗っかっているのは無賃乗車ですからね。ずっと赤字続きなわけです。かといって廃止してしまえば、沿線住民の生活が成り立たなくなってしまいます。干物や塩漬にした魚、魚醤(ぎょしょう)を都市で売る。それが現金収入のほとんどなんですから」

今回の旅は、石尾へのプレゼンを終え、R国に帰国した三日後、より現実的なプランを早々に作れと命ぜられたことを告げたところ、「それなら一度、実際に在来線に乗ってみませんか」と、アンドリューがいい出したのがきっかけだったのだが、なるほど驚くべき光景だ。

海の反対側は急峻な山で、手付かずのジャングルに覆われていたかと思うと、突然視界が開け、果てしなく広がる湿地や点在する湖沼が現れ、その先のジャングルのはるか彼方に、一際高く聳え立つ火山が見える。雄大な景色の中を飛び交う鳥の群れ。木々に留まる極彩色の野鳥たち。時折、猿まで姿を見せる。

どこかで、見たことのある光景だ。

「ジュラシック・パークみたいでしょ？」

アンドリューが笑う。

「そう！　どこかで見たと思ったんだ！　まさにそれだよ！」

翔平は興奮を隠せない。「CGを駆使して作り上げた世界が、リアルの世界にあるってことだけでも大興奮、大感動だ。クルーズトレインで快適な旅をしながらサファリができるなんて最高じゃないか。これだけの観光資源がありながら、いままで誰も目をつけなかったって、これはもう現代の奇跡だ」

「これだけの自然が残っているのは、開発から取り残されたからですよ」

アンドリューは悲しげな顔をする。「漁村が昔からの姿で残っているのだって、陸路からのアクセスが極めて不便だからです。ご覧のとおり、沿線の陸側は密林に覆われた急峻な山や湿地帯が多くて、道路はあっても車一台が通るのがやっと。道幅を広げるには、ジャングルを切り開かなければなりませんし、いまでもほとんどがダートですから舗装の問題もあります。そもそも、漁村で暮らす住人には自動車を買えるほどの収入がないんです。つまり、この沿線は、R国の中では見捨てられた地域なんです」

「じゃあ、子供たちの教育は？」

「たぶん、学校には行っていない子がほとんどでしょうね」

「行っていないって……R国の就学率は確か七十五パーセントだったよね」

「公表している数字ではね」

「どういうこと？」

「調査が完璧には行われていない……というか、国も完全に把握しきれていない、いや、する必要なんてないからですよ」

アンドリューは少し怒ったようにいった。「この国の役所の調査なんて、そんなもんですし、だいたい、当の漁師だって、学問の必要性なんて、分かっちゃいないでしょうからね。漁師の家に生まれれば、漁師になるのが当たり前。必要なのは魚の捕り方です。ならば、早いうちから鍛えた方が覚えが早いし、人手が増えた分だけ余計に魚が捕れる。収入だって増えますからね」

途上国に駐在するのはR国がはじめてだが、東南アジアには同じような境遇下で暮らしている人々を多く抱える国々が存在することは知っている。そうした国を出張で頻繁に訪ねていても、会うのはビジネスマン。その国のトップエリートばかりだ。貧困層の暮らしを実際に目にすることはほとんどなかったし、知ろうとも思わなかっただけに、返す言葉が見つからない。

「それでも、以前に比べれば僅(わず)かながらも改善されてはいるんです」

アンドリューは続ける。「キャサリンがやっている学校は、こうした漁村にも存在しますし、漁村の人間たちの教育に対する意識も変わってきていますからね。実際、キャサリンの学校を卒業して、奨学金をもらって大学に進み、R国社会の中枢(ちゅうすう)で働く人間も出てきているわけですから」

「彼女が蒔いた種は、確実に実を結んでいるんだね」

翔平は頷いた。「でもさ、それでも、こんな自然が残っているのはやっぱり奇跡だよ。ジャングルといえばアマゾンが有名だけど、いまや焼き畑で目も当てられない惨状を呈しているっていうからね。砂糖黍(きび)を栽培するために、ただでさえ痩(や)せた土地を焼き払い、収穫が上がらなくなると耕作地を放棄して、またジャングルを焼き払う。僕だって人のことをいえた口じゃないが、利に敏いのが人間だ。そんな輩が現れても不思議じゃなかったろうに」

「費用対効果が悪すぎるからじゃないですか」

アンドリューは皮肉の籠もった薄い笑いを浮かべた。「ジャングルを切り開き、沼地の中に道路を通そうと思ったら、いったい幾らかかります？　しかも沿岸部に住んでいるのは、車を持たない漁師です。道路を作ったって意味ないじゃないですか。それに、この国がポストチャイナといわれ、先進国の注目を浴びるようになったのは最近のことですよ。それまでは、見向きもされなかったんですから」

アンドリューの言葉が、胸に突き刺さる。

「虫のいい話だよな……」

翔平は視線を落とした。「それもこれも、中国の人件費が高くなって、安い労働力を探し求めた結果だ。考えてみりゃ、先進国のやってることって、焼き畑そのものだもんな」

「でも、結果的にはそれでよかったんですよ」

アンドリューは自らにいい聞かせるかのようにいった。「そうじゃなかったら、こんな自然は残っていませんよ。誰もR国に目を向けなかったからこそ、国民の暮らしも、社会も時が止まったかのようになっていたんです。ほら、よくいうじゃないですか。オール・イズ・ウェル・ザット・エンズ・ウェルって」

「終わり良ければすべて良し、か……」

「この鉄道だって、そうですよ」

アンドリューはいった。「この路線は大戦中に進駐してきた日本軍が建設したものです。兵や武器弾薬の輸送力向上を狙ってのものでしたし、建設工事には多くのR国国民が徴用されたのは事実です。でも、当時のR国の国力では、鉄道なんか建設できなかったのもまた事実なんです。それが、大戦後も首都と第二の都市を結ぶ重要路線として機能し、長距離客の多くが航空機を利用するようになったいまも、沿線住人の貴重な足として機能しているんです。そして、今度は、R国発展の起爆剤になるかもしれない……。戦争が契機となってというのは不幸な歴史ですが、これだって、終わり良ければすべて良しの言葉そのものじゃありませんか」

確かに、アンドリューのいう通りかもしれない、と翔平は思った。同時に、その言葉は、いまの我が身にもいえるように思えた。

父親の遺志を汲み、学園の経営を継いでいたら、今頃どうなっていたか……。

学園の経営に興味があったわけじゃなし、早晩、学生集めに苦労するのも目に見えていたのだ。まして、父親は生前、すでに多額の借金をこしらえてもいた。そんなところに、三十億円で学園を買う話が持ち込まれようものなら、渡りに船とばかりに、二つ返事で応じていたに違いない。

もし、自分が父親の跡を継いでいたら……。もし、千里夫妻が学園の存続に執着しなかったら……。もし、売却話が頓挫しなかったら……。挙げ出したら切りがないほどの『もし』、その一つでも欠けていたら、こんな展開を迎えることはなかったのだ。

翔平は、改めて車窓いっぱいに広がる絶景に目をやった。

洋上遠くの空に、亜熱帯特有の形をした入道雲が、ぽつりぽつりと浮いている。

強い日差しを浴びて煌めく大海原が眩（まぶ）しい。

海の碧さが目に染みる。咲き乱れる花が、殊（こと）の外鮮やかだ。

なぜか翔平は、そこにかつて学園が建つ丘の上から日々目にしていた、江原町の光景が重なって見えた。

「相川さん……」

不意にアンドリューが声をかけてきた。

「ん？」

「高速鉄道って、この国に本当に必要なんでしょうかね……」

不意をつかれて、返事に窮した翔平は、

「必要だと判断したのは、R国の政府だよ」

「それは、そうなんですが……」

アンドリューはそこで言葉を濁すと、なぜそんな考えを抱くのか、その理由を話しはじめた。

5

青柳の同行を得て、中上が北海銀行の本店を訪ねたのは、七月に入ってすぐのことだった。

梅雨の真只中にある東京からやって来ると、札幌は快適そのもの、まさに別天地だった。

しかし、応接室に現れた北海銀行の二人の表情は、まるで最高の時期の札幌から、最悪の時期の東京に来たかのように、全く冴(さ)えない。

いや、冴えないなんてもんじゃない。

急激に痩せたのだろう、法人管理部長の剣崎が着ているワイシャツの襟元は、不自然なまでにスカスカだし、隣に座る次長の姫田にしても、眼窩は落ちくぼみ、目元には隈ができている。

「やっぱり梅雨がないと、こうも快適なものなんですねえ。久々に来ると、北海道の良さを改めて痛感します。外国人観光客が殺到するのも分かりますよ」

交換したばかりの名刺をテーブルに並べ、ソファーに腰を下ろした青柳は、開口一番声を弾ませた。

「インバウンドの需要で潤っているのは事実ですが、それも一部の産業、限られた地域の話でしてね、地場産業の衰退に歯止めがかかる気配はみえません。まあ、日本全国、地方はどこも同じような状況なんですが、我々地銀の経営環境は、年々悪化する一方でして……」

そう語る剣崎の声は暗く、心なしか肩に力が入っていないように見える。

「北海道も人口自体が減少していますからねえ……」

青柳は暗い話題を持ち出し、苦境に陥っている二人に追い打ちをかけにかかる。

「人口減少は預貯金額の減少に直結しますし、融資の金利で稼ぐのが銀行の本業ですからね。もっとも、それは銀行に限った話ではありません。我々商社だって、人口の減少は市場規模の縮小を意味するわけですから、深刻な問題ですよ」

「それでも、他所の地域に比べれば、北海道はまだ希望があるんじゃないでしょうか」

中上は青柳の言葉を継いだ。「一部の地域とはいえ、外国人がコンドミニアムや別荘を買い漁っていると聞きます。不動産事業には莫大な資金需要が発生します。御行にとっても大きなビジネスチャンスじゃありませんか」

冗談じゃないといわんばかりに、剣崎は眉を顰めると、

「外国人向けの不動産開発や、リゾート建設を行っているのは、外資が多いんですよ。資金は本社を置く国で調達する場合が多いし、国内のデベロッパーにしたって、大半は中央資本です。優良融資先は都銀だって、喉から手が出るほど欲しいんですから、我々のような地銀にはなかなか……」

そう、いい終えた途端、深いため息を漏らし、脱力感に襲われたかのように、肩をさらに落とした。

「ところで、ご用件はなんでしょう」

その時、姫田がはじめて口を開いた。「四葉さんの札幌支店からは、海東学園のことで相談がおありになるとお聞きしましたが？　東京からわざわざ足をお運びになる

からには、よほどのことなんでしょうね」

姫田がいうように、面会の申し入れは四葉の札幌支店を通じて行った。

県庁所在地には、もれなく国内支店を設けているのは四葉に限ったことではないし、大手総合商社の支店長は地域の財界ではちょっとした名士だ。地銀とは日頃の付き合いもあるから、四葉から「直接会って、相談したいことがある」といわれれば、話の内容を詳しく話さずとも断るわけがない。

「実は、海東学園を買収したいと考えておりまして」

青柳は、ずばりといった。

「海東学園を買収？　四葉さんがですか？」

剣崎は声を裏返して驚愕し、姫田と顔を見合わせると、「どうしてまた？」

身を乗り出しながら問うてきた。

「目的は、まだお話しするわけにはいきません、ただ、今後の四葉のビジネス展開に、何が必要なのかを考えた時、鉄道専門学校という非常にユニークな教育を行っている海東学園は、大変魅力的な存在なんです」

「鉄道の専門学校が魅力ですかねえ」

姫田は釈然としない様子で小首を傾げる。「これから先、全国的に人口が減少していくんですよ。特に過疎高齢化にますます加速がつく地方の鉄道なんか――」

「とおっしゃるからには、相川理事長から売却の同意を、既に取り付けていらっしゃるわけですか？」

姫田を遮って、剣崎は問うてきた。

「内諾は得ております。ですから、こうしてご相談に上がったわけです」

買収、内諾、相談と聞けば、来訪の目的は融資の返済以外にあり得ない。

二人の瞳が輝き出し、みるみる間に顔に生気が宿ってくる。

「剣崎さん……」

中上は、テーブルの上に置いた名刺をちらりと見ると、満を持して切り出した。

「海東学園への融資金額は二十億円。それと相川理事長個人に、五千万円の融資を行っていますね。理事長への五千万はともかく、学園への二十億円は、とても担保に見合った額とは思えません。まして、経営状態は悪化する一方なのに、これほど巨額の融資を行った理由をお聞かせいただけないでしょうか」

「そ、それは……」

剣崎の瞳に灯った希望の光が瞬時にして消え、顔色も真っ青になる。

「これ、過剰融資でしょう」

視線を落とした剣崎は、早くも額に脂汗を滲ませ沈黙する。

隣に座る姫田も悄然と肩を落とし、微動だにしない。

来訪の意図を悟ったのだ。

中上は続けた。

「相川理事長からお聞きしたところでは、学園の立地に目をつけた中国資本が、あそこにリゾートを建設したいと、御行に交渉の橋渡しを依頼してきたそうですね。しかも、相手が提示してきた金額は三十億。ひょっとして、その範囲までなら貸せる。借り入れ金が膨らむ一方となれば、理事長の閉校の決断も早まるに違いないと、お考えになったのではありませんか」

「いや、そんなことは……」

剣崎は、苦しげに呻いたが、言葉が続かない。

「ないと、おっしゃるんですか？」

青柳が、すかさず追い詰めにかかる。「そりゃあ、相場からすれば常軌を逸した金額でも、相手の指し値ですから安心して融資できるでしょう。それに、初期投資の金額は低いに越したことはありませんが、ビジネスにおいて重要なのは、費用対効果。つまり、投資に見合ったリターンが得られるかどうかです。これも、どの程度の期間で初期投資を回収するかは、買った側の判断によって異なりますから、必ずしも過剰融資とはいえないかもしれません」

「それでも、あまり感心したやり方ではありませんけどね」

中上は言葉に皮肉を込めた。「融資の目的は、担保物権を取り上げること。端から返済不能を見越して融資するなんて、中国の途上国援助、そのまんまじゃありませんか。いくら、中国資本からの依頼だからって、そんなことやっちゃ駄目ですよ」

剣崎は突然顔を上げると、

「中上さん……でしたか」

改めて名刺の名前を確認しながら、不愉快そうな声でいった。「うちは、何も海東学園さんに、無理矢理融資を行ったわけではありません。学園を続ける資金がないと、あちらから融資を申し込んできたんです」

「そうですよ。いくら天下の四葉商事だからって、そんないい方はあんまりです」

姫田が、怒気を露わに声を荒らげる。「地銀は都銀と違って、地場の産業を守り、育成し、地域を維持し、活性化させる使命を担っているんです。確かに、海東学園には、中国資本への売却を何度もお勧めしましたよ。だけど、それだって、江原町にリゾートができれば、町、ひいては地域のためになると考えたからです。それを、いきなり東京からやってきて、中国の途上国援助と同じだなんて、あんまりですよ」

なあに、綺麗事いってんだか。地場産業だろうが、個人だろうが、貸し付け先に危ない兆しがあれば、真っ先に融資を引き上げるのが銀行じゃないか。

中上は、胸の中であざ笑いながら、

「じゃあ、その中国資本が手を引いてしまったいま、海東学園をどうなさるつもりなんですか？」

「そ……それは……」

見せたばかりの怒りも、瞬時にして消え失せ、姫田は再び視線を落とし、口ごもる。

「中上君、どうなさるもないだろう。我々は購入したいといってるんだからさ」

青柳が助け船を出すと、

「本当に、願ってもないお話で……」

剣崎は、揉み手をせんばかりに卑屈な笑いを口元に宿す。

「ただし、条件があります」

「条件……と申しますと？」

「我々としては実勢価格に五パーセントのプレミアムをつけた値段で、海東学園の土地建物を購入したいと考えています」

「実勢価格って……そんな阿漕な……それじゃ、うちは大損してしまうじゃありませんか」

「そうですよ、あまりにも阿漕だ！　いくらなんでも横暴だ！　人の足元を見て叩きにかかるなんて、それが天下の四葉商事がやることですか！」

剣崎は、蒼白になった顔面を強張らせ、姫田は泣き出さんばかりになって、口々に叫ぶ。

阿漕はどっちだ。

そういいたくなるのを堪えて、

「いや、当然でしょう」

中上はいった。「カネの生る木になるはずだった海東学園が、一転して不良債権になったわけじゃないですか。このまま買い手が現れなければ、どこかの時点で損切りをしなければならなくなるんですよ」

「いや、それはおっしゃる通りなんですが、しかし、それでは……」

剣崎がいいたいことは分かっている。実勢価格に五パーセントを上乗せした程度では、損失金額が大きすぎる。まして株式会社である以上、担当者はもちろん、上層部の責任問題に発展するのは間違いない。

「海東学園への融資を全額肩代わりするわけにはいかないのです」

果たして青柳はいう。「いかなる事情があろうとも、評価額を遥かに超える価格で、海東学園を買収するわけにはいきません。間違いなく監査にひっかかりますし、それ以前に上司が承認するわけがありませんからね。つまり、御行がこの条件では無理だとおっしゃるなら、今回の話自体がなかったことになってしまうのです」

二人の揺れる心情が手に取るように伝わってくる。

さっさと海東学園を処分して、この案件から手を引きたいのは山々だろう。

しかし、彼らもサラリーマンだ。カネ貸しが本業の銀行で、元本すら回収できなかったとなれば、サラリーマン人生は間違いなく終わる。目論見が外れたといってしまえばそれまでの話だが、自分たちだって同じサラリーマンに変わりはない。自分たちが携わるビジネスで、不幸になる人間が出るのは不本意だし、そもそも、今回の構想の意義に反する。救済策はちゃんと考えてある。

「その代わりといってはなんですが、もし我々の条件を飲んでいただけるのなら、四葉が海東学園を使ってはじめる事業の融資を、御行にお願いしたいと考えているのですが」

「融資？　うちが、四葉さんの事業に？」

剣崎は、信じられないとばかりに、ぽかんと口を開けた。「しかし、四葉グループ内には、四葉銀行というメガバンクが……」

「四葉銀行はうちのメインですが、お付き合いのある銀行は、他にもたくさんありますので」

青柳は笑みを浮かべながら頷く。「まだ、お話しする段階にはありませんが、この事業は、これから先、規模を拡張しながら、長く続いて行くものになるでしょう。過疎問題解消の一助ともなるでしょうし、地域の活性化にも貢献することになると、我々は確信しています。江原町に、ひいては北海道に根ざして運営して行くと決めたからには、是非御行に融資をお願いしたいのです」

「それは、願ってもないお話ですが……」

剣崎は、狐(きつね)につままれたように、目を丸くする。

この案は、相川夫妻が売却に応じたという報告を受けた後、越野と翔平、そして青柳と中上が、今後の方針を話し合った中で決めたことだ。

四葉の監査は厳しいし、社外取締役の目もある。もちろん、学園の建物や施設の大半を継続して使うことを考えれば、二十億円を費やしても安い買い物だとはいえる。しかし、越野には野心があるし、青柳だって、それは同じだ。価値あるものを、安値で手に入れたとなれば、立派な手柄だ。

しかし、損失を出した北海銀行はただでは済まない。担当者が責任を負って済む程度ならいいが、経営陣が責めを問われるようなことにでもなれば、タダでさえ苦境に立たされている地銀の経営基盤に不安定要素が生じるかもしれない。そんなことは望んではいないし、その引き金を引いたのが四葉だということになれば、これから先、江原町に根ざして事業を行って行く上で、決してプラスにはならないと考えたのだ。

「ご検討いただけませんか？」

青柳が、再度こたえを促すと、

「ありがとうございます！　前向きに検討させていただきます！」

剣崎は顔を輝かせ、声を弾ませると、姫田とともに深々と頭を下げた。

6

「四葉がそんな構想を持ってるの！」

美絵子は興奮のあまり、アンドリューの顔が浮かぶモニターに向かって、ぐいと顔を近づけた。「それ、本当の話なの？」

「本当も何も、四葉の駐在員と一緒に在来線で旅をして、昨日帰ってきたばかりだ」

興奮ぶりがよほど愉快だったのだろう、アンドリューは呵々と笑い声をあげる。

「なかなか愉快な旅だったよ。なぜ、クルーズトレインなのか、その点も改めてよく理解してもらえたようだし」

「愉快って、なにかあったの？」

「なんといっても、沿線の景色が素晴らしいってこと。まるでジュラシック・パークの世界そのものじゃないかって。その一方で、列車がまあ酷いこと。なるほど、観光客が寄り付かないわけだって。それに……」

アンドリューの笑みが自嘲めいたものになるのを感じながら、

「それに？」

美絵子は先を促した。

「治安がことのほか悪いってこともね……」

アンドリューの顔が一転して曇った。「片道およそ八百キロ。ちょうど中間に位置するR国第二の都市まで十時間。そこで、一泊して、二日がかりの旅だったんだけどさ」

「第二の都市っていうと、首都と結ばれることになる高速鉄道の終着地点になる街ね」
美絵子の問いかけに、
「そう……」
アンドリューは頷くと、続けていった。「ペトロキングのプラントもそこにあって
ね、周辺には従業員の住宅が密集していて、治安は比較的保たれているんだけど、コ
ミュニティ全体が、鉄条網がついた高い塀で囲まれていて、出入り口には二十四時間、
セキュリティが目を光らせている、いわゆるゲーテッドコミュニティってやつなんだ。
オフィス街だって、一人歩きは危険って地域もあれば、ホテル周辺は徒歩厳禁。かと
いって、タクシーだって、外国人が乗ろうものなら、どこかへ連れて行かれるなんて
ことも頻繁にあるんだ」
「ボラれるってこと？」
「その程度で済めば御の字だね。人気のない、暗いところに連れて行かれた挙げ句、
そこに待ち構えていたよからぬ輩に身ぐるみ剝がされるってことも珍しくないからね。
なんせ、ペトロキングの城下町とはいえ、仕事の当てもないまま地方から出てきて、
住み着いたって人間がわんさかいて、スラムを作って暮らしてんだもの、それじゃあ
観光どころの話じゃないよ」

「なるほどねえ。宿泊施設に加えて、セキュリティの観点からもクルーズトレインの導入は、理にかなっているわけね」

「その通り」

アンドリューは頷きながら、顔の前に人差し指を突き立てる。「もっとも、沿線に点在する漁村の人たちは別だよ。基本的に食べ物には困っちゃいないし、外から入ってくる人はあまりいないから、村の全員が見知った仲だ。素晴らしい自然が残っている上に、住人はピースフルって、リゾートを建てるには理想的な場所がたくさんあるんだよ」

手付かずの自然との共生と聞いた途端、美絵子はかつて両親から聞かされた、あるホテルの名前を思い出した。

「マレーシアのダタイのようなリゾートになったら素敵よね」

「君、ダタイに泊まったことあるの？」

「私じゃないわ。うちの両親。とにかく素晴らしいところだったって感激して、写真や動画を山ほど撮ってきてね。私もいつか行ってみたいと思ってるの」

「ダタイは素晴らしいよ。ジャングルの中に点在するコテージのすぐ近くまで、野生の猿や熱帯の鳥がやってくるし、白い砂浜のプライベートビーチもある。サービスも食事も完璧だし、高い料金を払うだけの価値はあるね」

アンドリューは熱く語ると、「一年『鉄子』を中断すれば、行けるんじゃないか。日本の官僚の給料は高いっていうし、まして、君はキャリアだし」

ニヤリと笑った。

「えっ……どうしてそれを？」

「四葉の人から聞いたんだ」

アンドリューは笑った。「官僚にも、こんなことを考える人がいるんだって感心していたよ」

明かしてはいないことを、とっくの昔に相手が知っていた。

こうした状況は、実にばつが悪い気持ちになるものだけに、どうしても美絵子の歯切れは悪くなる。

「別に隠していたわけじゃないんだけど、仕事を訊ねられたことがなかったし……。それに、私、経産省での仕事は、R国への新幹線の売り込みだから……」

「ミエコらしいな」

アンドリューは、声を上げて笑うと、真顔になっていった。「そんなことより、四葉の構想が実現すれば、瑞風（みずかぜ）なみのクルーズトレイン、ダタイなみのリゾートがこの国にできることになるんだ、しかも、鉄道、観光産業に従事する従業員の教育は、四葉が行う。しかもクオリティ維持、ブラッシュアップのために、定期的にトレーニングを重ねて磨きをかけていくんだ。それが、評判になれば、観光客が押し寄せる。当然、所得も上がる。目に見える形で暮らし向きが変わってくれば、豊かになるためには何が必要なのか、国民が絶対に気づくと思うんだ」

熱く語るアンドリューを見ていると、自然と目元が緩む。口元に笑みが浮かぶ。

「四葉は日本を代表する総合商社ですからね。組織の合意を得るのに時間がかかる。動き出すまでが遅いってのが難点だって評判だけど、その分一旦動き出したら、最強っていわれているの。そこまで話が進んでいるなら、実現したも同然よ」

声を弾ませた美絵子だったが、「ところで、バッドニュースってなに？」

と訊ねた。

というのも、スカイプが繋がった直後、「今日はグッドニュースとバッドニュースがあるんだけど、先にどっちを聞きたい」とアンドリューに問われ、美絵子はグッドニュースを選んでいたからだ。

アンドリューは、短い間の後、真剣な顔でいった。

「その、君が売り込みを担当している高速鉄道のことさ」

どきりとした。

「高速鉄道？　何か進展があったの？　首相選はまだ――」

そういいかけた美絵子を遮って、

「そうじゃない」

アンドリューは首を振りながら続けた。「そもそも論になるんだけど、高速鉄道が、この国に本当に必要なのかってことさ」

美絵子は、「なにをいまさら」と思いながらも、アンドリューの話に耳を傾けた。

「キャサリンはどう考えているか分からないけど、僕は今回の旅でR国が高速鉄道を導入するのは、まだ時期尚早に過ぎるんじゃないかって気がしてきたんだよ。まず、採算性」

アンドリューは、またしても顔の前に人差し指を突き立てる。「どこの国のプランを採用するにしても、建設資金は借金だ。遅滞なく返済をしていくためには、支払額を上回る収益を上げなければならないわけだけど、建設資材、車両価格、システム、その他諸々（もろもろ）、ハードに纏（まつ）わる価格はどこの国から調達しようと、ほとんど大差はない。安く済むのは、人件費ぐらい。それも、R国国民を使えばの話だ。てことはだよ、高速鉄道の建設費用の総額は、導入国とそれほど違わないってことになるよね。そうすると R 国の所得水準からすれば、べらぼうな運賃になるに決まってるし、それじゃ誰も乗れない代物になってしまうだろ」

「その点は、先行投資って考え方もできるんじゃないかな」

美絵子はすかさずこたえた。「開業当初はそうでも、長距離移動が短時間ですむのは、タイム・イズ・マネーのビジネスマンにとっては大きな魅力じゃない。外国資本にも魅力的に映るだろうし、工場ができれば雇用も生まれる、国民の所得も上がっていく。長期的に見れば、プラスになるわよ」

「確かに、そういう考え方もできるだろうね。実際、そうなることを狙って、高速鉄道を導入することになったんだ」

アンドリューは美絵子の考えを肯定しながらも、「でもね、それじゃあリスクが高すぎると思うんだ。運賃が高いうちは、大半の国民が使いたくても使えない。当然、乗車率は低くなる。乗車率を高めるためには、運行本数を少なくするしかない。しかし、それでは収益は上がらない」

なるほど、アンドリューの言う通りだ。

沈黙するしかない美絵子に向かって、アンドリューは続けた。

「受注国の資金援助は、その国の国民の税金だよ。返済が滞ったら、日本ならどうする？　まあ、日本のことだから、無茶な催促はしないだろうけど、それで日本の国民は納得するのかな。返済が滞るのを黙認するなんてことになったら、政府が国民への背信行為を働くことになるんじゃないのか」

確かに、債務の返済が滞った国に対して、日本政府が強硬な措置に打ってでたことはない。それに、国民の大半は海外諸国への資金援助には、いささかの関心も抱いてはいないのもまた事実というものだ。

しかし、そんなことはとても言えたものではない。

無言を貫く美絵子に向かって、

「その二」

アンドリューの突き立てる指に中指が加わる。「仮に高速鉄道の経営がうまく行ったとしても、在来線をどうするかって問題が出てくる。いままで、長時間、それもどれほどかかるか分からなかった区間が、あっという間に移動できるようになれば、そりゃあ客は集まるだろうさ。だけど、在来線に頼った生活をしている人だって、この国にはたくさんいるんだよ。運行本数を減らせば、利便性が悪くなる。利便性が悪くなれば、客が離れる。それじゃ、ただでさえ経営が苦しい在来線を維持していくことができなくなるじゃないか」

「それ、おかしくない？　高速鉄道の料金が高すぎて、利用者が見込めないっていうなら、在来線の乗客が減るなんて――」

思わず反論に出てしまったが、おかしいのは自分の方だと、美絵子は気づき、言葉を飲んだ。

「在来線を使い続けるしかないっていいたいんだろうけど、だったら、誰が高速鉄道を使うんだよ」

果たしてアンドリューはいう。「今回の旅行で改めて気がついたのは、在来線は沿線住民にとって、必要不可欠な生活の足だってことさ。満足な道路もない地域が延々と続く沿岸部の住民にとって、あの路線はまさにライフラインそのものなんだ。それを廃線の危機に陥らせかねない事業を行うのは間違っているよ。国民の暮らしを犠牲にした経済発展なんてあり得ないし、あってはならない。そう思えてしかたなくなってきたんだよ」

アンドリューの言葉が胸に突き刺さる。

反論などできるはずがない。

どうして、そこに気がつかなかったのだろう。

高速鉄道は、国の発展に大きく貢献する。日本の新幹線は、性能、安全性共に世界一。鉄道の運行システムも世界に比肩するものがないと確信している。この素晴らしい日本の技術の粋は、必ずや途上国の発展のために多大な貢献をもたらすはずだという信念が、いま揺らぎはじめているのを美絵子は感じた。

「そりゃあ、高速鉄道がR国にできればいいとは思うさ」

アンドリューはいう。「でもさ、それはマストじゃない。ナイス・トゥ・ハブ、つまりあったらいいなっていう程度の代物なんだよ。第一、ペトロキングの社員にしたって、本社がある首都との行き来には飛行機を使ってるんだぜ。空港に行くにはそれなりの時間がかかるけど、高速鉄道が開通したって、それほど違うわけじゃないんだ。だったら、空港と街との間に高速道路を建設するとか、そっちの方がはるかに安いし、効果的じゃん」

これもまた、いわれてみればというやつだ。

アンドリューの言葉が腑に落ちると同時に、美絵子はR国のためだとはいいながら、新幹線の売り込みも、実のところ日本側の事情によるところが大きいのではないかと、ふと思った。

「確かに導入計画を立てたのはR国政府だけど、日本だって新幹線を是非っていうのは、国内の鉄道会社、車両製造メーカー、関連企業のビジネスになるからだものね。

途上国の発展のためとはいいながら、見方によっては食い物にしようとしてるといわれてもしょうがないわよね」

美絵子は声を落とした。

「それは、ちょっと考えすぎだよ。買ったものには対価を支払うのは当たり前だし、利益を得られないビジネスなんて、やる意味がないもの」

「でもさ……」

それでも一旦生じた自分の仕事に対する疑念は拭えない。

「なんで、日本人はそういう考え方をするのかなあ。四葉の相川さんにこの話をしたら、君と同じことをいったよ」

アンドリューは苦笑を浮かべた。

「四葉の人も？」

「だから、あくまでも僕自身の考えなんだよ。第一、僕は高速鉄道の導入に関与する立場にはないし、それに今回の四葉の事業計画には、本当に感謝してるし興奮しているんだ。クルーズトレインにリゾート。これが実現すれば、在来線は絶対になくならない。むしろ、在来線の価値が再認識され、沿線住民の暮らしも格段に向上することになるのは間違いないんだ」

「なんかそれ、ものすごく面白そうっていうか、魅力的なプロジェクトよね。R国で瑞風のような列車が走り、ダタイに勝るリゾートが次々にできるなんて、想像しただけでもワクワクするわ」

「実現すれば、波及効果は計り知れないよ。道路も整備されるだろうし、観光客が集まってくれば、当然商売人も集まってくる。治安が良くなければ商売もなりたたない。自然と治安に対する住民の意識も高まるだろうし、それがまた客を呼び、人々の所得の向上につながる。国民の民度も高まり、教育レベルも高まっていくだろうしね。しかも、見捨てられたも同然の地域が大半だけに計画的、かつ秩序だった開発が行える。これまで先進国から見向きもされず、置いてきぼりになっていたのが逆にラッキーだったってことになるんだ」

そういうアンドリューの目は、希望と期待に満ち、輝きを放っている。

「何かできることがあったら、是非お手伝いしたいわ」

美絵子は、本心からいった。「それが、R国のためになるのなら、日本がその力になれるのなら、こんな素晴らしいことはないもの」

7

「R国に高速鉄道は必要ない？」

昨夜アンドリューと交わした会話の内容を美絵子から聞いた橋爪は、コーヒーカップを口元に運んだ手を止め、「アンドリュー・チャンがそういったのか？」

念を押すように訊ねてきた。

「はい……」

美絵子は頷いた。

経産省の最上階の奥まった一角には喫茶室がある。次の会議までの時間が迫っていることもあって、軽食で済まそうということになったのだが、ランチタイムはとうに過ぎた時刻とあって、他に客の姿はない。

「それはないだろう。すでに各国とも、現地調査を終えて計画書の提出だって終えてるんだ。どこの国の高速鉄道を採用するかは、キャサリン政権で行われることだが、ここまで来て白紙なんかにしたら、それこそ外交問題になるぞ」

「もちろん、アンドリューの個人的見解ですけど、私はその可能性は十分にあるんじゃないかと思います」

「どうして？」

橋爪はコーヒーに口をつけると、サンドウイッチに手を伸ばした。

「最大の問題は、高速鉄道の採算性です」

それから美絵子はアンドリューの考えをひとしきり告げ、「そういわれて、一晩考えてみたんですが、そもそも、この計画は現政権下で持ち上がったものですし、R国の経済が、今後急成長することを前提に採算見通しを立てていますよね」

計画が持ち上がった経緯について念を押した。

「R国は、ポストチャイナの一番手と目されているし、実際外資の進出も相次いでいるからね。貧しかった中国が、世界第二位の経済大国に発展したのは紛れもない事実だし、R国はその再現を夢見てるんだ。そりゃあ、強気にもなるさ」

「ポストチャイナの受け皿になって、R国経済が急成長するってことは、中国からどんどん生産拠点が流出していくってことじゃないですか」

「だから、中国も高速鉄道の売り込みに必死になっているんじゃないか。高速鉄道網は整備され尽くしたし、一人っ子政策のおかげで少子高齢化が進み、内需が縮小していくのは避けられない。海外に販路を広げる以外、国の経済を支えていく術がないのは、日本と同じだからね」

「それで、日本の新幹線に勝ち目があるんでしょうか」

咀嚼していた橋爪の口が止まった。

美絵子は続けて問うた。

「相手は袖の下でもなんでも使う中国ですよ。R国だって袖の下が当たり前の国ですよ。政治家も役人も、汚職まみれの国で、中国相手に日本が勝てるんでしょうか」

「現政権が続けば勝ち目はないが、そこにキャサリンという石部金吉みたいな人物が首相になる可能性が濃厚になった。新幹線を採用すれば、彼女が目指す国づくりに大いに役立つ。単に高速鉄道が走るだけじゃない、R国の社会に計り知れないメリットがあることをアピールしようと――」

「でも、肝心の新幹線が、ビジネスとして成り立たない。つまり、赤字じゃどうしようもないじゃないですか。日本も中国も、条件に多少の違いはあっても建設資金は融資です。返済義務もあれば、金利だってつくことに変わりはないんです。想定通りに収益があがらなければ、どうなるんですか」

「返済期限は三十五年。その間は金利の支払いだけだ。それだけの年月のうちには、R国も様変わりしてるさ」

「経済は生き物ですよ。中国だって、この三十年間は目覚しい発展を続けてきましたけど、ここに来て雲行きが怪しくなったどころか、無理を重ねてきたツケが回りはじめているじゃありませんか」

美絵子は口を噤んだ橋爪を上目遣いに見ながら、コーヒーに口をつけた。「それに、R国が中国と同じ成長の道を辿るとは思えないんです。中国の急成長は土地の所有が認められていないという、共産党の一党独裁国家特有の国情によるものです。高速鉄道、高速道路、都市計画、何をやるにしても政府の思うがまま。採算性を一切念頭におかず、箱物をばんばん建設して、バブルを起こしただけの話じゃないですか。R国の政権に腐敗が蔓延していることは事実ですが、仮にも自由主義国家です。R国がこれから先発展を遂げていくことは間違いないとしても、辿る道のりは中国とは違うように思えるんですけど」

「確かに、それはいえてるな。まして、キャサリンが首相になれば、腐敗とは無縁の政府が誕生することになるわけだからな……」

「あの、そもそも論になるんですけど」

美絵子はコーヒーカップを皿の上に戻し、姿勢を正した。「日本がR国の高速鉄道受注に動き出したのは、キャサリンが首相選に出馬するなんて、誰も考えてもいなかった時のことですよね」

「そうだけど？」

「だったら、腐敗まみれの政権が、これからも続くって考えていたわけですよね」

「だろうな――」

「だから、勝ちめがあるんでしょうかって訊いたんです」

橋爪は、ふむと考え込んだ。

美絵子は続けた。

「私が入省した時には、すでに日本政府はR国への新幹線受注に向けて動きはじめていましたし、私は鉄子ですから、この仕事を担当させられたのは喜び以外の何物でもありませんでした。だから、何の疑問も抱くことなく、受注獲得のための仕事に取り組んできたわけです。でも、この計画が持ち上がった頃のR国政権の有り様を考えると、そもそも中国ありきの計画だった。つまり、日本政府も駄目元を承知の上で、売り込みに動いたとしか思えないんです」

「確かに私も同じ気持ちを抱いたことがあったよ。R国の視察団を日本に招いた時なんて、出来レースだって矢野君と愚痴をこぼしあったことがあったからな」

橋爪は、コーヒーに口をつけると、ほっと息を吐いた。「官僚は宮仕えだし、上司と仕事は選べないのは、一般企業のサラリーマンと変わりはないんだ。上から命ぜられれば好きも嫌いもない。粛々と取り組むしかないからね」

「まあ、政治が絡むことですから、日本の技術をパクった中国に、R国の高速鉄道事業を無競争で持っていかれたんじゃ面子が立たない。出来レースでも受注競争に加わらなければ国民に示しがつかない。そんな事情もあったとは思います。でも——」

続けようとするより早く、橋爪がいった。

「これから著しい発展を遂げると見込まれているR国から、新幹線に興味があるっていわれりゃ、応じないわけにはいかないからね。これから先、日本は人口減少が進む一方なんだ。当然内需も細っていくわけだから、日本企業が生き残るためには海外市場を開拓するしかない。たとえ新幹線の受注に失敗したとしても、R国とは良好な関係を築いておくに越したことはないからね。要は、日本も中国も、考えていることは同じなんだよ」

「私が引っかかったのは、そこなんですよ」

美絵子はいった。「高速鉄道を欲しいといったのはR国だ。R国はこれから著しい発展を遂げていく。三十五年の間には、融資を受けた資金も無理なく返せる国に発展しているはずだ。今回の高速鉄道導入計画は、すべてそうした前提に立って動いてきたわけじゃないですか。じゃあ、その大前提が狂ったら、どうなるんですか？ その時のコンティンジェンシープランをR国は持っているんでしょうか」

橋爪は、宙を睨み腕組みをする。

美絵子は続けた。

「市場環境はもちろん国際情勢にしても、想定外の出来事が必ず起こるものです。R国がポストチャイナと目されているのは、安価な労働力があるからです。でも、製造の現場にAIが本格的に導入され、ロボットの性能が向上していけば、安価な労働力を確保する必要性はなくなってしまいます。第一、R国の経済が成長するに従って、人件費だって上がっていくわけで、人にやらせるよりも機械に任せた方が安くつく時代が、思いの外早く来ることだって考えられるわけです。そうなったら、R国はいったいどうなると思います？」

「R国資本のめぼしい産業といえるのは、エネルギーぐらいのものだからなあ。それにしたって、四葉との合弁だし……」

橋爪は声を落とす。

「アンドリューが高速鉄道はR国に本当に必要なのかといった理由はそこにあるんです」

美絵子はいった。「設計から資材調達、車両製造、システム構築と、すべて請け負うのは外国企業。建設の現場で働くのは人件費が安いR国の労働力かもしれませんが、総工費からすれば誤差の範囲です。当然、運賃だってそれなりの値段に設定せざるを得なくなるでしょうから、R国の国民の所得レベルで、どれほどの利用客が見込めるかと……」

「当初は赤字だが、所得レベルが上がるにつれ、黒字化できるという考え方をしてきたからな……」

「公共事業って、概してそういう考え方しますよね。アクアライン、本四連絡橋、青函トンネル、造ったものの想定通りの収益が上がらず建設資金の回収に一向に目処（めど）がつかないものはたくさんあるじゃないですか。まだ日本だからなんとかなってはいるものの、財政が厳しいR国で、こんなことが起きたらどうなりますか。それがR国のためになるんでしょうか」

「しかし、R国政府が欲しいっていってるんだからねえ……」

語るごとに怒りがこみ上げてきて、

「無責任過ぎませんか？」

美絵子は、思わず声を張り上げた。「どうせ、高速鉄道の導入計画を立案したR国の政治家は、私腹を肥やすのが目的で、国の将来なんか考えてもいないんです。赤字が問題になる頃にはとっくに引退しているどころか、この世にいないかもしれないんですよ。負の遺産を、後に続く人間に押しつけるって、あり得ませんよ」

「そうはいってもなあ……」

「何も、R国の政治家だけじゃありません。高速鉄道を売り込もうとしている中国も日本も、同罪ですよ」

「しかしなあ……。この事業は国家案件だからねえ。気持ちはわかるけど、我々が口を挟める余地なんか端からないんだからどうすることもできないよ」

橋爪は、あからさまに困惑の表情を浮かべる。

「キャサリンは絶対に気づく、いや気づいていると思います」

美絵子は断言した。「だから、白紙になる可能性は十分にあるといったんです。R国には、早急に解決しなければならない問題が山積してるんです。十年、二十年先の国のありかたを考えれば、優先すべきは高速鉄道じゃない。結論は絶対にそうなるはずなんです」

「彼女の性格からすると、あり得ない話じゃないかもな……。それに、見直しの過程で前政権の腐敗ぶりが明らかになって、刑務所にブチ込めれば国民は拍手喝采だ。彼女の政権基盤は揺るぎないものになるだろうからね」

相槌を打った橋爪だったが、すぐに表情を曇らせる。「しかし、それじゃあ中国が黙っていないよ。R国へは日本も多額の援助を行ってきたが、中国の援助額の伸びは凄まじいものがあるからね。中国のことだ、今後一切の援助は行わないといい出しかねないし、そんなことになったら、キャサリンの目指す国づくりも絵に描いた餅ってことになりかねない。かといって、中国が手を引いた分を日本が援助するってわけにはいかないからね。それじゃあ困るのはキャサリンってことになる」

橋爪の指摘はもっともだ。

国家運営を会社経営にたとえて論じるのは乱暴に過ぎるが、どれほど素晴らしい構想を持ち、国あるいは企業の発展に寄与する確信があっても、実現するためにはまず資金が必要になるという点では共通している。企業の場合、元手がないのなら銀行から、国の場合なら支援国からということになるのだが、返済の見通しが立たない会社に銀行が簡単に融資に応じないのと同様に、二つ返事で支援に応ずる国はない。相手国が自国にどれほどの国益をもたらすのか、外交、軍事、経済、すべては国家戦略の観点から厳しく吟味、分析され、支援するだけの価値があると判断されて、はじめて実行されるものだからだ。

「その点は心配ないと思います」

美絵子はいった。「高速鉄道に替わる、真の意味でR国の発展の起爆剤になるプロジェクトが立ち上がりつつあるんです」

「それは、どんな？」

「以前提案書に盛り込んだ、クルーズトレインです。あのプランが四葉とアンドリューの間で、実現に向けて動き出しているんです。それも、もっと大きな構想になって」

美絵子がこたえると、

「その話、聞かせてくれ」

橋爪は、目を輝かせて身を乗り出してきた。

8

四葉商事本社ビルの最上階は、役員専用のフロアーだ。

分厚い絨毯（じゅうたん）が敷き詰められた廊下の両側に、秘書が控えるガラス張りのブースが並び、その奥が役員の執務室となっている。さらに、このフロアーには役員の専用食堂と会議室がある。

「私共からの提案は、以上でございます」

楕円形（だえんけい）のテーブルを囲むグループ各社、二十五名の社長を前にして、翔平は長いプレゼンテーションを締めくくった。

極度に張り詰めていた緊張の糸が解けていくのを覚える一方で、趣旨が十分伝わったのか、今度はプレゼンの出来が気になってくる。

各役員の前に置かれたマイクロフォンの一つ、石尾の席に赤い小さな光が灯った。

「相川君、ありがとう」

石尾は翔平の労を労（ねぎら）うと、

「提案の趣旨は、ただいまのプレゼンでご理解いただけたかと思います。皆さまの忌（き）憚（たん）ないご意見を賜りたいと思います」

一同を睥睨（へいげい）するように見渡し、発言を促した。

短い沈黙の後、別の席のマイクロフォンに赤い光が灯った。

「趣旨は理解できましたがね、一企業がそこまでやる必要があるのかなあ」

早々に疑念を呈してきたのは、四葉重工の種田（たねだ）である。「ハードが立派でも、それに値するソフトが伴わなければ、宝の持ち腐れというのはその通りなんだが、いままではそれで通用してきたんだ。それに、いまのプレゼンを聞いていると、日本の流儀が絶対的に正しい、必ずや喜ばれるはずだという前提に立って、この構想が立案されていることに、私は強い違和感を覚えるね。国それぞれに国民性があれば、流儀ってものがある。やり過ぎると、感謝されるどころか、逆効果になるんじゃないのかね」

石尾は自らこたえずに、翔平に目を向けてきた。

「ご指摘はごもっともでございます」

翔平は、丁重な言葉遣いでこたえた。「もちろん、我々の提案を受け入れるかどうかは、相手国の意向次第でございます。しかし、この構想が実現すれば、四葉グループが途上国のインフラ事業を獲得する上で、大きな武器になるのは間違いないと確信しております」

「確信？　どうして確信なんて持てるんだ？」

種田は胡乱(うろん)な眼差しを浮かべ、問い返してきた。

「プレゼンの中でも申し上げましたが、鉄道に限らず、インフラ整備事業からは多くのビジネスが派生いたします。しかし、鉄道、駅ビル、都市整備、道路、発電所と、どれをとっても、四葉でなければできない事業は、ひとつとしてございません。少なくとも、ハード面においては、四葉と同等の能力を持った企業が、世界には数多く存在するのです」

「だから、ソフトで勝負しようってんだろ？　しかしねえ、途上国向けのインフラ整備事業は、ターンキービジネスだ。完成した後、それをどう使うかを決めるのは、相手国の企業であり、国民だよ」

「それでは、これから先も、我々は競合他社との価格競争を強いられることになりますが？」

「その競争に勝ち抜くために、知恵を絞り、汗をかくのが、君たちの仕事じゃないか。第一、こんなものを作っても、教育やトレーニングを受けられるのは、関連施設に従事する人間だけ、相手国のごく一部の人間じゃないか。それで、その国の何が変わるというのかね？　まして、グループ社員の再教育の場にするだなんて、夢物語にしか聞こえんね。カネの無駄遣いだよ」

　四葉グループは、各分野で日本を代表する企業で構成されるが、社長は全員サラリーマンだ。そして、真弓会は全国の有力大学を卒業した学生の中から、選びに選び抜かれた人間たちが、入社と同時に激烈な競争を繰り広げ、勝ち残った最後の一人が集う場だ。社長を退任した後は会長に、次は名誉会長、あるいは相談役となって、一線を退いてもなお、高額報酬と地位に相応しい待遇が保証されている。おそらく長期的ビジョンに立った戦略には否定的な見解を示すに違いないと思っていたのだが案の定だ。

「私も種田さんのいう通りだと思うね」

すかさず口を挟んだのは、四葉地所の高梨だ。「駅ビルにせよ、都市整備で新築されるビルにせよ、店子を集めるのは物件の所有者がやることだし、そこでなんの商売をやるのか、どんな接客をやるのかは店子が決めることだ。要はマンションと同じで器を作るまでが仕事だ。そこまで、四葉が考える必要性はまったくないし、こんな学園を設けたところで武器になるとは思えないね」

高梨は、いかにも不動産会社のトップらしい見解を口にする。

「リゾートホテルにしたって同じだろ？」

種田が大きく頷きながら、声に弾みをつける。「第一、グループ内にホテルを経営している会社はないじゃないか。R国でリゾートやるとなれば、どこぞのホテルを巻き込まなきゃならない。日本のホテルだろうが、外資だろうが、海外でリゾートをやれる会社なら、従業員教育のノウハウだって持ってるよ。クルーズトレインだってそうだろ？　運行するのは、R国の鉄道会社だし、乗務員の数だって知れたもんだ。一般国民が広く利用するもんじゃなし、ハイレベルのトレーニングを施したところで、一般国民の民度向上に役立つとは思えんね」

種田は、こんなプランを真弓会に提案すること自体、馬鹿げているといわんばかりの口調で吐き捨てる。

「全くだね」

またしても、高梨が種田の言葉に追随する。「君はブロークンウインドウズ理論を持ち出して、範を示し続ければ途上国の民度も上がるといったが、そんなことはあり得んよ。民度なんてものは、その国の生活習慣や文化、宗教、様々な要因の積み重ねでできるものだ。いわば、その国の歴史なんだ。君が考えているようなことで民度が向上するのなら、とっくの昔に誰かがやってるよ」

「誰もやらなかったから、我々がやろうと申し上げているのです」

翔平は怯むことなく返した。「直近に迫ったR国の首相選では、キャサリン・チャンの当選が確実視されております。私は一度だけ、会ったことがありますが、その時彼女にこういわれたのです。高速鉄道の導入は、R国の民度を高める絶好のチャンスだ、高速鉄道のみならず、そこから派生するビジネスに携わる全ての人間に、高い教育が施され、そして維持、向上させることができれば、R国は間違いなく変わると。そして、こうもいわれました。高速鉄道を売り込もうとしているいずれの国の提案も作れば終わり。国の未来に繋がるビジョンが浮かんでこないと」

　高梨が何かをいいかけたが、それより早く翔平は続けた。

「国内市場の拡大が見込めない以上、日本企業が生き残る道が海外市場、それも途上国のビジネスをいかにして獲得するかにあるという我々の考えに異論がないのであれば、インフラ輸出はターンキービジネスという言葉は出てこないはずです。少なくとも、キャサリンの考えを実現させる案を出さずして、新幹線はもちろん、R国、いや途上国で行われるインフラ事業の受注は望めないと、私は断言いたします」

　自身が発した言葉を引用し、否定された種田の怒るまいことか。

　激しい口調で食ってかかってきた。

「キャサリン・チャンが望むことを、他の国が望むとは限らんだろう！」

「これは、R国の十年、二十年先、四葉グループの十年、二十年先を見据えてのプランなのです」

　あくまでも異を唱える種田の姿勢にため息をつきたくなるのをこらえて、翔平は冷静にこたえた。「ポストチャイナと目され、外資企業の進出が相次いでいるとはいえ、R国のインフラ整備はこれからはじまるのです。それも一斉にというわけではありません。優先すべきものを決め、その波及効果を確認しながら、十年、二十年という時間をかけて整備されていくのです。整備が進むにつれ、国が豊かになり、国民の生活や教育レベルが向上し、民度も劇的に上がった、途上国が先進国への道を確実に歩みはじめた姿を目の当たりにすれば、同じ道を歩みたいと願わない為政者がどこにいるでしょうか」

「為政者ねえ」

種田は、ふんと鼻を鳴らし嘲笑を浮かべる。「途上国の政治家が、国家のことなんか考えるかね。キャサリンがR国の首相になるのは間違いなかろうが、彼女は異例中の異例の人物だよ。途上国の政治家なんて、既得権益をどうやって守るか、いかにして私腹を肥すかで頭がいっぱいじゃないか。第一、君はR国の高速鉄道事業を日本の新幹線が受注することを前提にしているようだが、実現すると思っているのかね。R国は中国からも多額の支援を受けているんだよ。中国が善意でカネを出す国なんかじゃないことは、君も重々承知しているだろ？　新幹線を採用したら、中国が黙っているわけないだろう」

「新幹線を採用したら、そうなるでしょうね」

「だったら、高速鉄道事業は中国が受注するってことになるじゃないか」

「中国、日本、双方の高速鉄道を採用しないとなったら？」

「採用しないって、どういうことだ？」

「キャサリンは、高速鉄道事業そのものを白紙にするかもしれません」

「白紙？　他国を巻き込んで、ここまで進んだ事業をナシになんかできるわけないだろう」

怪訝（けげん）な表情を浮かべたのは種田だけではない。石尾も何をいいだすのかと、驚いた様子で、翔平を見る。

「彼女が高速鉄道の重要性を認めているのは確かです。しかし、その一方で、中国の狙いがR国を自国の勢力下に置くことにあるのも承知しております」

翔平は短い間を置き、一同が耳を傾けているのを確認すると続けた。「自国の勢力下に置く……この目的を達成する手段として最も手っ取り早い方法は、借りた資金を返せない、つまり高速鉄道を採算の取れない、赤字を垂れ流すだけの事業にしてしまうことです」

種田は、あっという顔をして口をつぐんだ。

「我々も高速鉄道事業ありき、いかにして受注するか、目先の任務に頭がいって、実際に運行が開始された後のことには考えが至りませんでした。その点では、私自身、高速鉄道事業はターンキービジネスだと考えていたのです。しかし、改めて原点に立ち返り、高速鉄道の必要性を考えてみると、少なくともいまのR国が、高速鉄道を持つのは、時期尚早に過ぎるとしか思えなくなったのです」

「つまり、こういうことです」

我々といわれたからには、何か話さなければならないと思ったのか、越野がはじめて口を開いた。

「R国の高速鉄道は、首都と第二の都市を結ぶことを計画しておりますが、この区間には在来線も運行されているのです。R国の在来線は、慢性的な赤字経営なのですが、沿線住民の生活には欠かせない貴重な足で、高速鉄道が開通したからといって、廃線にするわけにはいかないのです。高速鉄道の利用者数が想定を下回り、採算が取れないということになれば、双方の赤字が運行会社に重くのしかかる。ひいては、R国政府の財政を圧迫することも考えられるわけです。ならば、まずR国が考えなければならないのは、高速鉄道の導入よりも、すでに存在する資産――つまり、在来線を活用することによって、いかにして大きな経済効果に結びつけるかという点にあるのではないか。私共はそう考えたわけです。そこで着目したのが、在来線沿線に残る豊かな自然環境を目玉にした、クルーズトレインの運行、そしてリゾート建設です」

「なんだか、君たちの話を聞いていると、R国の政治家は間抜け揃いのように思えてくるね。中国の狙いがなにか、高速鉄道を走らせても採算が取れるのかなんて、少し考えれば分かりそうなもんじゃないか」

あからさまに反撃に出た種田だったが、これもまたブーメランである。

「種田社長がさっきおっしゃったように、途上国の政治家なんて、既得権益をどうやって守るか、いかにして私腹を肥すかで頭がいっぱいだからですよ。悲しいかな、それが途上国の現状なのです」

果たして越野が返すと、種田は口をもごりと動かして沈黙する。

「我々だって、同じ穴のムジナです」

越野は続けた。「R国に、高速鉄道導入計画がある。何としても、オルガナイザー業務を受注しろ。そういわれれば、是が非でも受注獲得に動き回らなければならないのが、組織で働く者の宿命です。高速鉄道が、本当にR国の役にたつかどうかなんて考えもせず、ただ自分たちが利益を上げるために……」

正直いって、ずるいと思わないでもなかった。

なぜなら、越野のいまの言葉は、アンドリューと在来線を使った旅から帰った直後、翔平が語った言葉と、寸分違わぬものだったからだ。

しかし、そんなことよりも、越野が居並ぶグループの社長を前にして、翔平が考えたことを理解し、堂々と主張してくれたことが嬉しかった。第一、平社員同然の翔平が語るより、R国四葉商事の社長の言葉は重みが違う。

それが証拠に、種田も高梨も口を噤み、会議室は静まり返った。

越野はさらに続ける。

「何十年もの間、元本返済義務は生じない。その間は金利の支払いだけでいい。そりゃあ、財政力に乏しい途上国は飛びつきますよ。ですが、それも想定通りの収益が上がればこそです。目算が狂えば、あとに残るのは赤字を垂れ流す高速鉄道だけ。そんなものを抱えてしまったら、R国が途上国から先進国へと発展を遂げる日が来るわけがありません。無茶な事業を後押しした日本は、感謝どころか、恨まれますよ。日本企業が生き残る鍵が海外進出、それも途上国でのビジネスをいかにして摑むかにあるのなら、相手国の国民に感謝されるような仕事、日本に任せてよかったと思われるようなプランを提示し、実現してみせることしかないのではないでしょうか」

「おっしゃる通りだと思います」

その時、四葉建設の中瀬がはじめて口を開いた。「我々も途上国でのインフラ建設事業を数多く手がけてきましたが、単に交通の便が良くなった、近代的な施設ができたで終わりにする従来の考え方は改めるべきですよ。施設にせよインフラにせよ、相手国の発展にどう貢献するのか。日本にとっても、相手国にとっても将来への投資であることには変わりはないんです。ならば、最大限の効果を追求すべきですよ」

「同感ですね」

次いで賛同の声を上げたのは、四葉総合研究所の松川だ。「越野さんがおっしゃるように、R国に限らず、途上国のインフラビジネスには、投資効果という点では首を傾げたくなるものが多々あります。想定通りの成果が得られなければ、途上国は途上国のままというのじゃ、先進国が途上国を食い物にしたようなもんじゃないですか。それに、R国については、我が社もいろいろと調査研究を行っておりますが、キャサリン・チャンが首相になれば、援助資金にせよ、自国の財源にせよ、使うからには最大限の効果をとことん追求するはずです。その点からいえば、高速鉄道よりも、在来線を有効活用して、観光産業の活性化を図るというのは、まさに目から鱗です。キャサリン・チャンも大きな関心を寄せるんじゃないでしょうか」

「それに、この学園構想は、何も日本の流儀を教育する場とは限りませんからね」

再び、中瀬が口を開いた。「世界には百九十六の国がありますが、そのうち百五十カ国が途上国です。国それぞれに文化もあれば、流儀があるとおっしゃる種田さんのおっしゃることはごもっともなんですが、これから先、途上国のビジネスに従来以上の力を注ぐなら、まさに彼を知り己を知れば百戦殆うからず、我々も相手国を国民レベルで知る必要があります。上位職責者から現場の人間に至るまで、幅広い階層がこの学園に集い、継続的に教育を受けるようになれば、学ぶのは相手国の人間だけではありません、我々四葉の社員もまた相手の国、国民を学ぶことになるわけです。これは、海外案件を獲得する上で大変な武器になります。是非ともこのプランは実現すべきだと思います」

重工、地所は四葉グループの基幹企業だけに、真弓会においても種田、高梨の二人の発言力は強いものがあるのは想像に難くないが、まさに「赤信号、みんなで渡れば怖くない」というやつか。肯定的な意見が相次ぐようになるに従って、会議室の雰囲気が変わりはじめた。

そんな気配を察したのだろう。

「この構想がR国に採用され、成功を収めれば、他の途上国の注目も集めるでしょう。そうなればクルーズトレインの製造に加えて、レールだって新調しなければならなくなるでしょうから、重工には大きなビジネスチャンスが生ずることになるじゃないですか。地所だって、この先国内の不動産事業は、厳しい展開を迎えることになるわけだし、この辺りで海外のホテル事業に進出し、経営の多角化を図っておくべきだとも思うのです。正直いって、おふたりが、この構想に反対するのは、意外でしたね」

石尾は皮肉たっぷりの口調でいう。

まったくその通りだ。

四葉重工にはクルーズトレインの製造とレールの全交換。それも翔平が旅した区間だけでも八百キロもあるのだから、ビッグビジネスのチャンス到来だ。

一方の四葉地所にしても、いまでこそ業績は絶好調だが、東京ひとつをとっても、これだけ高層ビルの建設が相次げば、早晩テナントの確保に苦労するようになるだろう。実際、フィンテックの導入によって、メガバンク一社だけでも、半数にあたる四百もの支店が規模の縮小を余儀なくされ、一万九千人もの余剰人員が生まれると公表されているのだ。今後も新しいテクノロジーが相次いで出現し、職場環境が激変するのは間違いないのだから、オフィス需要だって激減していくに決まってる。

それはマンションにもいえる。

ただでさえ、日本の人口は減少に転じて久しいのだ。人が減れば、住宅需要も細るに決まっているからだ。

その時に備えるならば、新たに海外でのリゾートホテル運営事業に乗り出すのは、四葉地所にとっても決して悪い話ではないはずだ。地所が分譲しているマンションは、高級物件が多く、夜遅くまでコンシェルジュが常駐している物件も多い。ホテル経営のノウハウにしたって、地所ならば外部からしかるべき人材を招き入れることは十分に可能なはずである。なのに、なぜ二人が、これほど反対するのか、翔平には不思議でならなかった。

二人の顔に赤みが差し、怒りのあまりか、やがて蒼白になっていく。

それでも石尾は素知らぬふりでプレゼンを締めにかかった。

「まあ、ここで結論を出していただく必要はありません。ただ、私としてはこのプランは商事単独でも実現させる意思をすでに決めております。中瀬さんがおっしゃったように、これから先、日本が海外、特に途上国で行われる大きなビジネスをものにするためには、真の意味で相手国の発展に寄与し、相手国の国民に感謝され、かつ日本企業、ひいては四葉への信頼を勝ち取る以外に術はない。それが四葉グループ社員の士気を高め、ビジネスを有利に運ぶことにもつながると考えております。プランに乗る、乗らないは各社の判断にお任せいたしますので、是非ご検討のほどをお願いいたします」

石尾は、高らかにいい放つと、越野と翔平に視線を送り、退出を促してきた。

9

R国への最終直行便は、羽田を午後十一時に飛び立つ。

現地到着予定時刻は、午前七時。空港から現地のオフィスに向かえばすぐに仕事ができるとあって、ビジネスクラスは常に満席だ。

深夜の出発便にミールサービスはない。夕食は搭乗前に済ませておくのが暗黙の了解事項だし、旅慣れたビジネスパーソンは、そもそもが機内食に興味はない。早い話が夜行の寝台列車のようなもので、朝食のサービス開始までの飛行中は貴重な睡眠時間であるからだ。

当然、酒の力を借りるビジネスパーソンもいるわけで、ビジネスクラス専用ラウンジでは、ビュッフェの軽食を肴(さかな)にアルコールを口にする者も少なくない。

翔平は窓際のカウンター席に座り、外の光景を一人ぼんやりと見つめた。

青、赤、緑、黄色……、整然と並ぶ誘導灯の光の洪水。テールマークを浮かび上がらせた旅客機が離着陸を繰り返す様を眺めていると、はじめて海外出張に出かけた時の、沸き立つような興奮を思い出す。

翔平は腕時計に目をやった。

時刻は午後九時半になろうとしている。

越野の携帯に石尾から連絡が入ったのは、プレゼンを終え、会社近くの蕎麦屋(そばや)で昼食を摂(と)っている最中のことだった。用件がプレゼンのことであるのは察しがついたが、電話を終えた越野は、「石尾さんから呼び出しだ。私ひとりで社長室に来てくれって……」というなり昼食を中断し、会社に戻った。その後、「長くなりそうだ。羽田のラウンジで落ち合おう」と連絡をしてきたきり、この時間まで音沙汰(おとさた)はない。

四葉商事単独でもやると断言したのだ。おそらく、これから先の段取りについて話し合っているのだろうが、それにしても遅すぎる。

空港に向かうまでの間は、社内で同期と会い旧交を温めたのだったが、夕食の誘いを断ってしまっていたからだ。上司を待つ間にアルコールを口にするわけにもいかず、夕食はビュッフェにあるカレーで済ませてしまったし、飲み物にしたって、ブラッディーマリーに用いるスパイスが効いた野菜ジュースだ。

こんなに遅くなるなら、いってくれればいいのに――。

翔平は、胸の中で毒づきながら、小さなため息を漏らした。

再び窓の外に目をやった。

「やあ、待たせてすまなかったね」

その時、背後から越野の声が聞こえた。「プレゼン、大成功だ。社長も大変喜んでいてねえ」

大股（おおまた）で歩み寄ってくる越野は上機嫌のようだった。

隣の席にどっかと腰を下ろすと、

「よくやってくれた」

翔平の背中をどんと叩いた。

ぷんと酒の臭（にお）いが鼻をついた。

飲んでやがる。こっちは、カレーとアルコール抜きのブラッディーマリーだってのに……。

「喜んでらしたって、少なくとも種田さんと高梨さんの二人は、あからさまに反対したじゃないですか。特に重工は、海外で鉄道事業を行うにおいて、欠くことができない存在なんですよ。種田さんの賛同を得られなければ――」

「やっぱり社長になる人は違うな」

越野は、むっとする翔平の気配に気づく様子もなく感心したようにいう。「石尾さんは、種田さんが反対すると見越してプレゼンの場を設けたんだ」

「どういうことです？」

「それだけ、筋のいい構想だった。四葉グループの将来を考えれば、絶対にやるべき事業だって種田さんも認めたってことさ」

　ますます意味が分からない。

　きょとんとした、翔平に向かって、

「政治だよ。政治」

　越野はにやりと笑うと続けた。「真弓会の次期会長を狙っているのは、石尾さんだけじゃない。中核企業の社長はみんなそうなんだが、種田さんは、石尾さんの対抗馬と目されていてね。真弓会がビジネスの情報交換の場という一面があるのは事実だが、グループ全社が一丸となって取り組む事業はいままでなかったんだ。初のケースを石尾さんが手がけ、グループ全体のビジネスに多大な貢献をすることになってみろ。石尾さんの会長就任は決まったも同然だ」

　呆（あき）れた話だ。

「じゃあ、種田さんは自分の野心のために反対したってわけですかぁ？」

　翔平は、語尾を吊（つ）り上げた。

「それに、ビジネス以外にも、人材確保という大きなメリットがあるからね」

越野はいう。「これから先、職場環境はどんどん変わっていく。グループ各社も余剰人員をどうするかという問題に直面することになる。それを避けるために、従業員に教育を継続的に施し、情報交換を行いながら最新の技術を身につけさせ、新しいビジネスチャンスを模索する。従業員の雇用維持の目的を兼ねた、ギムナジウムのような教育機関を一企業が運営するのは、少なくとも日本では初の試みだ。この構想が公になれば、四葉グループの企業イメージは格段に上がる。従業員の士気も上がるだろうし、黙っていても有能な人材が押しかけてくる。石尾さんはそういっていたよ」

石尾と種田の間に、そんな確執があったとは知らなかったが、功成り名を遂げても満足しないのが人間だ。いや、遂げれば遂げるほど、さらなる高みを目指すものなのかもしれない。

「考えてみれば、今後余剰人員が発生する可能性が高いグループ企業っていえば、重工と地所なんかその最たるものでしょうからね」

そういった翔平に、

「そこのところを、商事に解決されてしまいそうなんだから、そりゃあ種田さんは面白くないだろうさ」

越野はふっと笑みを漏らした。

「それで、社長と祝杯をあげていたってわけですか？」

酒の臭いを漂わせながら、上機嫌に話す越野を見ていると、どうしても声に棘がこもってしまう。

「まさか、晩飯まで誘われるとは思わなかったんだよ。フライト前に、空港でゆっくり飯を食おうと思っていたんだが、話がすっかり長くなってしまってね」

「冗談じゃありませんよ。私、ここでカレーを食べただけなんですよ。これだって、ウォッカ抜きのブラッディーマリーですよ。電話の一本ぐらいしてくれたってよかったじゃないですか」

翔平はグラスを翳し抗議した。

「悪い、悪い」

越野は軽い口調で宥めにかかる。「社長が今後の段取りについて、いろいろ聞くもんでさ。相手が社長じゃ、話の腰を折るわけにはいかないだろ。ひとしきり話したところで、すぐに役員食堂に行こうってことになっちゃったんだもの」

「今後の段取り？　社長がですか？」

翔平は驚いて聞き返した。

ゴーサインを出したからには、ここから先は現場の仕事だ。社長が段取りに興味を示すとはどういうわけだ？

「それだけ、このプランに石尾さんが入れ込んでいるってことだ」

越野は、一転して真顔でいった。「学園の買収の件については、北海銀行との間で合意が整っている。買収費自体は大した額じゃないが、施設を整備し、組織を作り、カリキュラムを練り——となると、投資金額はそれなりに膨らむし、かなりの大仕事になる」

「でしょうね」

翔平は頷いた。「まずは鉄道事業から派生するインフラビジネス全般の教育、研修機能を持たせることからはじまって、グループ全体のギムナジウムにするわけですからね。そこそこの会社を一から立ち上げるようなものです。その一方で、海東学園も存続させるわけですし……」

「まあ、海東学園は、君の妹さん夫婦に任せるとしてだ、開所と同時にプラン通りの機能をフルに発揮する方法を考えろ。石尾さん、そういってきたんだ」

「フルにって……途上国で展開する関連事業に従事する従業員の教育機関としての機能も含めてですか？」

「そういうことだ」

「開所と同時に？」

越野は、無言のまま頷く。

「しかし、それはキャサリンが、その気にならなければ――」

「そんなことは分かっている」

越野は翔平の言葉を厳しい声で遮った。「石尾さんが、そんなことをいい出したのは、君が、キャサリンは高速鉄道事業を白紙にするかもしれないっていったからだ」

「かもしれないとはいいましたが、するとはいってませんよ」

「あの一言で、真弓会の雰囲気が一変したのを感じたろ？　つまり、君の説明には説得力があったってことさ。なのに、キャサリンはやっぱり高速鉄道を導入することにしました。このプランには興味を示しませんでしたじゃ、石尾さんのメンツは丸つぶれ。種田さんの高笑いってことになってしまうじゃないか」

「そ、そんな……」

あの時のキャサリンの言葉からすれば、高速鉄道をキャンセルするに違いないと思ってはいても、そういわれると自信が揺らぐ。

「だから高速鉄道を導入するかどうかはともかく、クルーズトレイン、リゾート開発、それに伴うインフラ整備——我々のプランを、是が非でもキャサリンに採用させ、開所と同時に、フル稼動させろと厳命されたんだ」

「それ、同意したんですか」

「同意するもなにもないよ。命令だぞ」

相手をその気にさせるのがビジネス、といわれればそれまでだ。しかし、買う買わないは、相手が決めることだ。

翔平は頭を抱えたくなった。そして、後悔した。

余計なことをいわなければ……。

「こうなったら、アンドリューを動かすしかないな」

越野はいった。「彼も高速鉄道の導入には否定的なんだし、クルーズトレインは、そもそも彼の発案だ。キャサリンだって、高い志を抱いていることは確かだが、政治家はそれだけで務まるもんじゃない。どんな国づくりを目指すのか。経済、社会保障、教育、ありとあらゆる分野のビジョンを明確に国民に示し、実現までのロードマップを描いてみせる必要がある。高速鉄道にしたって白紙に戻すというのなら、なぜ止めるのか。その理由を明確にし、国民を納得させると同時に、より価値のあるプランを提示してみせる必要があるはずなんだ」

「対案なき批判は、能力の低さを自ら証明するようなものですからね」

「キャサリンは、野党の党首として政治の世界に進出しようってんじゃないんだぞ」

越野はいった。「彼女が高速鉄道に代わる事業について考えがあるのかどうかは分からないが、我々のプランは間違いなく一考に値するはずだ」

「しかし、彼女の性格からすれば……」

「彼女は、国家元首になるんだぞ」

越野はいう。「どんな形で持ち込まれた案件だろうと、不正がなければ、信念を曲げたことにはならないだろ。高速鉄道よりもクルーズトレインがR国発展のためになる。鉄同士の夢物語に可能性を見出した我々が、具体的なパッケージにまとめた。もちろん、我々にとってはビジネスだ。だが、国が豊かになるには経済の発展なくしてあり得ない。つまり、ビジネスの存在なくしてあり得ない。賄賂や利権供与と引き換えにプランを飲ませようってわけじゃないんだ。R国発展のために、真の意味で国民の利益、幸福につながる事業の提案なんだ。彼女の信念に反することになるわけないだろう」

越野は、そこで真摯な眼差しを翔平に向けると、

「もちろん、このプランを巡っては、グループ内でも様々な思惑が絡み合っているこ

とは事実さ。決して褒められたもんじゃないが、それは内輪の話だ。R国に対しての四葉の考えは、両者ウインウインの関係を結びたい。そこで得られた成果と信頼を以て、途上国に第二、第三のR国を作っていきたいということにあるのは間違いないんだ」

確かに、越野のいう通りかもしれない。

ビジネスは食うか食われるかの戦いだが、浮利を追わず、誠実、正直が基本中の基本だ。浮利を追うことは相手を騙すことと同義だし、代金を支払う側は、売り手の意図を敏感に察知する。騙されたと思えば、信頼関係など築けるはずもなく、浮利は得られても、それ以降の関係を絶たれて終わるのがおちである。

「おっしゃる通りです」

翔平は頷いた。「分かりました。R国に帰国次第、ただちにアンドリューに今日のプレゼンの結果を報告します」

「趣味が仕事になるなんて、滅多にあるもんじゃないからな。アンドリューだって、聞いた瞬間から、実現に向けて動き出すさ」

目を細める越野だったが、「ところで、相川君。この構想がR国に採用された後のことなんだがね。社長が是非、君にやってもらいたい仕事があるというんだ」

と話題を変えた。

「社長が？　私にですか？」

中間管理職に、社長が直に職務を命ずるという話は聞いたことがない。「それは、どんな仕事でしょう」

そう訊ねた翔平に、

「それはね——」

越野は驚くべき任務を話しはじめた。

10

「四葉の提案書は、読ませていただきました」

首都最大のスラムにあるオフィスを訪ねた翔平に向かってキャサリンはいった。

「光栄です。こんな大変な時期に、早々に目を通していただけたことに感謝いたします」

翔平は頭を下げた。

首相選挙の告示日まで、一カ月を切った。

国民のキャサリン首相待望論は高まる一方だ。まだ選挙戦がはじまってもいないのに、主要都市では週末になると、支持者の大集会が開催され、回を重ねるたびに規模は大きくなるばかりだ。

広い会場は、翼の党のシンボルカラーであるライトブルーのティーシャツを着用した大群衆で埋めつくされ、同色の旗が風にたなびく。彼らの多くが手にするプラカードには、『首相選はキャサリンに』『投票は翼の党に』といった文字が書かれ、首相選どころか早くも解散総選挙が決まっているかのような熱狂ぶりだ。

四葉の現地採用社員によれば、首相選に国民がこれほどの関心を示すのも、選挙戦がはじまる前に、支持者の大集会が開かれるのも、建国以来はじめてのことだという。

それも無理からぬ話で、これまでの首相選は、現職と有力国会議員、あるいは有力国会議員同士の間で争われるもので、候補者はいずれも富裕層出身者。誰が勝利したところで、何が変わるわけでもない。既得権益層が、より大きな権力と利権を手にするための戦いであったからだ。当然、有権者の圧倒的多数を占める貧困層の関心は低く、投票率は四十パーセント前後と低調だったのだが、今回は九十パーセント台に届くのではないかと見るメディアもあった。

アンドリューに提案書を託したのは十日前のことだったが、もはやキャサリンの当選は誰の目にも明らかだ。おそらく、彼女は首相就任後、ただちに着手するであろう大改革の準備に忙殺されていて、提案書に目を通してもらえるのは、まだ先のことになるだろうと翔平は考えていたのだが、突然呼び出しがかかったのだ。

「本当は、首相選で勝利を収めた後に読ませていただくつもりだったのですが、アンドリューがあまりにも熱心で。何度も電話をかけてきては、読んだかと訊ねてくるし、父もすぐに目を通しておくべきだと勧めるもので……」

「正式な手順を踏まず、私的な繋がりに頼ってしまいましたことを、お詫びいたします。ですが、我々といたしましては——」

「ショウ」

キャサリンが、翔平の言葉を遮った。「正直いって、このプランについて結論を出す権限は、いまの私にはありません。もし、当選したらという前提に立って、お話しするのもルール違反です」

そうはいわれても、キャサリンの反応次第で、今後の展開は大きく変わる。

「はい……」

翔平は、キャサリンの視線を捉えながら頷いた。

「感想をお話しする前に、ひとつお訊きしたいことがあります」

「何なりと……」

「あなた方が、R国の高速鉄道導入計画は時期尚早だとお考えになったのは、以前あなたとお会いした時に、私が否定的な見解を示したからですか？」

「その点は、否定しません」

翔平は、正直にこたえた。「キャスがおっしゃるように、高速鉄道が開通したとしても、すぐに採算ベースに乗るとは思えません。もちろん、長期的スパンで考えれば、高速鉄道ができたことで国の経済が発展し、乗客も増え、十分採算が取れる可能性がありります。他国からの融資も返済できるかもしれません。実際、R国政府は、そう見込んで導入を決めたわけです」

キャサリンは聡明な眼差しで翔平を見詰め、話に聞き入っている。

「ですが、経済は生き物です。先進国の企業は、より良質な製品をより安いコストで製造することを常に追求しています」

翔平は続けた。「ひとつの新技術の出現で、市場環境が一変してしまう時代に、十年、二十年先のことなんか誰にも分かりません。R国政府の見込んだ通りに高速鉄道の収益が得られなければ、R国は大変な苦境に立つことになってしまいます。その危険性を承知で、この事業への参画を目指すのは、あまりにも無責任だ。我々は、そう考えたのです」

「でも、日本政府は新幹線の採用を熱心に勧めているではありませんか」

キャサリンは、表情を変えることなく問うてきた。

「R国政府が高速鉄道を導入すると公表すれば、そりゃあ、是非新幹線をとなりますよ」

言葉を繕ったところで、見抜かれるに決まってる。

翔平は正直にこたえた。

「返済不能になることを承知でも？」

キャサリンは、片眉を微かに吊り上げる。

「他人のことをいえた義理じゃありませんが、何十年も先のことを考える人間は政治の世界、ビジネスの世界に、そうはいません。明日の飯より、今日の飯。新幹線の受注に成功すれば、日本企業に大きなビジネスが生まれる。国のためにもなれば、自分の功績にもなりますからね。我々だって、そう考えていたからこそ、新幹線が採用された暁には、オルガナイザーとして加わることを狙っていたわけです。何十年も先のことなんか、考えても仕方がない。第一、債務不履行となった頃には、関係者はとうの昔に現場を離れているに決まってる。後のことなんか知ったこっちゃないとね……」

翔平は忸怩たる思いに駆られ、思わず視線を落とした。

「あなたは、正直な人ですね」

その言葉に、思わず視線を戻した翔平に向かって、「じゃあ、なぜ鉄道の代わりに在来線を整備して観光産業を国の新しい柱のひとつとして、R国の経済を発展させるなんて発想が出てきたわけ？」

目元を緩ませながら問うてきた。

「追いかけて来たビジネスを、自ら否定してしまえば、何の成果も得られません。そんなことビジネスの世界では許されませんからね。手ぶらで帰るわけには行かないんです。だから、必死になって知恵を絞ったわけです」

翔平もまた、笑みを浮かべ、「ヒントは思わぬところから出てきました。キャスはアンドリューが鉄道マニアだということをご存知でしたか？」

と訊ねた。

「ええ。あの子が、幼い頃から、鉄道に夢中だったことは知っていますけど」

「経産省の女性官僚に、筋金入りの鉄道マニアがいましてね。彼女との間で、鉄道の話題に花を咲かせるうちに、アンドリューがR国の在来線の沿線には、手つかずの資源が豊富に残っている。あそこにクルーズトレインを走らせたら、面白いことになるんじゃないかって、語り合ったことを耳にしましてね」

「アンドリューが経産省の官僚と？」

キャサリンは、怪訝な表情を浮かべる。

「新婚旅行で日本へ行った際に、山口県の山中で、偶然知り合ったんだそうです。SLの写真を撮りに行った先で……」

「あの子、新婚旅行の最中に、そんなことしてたの！」

キャサリンは、目を丸くして、あんぐりと口を開ける。

「鉄道マニアの情熱は、門外漢には理解できないほど、熱いものがありますから」

キャサリンがはじめて見せる表情に、翔平はクスリと笑うと、一転して真顔になって続けた。「それはともかく、その話をアンドリューから聞いた瞬間、なるほど、その手があったかと思ったんです。老朽化が進み、メンテナンスもおざなりにされてきた在来線に、クルーズトレインを走らせるとなれば、大規模な改修が必要です。駅舎、運行システムも新たに作らなければなりませんし、商業施設も新たに設けることになるでしょう。なによりも、利用客の大半は外国人になるでしょうから、鉄道従事者、乗員はもちろん、商業施設で働く人間には、あらゆる面でハイレベル、ハイクオリティの勤務態度が求められるわけです。それを維持し、さらに向上させていく仕組みを確立できれば、必ずや観光産業は、R国の新たな柱となって、国の発展に寄与するはずだ。高速鉄道の導入は、R国の国民性をいい意味で向上させるチャンスだといった、あなたの考えにも沿うものになるのではないか、と考えたわけです」

「なるほど」

キャサリンは肯定も否定もしなかった。

表情ひとつかえることなく、まだ話には続きがあるのだろうといわんばかりに、次の言葉を待っているようだった。

「それで私、アンドリューと一緒に在来線を使って旅に出たんです」

翔平は、さらに続けた。「いや、驚きました。あの沿線は、東南アジアでも有数のリゾートになる可能性を秘めています。なによりも、リゾートを建設すれば、沿岸部には雇用が生まれます。商業施設も集まってくるでしょうから、そこでも雇用が生まれるし、地元も潤う。それにあたっては、環境との融合を図りながら、秩序ある開発を行えば、あの一帯は、まさに地上の楽園と称されるようになるんじゃないかと」

「そこで、あなた方がお考えになった、継続的な教育を施す場が必要になるとおっしゃるわけですね」

結論を先回りするキャサリンに、

「その通りです」

翔平は大きく頷いた。

ふたりの間に、暫(しば)しの沈黙があった。

「趣旨は大変よく理解できました」

口を開いたのはキャサリンだった。「前にあなたと会ってから、果たしてこの国に、高速鉄道が必要なのかどうか、私はずっと考えてきました。可能な限りの資料を集め、その分野の専門家にも意見を伺いました。その結果、やはり高速鉄道の導入は時期尚早、いや永遠に不要なのではないかと思うようになったのです」

冒頭で、私人としての見解と断わりを入れておきながら、キャサリンが高速鉄道の必要性を明確に否定したことに驚きつつ、翔平は先の言葉を待った。

「理由は三つあります」

果たして、キャサリンは続ける。「一つ目は、あなた方が指摘されたように、採算性に疑問があること。二つ目は、高速鉄道が国の発展に貢献するとしても、その一方で、到底解決できない副作用を生む可能性があることです」

「解決できない副作用？」

「停車駅周辺地域への人口集中です」

キャサリンは静かに、しかしきっぱりと断じた。「人間は利便性に惹かれます。駅周辺に移り住む、あるいは住居を建てる人が続出するでしょう。人が集まれば、当然商業が活発になる。ビジネス街や工場もできるようになるでしょうから、雇用も活発になるわけです。それ自体は悪い話ではありません。むしろ歓迎すべきことなのですが、では、人はどこからやって来るのでしょう」

労働力の供給源となるのは、間違いなく地方だ。そして、企業が求める労働力は、若い世代が主である。都市部が活況を呈する一方で、若者が流失した地方の町は、過疎高齢化が急激に進むことになる。

「ストロー現象。日本で起きたことが、この国でも再現されるとおっしゃるわけですね」

「その通りです」

キャサリンは顔の前に人差し指を突き立てた。「一度都市部に出て職を得、都市生活の快適さを覚えた若者は、まず故郷には戻りません。実際、日本はそうなっていますよね。そして、地方の過疎高齢化はいまだ解決策が見出せずにいる大問題です。もし、同様の現象が、社会保障制度が皆無に等しいこの国で起きようものなら、取り残された高齢者の面倒を誰が見るのか。見捨てられた街や村をどうやって維持していくのか。解決不能な深刻な問題に直面することになるでしょう」

「なるほど。で、三つ目の理由は？」

「中国です」

キャサリンはずばりいった。「彼らの狙いが、債務不履行になったところで、R国を自国の勢力下に置くことにあるのは明らかです。ですが、それ以前に、そもそも私は、中国という国が信頼できないのです」

「それはなぜです？」

信頼できるという人間がいるなら、お目にかかりたいものだが、翔平はあえて訊ねた。

「ショウは、レーニンが帝国主義をどう定義したか、ご存知ですか？」

突然、レーニンの名前が出たことに翔平は驚いた。それ以上に、帝国主義の定義と聞かれて返事に窮した。

「すいません……不勉強で……」

翔平はぺこりと頭を下げ、上目遣いでキャサリンを見た。

「レーニンは、帝国主義とは、資本主義国家が国内経済に過剰な資本と生産能力を抱えた時、海外に市場や投資機会を求めようとする試みと定義しました。いまの中国がやっていること、やろうとしていることは、十九世紀から二十世紀初頭の帝国主義の時代に欧州の列強が領土拡張に躍起になっていた時と何ら変わりありません」

実に鋭い指摘だし、何よりもキャサリンの知性と見識の高さが窺える。

「確かに……」

翔平は頷いた。

「そして、レーニンはこうもいいました。国内の混乱を避けるために、過剰生産能力を輸出すれば、いずれ外国との衝突を招きかねないと」

「実際、アメリカとの間では、貿易摩擦が深刻化する一方ですからね」

「一世紀以上も前に、レーニンが予言していたことが、現実になったんです」

キャサリンは断じると続けた。「それも、共産主義国家がですよ。民主主義を否定し、事実上の統制経済を敷きながら、その一方で資本主義の害悪とされる部分を踏襲する。先人の知恵に学ばず、自国の利益、共産党の一党独裁体制の維持、ひいては既得権益層の保身のためなら、国家間の対立も厭わない。そんな国をどうして信頼することができますか」

私人の見解と前置きしながらにしても、キャサリンがこれほど自分の考えを明確に語るのははじめてだ。

「同感です」

胸がすくような思いに駆られ、翔平は相槌を打った。「他の途上国もそこに気がついていたはずなのに、中国への依存が高まるばかりなのは、国の発展のためには、資金なくしてはあり得ないからです。そう思うと……」

「財政力、技術力に乏しい途上国の発展は、先進国の援助なくしてはあり得ないのは事実です」

キャサリンは翔平の言葉が終わらぬうちにいった。「でもね、ショウ。それは一面の真実でしかありません、私が何よりも許せないのは、途上国と中国の権力構造が同じである点です。権力の座につくこと、権力と結びつくことが富を得る最も早い手段なら、権力者が国家を利用して富を得ようとしていることにあるんです」

まったくその通りである。

頷いた翔平にむかって、

「あなたは、富める者の恥ずかしさを感じたことがありますか？」

キャサリンは、またしても唐突に話題を変える。

「富める者の恥ずかしさ……ですか？」

「私がそのことに気がついたのは、スタンフォード在学中のことでした」

キャサリンははじめて視線を落とした。「チャン財閥の総帥の娘として生まれた私は、この国の教育を受けたことがありません。小学校、中学校はスイス。高校からはアメリカに渡り、大学に入学するまで、R国の社会とほとんど接することなく育ってきたんです」

キャサリンの最終学歴は知ってはいたが、それ以前のことを聞くのははじめてだ。

翔平は、反応を示さず次の言葉を待った。

「あれは、スタンフォードに入学して間もなくのことでした。巨大な地震がR国を襲い、千人近くの死者、行方不明者が出て、多くの人が家を失うという大惨事が起きたのです。震源地は首都から遠く離れた地方でしたが、しばらくして現地の映像とともに被害の概要が報道されるようになると、世界各国から支援の手が差し伸べられたのです」

キャサリンは、淡々とした口調で続ける。

「R国は、いまでも貧しい国ですが、当時はもっと酷かった。R国政府だけでは、救出活動はおろか被災者への支援すらおぼつかないと察しがついてはいたのですが、先進国諸国が救援の手を差し伸べてくれたのなら大丈夫だ。愚かにも、私はそう思い込んでしまったのです」

「実際は違ったわけですね」

「ええ……」

キャサリンは恥じ入るように視線を落とす。「翌年の夏休みに帰国した時、ふと地震のことを思い出して、父に訊ねたのです。被災地はどうなっているのかと。そうしたら、何も変わっていない。救援物資は届かず、食料の供給も医療体制もほとんど機能していない。会社はもちろん、父も、個人的に多額の義援金を政府に託したのに、どう使われているのか分からないと嘆くのです。それで私、現地を訪ねてみたのですが……」

そこで、彼女が何を目にしたか、何を知ったかは想像がつく。

「被災地に向かう車の中から、はじめて目にした祖国の貧困層の暮らしぶりに、私は目を疑いました。衝撃を受けました」

果たしてキャサリンはいう。「被災地はさらに酷かった……。倒壊した家屋はそのままだし、家を失った人たちは、瓦礫（がれき）の間に椰子の葉やビニールシートをかけて雨露をしのいでいる。食料は絶対的に不足し、人々は痩せこけ、病気が蔓延しているのに、医師も医薬品も全くない。しかも、支援活動に従事しているのは、R国の人間ではなく、海外のボランティア団体です。そして、彼らを通じて、R国政府の対応の酷さを知ったのです」

「支援物資、義援金の多くが、被災者のために使われる前に、誰かの懐に入ったわけですね」

キャサリンは、恥じ入るように視線を落とした。

「私は、祖国の現状を知らず、知ろうともせず、なに一つ不自由のない暮らしが送れるのも、高い教育を受けられるのも、当然のことと考えていたのです。もちろん、裕福な家庭に生まれたことが、高度な学問を身につけられることを意味するものではありません。でも、私は、たまたま機会に恵まれただけで、貧困の中で暮らす人たちの中には、学業ひとつ取っても、私よりも秀でた人間はたくさんいるはずなんです。なぜ、そこに気がつかなかったのかと……」

「それで、学校をおはじめになったわけですか」

「以前にも申し上げましたが、貧困から脱出するための、最も有効、かつ最速の手段は教育を受けることです。単に学を身につけ、自己実現を可能にするだけではなく、知識を身につければ、社会が抱える矛盾や問題に気がつき、それを解決するための方法を考えるようになるからです。だから、この国が抱える問題を解決し、真の意味で

R国が豊かな国を目指そうとするのなら、まずは国を担っていける人材の育成からはじめるしかないと……」

その決意がいよいよ実を結ぼうとしている。

翔平は、改めてキャサリンが半生をかけた教育事業への信念と情熱に畏敬の念を抱くと同時に、胸の中に熱い興奮がこみ上げてくるのを覚えた。

そして、かつて似た言葉を父親が語ったことを思い出した。

「富める者の恥ずかしさといえば、私も父親に似たことをいわれたことがあります」

翔平はいった。「父が小学生の時代の日本では、学校での昼食は生徒それぞれが持参した弁当で済ませるものだったんです。父は裕福な家庭に生まれましてね。弁当には、ほぼ毎日肉が入っていたそうなんですが、周りの生徒は、漁業従事者の家庭が多くて、おかずは毎日魚ばかり。肉は大変なご馳走だったそうなんです。だから、弁当の蓋を開けると、たちまち父の周りには人だかりができて、『また肉だ』と、羨望の眼差しで見られた。それが、なんだか恥ずかしいのと同時に、いかに自分が恵まれた家庭に生まれついたかということを思い知らされたと。だから、自分が生まれついた環境、身を置いている環境を当たり前だと思うな。世の中には、たまたま貧しい家庭に生まれてしまったがために、お前が当たり前と思う環境では暮らせない人たちが大勢いるんだと……」

「立派なお父様ですね。でも、日本にも、そんな時代があったんですね……」

「父からいわれていたことを、いま思い出しました……」

翔平は、恥ずかしくなって目を伏せた。「ずっと忘れていました。私も、いつの間にか、自分が身を置いている環境を、当たり前だと考える人間になってしまっていたわけです……」

「お父様の言葉は、ショウの中に根づいていると思いますけど？」

「えっ？」

視線を上げた翔平をキャサリンは優しい目で見つめる。

「だから、真の意味でR国のためになるプランを考えたわけでしょう？」

「それは、そうなんですが……」

「お互いの胸のうちをここまで話したからには、隠し立てする必要はないでしょう。四葉の提案に対する私の見解をお話しします」

キャサリンは、そう前置きすると表情を引き締めて椅子から体を起こし、「その前に、もうひとつお訊きしたいことがあります」

改めていった。

「なんでしょう」

「このプランは本当に実現するのでしょうか」

「もちろんです」

「プランはあくまでもプラン。立案者の手を離れ、担当者が変われば、その人の考え方次第で、プランそのものが大きく変わることはよくある話ですが？」

「その点は、ご心配なく」

翔平はいった。「実は、このプランを実現するにあたっては、私が総責任者、プロジェクトマネージャーに任命されまして……」

「ショウが指揮を執る？」

「ええ……。R国にこのプランが採用された時点で、私は帰国することになります。そこから先は、北海道と東京を往復しながら、施設の建設、教育カリキュラムの作成、とにかく、構想通りの教育機関の設立に専念することが決まっているんです」

あの日、羽田で越野から、そう命ぜられた時には驚いたなんてものじゃなかった。世界を股にかける商社マンから北海道の、それも自分が見捨てた江原の町へ――。かつてなら失望を覚える内示だが、不思議なことにそんな気持ちにはならなかった。むしろ、自分が見捨てた海東学園が、R国、ひいては途上国の発展のために寄与する教育の場として生まれ変わる事業に携われることへの喜びだった。

「そう、あなたが……」

キャサリンは、納得した様子で頷くと、「二つの点から、大変魅力的な提案だと思います。一つは、高速鉄道を導入した際に、必ずや直面することになる問題点が、すべてクリアになることと、四葉が運営する学園で施される教育が、国全体の民度向上に大きく貢献することになると考えるからです」

明確にいった。

「ありがとうございます」

翔平は頭を下げた。

「高速鉄道にせよ、クルーズトレインにせよ、導入当初だけのトレーニングでは、レベルを維持することはできませんし、私自身もギムナジウムのような、現場とアカデミズムの世界を行き来しながら継続的に学び、技術を向上させて行く場が必要だと常々考えていました。でも、R国の現状からすると、まだまだ先の話。私が、生きている間に実現できるかどうかと考えていたのですが、それを四葉の提案が可能にしてくれたのです」

「はい！」

「クルーズトレインとリゾートという提案については、ちょっとびっくりしましたけどね」

キャサリンは、クスリと笑う。「悪い意味ではなく、目から鱗という意味で……。なるほど、その手があったかとね」

「それは、アンドリューがいい出したことですから」

「まあ、鉄道好きなればこその発想なんでしょうけど、感心しました。確かに、沿岸部の自然は観光資源となり得るし、一からはじめれば自然との共存を図りながらの開発も可能ですからね。それによって、雇用が生まれ、沿岸部、駅周辺の開発が進めば、大変な経済効果も見込めますしね」

「四葉はグループをあげて、このプロジェクトにコミットすることを、約束いたします」

嬉しさのあまり、断言した翔平だったが、キャサリンは反応を示さず、

「もう一つは中国との関係です」

二つ目の理由を話し出した。「私もそうですが、この国には中国系の国民が数多くいます。政権内、国政、地方議会、官庁はもちろん、実業界に至っては、中国系が圧倒的な力を持っています。その中には、やはり中国を祖国と考えている人たちが少な

からず存在するのです」

「彼らの存在、力は絶大なものがありますからね」

「現政権が最初から中国ありきで、高速鉄道の導入を考えていたのは間違いありません。首相はもちろん、閣僚の多くも賄賂を受け取り、あるいは利権に与ることも約束されているでしょう」

さすがに肯定するのは憚られる。

言葉に詰まった翔平に向かって、キャサリンは続けた。

「ただ、実業界の人間は少し違います。実は、中国の高速鉄道の導入に対しては、不満を抱いている経営者が大半なのです」

「それは、なぜです?」

はじめて耳にする情報に、翔平は思わず身を乗り出した。

「建設資材も労働力も、全て中国が持ち込むからです」

「なるほど、国家主導のインフラ事業を、実業界は指をくわえて見ているしかない。自分たちは、何一つとして恩恵に与れないんじゃ、誰のための国家プロジェクトなのか分かりませんものね」

「不満の声を上げられないのは、彼らの多くが政権の力を利用して、事業を展開してきたからです。不平不満を唱えようものなら、後でどんな目にあわされるか分かったものではありませんからね」

「もちろん、我々は全てとはいわないまでも、R国の企業、労働力を使うつもりです」

「ひとつお断りしておきますが、だからといって、四葉にこの事業をお任せするといっているわけではありませんよ」

口調が穏やかなだけに、逆にその言葉の重みが胸に突き刺さる。

「それは、どういうことでしょう。プランを提案したのは四葉ですよ？」

「私は、このプランをビッドパッケージとして公開し、公募によって業者を選定するつもりです」

「ちょ、ちょっと待ってください」

翔平は慌ててていった。「それじゃ、我々が提案した意味がないじゃないですか。アイデアの流用ですよ。そりゃあ、あんまりだ」

ビッドパッケージとは、入札によって業者を決める際に、施主側から渡される仕様書のことだ。

企業が独自に提出したプランをそのまま流用し、他業者と競わせるなんてことはビジネスの世界ではまずあり得ない。流用どころか「パクリ」といいたいのをすんでのところで堪え、翔平は抗議した。

「このプランは、いわば高速鉄道導入計画を白紙にする代替案として十分通用するものです」

ところが、キャサリンは表情ひとつ変えることなく一方的に話を続ける。「現政権下で進められてきたとはいえ、高速鉄道事業はR国政府が公募したものです。事前調査を終え、最終提案書の提出期限がやってくる寸前に、一方的に白紙に戻すのは、あまりにも勝手に過ぎますし、R国の信用問題に発展しかねません。それに、先ほどあなたもいったように、ただ白紙に戻したのでは、中国が黙っているわけがありませんからね。これまで、多額の援助を受けてきたのは事実ですし、中国はR国の主要貿易国の一つです。制裁を受けようものなら大変なことになる。それを防ぐためには、高速鉄道に匹敵する大型事業への参入機会を与えるしかないのです」

そりゃあそうだろうが、そっちの一方的な事情じゃないか。虫が良すぎやしないか……。

あまりの理屈に、翔平は言葉を失った。

「ただ、これだけはいっておきます。入札に参加するのが国であれ、企業であれ、もし私が首相として決定権を持つ立場になった場合、パッケージの内容が百パーセント実現され、想定通りの効果が得られるという確証が持てない限り、どこの国であろうと、企業であろうと、採用はいたしません」

キャサリンは、そこで含み笑いを浮かべると、「だって、そうでしょう？　間違いなく実現できる企業が存在するんですから」

わずかに開いた唇の間から、白い歯をのぞかせた。

なるほど、そういうことかぁ。キャサリンの考えが、完全に分かった。

豪華観光列車を製造するのは簡単だ。実際ヨーロッパでは、かの有名なオリエントエクスプレスが運行されているし、中国や韓国だって車両自体の製造能力は持っている。だが、問題はハードではない。ソフトだ。そして、教育を継続的に行うことによって、国民の意識を向上させていくことにある。しかも、日本が世界に誇る鉄道運行技術、接客サービスに加えて、四葉グループ各社が蓄積し、日々進化を続けている、あらゆる産業分野の情報やノウハウまでもが教育されるのだ。

教育機関を設けることは可能だとしても、一朝一夕で確立できないのがソフトである。つまり、キャサリンの眼鏡に適う国は日本、そして企業は四葉しかないということになる。

「分かりました。その日が来ることを心から願っています」

翔平は、満面の笑みを浮かべながら立ち上がると、キャサリンに手を差し出した。

「もちろん、Ｒ国の業者選定に際しては、不正は許しませんよ」

キャサリンも立ち上がり、翔平の手を握り締めると、「これは、我が国の悪しき習慣を正す第一歩となる大変重要な事業になります。四葉の健闘を心から願っています」

力の籠もった声でいった。

終章

1

「竹内君、ちょっと、ちょっと」

ドアロに立った橋爪が、美絵子の名を呼び手招きをする。

美絵子は仕事を中断し、早足で橋爪の元に歩み寄った。

「面白いことになったぞ！」

声を弾ませる橋爪は、珍しく興奮しているようだった。「キャサリンと総理の会談の詳細が分かってね。君が睨(にら)んだとおり、彼女、高速鉄道の導入計画を白紙にし、在来線の整備、近代化を優先するといってきたそうだ。それにあたっては、後日R国政府が詳細な計画書を公表し、その上で入札を行い、採用国、あるいは企業を決定すると」

「本当ですか」

美絵子も興奮を抑え切れない。

キャサリンが首相選挙で圧勝してから四カ月が経つ。

首相に就任したキャサリンは、ただちに議会を解散し、ふた月後に行われた国会議員選挙では翼の党が三分の二を越える議席を獲得、各省庁の主要ポストも一新され、R国の新体制は迅速、かつ確実に整いつつある。選挙中には、キャサリンが暗殺されるのではないかという噂がまことしやかに囁かれたものだが、それも杞憂に終わった。

不穏な動きは確かにあったのだが、それを封じ込めたのは、出馬宣言と同時に彼女が行った、国内外のメディアとの会見である。

長きに亘って続けてきた活動が何を目的としてのものなのか、彼女の考えや人物像が広く知られるようになるにつれ、世界中から賞賛の声が上がり、注目度も日増しに高くなっていく。

こうなると、反キャサリン勢力も手出しはできない。万が一にも、暴力的な手法をもってキャサリンの当選を阻止しようとしたならば、国際的な非難に晒されることが明白だからだ。

新体制が整い、いよいよ新しい国造りに動き出したキャサリンは、初の外遊に出かけた。その最初の訪問国として選んだのが日本である。

世界が注目する新首相の初の来日である。政府との間で、どんな話が交わされるのか。新幹線は？　経済協力は？　貧富の差を解消するには教育と考え、情熱を費やしてきたキャサリンに、政府はどういった支援を行うのか。来日が決定した直後から、キャサリンやR国のニュースは連日メディアを賑わすことになった。

日本政府との間では、首脳会談が持たれたことはもちろん、経産大臣や文科大臣との会談、天皇陛下への謁見と、様々な公式行事が持たれた。その中で、キャサリンから日本政府へ示された意向の詳細が、橋爪に伝えられたのだ。

「総理にはもちろん、経産大臣にも、新幹線が時期尚早であることと、在来線の整備をなぜ優先するのか、彼女が抱いている構想が詳しく話されたそうでね」

「クルーズトレインですね」

「君とアンドリューが打ち立てた構想を、キャサリンは知ったんだな」

橋爪は頷いた。「在来線の沿線には、有望な観光資源となり得る場所が、豊富にある。クルーズトレインを運行し、秩序ある開発を行えば、東南アジア有数のリゾートに生まれ変わるだろう。同時に、インフラの整備も必要になるわけだが、何を行うにしても、成功の鍵となるのはクオリティだ。それも、物理的なものだけじゃない。そこで働く人間たちの仕事への取り組み方だ。トレーニングを受ければ一応のことは身に付くだろうが、レベルを維持し、さらに向上させていくためには、継続した教育が必要だ。それなくして、R国の発展はあり得ないとね」

「アンドリューが動いたんですね。きっとそうに違いありませんよ」

『鉄』同士が語り合った夢の話が、現実に向かって動き出そうとしている。

もちろん、単なる鉄の夢ではない。R国の発展に必ずや寄与するという確信があってのことだが、官僚の仕事には常に政治と組織の論理がつき纏う。まして、政治家は地元の利益の代弁者だ。限られた予算をいかにして分捕るかに血眼だ。有力政治家の意向は無視できないわけで、採算度外視、必要性の有無すらも怪しい公共事業は山ほどある。

日本全国津々浦々、どこの寒村にいっても立派な公共施設があり、道路網が整備されているのはそのお陰ではあるのだが、利用頻度はお寒い限りだ。全ては政治家が政治家で居続けるがために、税金が無駄に使われたことの証である。

その点が、この構想は異なる。

R国が先進国を目指すにあたって、何が必要なのか、何を優先すべきなのか、純粋に国の発展を願うキャサリンが、ふたりが打ち立てたプランを理解し、評価してくれたのだ。

美絵子には、それが嬉しかった。

「これは、とてつもなく大きな事業になるよ」

橋爪は声を弾ませる。「クルーズトレインを走らせるなら、駅舎も新設しなければならないし、路線の整備も必要だ。リゾートというからには、観光施設も新たに建設しなければならない。駅舎が新設されれば、周辺地域の都市整備、経済が上向けば今度は交通インフラだ。港湾事業もあれば、高速道路網の整備もある。それに、経済が成長するってことは電力需要が増すってことだ。そうなれば、発電所も新設しなけりゃならなくなるからね」

「彼女が日本を最初の外遊先に選んだのは、日本への期待がそれだけ大きいことの証です。協力できることはたくさんありますよ」

「もちろん、私もそう思う」

大きく頷いた橋爪だったが、「ただ、キャサリンが入札制にし、それも政府、民間企業のいずれを問わずとしたのが気にかかる。首脳会談で話題にするからには、日本の支援を期待していると考えるべきなんだが、彼女の人間性と政治信条を考えると、応札国、企業の提案の中から最も国益に適うと判断した相手と組む可能性もあるんじゃないかと……」

不安気に顔を曇らせ、語尾を濁した。

「確かに可能性はありますね」

美絵子は同意した。「クルーズトレインにせよ、駅舎にせよ、別に日本でなければできないってわけじゃありませんからね。R国が今後目覚ましい発展を遂げていくポテンシャルを秘めているのは、各国も十分承知しています。応札する国や企業は、計画書を百パーセント満たす提案をしてくるでしょうから、必ずしも日本が受注できるとはいえないかもしれませんね」

「その点は総理も重々承知しているそうでね。その上で、受注獲得のために、全力を挙げて取り組めと、次官に命じたというんだ」

どうやら、その命令が次官から、橋爪に下ったということらしい。

ところが、橋爪は急に表情を暗くすると、

「ただなあ、その教育を施す場を国がやるとなるとなあ……」

声のトーンも同時に落とす。

橋爪の懸念(けねん)はもっともだ。

総理の命であろうとも、実務を行うのは官僚である。前例主義に凝り固まった霞が関で、こんな構想が動き出そうものなら、侃々諤々(かんかんがくがく)の議論がはじまることは目に見えている。いやそれ以上に厄介なのは、霞が関では、新しい組織を設けることは、所轄省庁の天下り先ができることを意味する。どこだって管轄に置きたいに決まっているし、調整がつくまでどれほどの時間を要するか分かったものではない。

「国がやるのは難しいかもしれんな……」

先ほどまでの高揚感が影を潜め、橋爪はため息を漏らす。

国でやるのは難しい？

美絵子は、はっとした。

四葉なら、キャサリンの構想をすべて実現することができるからだ。

まさか四葉の動きを知った上で、彼女は日本政府にこの計画を……。

彼女の性格を考えれば結論ありきの構想を、しかも公開入札で受注希望者を募ることはあり得ないし、発覚しようものならキャサリン、ひいてはR国の信用に関わる大問題に発展するのは間違いない。

第一、それでは利権まみれの前政権が行ってきたのと同じことになってしまう。もちろんキャサリンのことだ。賄賂をもらおうとしているわけでも、利権を確保しようとしているわけでもないだろう。だが、結論ありきで進めたとなれば、世間はそう見ない。巨額のカネが動く公共事業である以上、そこには裏があると疑うのが世の常というものだ。

そんな内心が、表情に出てしまったらしい。

「どうかしたのか?」

橋爪が問うてきた。

「まさか、キャサリンは四葉の計画を知った上で、日本政府にこの話を持ちかけてきたんじゃないかと……」

「えっ」

「似過ぎていますよ。いや、私が聞いている範囲では、四葉のプランそのものです」

美絵子はいった。

「アンドリューは、何もいっていなかったのか?」

「首相選の公示が近づいてからは、彼も忙しかったみたいで……」

美絵子はそうこたえると、「キャサリンの当選が確定した時点で、お祝いのメールを送ったんですが、お礼の簡単な返信が来ただけで、以降音信不通なんです。まあ、彼女の甥ですし、高速鉄道よりもクルーズトレインだってのは彼がいい出したことですからね。私が経産省の人間だってことも知ってるし、叔母が首相になったからには、利害関係が生ずる人間と親しくするのは、好ましくないと考えているのかもしれませんね……」

「確か、彼は四葉の駐在員と旅行に行ったことがあったんだよね」

「ええ……」

「それだな」

橋爪はいった。「四葉の人間とキャサリンが直接会ったかどうかは分からんが、アンドリューは四葉の構想を知っている。キャサリンだって、高速鉄道の導入計画を白紙に戻すのは、当選前から決めていたに違いないんだ。ならば、高速鉄道に代わる事業、それも国の発展のためになる事業を打ち出す必要がある。それで、四葉の案に飛びついたんじゃないのかな」

「でも、それじゃ――」

「いいたいことは分かるよ」

橋爪は、美絵子の言葉を遮った。「でもね、どんな経緯があるにせよ、キャサリンは、この構想がR国の発展に必ずや寄与すると確信したからこそ実現に向けて本気で取り組む決意を固めたのは事実だと思うよ。ならば、我々は全力を挙げて真の意味でR国のためになるプロポーザルを提出する。それしかないじゃないか」

橋爪のいう通りかもしれない。

もはやキャサリンは私人ではない。R国の首相としてこの構想の実現に向けて動き出したのだ。

権力者が国民から監視される立場であることは重々承知のはずだし、国民の期待を裏切ってはならない存在であることも、誰よりも理解しているはずだ。

ならば、キャサリンが期待する、いや、それ以上の成果をあげるべく支援する提案を練る。それが、自分の任務だと美絵子は思った。

「この仕事、やらせていただけるんですよね」

美絵子はいった。

「四葉の担当部署とは、すでに面識があるが……」

橋爪は、短い間の後、

「いいだろう。君とアンドリューが考えついたプランだ。君に担当してもらうよ」

笑みを浮かべ、大きく頷いた。

2

「さっ、どうぞお掛けください」

名刺交換を終えた青柳が、美絵子に椅子を勧めた。

さすがに日本を代表する総合商社の応接室である。調度品は最小限に抑えられてはいるが、革張りのソファーは一目で高価なものだと分かるし、何よりも眺望が抜群だ。青柳がやってくる間にも、羽田を離着陸する飛行機が見え、夜になれば、さぞや見事な夜景が眼下に広がるのだろう。

「電話でも申し上げましたが、本日はR国が公表したクルーズトレイン導入計画について、御社のお考えをお聞きしたいと思いまして、参上いたしました」

美絵子は、正面のソファーに座る青柳に向かって改めて来意を告げた。

R国にクルーズトレインを――。

来日したキャサリンが日本政府に明かした構想は、彼女が帰国した直後に官邸で行われた定例記者会見の場で公表された。それも、クルーズトレインの導入を機に、R国に豊富にある自然環境を活用し、観光産業を国の新たな柱にしたい、そのためには継続的、かつ反復的に教育、訓練を行う機関の存在が必要不可欠だとキャサリンが語ったことが明かされると、会見の場にはどよめきが起きたものだった。しかし、続いて高速鉄道の導入計画を白紙に戻すというキャサリンの意向が告げられると、メディアの関心は完全にそちらに向いた。

高速鉄道を導入するに当たって、R国政府が公募という形を取ってはいても、前政権と中国との深い関係を見れば、採用されるのは中国の高速鉄道と誰しもが考えていたからだ。しかも、これから最終審査という段になっての、突然の方針転換。しかも白紙である。中国の狙(ねら)いははじめから分かっていたこととはいえ、これまでR国は中国から、援助という名の毒饅頭(まんじゅう)をたっぷりと頂戴(ちょうだい)してきたのだ。

中国が黙っているわけなどあるはずがない。報復に出てきたら、R国は耐えられるのか。政治の経験がないキャサリンが、難局を乗り切ることができるのか。

メディアの論調は、R国の将来を不安視するものが大半で、クルーズトレインについて触れるメディアがあったとしても、経済効果が見込めるどころか、採算が取れるとは思えないと、否定的な論調で報じた。

しかし、日本政府の反応は違った。

公(おおやけ)に語ることはなかったが、キャサリンが脱中国へと舵(かじ)を切ったことは歓迎すべきことだし、この構想は単にクルーズトレインを運航するに留まらず、R国の経済が成長するに従って、都市開発、インフラ整備と多岐に亘る大型事業が発生する。日本が、キャサリンの構想をバックアップし、R国の発展に貢献していけば、両国はウインウインの関係を保ちながら、共に成長していくことができると考えたのだ。

そして、キャサリンの来日から二週間。経済新聞の片隅に、小さな記事が掲載された。

『四葉商事　北海道の鉄道専門学校を買収　グループ企業のギムナジウムに』

記事は、鉄道の専門学校である海東学園を存続させながら、ビジネス環境の変化によって、事実上の社内失業状態に置かれる社員が、今後増加することが予想されることから、四葉グループ社員のスキルアップを図る教育機関を同学園内に併設すると報じていたが、見出しを見ただけで、美絵子にはピンとくるものがあった。

海東学園の買収は、四葉がR国のクルーズトレインへの事業、ひいては、そこから派生する数々のビジネスを念頭に置いてのこととしか思えなかったからだ。

「もちろん、大きな関心を抱いています」

青柳は、穏やかな声でこたえた。「我々も高速鉄道建設事業を日本が受注した暁には、なんとかビジネスに加わりたいと願っておりましたし、かねてから現地に専任の駐在員を置き情報収集に動いてきましたからね。高速鉄道の導入計画が白紙になったからといって、なんの成果も得られずに手ぶらで撤退するのは、我々の世界では許されません。駄目なら駄目で、何か持って帰らなければなりませんので」

「手ぶらでは帰れないとおっしゃる割には、随分余裕があるようにお見受けしますが？」

美絵子はいった。「日本政府が支援する方針で検討していると報じられた直後から、総合商社はもちろん、多くの企業が受注獲得に向けて動き出しているのはご存知でいらっしゃいますよね」

「もちろんです」

「私共のところにも、問い合わせや相談が相次いでおりますが、企業の関心は、継続的、かつ反復的に教育やトレーニングを行う機関のことに集中しております。これは、R国政府のマストの条件なのか、ナイス・トゥ・ハブなのか。もしマストであるなら、この機関を国が設置するのかと。なのに、いまに至ってもなお、四葉さんからは、ただの一度もお問い合わせや相談を受けたことがありません」

「それは、チャン首相が入札方式で事業者を決めるといったからです。ビッドパッケージが出ないうちに、動いてもしかたありませんからね。内容が分からないうちに、闇雲(やみくも)に動き回るのは、労力と時間を浪費するだけですし、パッケージは来月には出ることになっているんですから、まずはその内容を見てからです」

青柳は、穏やかな笑みを浮かべながら、もっともらしいこたえを返してくる。

「海東学園を買収なさったのは、この事業を受注するためですよね？」

美絵子は、ずばりといった。

「それは違います」

青柳は、首を振った。「経済紙が報じたように、四葉グループの企業でも、事実上の社内失業者が増えているんです。定年延長で七十歳まで働かなければならない時代に、技術の進歩にスキルが追いつかない。やれる仕事がない。行き場のない社員が、続々と生まれる一方となったら、社員、企業の双方が不幸になるだけです。それを防ぐためには、スキルアップのための教育を組織的、かつ体系的に施す教育機関を設立するしかありません。それで、海東学園を買収することにしたんです」

「でも、海東学園は鉄道の専門学校として存続させるわけですよね」

「グループには、鉄道車両を製造している四葉重工があります。鉄道の専門教育を受けた人材へのニーズはこれから先もなくなるわけではありませんし、車両納入先の従業員のギムナジウムとして活用することもできます。重工の意向次第では、研究開発センターを設けることになるかもしれません。大卒、院卒とはいっても、日本には鉄道に特化した学部は存在しませんので、新卒者の教育機関としても活用できるでしょうし」

青柳はそういうが、どう考えてもキャサリンの構想を実現するための教育機関としか思えない。

美絵子は、思わずクスリと笑った。

「何か？」

青柳は怪訝な眼差しで美絵子に問うた。

「もう、腹の探り合いは止めにしませんか？　分かってるんです。以前から四葉さんが、R国にクルーズトレインを走らせるという構想を持っていたことを」

「えっ？」

「同僚の矢野と御社の中上さんは大学の同窓で、いまも頻繁に会っていますでしょう？　それに、橋爪と青柳さんは、一度お会いになってらっしゃるわけだし、私とキャサリンの甥のアンドリューは『鉄』でして……」

「じゃあ、クルーズトレインをR国にと考えたのは――」

「私とアンドリュー、鉄同士の話の中で生まれた構想です」

美絵子は満面の笑みを浮かべて頷いた。「本当は、私共の考えが民間企業に漏れるなんて、あってはならないことなんですけど、矢野だって、クルーズトレインをR国になんて、鉄の夢物語と思っていましたからね。まさかそれが実現に向けて動き出すなんて、夢にも思わなかったでしょうし、アンドリューだって四葉さんの現地駐在員の方から聞かされたことを、鉄同士の会話の中で私に話しただけですから、今回ばかりはしかたありませんね」

「じゃあ、我々の狙いもご存知なわけですね」

「海東学園のこと以外は……」

「アンドリューからお聞きにならなかったのですか？」

　美絵子は首を振った。

「キャサリンの首相選が終わった直後から音信不通なんです。たぶん、キャサリンがこの構想を採用することを決めたからなんでしょうね。そうなったからには、他国の官僚、しかも高速鉄道を売り込むのが任務の人間と、接触するわけにはいきませんものね」

「そうでしたか……」

　青柳は笑みを消し、小さく頷いた。「彼はキャサリンの甥ですからね。その辺のけじめといいますか、線引きはしっかりしているでしょうからね……」

「青柳さん、本当のところ、どうなんでしょう」

　美絵子は改めて姿勢を正すと青柳に問うた。「問い合わせや相談を受けた企業には申し上げていることですが、経産省としては継続的な教育や訓練を施す教育機関の設立は、今回の事業を請け負う上でマストの条件になると考えています。しかし、いずれの企業も設置には難色を示しておりますし、中には国が行うべき事業だという企業も少なからずあります。かといって国がやるとなると、予算の確保、省庁間の調整等々、長い時間を要してしまいます。それでは――」

「分かりました。では本当のことをいいます」

青柳は美絵子の言葉を遮るといった。「お察しの通り、我々はこの施設を単なるグループ企業のギムナジウムで終わらせるつもりはありません」

「では、やはりR国の――」

「それは違います。R国のためだけではありません。発展途上国が先進国を目指す上での、教育センターであり、ギムナジウムにしたいと考えております」

それから青柳が話した四葉の狙いに美絵子は驚いた。そして感動を覚えた。

「もちろん、我々にとってはビジネスです。R国が先進国への道を歩みはじめ、教育のレベルも上がり、民度も向上していく。貧富の格差が縮まり、経済も発展していく。目に見える形でR国が変わっていく姿を目の当たりにすれば、他の途上国が先進国を目指す上でのモデルになるでしょう。それは、我々四葉のビジネスが有利に展開できるようになるということです」

「では、教育やトレーニングの内容は多岐に亘るわけですね」

「そうなるでしょうね」

青柳は頷いた。「我々は途上国で様々な事業を数多く手掛けてきました。いずれの事業も途上国の経済や、国民生活の向上に寄与したという自負の念を抱いています。しかし、それが貧富の格差の改善や民度の向上につながったかといえば、そうとはいえないのは事実だと思うんです。もちろん、我々が行った事業をどう活かすかは、その国の政治家や国民が考えることですが、我々も事業を行って終わり、その先のことなんか、考えたこともなかったのもまた事実なんです」

「それは私たち、いや、政府だって同じです。資金援助、開発援助といっても、おカネを出してそれで終わっていたんですから……」

「それじゃあ駄目だってことに気がついたんです」

青柳はいった。「我々ビジネスマンは常に厳しいノルマを負わされています。どこその国で鉄道の新設計画がある、プラントの建設計画があると聞けば、事業獲得は絶対目標。それが終わればまた次の案件と、延々とノルマを達成することを繰り返してきました。それが当たり前だと考えてきたわけです。でもね、竹内さん、そんなビジネスのやり方は、通用しない時代がやってきているんだと思うんですよ」

美絵子は黙って話の先を待つことにした。

「物を作って終わりというなら、別に四葉じゃなくてもいいわけですからね」

青柳は続ける。「四葉に仕事を任せたら、単に物を作るだけじゃない。何倍もの価値のあるオマケが付いてくる。とことん客を満足させないことには、これから先の時代に四葉が生き残ることはできないと考えたわけです」

「そうでなくとも、これから先、日本の人口は減少していくわけですからね……」

「それは日本だけではありません。中国、韓国、移民を受け入れていない先進国の多くが人口減少という問題に直面するんです。当然、各国とも海外市場に目が向くわけで、四葉のみならず日本企業は国内外の企業との間で、激しい受注獲得競争を強いられることになるでしょう。その時、ビジネスの主戦場がどこになるかといえば、間違いなく途上国なんです。ならば、その国にとことん評価されるような仕事をし続ける以外に、生き残りの道はないということになるじゃありませんか」

「耳の痛い話です……。日本の援助もおカネを出して終わりというやり方を改めるべきですよね」

美絵子は、自らにいい聞かせた。

「途上国の為政者は、もれなく富裕層に属する人間です。貧富の格差是正に関心がないわけではないでしょうが、経済が発展すれば雇用も増え、国民の所得も上がっていく。だから、外国資本を誘致し、あるいは公共事業による雇用を生み出そうとするわけです。ですが、外国資本の誘致は、そう簡単な話ではありませんし、公共事業にしたって、資金力の乏しい途上国では、そう滅多やたらと行えるものではありません。結局、資金を援助する国も、事業を請け負った企業も作れば終わり。貧富の格差は一向に是正されないでいるのが現状なのです。その点からいえば、資金援助を受けるなら、自国が抱えている問題の解決のために、最大限に活用しようというキャサリンの考えは、絶対的に正しいし、我々にとっても、これからの総合商社のビジネスのあり方を示された思いがしましてね」

「大変よく分かりました」

美絵子は笑みを浮かべた。「キャサリンの構想をそこまで深く理解し、応札する準備ができている日本企業があることに、担当者として安心いたしました」

「もちろん、キャサリンが四葉の提案を評価し、採用してくださることを望んではいますが、仮に選に漏れたとしても、我々はこの構想を実現するつもりです。グループ内のギムナジウムの必要性はグループ各社から認められておりますし、四葉が持っている技術やノウハウは途上国の発展のために、必ず役に立つと確信しておりますので」

　断言する青柳の言葉に、キャサリンが目指す国造りが、確実に動き出しているのを確信しながら、美絵子は大きく頷いた。

3

「では、乾杯といきましょうか。ジェームズさんご発声を……」

　四人の前に、ビールが満たされたグラスが置かれたところで、越野がいった。

「では……」

　三人がグラスを手に持ったのを確認したジェームズが、

「四葉の受注成功を祝して、そしてR国の将来に、乾杯！」

　力強く音頭を取った。

「乾杯！」

　翔平は、ビールを一気に喉に流し込んだ。

　格別の味である。

　翔平は、ぷわっと息を吐き、手の甲で口元を拭いながら満面の笑みを浮かべた。

「相川さんも安心なさったでしょう。叔母の性格を考えると、結果が出るまでは気が気じゃなかったんじゃないですか？」

ニヤつくアンドリューが、翔平の反応を窺ってくる。

「そりゃあ、ビジネスは下駄を履くまで、何が起こるか分かりませんからね。R国政府が入札資料を公開してから、どこの国が応札したのか、どんな提案をしてきたのか、全く情報が漏れてこないし、それどころかお二人とは連絡が取れなくなってしまったんですから……。本社からは、情報ひとつ摑めないのかとせっつかれるし、この一年は生きた心地がしませんでしたよ」

「応札資料の作成作業がはじまってからは、日本との往復が頻繁だったからな。まして、新施設を建設するにあたっては、初期投資だけでも四百億円のビッグプロジェクトだ。グループのギムナジウムとして使うとはいえ、海外受注案件の現地従業員のトレーニングセンターにする目的を、開所前に目処をつけておかないと、画竜点睛を欠くってことになるからねえ。真弓会で大見得を切ったんだ。さぞや、大変なことになっただろうからなあ」

越野もまた、にやけた笑いを浮かべて翔平を茶化しにかかる。

「不安を抱かせてしまって、悪かったね」

ジェームズがいった。「キャサリンから連絡があってね。入札の結果が出るまで、日本側の関係者と会うことはもちろん、連絡を取り合うこともまかりならんといってきたんだよ。まあ、あいつらしいといえば、そうなんだが、不正の排除はあいつが掲げた政策の目玉のひとつだからね。疑いを抱かれるような行為を身内がするわけにもいかんし、私も心苦しく思っていたんだよ」

「それにしても、政府内から一切情報が漏れてこないことには驚きました。こういっては失礼ですが、かつてのR国では考えられなかったことです」

「官僚に対しての声明の効果ですよ」

アンドリューが感慨深げに漏らした。「各官庁のトップのほとんどを刷新したとはいえ、その下のクラスは、これから先、不正を働いた者には厳正な処分を下す。その際には、過去の行状にも遡って調査し、不正が見つかった場合は、それと合わせて処分の重さを決める。そういわれたら、そりゃみんなビビりますよ。不正をやってない官僚なんて、まずいないんですから」

「あれは、見事な声明でしたね」

越野は、感心したように相槌を打つ。「逃げ得だっていう批判もあったようですけど、官僚を総取っ替えすれば、行政機関は麻痺状態に陥ってしまいますからね。過去は問わず、これからは心を入れ替えて、正しい官僚であれ。実に現実的な考え方ですよ」

「それと、もうひとつ。国と民間企業の双方をクルーズトレイン入札の対象としたことです」

翔平はいった。「在来線の整備、新駅舎、およびリゾートホテルの建設。関連施設で働く従業員の継続的な教育。応札資格を国に絞れば、これだけの短期間のうちに、結論は出なかったでしょうからね。やれる国といったら、トップの命令ひとつで、全てが動く中国ぐらいのものです。しかも、今回の場合、落札した民間企業が案件を総取りするわけですから、リゾートホテルを経営する義務が生じる。当然、採算性が問題になりますから、プランも建設費も現実的なものになる。まして、落札した企業の国の政府の援助額は、総事業費の七十パーセントを上限とする。差額は企業の負担となれば、受注したからには是が非でも成功させなければならないと必死になりますよ」

「あれには驚いたよ」

越野が心底感心した様子で唸ると、「政府開発援助事業は、公共事業と同じだからな。取りっぱぐれることが絶対ないから、どこの企業も受注獲得に血眼になるんだ。

なのに、こんな条件をつけられたら、造って終わりってわけにはいかないからな。自分たちが造った施設を活用して収益を上げ続けなければ、元が取れない。良く考えたもんだよ。彼女は政治家としてだけではなく、ビジネスマンの才能もあるようですね」

ジェームズに視線を向けた。

「あれは、中国外しの狙いもあったんじゃないかな」

「中国外し？」

「貸すだけ貸して、債務不履行に追い込んで、自国の勢力下に置くのが中国の狙いだからね。当然、入札には参加したんだろうが、どう頑張ったところで、キャサリンが相手国政府の支援額の上限は七十パーセントまでという縛りをかけてしまえば、その時点で入札の資格がなくなってしまうからね」

「それは、なぜです？」

翔平は思わず問うた。

「相川さん、分かるでしょう」

ジェームズは苦笑を浮かべる。「中国の有力企業は国営じゃありませんか。会社のカネは政府のカネ。その時点で、応札資格はないってことになるじゃないですか。第

一、豪華観光列車にせよ、リゾートにせよ、国のカネでやってたら、誰が必死になって、ビジネスとして成功させようなんて気になりますか。それどころか、さっさと赤字にして借金の形に取り上げよう、あるいは、戦略拠点になる地域を中国に差し出せとでもいい出しかねませんからね」

「なるほど、確かにそれはいえてますね」

「それに、教育機関だって中国なら簡単に設立できるでしょうが、問題は中身です。孔子学院のようなものにされたんじゃ、たまったもんじゃありませんからね」

アンドリューは、鼻を鳴らした。

孔子学院は、中国政府が世界各地の大学に設置した、中国語の語学教育機関である。だが、そこで交わされる議論には制限があり、政治、歴史、経済関連の話題は禁止。つまり、学問の自由が保障されておらず、中国政府のプロパガンダ機関というのが実態とされる。そんなところで教育を施されればどんなことになるかは、火を見るより明らかだ。

果たしてアンドリューはいう。

「叔母が目指しているのは、特権階級によって国民が支配される国ではありませんからね。共産主義は、そもそもの思想とは異なって、必ず特権階級を生みます。そして、そこに名を連ねる一握りの人間たちによって、国民が支配され、搾取されることになるんです。思想も、報道も、表現の自由だって奪われる。そんな国に、どうしてR国の将来を担う国民の教育を委ねることができますか」

「つまり、キャサリンは我々の学園で施される教育内容に、高い期待を抱いているってことだ」

越野は、そこで翔平を見ると、「相川君、それにこたえられるかどうかは、君の今後の働き次第ってことになるな」

決意のほどを窺うような口ぶりでいった。

「相川さんの働き次第？」

アンドリューが翔平を見る。

「その教育機関を設立するに当たって、プロジェクトマネージャーを命ぜられまして」

「プロジェクトマネージャー？　相川さんが？」

「実は、海東学園は、私の実家が経営していたんです。鉄道の専門学校は、これからも妹夫婦が運営にあたり、敷地内に新たに四葉グループのギムナジウムと途上国の方々のトレーニングセンターを設ける。そのプロジェクトの総指揮を私が執っているんです」

「それ……早くいってくださいよ」

「キャサリンにはいいましたけど？」

「叔母とは、連絡が取れなかったんですよ」

「私はあなたと連絡が取れなかったんだから同じじゃないですか」

　部屋の中が笑い声で包まれた。

「じゃあ、早々に帰国ですか？」

　そう訊ねるジェームズの声は寂しげだ。

「ええ……。熱帯のR国から、今度は北国北海道に……」

「北海道はいいところだからねえ。食べ物は美味いし、雄大で美しい自然がたくさん残っている。日本に留学していた頃には、夏休みになると北海道を旅したものだよ」

「海東学園がある江原町は、海に面していましてね。学園は原生林に囲まれた中にあって、敷地内には湖沼もあるし、校舎から一望できる海がそりゃあ綺麗なんです。自然との共生を図りながら、校舎や寮、教員宿舎を建ててるわけですが、間違いなく教育の場としては理想的な環境ですよ」

「この事業は、R国の発展に必ずや役に立つと私は確信しています」

越野が言葉を継いだ。「開設当初は、鉄道事業に従事する皆さんに、四葉が持つ技術やノウハウを教える場となるわけですが、経済が成長し、R国が独力で先進国への道を歩きはじめれば、今度は四葉とR国の人間が、共に学びながら新しい技術を開発し、ノウハウを積み上げていく場になるんです」

「日本を代表する四葉と共に学ぶか……夢のような話だね」

ジェームズは、感慨深げにいう。

「夢なんかじゃありませんよ」

越野は首を振った。「いまの時点だって四葉、いや日本もR国から学ばなければならないことがありますからね」

「そんなものがあるかね？」

「たとえば、キャサリンの政治に対する取り組み方です」

越野はいった。「貧富の格差は途上国に限った問題ではありません。先進国でも貧富の格差は広がる一方で、富はごく一部の富裕層へと集中する傾向が顕著になるばかりです。なのに、貧富の格差の是正に向けて本気で取り組んでいる先進国の政治家は、皆無に等しいのが現状ですからね」

「その通りだと思います」

今度は翔平が言葉を継いだ。「貧困から抜け出すための最も効果的、かつ早い手段は教育を身につけることですが、それは何も高等教育を受けることを意味するものではないと思うんです。どんな仕事でも懸命に取り組む。周囲に認められる成果を出した人間にはチャンスを与え、より高度な仕事に就ける教育を授ける。これはキャサリンがこれまで行ってきた教育そのものです。そのおかげで、R国の官界、実業界、法曹界に多くの人材を輩出したし、翼の党が生まれたんです。この学園で学ぶR国民の中からも、仕事ぶりが認められ、次のステップに進むチャンスを与えられる人が少なからず出てくるでしょう。それは、四葉グループの従業員も同じです。グループ各社の人間と交わり、学び、スキルを磨き、ビジネスを摑み、次のステップへ進むチャンスが与えられる。私は、そんな学園にしたいんです」

ジェームズは、感に堪えない様子で、うんうんと頷くと、

「さて、そうなると、R国四葉には、相川さんに代わる人間がやってくることになるわけだね」

越野に向かって訊ねた。

「大きな事業になりますからね。四葉も駐在員を増やさなければなりませんし、グループ各社からも、かなりの社員が常駐するようになるでしょうから、分室を設けるこ

とになるでしょうね」

「となると、R国の人間も、新たに採用することになるのかね」

「クルーズトレイン、リゾート、新駅舎、建設だけではなく、いずれの会社も経営陣、従業員ともにR国の人たちが大半です。プロジェクトのコンセプトはもちろん、スタートから開業までの全てを知る人間は絶対に必要です。プロジェクトリーダーは四葉の人間がやるとしても、完成後のことを考えれば、アシスタントマネージャーはもちろん、チームにも相当数のR国の人に入ってもらわなければならないでしょうね」

「ならば相談なんだが、どうだろう、アンドリューを四葉で働かせてはくれないだろうか」

「えっ？」

　驚いたのは越野ばかりではない。名指しされたアンドリューも同時に声を上げ、ジェームズを見た。

「アンドリューは、いずれペトロキングを継ぐことになるが、他人の釜（かま）の飯を食ったことがない。それに、私もそろそろ引退を考える年齢になったが、次はこいつの父親が社長になる。社長になるのはまだまだ先だ。一度、他所（よそ）の会社で、修業した方がいいんじゃないかと思ってね」

「しかし、アンドリューは、ペトロキングの役員じゃありませんか」

「苦労を知らない人間が会社の舵取りを担って、従業員を幸せにできるとは思えないからね」

一同は、沈黙して次の言葉を待った。

「私はね、キャサリンに気づかされたんだよ」

ジェームズは続けた。「経営者も国のリーダーも同じなんだとね。経営者は従業員を、国のリーダーは国民を幸せにするのが義務なんだよ。ペトロキングの従業員は定職に就いている分だけ、この国では恵まれている部類に入るが、協力会社の中には貧しい暮らしを強いられている人たちだって数多くいるんだ。もちろん、利益を追求するのは経営者の義務だが、社会に貢献してこそ企業は成り立つものだ。このプロジェクトの使命は、R国を豊かな国にすることにある。そのために四葉がなにをするのか。その過程をつぶさに見ることは、こいつが将来、ペトロキングの経営を担う時に絶対に役に立つと思うんだ」

「いいじゃありませんか。アンドリューなら願ってもない人材ですよ」

翔平はいった。「筋金入りの鉄ですからね。彼の知識やアイデアは、絶対にプロジェクトの役に立つはずです。それに、キャサリンもいってました。R国を変えなければばならないと決意したきっかけは、富める者の恥ずかしさを知ったからだと」

「富める者の恥ずかしさ？」

そう問い返す越野に向かって、キャサリンが語ったエピソードを話して聞かせると、

「そうか、そうだったのか……」

ジェームズは唸った。「まったくその通りだな。まさにそれだよ……」

「私、やります！」

アンドリューが突然立ち上がると、「いや、やらせてください。どんな下働きでもしますので、お願いします！」

真摯な眼差しで越野を見つめると、深々と体を折った。

4

「橋爪さん……。シャンパンって、大丈夫ですか？　ここ、夜は高いんでしょう？」

日比谷のオフィスビルの地下一階にあるレストランで、オーダーを終えた橋爪に向かって美絵子は小声でいった。

店は会員制だが、バイキング形式のランチは一般客にも開放されている。豪華な料

理とワインが飲み食べ放題ということもあって、美絵子も年に何度か訪れる。

もっとも、昼から酔っ払うわけにもいかないので、ワインを傾けるのは、都心部に住む富裕層の主婦仲間か、ごくたまに接待に利用する一般企業のビジネスパーソンに限られる。一度、ワインを飲みながら、ゆっくりとディナーを楽しみたいと思っていたのだが、職場はもちろん、知人にも会員はいない。

それが、「竹内君、今夜、時間あるか？　友達と飯を食うことになっていたんだけど、急に都合がつかなくなってさ。キャンセルするのも悪いから、誰かと行ってくれっていわれてさ」と、橋爪がこの店の名前を告げ誘ってきたのだ。

ちょうど、R国へのクルーズトレインを四葉が落札し、政府の支援方針も固まって、仕事も一息ついたところだ。開業までは、再び仕事に忙殺される日々が続く。

上司と若い独身女性のふたりきりのディナーは、誤解を招きかねない微妙なシチュエーションだが、霞が関の官庁街から徒歩で数分の近場なら、疑われることもないだろう。

「是非！」と、ふたつ返事で応じた美絵子だったが、席に着き渡されたメニューに値段の記載はない。どうやら、値段は接待側のメニューだけに記載されているらしい。

つまり、料金は気にせずに、好きなものをお選びくださいというわけだ。

「祝杯っていったら、シャンパンだろ？」

橋爪は当然のようにいう。「R国への経済援助が決まったお祝いだ。うまくいったのは君のおかげだ。遠慮しないで、好きなものを飲んで食べてくれ」

太っ腹になるのも分からないではない。

橋爪にそんなつもりはなくとも、組織において部下の手柄は上司の手柄。それが、上へ上へと続いていき、経産大臣、果ては総理の実績となるのだ。

「じゃあ、遠慮なく……」

そうはいったものの、メニューに並ぶのは、昼のバイキングとは違って高価な食材を使ったものばかりだ。牛肉や鶏にしても、ブランドものばかりで、野菜にも産地が明確に記してある。ジビエに至っては海外からの輸入品だし、魚も水揚げ地が明示されている。かといって、安めなものを選ぶのも、なんだか悪いような気がする。

「どうした？」

メニュー越しに視線を上げ、そう問いかけてくる橋爪に、

「どれもこれも美味しそうなものばかりで、迷っちゃいます。橋爪さん、何度もいらしてるんでしょう？　お勧めを選んでくださいよ」

美絵子は困った顔を作って見せた。

「遠慮してるな?」

橋爪は、にやりと笑うと、「まあ、そうだよな。公務員の懐具合なんて、先刻承知だもんな。よし、じゃあ、私が決めよう」

ボーイを呼び、前菜をふたつ、肉と魚の料理をひとつずつ注文した。肉は和牛のステーキのトリュフソース、魚はオマール海老を使ったもので、かなり値が張るものであることは間違いない。

「だ、大丈夫ですか？」

「授業料だと思えば安いもんだ」

橋爪はいった。

「授業料？」

思いがけない言葉に、美絵子は思わず問い返した。

「今回の件では、いろいろ勉強させてもらったからな」

橋爪は、感慨深げにいった。「官僚は部署を転々としながらキャリアを積み重ねる。出世レースは激烈だし、ミスを犯せば脱落だ。だから、余計なことはせず、与えられた仕事を淡々とこなし、無難にまとめ上げることだけを考えている。だけどさ、それじゃ駄目なんだってことを思い知らされたよ」

褒められているには違いないが、いわんとしていることがいまひとつ理解できない。

「どういうことです？」

美絵子は訊ねた。

「経済支援のありかただよ」

橋爪はいう。「橋が欲しいといわれりゃ橋を。道路が欲しいといわれりゃ道路を。今回の件にしたって、高速鉄道が欲しいといわれりゃ新幹線を是非にと、我々は動いてきたわけだ。もちろん、職務である以上、いいも悪いもない。受注を獲得することが日本の国益になる。そう信じて疑わなかったのは事実だがね」

橋爪の話にはまだ先がありそうだ。

美絵子は黙って、話に聞き入ることにした。

「経済支援といっても、単に資金を援助するだけじゃない。何を造るにしても、支援を受ける国には技術もなければ、能力もない。結局、工事を請け負うのは日本企業だ。完成すればそれでお終い。なんのことはない。経済援助最大の受益者は日本企業だ。これじゃ、単に海外で公共事業をやっているのと同じことじゃないか」

「確かに、そうした一面があるのは否めませんよね」

「もちろん、日本は中国と違って、現地の人間も雇用するし、資材の全てを日本から持ち込むってわけじゃない。建設期間中は、多少なりとも相手国の企業、国民にカネが落ちるのは確かさ。だけどね、経済援助を行うからには、費用対効果ってものを、もっと真剣に、とことん追求すべきなんだ」

「費用対効果っていっても、公共事業の場合は――」

数値化することができない部分も多々ある、と美絵子は続けようとしたが、橋爪は遮った。

「君は、CFRRって概念を知っているか？」

そんな言葉ははじめて聞く。

「いいえ」

美絵子は首を振った。

「いまじゃ、あまり使われない指標だが、以前、外資系の企業に勤めている友人から聞いたことがある」

橋爪はそう前置きすると続けた。「たとえば、工場を新設するために、百億円の資金が必要だとなったとしようか。やる、やらないの判断の基準になるのは、その百億円を回収できるまでに、どれだけの時間がかかるかという点にある。五年なのか、十年なのか、経営サイドからすれば、回収までの期間が短いほどやる意味があるということになるわけだ」

「分かります」

美絵子は頷いた。「住宅ローンと同じですね。どれほどの期間で完済するかで、支払金額には、大きな差が生じますからね」

「その通りだ」

橋爪は顔の前に人差し指を突き立てた。「それを数値化したのが、キャッシュ・フロー・レシオ・オブ・リターン、CFRRだ。投じた資金が何年で回収されるのか。業務の改善、作業の効率化、それにともなって人員削減が可能になれば、既存の工場よりも、どれだけ収益性が向上するのか。事細かに分析し、一定の数値を上回ることが確認されて、はじめてゴーとなる」

橋爪がなぜ、こんなことをいい出したのかが見えてきた。

「経済援助にそんな概念は存在しませんものね……」

「その友達にいわれたよ。お前らは気楽でいいなあって……」

橋爪は、自嘲めいた笑いを口の端に宿した。「今回の件で思い知ったよ。確かに、公共事業は民間が手がける事業と違って、利益を追求するものではない。でもね、経済援助だってタダじゃない。借りたカネは返さなければならないものだし、金利もつく。となれば、援助を受けた国にどれほどの経済効果を生むのか。経済のみならず、他の分野にどれほどの波及効果をもたらすのか。その点をもっと深く考え、最大限の効果をもたらす策を追求すべきなんだとね」

「でも、経済援助は政府間交渉で決まるんですよ。私たちには、どうすることもできないわけで――」

「確かにその通りだが、付加価値を高めてやることはできる。つまり、トッピングだよ」

「トッピング？」

「バニラアイスを注文した客に、プレーン・バニラを提供するのは簡単だが、そこにトッピングを施せば、プレーンよりもはるかに美味しいアイスになる。つまり、同じバニラを提供するにしても、知恵と工夫次第で価値を高めることもできれば、相手の満足度を高めることもできる。それを君はやってみせたんだ」

「えっ？」

美絵子は小さく叫び、「それは、キャサリンが――」

慌(あわ)てていいかけたが、橋爪は構わず続けた。

「確かにクルーズトレインの導入を決めたのはキャサリンだ。でもね、君とアンドリューが考えたプランがなければ、高速鉄道の導入計画が白紙になった時点で、経済援助の話もたち消えになっていたんだぜ」

「私にしてみれば、瓢簞から駒ってやつです。鉄同士の夢物語が、まさか現実のものとなるなんて……」

それは、美絵子の偽らざる本心だった。

いまにして思えば、R国にクルーズトレインをと橋爪にいったのも、高速鉄道事業は、端から中国ありきの出来レース。荒唐無稽なプランを提案したところで結果は同じ。そんな安易な気持ちが心のどこかにあったのではないかと思う。

それが、日本が多額の資金を援助し、R国は国の将来を賭けた一大プロジェクトになろうとしている……。

改めてそこに思いが至ると、美絵子はなんだか空恐ろしくなってきた。

「経済援助ってのは難しいものだよ」

橋爪はしみじみとした口調でいった。「何をやるかを決めるのは政治家だからね。一国の元首になる人間ってのは、人一倍野心が強いものだし、頂点に立ったからには、自分の功績を形として後世に残したいと願うものだ。それに、選挙に勝ってこその政治家だ。有権者の歓心をどうしたら買えるかを常に考えてもいるからね。でもね、やりようはある」

「お待たせいたしました……」

ボーイが現れ、シャンパンが満たされたグラスをふたりの前に置いた。

橋爪は、それに手を伸ばそうともせず、決意の籠もった視線を向けてくると、

「相手国がなにを望むにしても、経済援助に応じるからには、無償にせよ、まして有償ならば、最大限の投資効果を追求すべきだ。だってそうだろ、相手国はお客さんだ。つまりビジネスであるわけだ。期待をはるかに上回るプランを提示し、満足する成果をもたらせば、客は絶対に逃げない。日本と相手国が強い信頼の絆で結ばれる。それこそが、我々官僚の腕の見せ所ってもんだし、やれることはたくさんあるはずだ」

断固とした口調でいった。

美絵子はこくりと頷くと、

「その点からしても、この事業は絶対に失敗できませんね」

声に決意を込めた。

「そこでだ。君に新しい仕事をやってもらうことになった」

「えっ？　新しい仕事って……」

プロジェクトがはじまろうとしているのに、まさか……。

「それって、異動ですか？」

声が自然と裏返る。

美絵子は恐る恐る訊ねた。

「そう、異動だ」

「……どこへ……ですか？」

そこで橋爪はシャンパンに満たされたグラスに手を伸ばすと、

「R国に赴任して欲しい」

にやりと笑った。

意味が分からない。

「R国？」

美絵子は問うた。

「R国に駐在して、クルーズトレイン導入のプロジェクトチームに加わって欲しい」

「本当ですか！」

胸の中に生じた温かな塊が、急速に大きさを増し、次の瞬間爆発した。

「絶対に失敗できないプロジェクトだからね。餅(もち)は餅屋、鉄道は鉄にやらせるに限る。君をおいて、省内に適任者はいないよ。鉄の面目にかけて、思う存分、やってみろ！」

「ありがとうございます！」

飛び上がらんばかりの勢いで、椅子の上で姿勢を正した美絵子は、「鉄の面目にかけて、最高のクルーズトレインを走らせてご覧にいれます！」

橋爪に向かって頭を下げた。

「よおし、じゃあ乾杯しようじゃないか」

「はい！」

美絵子はグラスを手に取った。

「じゃあ、竹内君の新しい門出に。そしてR国の将来に……。乾杯！」

「乾杯！」

ふたりのグラスが触れ合い、軽やかな音を立てた。

5

もし、天国が本当に存在するのなら、きっとこんなところなんだろうな……。

早朝の江原町を歩きながら、翔平はふと思った。

北海道の初夏は格別だ。

高く広い快晴の空。透明な大気が、朝日を浴びて煌(きら)めきを放つ。

改めて腰を据えてみると、長く暮らしたR国とは別世界の快適さだ。

R国は、夜間こそ気温は幾分下がるが、昼間の熱の余韻が冷めることはない。日の出と同時に熱帯の強い日差しが照りつけると、町中にいいようのない悪臭が漂いはじめ、ミストサウナの中にいるような高い湿度と相まって、体に染(し)み込んでくるような気になったものだ。

だが、慣れというのは恐ろしいもので、それが日常となると気にもならなくなるし、出張で一時帰国をしても、またすぐに戻ると思えば、日本との環境格差など深く考えることもなかった。しかし、江原町が生活の地となったいまとなると、やはり違う。なにかにつけ、R国での暮らしが比較の対象になってしまうのだ。

「おはようございます」

背後から声をかけられて、翔平は立ち止まった。

振り返ると、声をかけてきたのは、箒(ほうき)と塵取(ちりと)りを手にした老人である。それもひとりやふたりではない。十数人もの高齢者が翔平に向かって頭を下げた。

「おはようございます」

翔平は挨拶を返すと、「毎日、ご苦労さまです」

満面に笑みを湛えながらいった。

老人たちは、いずれもこの温泉街の旅館の経営者たちだ。毎朝近くの広場で早朝のラジオ体操を終えると、町の清掃を行うのが日課である。

これも、四葉が海東学園を買収し、グループのギムナジウムと、途上国向けの教育施設を設置することが決まってから、江原町に起きた大きな変化のひとつだ。

計画の概要が明らかになるにつれて、町民の期待は希望へと変わった。実際に工事がはじまれば、四葉の社員、建設工事に携わる関係者、完成後はグループの社員に、四葉が手がけた事業に携わる外国人が町に滞在することになる。しかも、継続的にとなれば、町に大きな経済効果をもたらすことは間違いないからだ。

学園内には寮が併設されるが、研修者の数は常に一定とは限らない。教鞭を執る人間の数は常に増減するし、研究開発機能を担う場所も設けるとなれば、出張者も滞在する。かといって、宿泊施設の部屋数をピークに設定すれば空室が発生する。そこで施設内の宿泊施設に吸収しきれなかった人員の受け皿に、町の旅館を使用するという方針を翔平は打ち出した。

朝の清掃作業がはじまったのは、それからだ。もっとも、江原町は過疎高齢化が進み、昼間でも人を見るのが珍しいほど寂れた町である。ゴミなど落ちていようはずもないのだが、これも希望は人に活力を与えるものであることの証(あかし)というものだ。

「相川さん、いつも早いんですね。学園には、まだ誰も来ていないでしょう」

高齢のご婦人が、穏やかな笑みを浮かべながらも、不思議そうにいう。

「朝食は、妹のところで摂(と)っていますので」

翔平はいった。

「奥さんはいつこちらに?」

「さあ……。子供の学校がありましてねえ。夏冬の休みくらいになるんじゃないでしょうか」

R国には日本人学校もあるのだが、せっかくの機会である。子供たちはインターナショナルスクールに通わせた。札幌にはインターナショナルスクールがあり、大学入学資格が得られる認定校もあるのだが、江原町からの通学は時間がかかり過ぎる。そこで、妻子を東京の自宅に住まわせ、翔平はここに単身赴任をすることにしたのだ。

隆明はもちろん千里も、ふたり住まいには広すぎるといって、同居を勧めたが、江原町への赴任がどれほどの期間になるか分からない。ひょっとすると、このままサラリーマン人生をここで終えることになるのかもしれないという気もする。それに、妻も帰国した直後にはじめて訪ねた江原町の環境が、いたく気に入った様子である。

もっとも、東京での暮らしが長くなれば、田舎暮らしは御免だといい出す恐れは十分過ぎるくらいにあるし、この歳になって、妹夫婦と同居というのもなんだか変だ。

そこで、町の中心部にある一軒家を借り、ひとり暮らしをはじめることになったのだが、自炊はやはり面倒である。ちょうど海東学園内の一室にオフィスを構えたこともあって、出勤前に実家に立ち寄り、朝食だけは千里の世話になることにしたのだ。

夕食は帰り道に地元の飲食店に立ち寄り、新鮮な海の幸や、山の幸を肴に一杯やるのが日課なのだが、これがまた実にいい。中学を卒業して以来会うことがなかった友人たちと出くわすこともあれば、店主や客との会話で地元の様子を知ることもできる。町民が今回の事業にどれほど希望を見出したか、町が変わっていく様子が手に取るように伝わってくるのが、何よりも嬉しい。

「お風呂はどうしてんの？」

別のご婦人が唐突に訊ねてきた。

「お風呂なら毎晩入ってますけど？」

「ひとり住まいで毎晩風呂焚いてたら、燃料代が大変しょ。うちには温泉があるから、毎晩でも入りにきたら？　どうせ、帰りは一杯やって帰るんしょ？　酒飲んで風呂入るのは体に悪いよ。温泉入ってから一杯やった方が酒もなまら美味いっしょ」

「相川さんなら、どこの旅館でも入浴料なんかいらねえべ。そうしたらいいんでないかい」

男性の老人が、すかさず相槌を打つと、「札幌に出た息子夫婦が、旅館を継ぐっていい出して、戻ってくることになったんだ。それも、うちだけじゃないよ。跡取りが戻ってくるって旅館が増えてんだ。こうなれば、借金してでも旅館を直す気にもなろうってもんだ。息子や娘夫婦に孫と一緒に暮らせる。四葉が江原町ではじめる事業で、町民全員の生活が百八十度変わったんだよ」

老人は、そこで姿勢を正すと、

「相川さん。本当にありがとう」

深々と頭を下げた。

それに続いて、居合わせた全員が頭を下げる。

「いや、私は……」

仕事でやったことですからと、続けようとしたのを、すんでのところで飲み込んだ。

R国を去る直前に、キャサリンと会った際、彼女がいった言葉を思い出したからだ。

あれは特別な時間だった。

「首相がお会いしたいと申しております。官邸までお越しいただけますでしょうか」

突然、首相秘書官から電話を受けたのは、R国を離れる一週間前のことだった。

指定された日時に官邸を訪ねた翔平を、キャサリンは暖かく迎えた。

スラムのときのオフィスとは違い、さすがに一国の首相の執務室ともなると豪華な造りではあったが、無駄な装飾品の類は一切なく、窓際に置かれた花があるだけで、机の上は書類の山で、まさに仕事場である。

握手を交わし終えたところで、

「ショウ、そちらに……」

キャサリンは部屋の中央に置かれたソファーを勧めた。「父から聞きました。日本に戻られるんですってね」

「前にお会いした時に申し上げましたが、今回のプロジェクトの責任者に任命されたのです。教育プログラムの内容は、ほぼ固まりましたし、施設の設計もはじまっております。あとは工期厳守、予算厳守で開校に向けて粛々と進めるだけです」

「だけです？」

キャサリンは片眉を上げ、くすりと笑う。「想定通りにいかないのが、仕事でしょう？」

「もちろんです」

翔平は頷いた。「だから、何があっても慌てず、狼狽えず、粛々と取り組むことが大切なんです。これだけ大きなプロジェクトとなればなおさらですよ」

「確かに、あなたのいう通りね」

穏やかな笑みを湛えながらも、キャサリンの目が為政者のそれになる。「想定通りにならないといえば、国政はその典型だわ。この国が抱える問題については随分研究してきたし、解決策も考え抜いたつもりだったけど、実際に国を率いる立場になると、やっぱりそう簡単にはいきませんからね」

キャサリンが弱音を吐いているのではないのは明らかだ。

「だから、やり甲斐があるんじゃないですか」

翔平はいった。「なんの障害にも直面することなく、思い通りに事が進むなら、誰に任せたっていいってことになるじゃないですか。そんなの仕事じゃありませんよ。障害をどう克服するか、調べ、学び、考え抜くのが面白いんだし、やり終えた時の達成感は格別なものとなるんじゃないでしょうか」

「乗り越えなきゃならない障害が高ければ高いほど、乗り越えた時の喜びもまた大きいってわけね。いかにもあなたらしい言葉ね」

キャサリンは静かに笑うと、「その障害を乗り越える仕事を、あなたと一緒にできることが嬉しいわ」

優しい眼差しを向けてきた。

「R国では様々なことを学びました」

翔平はいった。「ビジネスは利益を追求するものです。より多くの利益を出せば、会社は潤う。それは、我々組織に属する人間の生活に直結します。だから、いかにして高い利益を上げるか、我々ビジネスパーソンは受注獲得に血眼になり、必死に知恵を絞るわけです」

キャサリンは黙って話に聞き入っている。

翔平は続けた。

「いまにして思うと、私……いや、企業の目的は、いかにしてより多くの利益をものにするか、その一点にしかありませんでした。でも、それは企業側の勝手な理屈です。ビジネスにおいて本当に重要なのは、相手の側に立って考え、買ってもらったからには、対価以上の効果と満足を与えることで深い信頼関係を築くことなんだと。いかにしてものにするかではなく、その点を追求していけば、結果は黙っていてもついてくるということを……」

　キャサリンはすぐに言葉を返さなかった。

　短い沈黙の後、キャサリンはいった。

「私は、企業で働いたことがありませんが、目標、ノルマと呼び方の違いこそあれ、組織に属する限り、職務には達成しなければならない基準が設けられていることは知っています。それも、大抵の場合、簡単にはクリアできるものではなく、みんなどうやってそれを達成するかで頭がいっぱいになることも……。でもねショウ、それに苦痛を覚えるかどうかは考え方次第だと思うんです」

「といいますと？」

「勉強と同じだと思うんです」

　キャサリンはこたえた。「学問の習熟状況は試験によって測られます。そして、試験には及第点というものがある。どうしたら、それをクリアするかを考えている生徒は、クリアすることが目標になり、学ぶことの面白さを感じられず、勉強自体が苦痛になってしまうんですね」

　翔平も学生時代は、受験勉強に追われた身だ。学校での勉強は、受験のため、ひいては有名校に入り、商社マンになる夢を叶（かな）えるための手段であったにすぎない。まして、日本の大学は、偏差値によって序列化されており、いかにして合格圏内に身を置けるかを目処にして勉強したものだ。

「学ぶことの面白さ……ですか？」

翔平は思わず問うた。

「つまり、無駄が大切なんですね」

キャサリンは、確信に満ちた眼差しで頷いた。「学ぶ中で興味を覚えたものがあるのなら、試験に必要のないことでも、どんどん自分で学び、分からなければ教師に教えを乞う。それが、知識を深めることにつながり、結果的に試験の成績向上にもつながるんです。当たり前ですよね。知識を深めるのは楽しいことだし、いまはそこまでやる必要はなくとも、いつか必ず役に立つことになるんですから。そうなれば、合格点なんて気になりませんよ。試験問題なんて、いとも簡単に解けてしまうようになりますからね」

なるほど、教育者として歩んできたキャサリンの言葉らしい。

「それは仕事も同じ。どうやってノルマをクリアするかに汲々とするより、客先のニーズを研究、分析し、どうしたらビジネスを膨らませることができるかを考える。そうすれば仕事も楽しくなるし、結果的にノルマ以上の成果が得られるってわけですね」

「まあ、教育とビジネスを同列に論ずるのは乱暴かもしれませんが、取り組む姿勢としては、そういえると思うんです。だって、純粋に勉強が楽しくてやってる子なんて、そうはいませんからね。特に、恵まれた環境にある子ほど……」

キャサリンの言葉に、胸がちくりと疼(うず)くのを翔平は覚えた。

四葉、いや大企業で働く人間の本音をいい当てられた気がしたからだ。

なぜ、一流企業への入社を希望する学生が世の中にはたくさんいるのか。

志望理由は様々だろうが、大企業の社員になれば、安定した生活が送れる、世間体がいい。大半はそれが本音だろう。

確かに、大企業、中でも総合商社の賃金や待遇が群を抜いていいのは事実だし、仕事に熱心に取り組んでいる社員が多いのもまた事実ではある。しかし、仕事を楽しんで、面白いと思える社員がどれほどいるかといえば、疑問である。なぜなら、仕事は与えられるもので、選ぶことはできない。それが組織だからだ。

高額な報酬を得る対価として、これくらいのことはやっておこう。合格点さえ取っていれば、安泰なサラリーマン生活が送れる。そう考えている社員が大半だろう。

「だから、あなたがこれから指揮を取るプロジェクトには期待しているんです」

キャサリンはいった。「このプロジェクトによって、R国が先進国への道を歩みはじめ、社会が変わっていく様を目の当たりにすれば、他の途上国も四葉のビジネスモデルに注目するでしょう。そうなれば、途上国でのビジネスをものにするためには、同様の教育機関の設置が必要不可欠だと他国の企業も気づくでしょう。でもね、それは、ちっとも悪いことではないんです。なぜなら、同様の教育を施そうとするということは、少なくともその国が日本並み、あるいはそれ以上に優れた社会になるってことなんですから」

そこまで賞賛されると、日本の社会にだって欠点はたくさんある。そこまで完璧な国ではないといいたくもなったが、それよりも早く、キャサリンは続けた。

「このプロジェクトは無限の可能性を秘めていると私は確信しています。どこまで広げられるかは、私はもちろん、この国の発展を願う人間たちが知恵を絞り、夢を叶える手段として考え抜かなければなりません。無駄を恐れずに、ありとあらゆる可能性を探るんです。もちろん、高いハードルはたくさんありますが、ひとつずつ乗り越えていけば、夢は必ず実現するんです。だからショウ、ここから先は競争ですよ。途上国のためにこの教育機関を活用するのではなく、四葉の人たち、ひいては日本の国民のためのものにすべく、常に知恵を絞り価値を高めていかなければならないのです」

キャサリンの言葉が、胸に沁みた。同時に、奮い立つような興奮を覚えた。

「はい！」

キャサリンは、おもむろに立ち上がると、手を差し出してきた。

「ありがとう、ショウ……」

翔平は、固い握手を交わしながら、

「こちらこそ……。キャスに会えたのは、人生の宝です。R国のことは、生涯忘れません。ご活躍をお祈りしております」

別れの言葉を述べた。


日本の国民のためのものにすべく、常に知恵を絞り、価値を高めていかなければならない、というキャサリンの言葉に触発されて、まず最初に構想に付け加えたのが、江原町の活性化である。

そもそも、中国資本がリゾート建設を目論んだほど、江原町は風光明媚なところだ。町が衰退したのも、長期滞在型の湯治場というビジネスに胡坐をかき、気がつけば客の大半を占めていた高齢者人口が激減し、経営が苦境に陥ってしまったのが原因である。

そこで翔平は町の商工会に、ギムナジウムに設ける宿泊施設では収容しきれないグループ各社社員を旅館に斡旋することと、外国人研修者のＯＪＴの場とすることを提案したのだったが、確実に収益につながる申し出である。反対する人間などいようはずもなく、商工会が両手を挙げて飛びついてきたことはいうまでもない。

「旅館も俺の代で終わり。体が動かなくなったら廃業と決めていたんだけど、こうなるともうひと頑張りするかって気になってね。大改装することを決心したんだ。融資の方も北海銀行がふたつ返事で引き受けてくれてね。四葉がこなかったら、融資なんていおうものなら、けんもほろろ、相手にもされなかっただろうからね」

老人は満面の笑みでいう。

「四葉の社員さんに泊まってもらうんだもの、年寄り相手の湯治場に泊まらせるってわけにはいかないものね。それに、Ｒ国の人たちの研修の場にするなら、洋室の方がいいだろうから、うちは、建て直すことにしたんだよ」

老婦人が胸を張る。「借金をするのはおっかないけど、息子がやる気になってるし、家族全員で頑張れば、なんとかなるっしょ。そのためにも、健康でいなくちゃね。それで、この歳になってラジオ体操をはじめたんだけど、やってみるといいもんなんだよね」

希望に満ちた人間の表情を見るのはいいものだ。

翔平は、胸が温かくなってくるのを感じる一方で、江原町のさらなる活性化の手段に想いを馳せた。

考えてみれば、クルーズトレインを走らせるR国の沿岸部と江原町には、一級の観光資源に恵まれながら、活用されることなく放置されるがままになっていたという共通点がある。R国でのビジネスモデルがそのまま応用できるわけではないが、ひとりの旅人が発した情報が瞬時にして世界中に広がる時代である。マスメディアが発信する情報に頼っていた頃とは違い、全く無名であった地に、ある日突然観光客が押し寄せる時代なのだ。

風景、食、人との触れ合い、何に惹かれるかは人それぞれだが、ここには、その全てが揃っている。そう考えれば、江原町はR国が先進国への道を歩みはじめるのと同様に、繁栄の道を歩みはじめる可能性は十分にある。もちろん、それで満足してはならない。足を止めればそれで終わりだ。大切なのは、常に進化を続け、客の満足度を高めていくこと。それしかないのだ。

一行と別れた翔平は、海東学園が建つ、小高い丘に続く坂道を登りはじめた。

やがて行く手に、実家の門が見えて来る。

翔平は足を止め、眼下に広がる江原の町を見た。

老朽化した建物が立ち並ぶ寂れた町が生まれ変わった時の光景が脳裏に浮かぶと、あれほど忌み嫌っていた江原の町が、ことのほか素晴らしいところに思えてくる。

「人生にイフはない」といわれるが、それでも翔平はふと思った。

もし、父が学園の存続に執着しなかったなら。もし、自分がこの町を捨てず学園を継いでいたら。もし、四葉商事に入社していなかったなら。もし、R国への駐在を命ぜられていなかったなら。もし、キャサリンに巡り合うことがなかったら……。このうちのひとつでも『もし』が現実だったなら、こんな結果につながることはなかったのだ。

そこに気がついた時、翔平はこれまで自分が歩んできた道は、全て必然であり、あらかじめ決められていたもののように思えた。

「人生って不思議なもんだナ……。いや面白いもんだナ……」

翔平は思わず呟いた。

そして、こうも思った。

そう思える自分は、なんて幸せなんだろう、と――。

海面に帯となって反射する太陽の光の中を、数隻の漁船が白波を立てながら沖に向かって突き進んでいく。
眩く輝く光の中の小さな、小さな点――。
翔平には、それが輝かしい未来に向かって走りはじめた、R国と江原町の姿に見えた。

エピローグ

「素晴らしい！　いや素晴らしい列車です！」

プロジェクトがはじまってから三年、完成したばかりのクルーズトレインの見学を終えたアンドリューの紅潮した顔に冷める気配はない。それどころか、興奮はますます高まるばかりだ。

いよいよ明日は、クルーズトレインの引き渡し式である。

プロジェクトに参加した四葉グループ各社の重鎮たち、両国政府関係者が一堂に会し、盛大な式典が行われることになっている。

それに列席するために、R国からはこのプロジェクトを現地で推進してきたアンドリューと美絵子が来日したのだったが、筋金入りの鉄であるふたりが、明日を待てるわけがない。それは、鉄でなくとも、翔平も同じだ。一緒に見学にいかないかというアンドリューの誘いにふたつ返事で応じ、急遽四葉重工の車両製造工場に駆けつけたのだ。

「想像を超える出来です！　さすがは日本で多くの観光列車を製造してきただけのこ

とはある。これは世界一のクルーズトレインですよ」

まくしたてるアンドリューに、

「誰がコンセプトを練ったと思ってるのよ。日本とR国の鉄の夢が込められているのよ。そこに四葉の技術と経験、日本の匠の技が、存分に生かされてるんだもの、出来がいいのは当たり前じゃない」

傍からそう返す美絵子も、興奮を隠せない。無人に等しい車内を撮影できるチャンスは滅多にないと、すでに散々写真を撮ったというのに、アンドリューを見向きもせずに、夢中になってシャッターを押し続ける。

もっとも、ふたりが興奮するのも無理からぬことではある。

南国情緒を取り入れながら、木材をふんだんに使ったシックな居室、ラウンジやダイニングルームは、一転してクルーズトレインが走る沿線に咲く花々や、密林をモチーフにした華やかな空間だ。全室に設けられたトイレの便座は、もちろん日本が世界に誇る温水洗浄機能付き。バスタブはスイートにしかないが、シャワーもまた全室完備。十二両編成の列車の定員はわずか四十名。瑞風は十両編成で定員三十四名だが、客室はこちらの方が広い。

まさに、贅の限りを尽くした、選ばれし者だけが味わえる特別な空間そのもので、翔平にしたって見学の最中は、その豪華さに驚愕し、ため息の連続だったのだ。鉄のふたりには、たまらないだろうし、自分たちが考案した列車が現実のものとなったのだから、鉄冥利につきるというものだ。

「やっぱり、餅は餅屋ってやつだね。重工の開発担当がいってたけど、インテリア、エクステリアを担当したデザイナーさんたちが、ふたりが世界中の豪華観光列車のデザインにやたら詳しいので、驚いていたそうだよ。車両を設計したエンジニアも……。まさか、R国のこのプロジェクト担当者に鉄がいるとは想像もしなかっただろうからね」

そういった翔平に、

「そりゃあ、こんなチャンスは二度とありませんからね。鉄の名にかけて、思いの丈を込めたんですから」

アンドリューは胸を張る。

「でも……幸せな時間はあっという間に過ぎてしまうんですね」

美絵子はシャッターを押す手を止め、一転して寂しげにいう。「三年もの歳月が流れたなんて、嘘のようです……。もうこんな仕事に携われないのかと思うと、なんか悲しくなって……」

各部署を転々としながら経験を積み、出世を重ねていくのがキャリア官僚だ。美絵子の場合、R国が設立したプロジェクトチームへの出向を命ぜられてから三年。本省にいても、新たな部署へ転じる辞令が下される頃合いだ。鉄道関係の仕事に携わることはまずあるまいから、美絵子が意気消沈するのは無理もない。

「アンドリューが羨ましいわ。この事業が軌道に乗るまで、四葉で働くことになってるんだもの……」

美絵子は羨望がこもった眼差しをアンドリューに向けた。

「仏作って魂入れずってことになったら、元も子もないからね。むしろ、肝心なのは、これからだよ」

アンドリューは真顔になると、翔平に真剣な眼差しを向けてきた。

R国の在来線の整備は、ひと月前に終わり、新駅舎三カ所の建設工事も順調に進んでいる。さらに、沿線の一カ所、沿岸部に建設中のリゾートホテルも、半年後には開業の予定だ。

いま、海東学園に新たに設けられた教育施設では、クルーズトレイン、リゾートホテル、駅、および付随する商業施設で働くことになる従業員、鉄道関係者の教育訓練が行われている真っ最中だ。

「その点は、大丈夫だと思うよ」

翔平はいった。「みなさん、とても熱心だし、優秀だよ。この事業の重要性も十分認識しているしね。自分たちが国を変え、母国を先進国にするための礎になるという決意と覚悟が感じられるよ。学園内には、四葉グループのギムナジウムもあるけど、そこで再教育を受けている社員や、江原町の人たちとの交流も盛んに行われているからね。そうした中で、R国の人たちが学ぶことも多々あるようだし、我々がまた学び、気づかされることも少なくないからね」

「キャサリンが首相になってから、R国は変わったと現地の方は口々にいいますものね」

美絵子が感慨深げにいう。「就学率は格段にアップしたし、経済効果という点では、まだ地域が限定されていますけど、このプロジェクトのおかげで、在来線の沿線に大きな雇用が生じたのは事実ですね。それに、不正がなくなったことがなによりも大きい。要は、国の将来に希望が見えてきたんですね。努力が報われる社会がきた。ひとりひとりが頑張れば、R国だって、先進国を目指せるかもしれないことを実感として捉えはじめてるんです」

「キャサリンが国民の意識を変えた。彼女は国民の希望になったんだよ」

翔平は、心の底からいった。「権力ってのは、本当に恐ろしいものだと思うね。どんなに努力しても、報われるかどうかは、権力者の胸三寸じゃ、向上心なんか芽生えるわけがないからね。絶望を与えるのが権力者なら、希望を与えるのもまた権力者だ。権力者次第で、国が変わる。キャサリンはそのことを証明してみせたんだ」

「この動きはR国にとどまらないかもしれませんね」

美絵子はいった。「トップ次第で国が一変することが証明されたんです。少なくとも、民主主義国家、有権者の投票で為政者が決まる国なら、第二、第三のキャサリンが出てくるかもしれませんよね」

実際のところは、そう甘くはないのだが、それを話すのは野暮というものだ。

「そうなれば、またどこかの国が、クルーズトレインをといい出すかもしれませんよ。そうなったら、竹内さん、あなたの出番ってことになるじゃないですか」

翔平が冗談めかしていうと、

「そうなったら、どこの国にだって行きますよ」

美絵子は真顔でいった。

「それにつけても、この事業は是が非でも成功させなければならないんです」

翔平は、光り輝く列車に目をやった。「この列車がR国に姿を現し、走り始めたその時から、間違いなく国民はR国が輝かしい未来に向かって動き出したことを実感するはずです。そして海東学園で教育を受けた皆さんが、その成果を発揮すれば、その思いをますます強くするでしょうね」

「そうなれば、第二、第三の観光列車の導入だってあり得るかもしれませんね」

アンドリューがニヤリと笑う。

「なに？　それ……」

怪訝(けげん)な表情を浮かべる美絵子に向かって、

「この列車は、オールファーストクラスじゃないか。飛行機には、ビジネスクラスもあれば、エコノミーだってある。ならば、料金に応じた観光列車があってもいいじゃないか。実際、日本にはそんな列車がたくさん走ってるんだ。それだけじゃない。国が発展していくにつれ、在来線に特急や快速列車だって走らせる必要が出てくるかもしれないだろ。考えてみれば、R国は鉄道事業の宝庫だ。まさに鉄の楽園だよ」

目を輝かせると、呵々(かか)と笑った。

「アンドリュー……、それってずるくない？　そんな楽しい仕事あんたひとりで――」

血相を変えて嚙(か)み付く美絵子が微笑(ほほえ)ましい。

翔平は、ふたりのやりとりを聞きながら、改めて車両に見入った。

透明感のあるコバルトブルーの車体は、R国の海の色を模したもの。車体下部に入る三本の鮮やかな緑の細い横線は、沿線の密林をイメージしたものだという。

熱帯の陽光が降り注ぐ中、あの沿岸部を走行する姿が見えるようだった。

煌めく大海原、鮮やかな花が咲きほこる大自然の中を走る姿だ。

「鉄の楽園か……」

胸の中でそう呟きながら、間違いなくその日がR国にやってくることを翔平は確信した。

解　説——未踏の地への挑戦って、ワクワクする

村上貴史

■時は流れ

『鉄の楽園』は、楡周平が二〇一九年九月に発表した長篇小説だ。

題材は、教育と鉄道。

いずれも戦後日本の成長に密接に関わってきた存在である。人を育て、人を運ぶ。これによって国が回っていく。昭和の高度成長期には、その回転をひたすらに効率よく行うためのメソッドがあり、そのやりかたが機能していた。

しかしながら、時は流れていく。昭和は平成となり、さらに平成は、本書の刊行時点では令和となっていた。この変化のあとでは、昭和後期の〝正解〟が、そのまま機能するとは限らない——むしろ、疑うべきだ。だが、教育にしても鉄道にしても、そう簡単に軌道修正できるものではない。特に、終身雇用や減点主義、あるいは〝出る杭は打たれる〟というマインドに支配された日本社会においては。

そんな現在の日本の現実を、本書はしっかりと見据えた小説である。そのうえで、夢のある小説でもある。本書が提示した希望に満ちた明日を手に入れられるかどうかは、ほかでもない、自分たち次第だ——そう心を揺り動かされる一冊である。

ちなみに本書が「小説新潮」に連載されたのは、二〇一七年十一月号から一九年一月号にかけてのこと。平成という時代が一九年四月で終わることは判(わか)っていたが、まだ令和という新元号は判っていないタイミングで書かれた小説である。その意味では、平成の終わりの小説なのだが、内容は、今回の文庫化のタイミング、つまり令和四年現在でも、十分に〝今日的〟である。それ故(ゆえ)に、より強く思うのだ。希望をつかめるかどうかは、自分たち次第だと。

■鉄の楽園

北海道南東部に位置する海東(かいとう)学園は、鉄道の専門学校だ。この学園を、今は創設者の孫娘の相川千里(あいかわちさと)とその三十八歳になる夫の隆明(たかあき)が経営している。定員割れが続き、正直なところ経営は厳しい。そんな折り、メインバンクの北海銀行がある提案を持ちかけてきた。中国資本が学園を買いたがっているというのだ。金額は三十億円。十分に高額だが、中国資本はその後、学園をリゾート施設に作り変えることを計画しているという。隆明も千里もそんな提案は受け入れたくないが、銀行は貸し剝がしもちらつかせて脅してくる……。

　そのころ、東南アジアの新興国・R国では、高速鉄道を導入する計画が進んでいた。その受注を日本と中国が争っている。中国の高速鉄道は、コスト面で優位に立つ。なにしろ技術開発費が殆どかかっておらず、人件費も日本より安い。それになんとか対抗しようと、四葉商事の現地駐在員、四十歳の相川翔平は、必死で知恵を絞る。そして彼は、日本の新幹線の運行の正確性や清潔さなど、高速鉄道に関係するノウハウにこそ勝機があるのではと思い至った……。

　本書に描かれた新幹線輸出における日本の苦戦は、現実の話である。中国相手に苦戦しているのだ。そんな現実を十分に理解したうえで、また、中国の真の狙い（高速鉄道を売りつけることではなく、その先にある）もしっかりと理解したうえで、楡周平は、日本がR国への鉄道輸出において勝利するためのビジネスプランを立案した。そのプランそれ自体や、その成功の根拠は是非とも本書でご確認戴きたいが、お読み戴ければ、決して奇想天外なプランではないことが理解できるだろう。売り手と買い手、その双方を満足させる地に足のついたプランであり、〝これならうまくいくだろう〟と読者も納得できるものなのだ。しかもそれが、目先の利益を一人ですべて食い逃げする計画ではなく、孫子の代までお互いに幸せであれるように考えられている点が、実に素晴らしい。これまで、日本における様々な問題、例えば少子高齢化問題の今後を考えた『プラチナタウン』(〇八年)等を放ってきた著者だけのことはある。

その日本の新幹線輸出についてのプランを、楡周平は、『鉄の楽園』というエンターテインメント小説として読者に提示した。登場人物たちが着想を得て、それを育て、さらに四葉商事の日本本社や関係省庁などを巻き込みながら実現に向けて、そして中国に勝利すべく邁進(まいしん)していく様子が——要するにプランそれ自体の起承転結が——この『鉄の楽園』として結実している。その完成形の、なんと躍動感に満ちていることか。未来志向の着想が、着想のまま終わるのではなく、実際にビジネスとなり政策となり動いていく様を読むことが、こんなにも刺激的だと本書は体感させてくれた。

もちろんその着想は、なんの支障もなく計画となり、その通りに成功へと進むわけではない。あれやこれやとプラン変更の必要も出てくるし、ライバルも、土地の先行買収など様々な手段で日本の邪魔をする。そうした際に、翔平たちは知恵を絞り、発想を転換して障壁を乗り越えるのだ。この柔軟さと粘り強さにもワクワクさせられる。

そうした彼らの活躍を、ときに支え、ときに導くのが、二人の女性だ。経済産業省に入省して三年目を迎える竹内美絵子(たけうちみえこ)と、R国の財閥の娘、五十一歳のキャサリン・

チャンである。彼女たちの清廉さや知恵、そして実行力と信念も、本書に不可欠の要素として輝いている。彼女たちの魅力を、美絵子の〝鉄道オタク〟っぷりの活かし方を含め、堪能できるのだ。

そして海東学園である。経営危機のこの学園も、紆余曲折を経て、この大きく育つビジネスプランのなかで役割を果たすことになる。それも、千里や隆明が想像していた以上の重みを持って、だ。楡周平のプロット作りの巧みさが、この学園の扱いに現れている。そして学園がそうなるということは、同時に、目先の利益を重視して相手の心を無視した北海銀行への逆風となる。そんな〝悪役〟の処理も、また巧みで感心する。ビジネスマン斯くあるべし。

つまり、だ。この『鉄の楽園』は、プランの優秀さに加え、人々の物語としての読み応えもしっかりと備えた一冊なのだ。

■楽園の後

本書が刊行されてからも、日本の新幹線輸出は苦戦を続けている。日本の新幹線採用を決めたタイやインドでは遅々としてプロジェクトは進まず、唯一の輸出成功例である台湾でも、新規車輛については日本からの調達が見送られ、再検討となった。米国テキサスでの日本型新幹線の採用決定が光明といえば光明。そんな状況である。要するに、『鉄の楽園』で描かれた状況よりも、新幹線輸出は悪化しているのだ。

そんなところに、コロナ禍である。『鉄の楽園』の刊行後に罹患者が発見され、そして世界に感染が拡大していった新型コロナが日本社会に及ぼした影響の一つが、感染症対策としての人流抑制である。ステイホームやテレワーク、リモート授業などだ。この対策によって、鉄道利用者は減少した。『鉄の楽園』では、北海道南東部の太平洋に面した人口一万五千人の江原町において、高齢化によって鉄道利用者が減少し、鉄道経営が厳しくなっていく様が描かれているが、それとは全く別の原因で、首都圏でさえも乗客が減少したのだ。ＪＲ東日本の二〇二一年一一月の調査によれば、山手線の利用者が二〇年一月との比較で五〇％から七〇％程度で推移するようになったという。

そうした状況をふまえて、『鉄の楽園』の著者は、また新たな小説を発表した。『サンセット・サンライズ』（二二年）である。『鉄の楽園』において危機的状況のなかに未来への希望を見出したように、『サンセット・サンライズ』は、コロナ禍という苦境のなかであってさえ希望を見出す小説だ。舞台は二〇一一年に大震災の被害に遭った宮城県北部の町、宇田濱。この町が抱える高齢化や過疎という悩みと、都会に鉄道利用者の減少をもたらしたテレワークという二つの題材を組合せ、そこに知恵を加味することで、楡周平は起死回生のプランを提示して見せたのだ。立案から実行まで、ラブロマンスを交えつつ男女のペアが難関を乗り越えていく姿を、本書読者には是非読んで戴きたい。

楡周平は、この『サンセット・サンライズ』に先立ち、『ヘルメースの審判』（二一年）という長篇小説も発表している。こちらの作品では、日本政府が新幹線輸出とともに国策として推進してきた原子力発電所の輸出が重要な要素として扱われている。主人公は世界有数の総合電機メーカー・ニシハマの米国法人で副社長を務める梶原賢太。ニシハマは、原発ビジネスで勝利を収めるべく米国企業を巨額を投じて買収したものの、それが裏目に出て経営危機に陥っていた。従来の成功メソッドが通用しなくなる状況は、本書にも、そして現代日本にも共通している。こちらも御一読を。

楡周平は一九九六年に犯罪小説『Cの福音』でデビュー。同作を皮切りに、国際的な視野で犯罪組織対警察組織の対決を描く《朝倉恭介vs川瀬雅彦シリーズ》を大ヒットさせた。今にして思えば、このシリーズは、作中の犯罪に関し、入念にビジネスプランが練られている点を特徴としていた。犯罪者対警察の知力体力を振り絞った対決のスリルももちろんあるし、米国犯罪組織やテクノロジーを駆使した犯罪のリアルな描写ももちろん魅力ではあったのだが、犯罪計画そのものに、楡周平の犯罪小説としての魅力が宿っていたのだ。そして楡周平は、この特徴をその後も武器として作家活動を続けている。ジャンルこそ経済小説や企業小説、政治小説などに軸足を移したが、新たな挑戦を、危機の分析から掘り起こし、計画立案とその実行を通じて描き、エンターテインメント小説として読者を魅了するというスタイルは一貫している。

そして楡周平のこうした小説は、現代日本において、必要不可欠な存在である。

彼の小説の主人公たちは、新たな挑戦を愉しんでいるのだ。今までに誰もやったことがないことに挑み、そこで成功を収めるためのプランを練る愉しさが、その立案過程や立案後の実行段階を含め、楡周平の小説ではしっかりと描かれている。いってみれば、令和の現代にまで残ってしまっている戦後日本型の戦い方——過去の成功体験を徹底的に磨き上げ、極限まで効率化していくことで、競争に打ち勝っていく戦い方——には欠けていた未踏の地への挑戦が、実はとんでもなくワクワクすることなのだと、楡周平の小説は教えてくれるのである。もちろん、主人公たちは様々な障壁にぶつかって苦悩もするが、さらに知恵を絞って行動し、それを乗り越え、そして喜びを感じる。そんな彼等の歩みが、読み手の共感を誘うのである。また、〝出る杭を打つ〟上司ばかりではなく、新たな着想の価値をきちんと評価する上司が登場していることもまた、嬉しい。こうした評価もまた、プランを成功させ、そして果実を得るために重要だからだ。

あれこれネガティブな話題の多い現代日本だからこそ、こうした挑戦の心と実行力が必要であり、それに向けて人々の背中を押す楡周平の小説が不可欠であると考えるのである。

■一歩前に

本書で美絵子は、必要だと思うなら実現する方法を探れという趣旨の前向きな決め台詞を繰り返す。できない理由を探すのではなく、だ。素敵な言葉である。しかも彼女はそれを実践する。すると周りの人間たちも、同様に動き出す。そんな美絵子の姿勢が社会を変えていく様を読むと、自分も一歩前に出ようという気持ちになる。

いや、いい本を読んだものだ。


（二〇二一年二月、書評家）

この作品は二〇一九年九月新潮社から刊行された。

井上靖著

敦（とんこう）煌

毎日芸術賞受賞

無数の宝典をその砂中に秘した辺境の要衝の町敦煌——西域に惹かれた一人の若者のあとを追いながら、中国の秘史を綴る歴史大作。

井上靖著

あすなろ物語

あすは檜になろうと念願しながら、永遠に檜にはなれない〝あすなろ〟の木に託して、幼年期から壮年までの感受性の劇を謳った長編。

井上靖著

風林火山

知略縦横の軍師として信玄に仕える山本勘助が、秘かに慕う信玄の側室由布姫。風林火山の旗のもと、川中島の合戦は目前に迫る……。

井上靖著

氷壁

前穂高に挑んだ小坂乙彦は、切れるはずのないザイルが切れて墜死した——恋愛と男同士の友情がドラマチックにくり広げられる長編。

井上靖著

孔子

野間文芸賞受賞

戦乱の春秋末期に生きた孔子の人間像を描く。現代にも通ずる「乱世を生きる知恵」を提示した著者最後の歴史長編。野間文芸賞受賞作。

井上靖著

しろばんば

野草の匂いと陽光のみなぎる、伊豆湯ヶ島の自然のなかで幼い魂はいかに成長していったか。著者自身の少年時代を描いた自伝小説。

川端康成著 **伊豆の踊子**

伊豆の旅に出た旧制高校生の私は、途中で会った旅芸人一座の清純な踊子に孤独な心を温かく解きほぐされる――表題作等4編。

川端康成著 **みずうみ**

教え子と恋愛事件を引き起こして学校を追われた元教師の、女性に対する暗い情念を描き出し、幽艶な非現実の世界を展開する異色作。

川端康成著 **舞姫**

敗戦後、経済状態の逼迫に従って、徐々に崩壊していく〝家〟を背景に、愛情ではなく嫌悪で結ばれている舞踊家一家の悲劇をえぐる。

川端康成著 **千羽鶴**

志野茶碗が呼び起こす感触と幻想を地模様に、亡き情人の息子に妖しく惹かれ崩壊していく中年女性の姿を、超現実的な美の世界に描く。

川端康成著 **眠れる美女**

毎日出版文化賞受賞

前後不覚に眠る裸形の美女を横たえ、周囲に真紅のビロードをめぐらす一室は、老人たちの秘密の逸楽の館であった――表題作等3編。

川端康成著 **古都**

捨子という出生の秘密に悩む京の商家の一人娘千重子は、北山杉の村で瓜二つの苗子を知る。ふたご姉妹のゆらめく愛のさざ波を描く。

司馬遼太郎著

梟の城

直木賞受賞

信長、秀吉……権力者たちの陰で、凄絶な死闘を展開する二人の忍者の生きざまを通して、かげろうの如き彼らの実像を活写した長編。

司馬遼太郎著

人斬り以蔵

幕末の混乱の中で、劣等感から命ぜられるままに人を斬る男の激情と苦悩を描く表題作ほか変革期に生きた人間像に焦点をあてた7編。

司馬遼太郎著

燃えよ剣（上・下）

組織作りの異才によって、新選組を最強の集団へ作りあげてゆく"バラガキのトシ"——剣に生き剣に死んだ新選組副長土方歳三の生涯。

司馬遼太郎著

新史太閤記（上・下）

日本史上、最もたくみに人の心を捉えた"人蕩し"の天才、豊臣秀吉の生涯を、冷徹な史眼と新鮮な感覚で描く最も現代的な太閤記。

司馬遼太郎著

関ケ原（上・中・下）

古今最大の戦闘となった天下分け目の決戦の過程を描いて、家康・三成の権謀の渦中で命運を賭した戦国諸雄の人間像を浮彫りにする。

司馬遼太郎著

花神（上・中・下）

周防の村医から一転して官軍総司令官となり、維新の渦中で非業の死をとげた、日本近代兵制の創始者大村益次郎の波瀾の生涯を描く。

谷崎潤一郎著
痴人の愛

主人公が見出し育てた美少女ナオミは、成熟するにつれて妖艶さを増し、ついに彼はその愛欲の虜となって、生活も荒廃していく……。

谷崎潤一郎著
刺青・秘密

肌を刺されてもだえる人の姿に、いいしれぬ愉悦を感じる刺青師清吉が、宿願であった光輝く美女の背に蜘蛛を彫りおえたとき……。

谷崎潤一郎著
春琴抄

盲目の三味線師匠春琴に仕える佐助は、春琴と同じ暗闇の世界に入り同じ芸の道にいそしむことを願って、針で自分の両眼を突く……。

谷崎潤一郎著
卍（まんじ）

関西の良家の夫人が告白する、異常な同性愛体験――関西の女性の艶やかな声音に魅かれて、著者が新境地をひらいた記念碑的作品。

谷崎潤一郎著
細雪（ささめゆき）
毎日出版文化賞受賞（上・中・下）

大阪・船場の旧家を舞台に、四人姉妹がそれぞれに織りなすドラマと、さまざまな人間模様を関西独特の風俗の中に香り高く描く名作。

谷崎潤一郎著
陰翳礼讃・文章読本

闇の中に美を育む日本文化の深みと、名文を成すための秘密を明かす日本語術。文豪の精神の核心に触れる二大随筆を一冊に集成。

松本清張著

或る「小倉日記」伝

芥川賞受賞　傑作短編集㈠

体が不自由で孤独な青年が小倉在住時代の鷗外を追究する姿を描いて、芥川賞に輝いた表題作など、名もない庶民を主人公にした12編。

松本清張著

点と線

一見ありふれた心中事件に隠された奸計！列車時刻表を駆使してリアリスティックな状況を設定し、推理小説界に新風を送った秀作。

松本清張著

砂の器（上・下）

東京・蒲田駅操車場で発見された扼殺死体！新進芸術家として栄光の座をねらう青年の過去を執拗に追う老練刑事の艱難辛苦を描く。

松本清張著

黒革の手帖（上・下）

横領金を資本に銀座のママに転身したベテラン女子行員。夜の紳士を相手に、次の獲物をねらう彼女の前にたちふさがるものは――。

松本清張著

Dの複合

雑誌連載「僻地に伝説をさぐる旅」の取材旅行にまつわる不可解な謎と奇怪な事件！古代史、民俗説話と現代の事件を結ぶ推理長編。

松本清張著

けものみち（上・下）

病気の夫を焼き殺して行方を絶った民子。疑惑と欲望に憑かれて彼女を追う久恒刑事。悪と情痴のドラマの中に権力機構の裏面を抉る。

鉄の楽園（てつのらくえん）

新潮文庫　に－20－8

令和四年四月一日発行

著者　楡（にれ）周（しゅう）平（へい）

発行者　佐藤隆信

発行所　株式会社新潮社

郵便番号　一六二―八七一一
東京都新宿区矢来町七一
電話　編集部（〇三）三二六六―五四四〇
　　　読者係（〇三）三二六六―五一一一
https://www.shinchosha.co.jp

価格はカバーに表示してあります。

乱丁・落丁本は、ご面倒ですが小社読者係宛ご送付ください。送料小社負担にてお取替えいたします。

印刷・大日本印刷株式会社　製本・加藤製本株式会社

ISBN978-4-10-133578-0 C0193